蜀人日记丛刊

沈贤修日记

沈贤修／著 江荞／整理

巴蜀书社

图书在版编目(CIP)数据

沈贤修日记 / 沈贤修著；江荞整理. – 成都：
巴蜀书社，2025. 4. –（蜀人日记丛刊）. -- ISBN
978-7-5531-2254-0

Ⅰ. I265.2

中国国家版本馆 CIP 数据核字第 2024ML4147 号

沈 贤 修 日 记

SHENXIANXIU RIJI

沈 贤 修　著

江荞　整理

责任编辑	王承军	
责任印制	田东洋　谷雨婷	
出版发行	巴蜀书社	
	地址：成都市锦江区三色路 238 号新华之星 A 座 36 层	
	邮编：610023	
	总编室电话：(028)86361843	
	发行科电话：(028)86361852	
网　　址	www.bsbook.com	
照　　排	成都完美科技有限责任公司	
印　　刷	成都蜀通印务有限责任公司	
版　　次	2025 年 4 月第 1 版	
印　　次	2025 年 4 月第 1 次印刷	
成品尺寸	145mm×210mm	
印　　张	9.875	
字　　数	280 千	
书　　号	ISBN 978-7-5531-2254-0	
定　　价	78.00 元	

本书如有印装质量问题，请与发行科联系调换

沈贤修蓬溪日记研究

王　川　　江　荞

　　随着社会各界对于中华优秀传统文化的重视，先秦及秦汉简牍、历史档案、近代公私文书等各类历史文献不断被发现，掀起了重写、改写历史的浪潮。这之中，学界对近人日记的研究已成当前热点之一。如刘大鹏《退想斋日记》、《朱峙三日记（1893—1919）》、杜凤治《望凫行馆宦粤日记》、戴新三《拉萨日记》等①，因保存相对完整，信息丰富，故一经整理面世即引起了学界的讨论。代表性的研究，如罗厚立、葛佳渊《近代中国的两个世界——一个内地乡绅眼中的世事变迁》，认为学界对于晚清民初的京师和通商口岸对内地的影响辐射，"过去研究不足"，出版刘大鹏日记则"弥补了这一缺陷"。② 邱捷等经过对《望凫行馆宦粤日记》的考察，指出该日记"是一部分量巨大、连贯详细、内容丰富的日记，对研究清代司法、州县制度以及晚清广东的政治、经济、社会、文化均有重要参考价

①　刘大鹏：《退想斋日记》，乔志强标注，山西人民出版社，1990 年；《朱峙三日记（1893—1919）》，胡香生辑录，严昌洪编，华中师范大学出版社，2011 年；杜凤治：《望凫行馆宦粤日记》，广东省立中山图书馆、中山大学图书馆编：《清代稿钞本》第10—19 册，广东人民出版社，2007 年；王川：《1940 年代初期国民政府驻藏办事处职员的日常生活——以戴新三〈拉萨日记〉为中心》，《中国藏学》2022 年第 4 期。
②　罗厚立、葛佳渊：《近代中国的两个世界——一个内地乡绅眼中的世事变迁》，《读书》1996 年第 10 期。

值"①，可谓学界共识。

在近代日记大量发现、整理和影印出版的情况下，"迄今为止，保存下来并得以刊行的清季下层士人日记实属凤毛麟角"②，而尚未整理出版的晚清川北盐场大使沈贤修（1836—1911）的日记，就是"凤毛麟角"的"清季下层士人日记"之一。学界对于沈贤修其人与日记的研究，尚属空白。沈贤修逝世20多年后，其长孙沈曾荫（仰放）收集其诗作约870首，于1935年出版了《定生慧盦诗集》，但未见人研究。2008年，盛建武、袁愈高印行了《沈贤修印谱》，亦未提及沈贤修日记。沈贤修日记首次正式被提及，见于2014年出版的虞坤林《二十世纪日记知见录》一书，系据四川省图书馆收藏的沈氏稿本，简要概述了沈贤修日记的内容、存藏情况，但没有提及沈氏日记的私藏部分。

《清盐法志》称："盐官之制，设大使以治场灶，司挈验。其上有监挈，有分司，皆隶属运司而受成于盐政。"③ "盐官"即各盐场的"盐课司大使"，也称盐课大使、盐大使等。沈氏自称"鹾尹"，正八品④，虽是清代盐政管理系统的最基层，职掌一地食盐生产、场灶缉私等事务，却是地方重要官职之一。正如雍正帝所言"盐场大使一官，虽系微员，而责任甚重"。⑤ 所以，清末出入地方官场42年，逐日书写日记长达55年的"微员"沈贤修，其留下的日记，自然具有较重要的史料价值。他出任盐场大使15年的日记记录，对于认识晚清盐场大使的职能运行及其与地方政府的关系，探讨川北地

①　邱捷：《研究晚清广东历史的重要文献——〈望凫行馆宦粤日记〉》，《广东社会科学》2020年第1期。

②　关晓红：《科举停废与近代乡村士子——以刘大鹏、朱峙三日记为视角的比较考察》，《历史研究》2005年第5期。

③　张茂炯等：《清盐法志》卷237《两广二十四·职官门·职官》，盐务署民国九年（1920）铅印本。

④　参见龚延明：《中国历代职官别名大辞典》，上海辞书出版社，2006年，第591页。

⑤　《世宗宪皇帝上谕内阁》卷70，转自陈锋：《微员任重：清代的盐场大使——清代盐业管理研究之五》，《中国经济史研究》2019年第3期。

方政府运行与社会流动，探索川北社会生活的实态，更具重要价值。

一、沈贤修其人及其《禅和子日记》

沈贤修，号鹤子、禅和子，安徽石埭（今石台县）人。其祖父沈在光，历任甘肃省张掖县知县、丹噶尔厅同知；父亲沈宝昌（1816—1879），号鹤盟，道光二十四年（1844）举人，主讲成都潜溪书院、蒲江鹤山书院，后入京任国子监助教，复入蜀历任防剿局襄办、广安州知州、涪州知州、打箭炉同知，光绪五年（1879）病逝于成都。①

跟随祖父、父亲的学行宦迹，沈贤修 5 岁入蜀，后随父入京并在咸丰七年（1857）考取为专职抄写的"誊录"小吏②，三年后随"以同知分发四川"③ 的父亲返蜀。④ 同治六年（1867），因在京参与为国史馆缮写的《皇清奏议》全书告成，奏请"议叙"钦准，沈贤修"以盐场大使归正班轮用，二班后选用"。⑤ 由是，沈贤修便以候选盐大使的身份第三次入蜀。光绪八年（1882），沈贤修任缮写、四川总督丁宝桢任总纂的《四川盐法志》"黄册"呈贡"御览"。次年（1883）春，沈贤修受任酉阳州州同，一年后卸职，经渝返蓉。光绪十一年（1885），沈贤修获授蓬溪县盐大使实职。⑥ 自此，沈贤修便在康家渡就任蓬溪县盐大使 15 年。

沈贤修从青年时期即开始写日记。其中同治年间随父宦在打箭

① 据顾复初撰、唐炯书丹、伍肇龄篆盖之《清授中宪大夫晋封通奉大夫四川打箭炉同知沈君墓志铭》（以下简称《沈宝昌墓志铭》），沈贤修抄件影印本。成都晏劲先生提供，谨致谢忱。

② 沈贤修：《定生慧盦诗集》卷下，沈曾荫校刊，民国二十四年（1935）沈氏铅印本，第 3b 页。

③ 顾复初撰：《沈宝昌墓志铭》。

④ 如沈贤修 1901 年为成都文殊院所书楹联跋文："道光辛丑岁，余自陇西入益州。……咸丰庚申，复侍先大夫宦蜀。"楹联联文云："是名忍辱波罗蜜；普放无数光明云。"隶书木刻抱柱联，悬挂于藏经楼前，至今已逾 120 年。

⑤ 摘引自沈贤修同治七年十一月二十六日日记。成都陈光建先生提供，谨致谢忱。

⑥ 沈贤修：《定生慧盦诗集》卷下，沈曾荫校刊，第 1a、3b 页。

炉的日记，题为"西炉日记"；光绪癸未、甲申年间任酉阳州州同的日记，题为"酉阳日记"。① 本文论述所据，为成都私藏之沈氏手稿，即沈氏在蓬溪县盐大使任上连续53个月的日记，起于光绪十九年九月十日（1893年10月19日），终于光绪二十三年除夕（1898年1月21日）。

沈贤修常以"抱关息影"一语概括自己的康家渡盐官生涯。这一"抱"就是15年，在晚清官场极为罕见。其间，他在"奉满"时，有过赴吏部"引见"面帝获得升迁的机会，但他却主动放弃。这一乐于"职司慎咸醝""冷关十年守"②的心态，说明他对现状的满足。作为基层官吏，沈贤修秉持儒家信条，勤谨自守，以"仁"施政，以"情"待人，其宽严相济、以宽为主的治理方式，得到本土绅民敬服，致其任内地方平靖，风气和谐，官绅士民各安其业。

光绪二十五年（1899），四川总督奎俊按例向朝廷呈奏本省官员考核折，其中称"康家渡盐大使沈贤修"，"行止不端"，"即行革职"。③奏折中并未提及"行止不端"所指，沈贤修对此显然不满。他在遭革职之际，作《停织词》七绝八首表达内心愤懑，并作《己亥岁除感而有得》七律，认为革职原因为对官场和上司的不善逢迎，但自己并不后悔："阅人多矣不中热，故我依然且耐寒。"④

光绪二十六年（1900），沈贤修"解组后流寓成都"，开始退隐生活。他"乐道安时命，澄怀养性灵"，读书考稽，督课儿孙，题跋书画，摩挲碑板拓片，参究"虚空佛法"，所作《题唐泥佛塔像》⑤

---

① 沈贤修：《禅和子日记》，光绪二十一年二月二十七日、十一月六日、正月二十三日，原本私家收藏。
② 沈贤修：《禅和子日记》，光绪二十年六月十六日、七月五日。
③ 中国第一历史档案馆：《光绪朝朱批奏折》第14辑，中华书局，1995年，第583页。
④ 沈贤修：《定生慧盦诗集》卷下，沈曾荫校刊，第23b页。
⑤ 沈贤修：《定生慧盦诗集》卷下，沈曾荫校刊，第4a、29a、24b、25a、32b页。

等均蕴含心曲。退隐后，沈贤修写字画佛，收取润金①，过着"书画生涯未苦贫"的文士生活。精神上，他高洁澄怀，孤芳自赏，以"天意养孤高"的"出水青莲""在山白石"自喻；并通过"世上尘埃都不染"② 等诗句，抒写自己清雅孤高的襟怀。思想上，他抱持守旧立场，对新政后出现的新事物不理解，不赞同，但也未表达出特别强烈的反对。

　　沈贤修寓居成都的人生最后十年，恰值庚子事变后清廷重启改革，被称为"庚子后新政"或"清末新政"的十年。③ 新政措施不断推出，如停科举、兴学堂、派遣留学生、编练新军、振兴商务等，沈贤修视之为朝廷中"老成图画无长策"所导致的"世缘尽颠倒"。因此，他在叹息"世事伤新样""世情嗟改易""蜀锦翻新样，巴歈乱德音""漫谈世事最堪悲"的同时，也表达了自己的守旧态度："不随时易改，自有岁寒心""性僻难侪俗""衣冠底事翻新样？耕凿偏宜守故吾"。④ 其与旧为伍、疏离于世的选择，非常明显。

二、沈贤修盐场大使的职能运行及其官宦生涯

（一）盐大使的职能运行及其与地方政府之间的关系

　　其一，盐大使具有独立行政权和司法权。盐大使在清代是比正七品知县还略低的正八品官职，但从沈贤修的日记可知，他并不受知县管辖，二者之间大体属于各司其职、互不干扰的平行关系。康家渡的盐大使署除了管理一方盐务，还要管理一方事务。每逢当地"趁墟"（即赶场）或节日，盐署衙役均一早出动"巡街市"，沈贤修亦曾亲自率队巡街市。日记中时见的"听讼"，即是盐署行使司法职能的反映。对于聚赌、斗殴、盗窃、欺霸、私卖、纠纷、诉讼等日

---

① 傅崇矩：《成都通览》，巴蜀书社，1987 年，下册，第 99—100 页。
② 沈贤修：《定生慧盦诗集》卷下，沈曾荫校刊，第 35a 页。
③ 彭剑：《清末新政能实现君主立宪吗?》，《历史评论》2022 年第 4 期。
④ 沈贤修：《定生慧盦诗集》卷下，沈曾荫校刊，第 32a、30a、31b、34b、25a、34a、26b、34b、32a 页。

常案件，盐大使署均须受理处置，轻者"笞责"后"逐去"，重者"俾荷校"（戴枷拘留于盐衙署内）；但如系累犯或情节严重，必须监禁坐牢的案犯，以及命案等，则须"移文"蓬溪县衙，送交知县审断。①

其二，维护地方治安与其治理方式。盐大使需维护盐场地方治安，地方治安若受较大威胁，尚有民间的"团练"作武装应对："道路传言蓬莱镇有恶豪滋扰乡间，传保长甘家贵、邬怀本、黄静安，及保正张星定、人和寨团首甘兴周来，告以整顿团练，期于十七日齐集候点"；"传十三团保长、保正等籍各团丁册，升堂皇按名传唱，谕以守望相助。"②

作为一名地方官，沈贤修对本地的治理依靠的是康家渡地方乡绅和民间团保。在治理方式上，沈贤修深谙其道，于涉案之外，日常治理不借官威压服，每临春节，彼此拜年，遇红白喜事，亦互动往来。康家渡为临江小镇，商业经济基础薄弱，民风厚重淳朴，沈贤修治理亦因地制宜，判案取宽恕、轻刑，消弭矛盾，倾斜弱者。③

其三，蓬溪县盐大使的设置及行政归属。蓬溪县于乾隆元年（1736）设盐大使一员，驻蓬莱镇，旋"移驻康家渡。以潼川府通判移驻射洪之太和镇，兼管三台、射洪、遂宁、蓬溪、盐亭等县盐井，各盐大使员属之"。④ 故沈贤修的蓬溪县盐大使职务，直接上司为"驻射洪之太和镇"的"潼川府通判"，并接受其考评。沈贤修日记称潼川府通判为"太和镇通判"。而双方的上下级关系，平时较松散，未见更多交往。至于具体的盐政事务，则由设在泸州的四川官运盐务总局和成都的四川盐茶道管辖。每逢年底，沈贤修派专役赴泸州，"申缴"全年对康家渡过往盐运船只的、含有经济收益的"签

---

① 沈贤修：《禅和子日记》，光绪二十一年正月初八、初九日，九月二十一日。
② 沈贤修：《禅和子日记》，光绪二十年二月十五日、十七日。
③ 沈贤修：《禅和子日记》，光绪十九年十二月九日。
④ 中国地方志集成编委会编：《中国地方志集成·四川府县志辑（新编22）》，巴蜀书社，2017年，第685页。

验票"。如光绪十九年（1893）冬，遣役赴泸州申缴签验票；两位专役返回时，则"奉檄"领回总局按照比例返回的"签验费银二百三十四两三钱"，归盐大使沈贤修全权支配。次年正月，盐大使署还须向成都的盐茶道署"汇缴"去年全年的、与经济利益无关的"所过中路道票"，但此项"汇缴"不必派遣专役，只需随附"上巡盐茶道公牍"邮寄即可。如此年年循环。泸州的官运局总办、成都的四川盐茶道道台，沈贤修日记中称其为"观察"，只是端午、中秋"上书贺节"，岁末"上书贺钱岁"而已，此外再无往来。

其四，盐大使署与县政府的关系。盐大使、县令虽然地位平行，各司其职，但亦需按照程序通过知县进行中转（"文移""转申"）。如官员的履历档案呈递："因具履历二份，文移景轩转申。"再如每年发拨的"薪俸养廉银"："寄到本年俸薪银九十七两七钱四分二厘。"① 至于每年十二月朝廷"准礼部咨"下发的，全国各级衙署统一的年底封印、来年正月开印的时间，更是经由知县的"文移"后，盐大使署才能获知。

作为蓬溪县康家渡盐大使，沈贤修的主要职能是管理灶户、收纳场课以及监管食盐的生产、收贮和缉查灶私，同时也有州县官员的听讼、办案等"刑名"之权，编立牌甲、户给门牌，清理外来人口（雇工）的治安之权。② 同时，他在行使维护地方治安及司法权职能时，并未产生由于盐大使"与所在州县地方官权力上难免有交叉"③，而导致双方权限出现拘泥不清的情况，这是沈贤修为官之道的个人协调能力所致。

（二）沈贤修的官宦生涯

沈贤修在康家渡盐大使任上每年的经济收入，见载日记者仅有

---

① 沈贤修：《禅和子日记》，光绪二十一年五月十四日，光绪十九年十二月十四日。

② 陈锋：《微员任重：清代的盐场大使——清代盐业管理研究之五》。

③ 何峰：《明清淮南盐区盐场大使的设置、职责及其与州县官的关系》，《盐业史研究》2006年第1期。

年末的两项：设于泸州的官运盐务总局发的"签验费银"，蓬溪县知县代发的"薪俸养廉银"，合计约 350 两。前引日记中的"签验费银"未悉是何名目；而《四川盐法志》中又另有"岁支各盐官及各厅州县般验盐茶书吏巡役工食"的名目，下发的额定数是"射洪县盐大使一百八十两，蓬溪县盐大使一百五十六两"①，此项来源在日记中全无记载。

研究表明："盐场大使的经济待遇主要由其正俸和逐渐实行的养廉银构成，但议论纷纭的陋规更是其重要的经济来源。"② 以此对照检视蓬溪县知县每年代发的"薪俸养廉银"，沈贤修日记中对其称谓不一，有"俸薪银""俸薪养廉银""廉俸役食银"等名，各年银两数目差距很小，约在十两之内。以上所列各种记载之间的矛盾、混淆、出入，尚不知应作何解读。但无论何种记载，沈贤修年收入应不超过五六百两。从其就任盐大使四年日记所记各项开支看，收支基本平衡。至于"议论纷纭的陋规更是其重要的经济来源"，在"职司慎咸蹉，白黑不敢苟"③ 的沈贤修身上似无明显体现。或可一提的"陋规"就是盐商船户经过康家渡盐关的贡奉，包括所备之肉、糖、果、面之类食品。其实，他对过往的船户，只要不违法，秉持的都是不仅宽容，而且尽量提供方便的态度，日记中不乏此类记载。

作为基层盐政官员，沈贤修官场交往对象多为盐官，主要交往方式为雅集。诗酒雅集，亦为当时文人交往的常见形式。僻处"小川北"地区的盐政官吏，消除枯燥闭塞、获取信息交流的主要方式，是彼此之间的邀饮雅集。雅集地主要在康家渡上游三十里的射洪县杨桃溪（今洋溪镇），这里设有盐务的两个局："射（洪）蓬（溪）票厘局"和"射（洪盐）厂官运分局"，吏员集中。偶尔也在康家渡

---

① 丁宝桢等纂修：《四川盐法志》卷 26《征榷七》，《续修四库全书》史部第 842 册，第444、445 页。

② 陈锋：《微员任重：清代的盐场大使——清代盐业管理研究之五》。

③ 沈贤修：《禅和子日记》，光绪二十一年八月八日。

上游十里的青堤渡镇雅集，这里是射洪县盐大使署的驻地。日记所记雅集共五次，每次连续六至八天，先后来聚的主要官吏约十数人，基本内容是"镇日聚谈""赌酒为乐""夜谈至三更就寝"，加上观剧、"演剧赛神""象戏（下棋）"等，没有诗咏唱答，但时有沈贤修的写字应酬。1895年夏季以后，随着官员的流动，人数稍多的雅集不再，而代以三五人或者一对一的个别交往。

沈贤修一对一的交往对象，多为地方官吏，其中交往甚密者有五人。

其一，蔡承云（1850—1908）。蔡承云1895年任蓬溪知县。二人多次谈诗论艺，相见投契，义结金兰。两人互赠诗集，互请作序，都在序言中高度评价对方诗作。1935年印行的沈贤修《定生慧盦诗集》，开卷便是蔡序。蔡承云后来任南充县知县。① 沈贤修评价其《自怡悦轩诗稿》"俊爽若牧之，藻绮若飞卿，精深若义山，整密若乐天、东坡"②，甚为推崇。

其二，周学铭。周学铭亦系蓬溪县知县，任内主修《蓬溪县续志》并刻印。沈贤修与其多次过从，亦是文人间雅致情怀的分享。

其三，端秀（1843—1913）。端秀时任蓬溪县县丞，以擅画名，与沈贤修书画契合，交流更密，彼此有过数次的互访留宿。端秀曾绘米芾、苏轼、黄庭坚、欧阳修四像赠沈，沈称其画"神采肃穆，对之起敬，当什袭珍藏"③，甚为推崇。端秀在清末民初蜀中画名甚著，但现存文献记述均简，沈贤修日记中的许多记载，足资补充。

其四，陈矩（1851—1939）。陈矩于光绪二十三年（1897）任职经管"蓬、射两厂水路引票盐厘局事"，是著名文献学家和诗人，可谓学者型盐官。他向沈贤修赠送自己"新刻所作《孟子外书补注》四卷、《春秋左传杜注校勘记》及《灵峰草堂诗集》《东游文稿》"，

---

① 中国第一历史档案馆编：《光绪朝朱批奏折》第25辑，第640页。
② 沈贤修：《禅和子日记》，光绪二十二年九月十日。
③ 沈贤修：《禅和子日记》，光绪二十三年十一月二十七日。

后又"以自写《梧月山馆图册》属题","赠影唐卷子本《翰林学士集》零本一卷"①。陈矩宦蜀近二十年,所任多为州县地方长官,有"蜀西名吏"之称。②

　　其五,唐我圻。唐我圻于1897年任遂宁县知县。其父唐炯(字鄂生,1829—1909),云南巡抚,是沈贤修的姑父,唐我圻为沈贤修表弟,唐、沈两家系"屡世姻亲"。唐我圻是在基层治理中推行改革、新派色彩鲜明的官员。沈贤修赴遂宁往访,称赞唐氏治理"神明,足称贤父母矣!"又赞许唐氏敢作敢为,"补偏救弊,不避嫌怨,足见公允"。在遂宁"新政罩敷"的唐我圻,具备改革意识,他期盼沈贤修能参与新政:"时事多艰,正吾侪效命之日,鹤子安所忍终老一丘一壑而徒风流自赏乎?"③ 多次交谈,沈贤修一度为其所动,写出"临流思有济,何术挽狂澜""举头霄汉近,岂为稻粱谋"的豪语。然而,对于"瑟瑟西风里,秋天不肯明"的政局判断,以及"怕听林叶落,顿使客心惊"的斗争预感,沈贤修尽管"潜心希道胜",期望改革成功,自己却"一枝欣有托,此外复何求",终于还是选择"从今莫问尘劳事,且息生机净六根",稳健为官,继续"风流自赏",维持"吏兼仙佛隐,艺绝画书诗"④ 的状态。唐我圻于光绪二十九年(1903)调任长寿县知县,时任四川总督锡良评价其"任事勇往,劳怨不辞"⑤,与沈贤修称其"补偏救弊,不避嫌怨"的评价略同。唐我圻在长寿县期间,倡导新式教育,"将原长寿凤山书院改办而成的林庄学堂,是重庆府治内创办最成功的小学堂之

① 沈贤修:《禅和子日记》,光绪二十三年八月十九日、八月二十二日、九月十三日。
② 庞思纯、徐华健编著:《历史视野下的黔赣文化》,贵州人民出版社,2019年,第208页。
③ 沈贤修:《禅和子日记》,光绪二十三年四月二日、四月五日、九月十四日。
④ 沈贤修:《禅和子日记》,光绪二十三年六月二十九日、九月二十八日、十月七日、十月十八日、十二月二十九日、十二月十七日。
⑤ 中国第一历史档案馆编:《光绪朝朱批奏折》第23辑,第127页。

一","是当时国内学界的理想模式"。① 研究晚清新政在四川的实施与影响，唐我圻不可忽略。

虽然地处僻远，但对于时局形势的变化，沈贤修仍可通过"邸抄""省抄"和书信获知。沈贤修所记 53 个月日记中所涉大事，主要为甲午之战、慈禧六旬大庆、新政变革之议。

其一，康家渡的慈禧寿庆。光绪甲午年（1894）十月十日是慈禧六旬大寿，沈贤修遵照"上谕"要求，提前安排。到了十月九日，康家渡"铺民制合子灯"，"四方来观者约千余人"。十月十日当天，"演剧庆祝。庙内、街市悉张彩灯，备极炫耀"，"治酒食，邀士绅、铺民……晚饮观剧"，"张五筵，初更置酒，三更酒阑曲终，客散归"。此后从十三日起，又连续三天演剧庆祝："晚饮，三更曲终归。……月色极佳，与街市灯火上下相映，颇可观。"② 但这只是清朝虚假繁华表象下民间的最后狂欢，紧接着海战失败的消息频出，变革之议骤起。

其二，励新政、思变革声音的传递。尽管依山傍水，抱关息影，沈贤修还是"谈时务甚悉"③，知晓帝心思变的声音："其谷得徐吉人孝廉书，恭录四月十八日上谕：'……嗣后我君臣上下，惟当坚苦一心，痛除积弊……详筹兴革……勿沿故习……以收自强之效。'……吉人书云，今科殿撰骆成骧对策，不拘成式，指陈时事，原列第三，御览拔置第一。"④ 此见骆成骧中状元与光绪帝思变革密切相关，已为当时举朝上下所共知。

其三，日记记载了文廷式（1856—1904）等人的行迹，虽片断掠影，亦不失为重要线索。

①　吴洪成、王培培、郭春晓：《重庆书院史》，知识产权出版社，2017 年，第 302 页。
②　沈贤修：《禅和子日记》，光绪二十年九月十七日、十月九日、十月十日、十月十三日。
③　舒云台：《定生慧盦诗集题词》尾注，沈贤修：《定生慧盦诗集》，沈曾荫校刊，第 3a 页。
④　沈贤修：《禅和子日记》，光绪二十一年六月二十六日。

余诚格（1856—1926）。余诚格官至陕西巡抚、湖南巡抚。沈贤修六旬寿庆时，余氏"制序文为寿，述家世、宦迹、生平、书画事甚详。骈四俪六，典丽乔皇"，由于"过蒙奖誉"，沈感觉"殊愧愧也"。① 寥寥数语，知余、沈两家安徽乡谊甚深，当属世交。由于相知，故余对沈评价很高。这篇寿文，系了解沈贤修的重要史料，惜为日记所未录。而沈的早期日记，亦必有关于余的记述。

文廷式。文廷式官至侍读学士、日讲起居注官，是百日维新帝党的重要人物。其名字在日记里出现，也是因为寿文："以予去岁六十生日，丐文芸阁学士廷式撰文，少南以真书书之。……义不取谀，文皆从实。"② 祝寿文字实而不谀，颇为难得，反映出维新人士的变革求实之风，惜寿文为沈日记所未录。

甘大璋。甘大璋是四川遂宁人，光绪己丑（1889）乡试举人，时任职工部，补军机章京。他致书沈贤修云："在廷诸公条陈振朝各事，宜练海陆军、修铁路、开矿产、折南漕、汰冗员、裁兵制、剔厘金、行钞币、铸银元、改武科、设武备学堂、创邮政、垦荒田，一切开源节流、练兵筹饷之计。我皇上仁明，力图振作，臣工果力辅之，中兴固不难也。"③ 从该信及其请文廷式撰写沈贤修寿序事，可知甘大璋亦属"帝党"人物。他后来官至内阁侍读学士，在宣统元年（1909）参与《大清民律草案》编纂。④ 宣统三年（1911），在川汉等铁路收归国有的问题上，深谙内情的甘大璋、宋育仁等四川京官，被视为"保款派"首要人物，受到四川保路同志会等多次点名抨击。⑤

蒲殿俊（1875—1934）与顾鳌（1879—1956）。蒲氏为辛亥四川

---

① 沈贤修：《禅和子日记》，光绪二十三年十月十四日。

② 沈贤修：《禅和子日记》，光绪二十二年三月二十日。

③ 沈贤修：《禅和子日记》，光绪二十二年三月二十日。

④ 李罗力等总编撰：《中华历史通鉴》，国际文化出版公司，1997 年，第 1008 页。

⑤ 隗瀛涛等编：《四川辛亥革命史料》，四川人民出版社，上册，第 208、211、226、227 页。

保路运动的名人，顾氏为袁世凯复辟帝制的要人。光绪二十三年（1897），蒲氏秋闱中举，与顾鳌等广安乡友同舟返里，路经康家渡并留宿，遂被载入沈氏日记。此行，顾鳌对沈氏的治印尤为赞赏。沈贤修次年聘教儿孙"课读"的塾师"广安李鹤笙茂才"，即"蒲伯英之舅氏也"。①

施愚（1875—1930）。翰林院编修施愚，与顾鳌同为袁世凯复辟帝制的重要人物。1893 年乡试中举后，路经康家渡，与沈贤修认识。② 检《清代四川进士征略》："施愚，涪州（今涪陵）人，光绪丁酉（1897）年举人。"③ 中举时间较沈氏日记晚了四年，当以沈记为是。

周善培（1875—1958）。四川劝业道总办周善培，清末在川积极推行新政。沈氏曾在其父周味东大令处寄存千两白银，但"味东去世，其子孝怀连年推诿，不为归还。夏间遣仆邓彬赴荣县索取，仍复支吾，邓彬遂随之赴成都。下春偕孝怀至……留宿衙斋，为具晚餐"。三天后周善培辞别："周孝怀所负千金，与之约按年摊偿二十金。……孝怀允从书据。留朝食，食已行。"时年二十岁的周善培，父债子还，尚处困顿低谷。此后周善培履约偿债，其弟周嗣培（竺君）亦主动与沈贤修联系。④

（三）沈贤修的文化生活

作为晚清文人，沈贤修具有相当高的诗文书画造诣。

沈贤修自幼受到良好的家庭教育，饱读四书五经，擅各体书法，时人请索不绝，墨迹常见于蜀中的寺观名胜与楼阁祠馆。他凭工整精致的楷书，先在京考取为"誊录"的微末小吏，获得为国史馆抄录誊写的机会；后以参与缮写《皇清奏议》全书的成绩被荐"议

---

① 沈贤修：《禅和子日记》，光绪二十三年九月二十三日、二十四日，十一月十日，十月七日。
② 沈贤修：《禅和子日记》，光绪十九年十一月六日。
③ 李朝正：《清代四川进士征略》，四川大学出版社，1986 年，第 170 页。
④ 沈贤修：《禅和子日记》，光绪二十一年八月十七日、二十日等条。

叙"，获得钦准的候选盐大使资格；再以"四川候补盐大使"的身份，完成了川督进呈御览的《四川盐法志》缮写，而获授西阳州州同、蓬溪县盐大使实职，开启了 17 年的仕宦生涯。故书法对于沈贤修，既是个人才能的彰显，也是他踏上仕途的台阶。

与沈贤修书法造诣并驾齐驱的，是其在篆刻、印学方面的造诣。他治印技艺受到四川学政张之洞的赞赏。光绪二年（1876）张之洞在沈贤修的印谱上亲笔题跋云："鹤子大使文学通博，善为小篆，家藏多汉魏六朝金石刻，故刻印无师而自工……是真通六书、亲碑版者……真得汉人规矩"，"亦不减赵次闲得意之作"，对沈贤修印学造诣颇为推许，论定沈贤修印艺"智过于师，乃堪传授，不虚耳"。①从该印谱知，张之洞的多方用印系沈贤修所刻。他如四川总督吴棠用印，后来的四川学政吴郁生用印，以及名流如顾复初等的多方用印，林思进"山腴临碑"印，皆为沈氏所刻制。

同样造就沈贤修"无师而自工"并且"尤精"的，是其在金石方面的研究鉴定。沈贤修去世后不久，即民国元年（1912），刘师培入蜀，先到成都拟专访沈贤修："石埭沈鹤子贤修寓蜀有年，以书画名，尤精鉴古，藏有梁天监九年绵州塔砖。……予抵蜀时，沈君适卒，未获睹其藏，惟闻沈君于砖背凿佛像，题曰'光绪某年造像一区，弟子沈贤修供养'，亦佳话也。"② 林思进诗云："我昔少年识两沈，石埭能书工篆引。"③ 可知在生前沈氏已甚具时誉和影响。

书法篆刻以外，绘画亦为沈贤修所擅长。他"所绘花鸟人物，用色淡雅，造型生动，栩栩如生，尤其所绘仙佛，更臻逸品"。④1935 年，书画家、四川大学教授路朝銮赞许沈氏"所写之佛像，深

---

① 盛建武、袁愈高编：《沈贤修印谱》，2008 年，内部资料印本，首页。
② 刘师培：《蜀中金石见闻录》，《四川国学杂志》1912 年第 1 号。
③ 林思进：《赠沈懿治印》。林思进：《清寂堂集》，刘君惠、王文才等编，巴蜀书社，1989 年，第 497 页。
④ 盛建武、袁愈高编：《沈贤修印谱·前言》。

得金寿门（即金农）意"。① 从沈氏日记可知，当时请其绘制佛像的，多系官宦士绅。他创作的艺术品在今重庆中国三峡博物馆、成都文殊院等处皆有藏存。

虽然沈贤修以书画篆刻名世，但其本人最在意且用力最勤者，却是写诗。据蔡承云记述，沈贤修"气仁而言讷，于俗事无一措意，而精神内蕴，游艺甚精"，尽管"善书善画，善镌印章"，但"生平精力所萃，尤在于诗"。路朝銮也称沈氏"平生笃嗜吟咏……吾知其涵濡于诗教者深矣"。对于沈贤修诗作的境界造诣，分属两代人的蔡承云、路朝銮均高度评价："鹤子之诗，清澈淡远，能得王孟佳处，其高者几欲上跻李杜，平揖苏黄"；"志和音雅，无几微怨悱之意"，其诗"多以白陆为宗。……衷怀淡定，不为物役……能委心任运，无往而不自得者"。② 两序用为比拟的王维、孟浩然、李白、杜甫、白居易、陆龟蒙、苏轼、黄庭坚，均为唐宋大诗人。蔡、路两序难免溢美，但仍可测知沈贤修之诗具有相当水准。

综上，沈贤修是诗书画印全能、儒佛吏隐兼具的典型传统人物，在其身上汇聚了多种历史文化元素，多维度映照出那个时代的诸般面貌。

三、沈贤修认知的晚清川北社会样貌

沈贤修"匏系一官"于康家渡③，日记内容亦以此为中心，辐射及于蓬溪、遂宁、射洪、三台四个县，旧称"小川北"地区。从社会角度看，川北秩序尚称稳定。

（一）民生

康家渡周边一带及涪江两岸，全由农耕包围，农作物主种木棉，兼种薯蓣、麦豆、稻禾等。水旱气候直接关系社会民生，牵动官民

---

① 蔡承云《定生慧盦诗集序》、路朝銮《定生慧盦诗集序》。沈贤修：《定生慧盦诗集》，沈曾荫校刊，第1b、4a页。
② 蔡承云：《定生慧盦诗集序》，载《定生慧盦诗集》，沈曾荫校刊，第1b、4a、4b页。
③ 沈贤修：《禅和子日记》，光绪二十二年九月十日。

忧喜："今日得此甘澍，足慰农望。……枕上闻之色喜。"遇旱，则唯有祷神祈雨。百姓的生计大事，赈济贫户，亦为沈贤修经常挂念："即以其米二石，示谕贫民仍以八十五钱一升给之，坐堂皇亲为散放。"①

（二）物价

当时铜钱与银子，"钱十六百文折合银一两"，即每两银子值铜钱一千六百文。每升米八十五文，灾年则涨至一百文以上。对橘、黄橙、绿沉瓜（西瓜）等瓜果的市价，沈贤修的日记均有记载。至于高丽参、关东茸片、仿景泰窑碗等"星货"，则属货奇价高，每斤高丽参需七两银子。②

（三）交通与通讯

当时的陆路交通工具基本为"肩舆"（轿子），从康家渡往返成都，需要四天。从康家渡到遂宁，坐顺水船半天到达；从遂宁返康家渡，则大半天陆路。从康家渡往返潼川府（今三台县），陆路均是两天。康家渡收发信件必须通过遂宁中转。沈贤修长子沈其谷从北京发回家信，需两月才能收到。成都到康家渡的信件，走正规的邮路"驿递"，费时近二十日。当时已有电报，但收发都只能通过成、渝中转。沈其谷及其妻从北京、安徽发回的电报，或发至成都"东打铜街"其姊沈纺，再由沈纺派专仆送到康家渡；或发至重庆"积益谦"商号，再由商号派人送到康家渡。因通讯滞后带来的困扰，日记中亦有记述。

（四）风俗

祭神拜祖，是家家户户逢年过节遵守不变的千年习俗。康家渡供祭拜的公共神位，设在镇中心紫云宫，包括关帝、文昌、龙神等。除年节外，沈贤修作为地方长官，每月初一、十五均要祭拜，在家则拜财神、灶神等。拜祖系从高祖一代开始，不仅年节要祭拜，生

---

① 沈贤修：《禅和子日记》，光绪二十年六月十九日、光绪二十三年正月十五日。
② 沈贤修：《禅和子日记》，光绪二十年十二月十八日。

日、忌日亦要祭拜，而且凡有大事如生子、婚娶、远行、远归、考取科名、获得官阶等，均要拜祖。祭拜中有一种专为避凶趋吉的习俗。如日食、月食，被认为是天象示警的异兆，故如遇日食，都要"延僧众导师诵经，护于堂皇"；如遇月食，则从"初亏"前的一个时辰开始，便"护于堂皇，延僧众导师诵经，坐以待旦"。① 此外记录较多的是年节习俗。如除夕、正月初一、十五"上元节"（元宵节）、清明节、七夕、中元节（七月十五日）、中秋、下元节（十月十五日）等，如光绪乙未年（1895）中元节，镇上还举办了盂兰会。

（五）娱乐

观看戏剧是当时全镇最主要的娱乐方式，四年间先后来康家渡演出的，计有聚星部、魁盛部等八个戏班。其中魁盛部的"梨园子弟皆秦人"，所唱"秦腔呜呜，使人悲感"。就沈氏所见，有竹琴、车灯等四川曲艺："更有车灯，扮女童坐车内，两人推挽，曼声而歌。"②

（六）医疗状况

康家渡中医徐炳灵是日记里出现频率最高的名字。沈贤修全家的病患，尤其是其妻陆氏，三天两头"患嗽"，大多"延徐炳灵来诊治"。徐氏的诊断方式为传统摸脉，沈贤修评论其"医理平善，连年家中人有所患，延之来诊视，至是书'精于视垣'四字，制匾额赠之"③，足见医术精湛。对于传统中医的局限，日记亦有记述。

（七）科举考试与私塾教育

考举人中进士，是读书人趋之若鹜的入仕正途。沈贤修长子沈其谷，光绪丁亥（1887）即离家"客居京城"，赴顺天府"北闱"乡试。但迄至癸巳（1893），沈其谷已"应试四科，未能获隽"，此后

---

① 沈贤修：《禅和子日记》，光绪二十年三月一日、光绪二十二年正月十七日。

② 沈贤修：《禅和子日记》，光绪二十年六月十一日、二十一日，光绪二十二年正月十五日。

③ 沈贤修：《禅和子日记》，光绪二十一年五月二日。

又在京赴甲午（1894）科、丁酉（1897）科乡试，仍"不第"。十年间六次乡试均落榜，足见中举之艰。沈贤修未中过举，而对考录举人的"乡试"备极关注。每科的顺天、四川两套乡试题，每科会试考取进士的前四名人员、籍贯，他均详细记载。沈贤修僻处康家渡，对于儿孙的童蒙教育，主要依靠家塾，聘请塾师任教。每逢年节或塾师因故请假，都由沈贤修亲自授课，唯恐儿孙学习耽搁懈怠。此外，他还经常写字制为范本，供儿孙临摹。

（八）主仆、官役之间

与很多日记不同的是，身为官员的沈贤修，日记中却有很多关于家仆、衙役等"下人"婚丧嫁娶、家庭子女，延请医生为仆人诊视，赏赐财物等记述。受生活、工作、医疗条件等因素制约，沈贤修的仆媪、吏役四年内病故十余人[①]，能入署当差仍被视为"以示体恤"。

（九）其他

日记中尚有沈贤修之女沈纤从订婚到举行婚礼的详尽记载，沈贤修第六子种牛痘的全过程，康家渡及蓬溪、遂宁、射洪官绅士庶各阶层大量人物以及康定明正宣慰司甲木参梦九父子的记载，泸州四川官运局总办文天骏（"文云衢观察"）"仰药"自尽的内情，盐商贩户与盐政、盐关之间的博弈等，均可供研究者采择。

结语

就职于蓬溪县的晚清盐场大使沈贤修在公余之暇撰成的《禅和子日记》，逐日记录了任职"小川北"15年的宦海生涯。沈贤修生于道光十六年（1836），卒于宣统三年（1911），其开始写作日记的时间，不晚于咸丰七年（1857）21岁在京中之时。[②] 可知沈贤修的日记写作，长达55年。如其全部存世，则文献价值可以推想。检虞坤林编著之《二十世纪日记知见录》，有沈贤修《禅和子日记》一目，

---

① 沈贤修：《禅和子日记》，光绪二十年正月十六、十七、十八日等条。
② 四川省图书馆所藏沈贤修《禅和子日记》，最早一册为咸丰七年。

均藏四川省图书馆。日记的时间，系于咸丰七年至八年（1857—1858）、咸丰十年（1860）、同治元年至三年（1862—1864）、光绪九年（1883）、光绪二十四年至宣统二年（1898—1910）。① 这批公藏的沈贤修日记手稿，尘封多年，但因馆址数迁，至今尚难检索查阅。目前所知，现存沈贤修《禅和子日记》私藏于香港、成都两处，共约 40 万字；公藏唯四川省图书馆一处，约 80 万字，三处总计百余万字，这应是目前所知沈贤修存世日记的总体规模。

沈贤修生于中国近代，经历了清朝盛衰荡覆的全过程。沈氏幼年，尚值鸦片战争时期；21 岁始记日记到清朝覆灭，恰值从太平天国至保路运动等重大历史事件发生的时期。后一时段，沈贤修已经成年，不仅耳闻目睹，而且有所思考，因此其日记之记录，成为观察晚清社会的重要文献之一，"对研究和了解晚清社会中下层官吏的日常生活、情感世界、民风民俗等有一定的参考价值"②。沈氏盐大使 53 个月之日记，亦复如是。

沈贤修以盐大使"微员"的视角所呈现的日记，涵盖政治、经济、文化等领域，涉及面广，从中不仅可以探讨盐场大使的职能运行，其与地方政府之间的关系，及其所揭示的川北社会样貌之一角，而且可以还原他任职"小川北"15 年宦海生涯的某些细节，以及仕宦期间的交际、购物、休闲和文化生活等丰富活动。此外，从沈贤修日记所记当地经济生活的细节，可以观察晚清地方普通官员的思想观念、文化立场，捕捉到这一群体对于"世道"渐变的感悟及自身立场的波动，从中亦可透视晚清基层官员的心路历程。

---

① 虞坤林：《二十世纪日记知见录》，国家图书馆出版社，2014 年，第 132 页。
② 虞坤林：《二十世纪日记知见录》，第 132 页。

整理说明

沈贤修（1836—1911）是诗书画印全能、儒佛吏隐兼具的传统文人，一生所历，恰值清王朝盛衰荡覆的全过程。他 20 岁左右在京时即开始写日记，24 岁随父宦入蜀，至病逝之前一年，始终保持写作日记的习惯，总计前后时间跨度约 55 年之久，留下了那个时代，尤其是四川近代社会的大量历史记录。

沈贤修逝世后，随着社会动荡变迁，其日记也存佚流散，全貌不复。本次整理仅为其中一部分，时间自光绪十九年癸巳（1893）九月十日起，迄光绪二十三年丁酉（1897）除夕止，含闰月连续共近 53 个月。现谨就整理中的几个问题说明如下：

一、关于文本。此次整理，所据为沈贤修日记手稿原本。

二、关于标点。日记原稿无标点、无断句，整理时按照文意断句标点。

三、日记中的双行小字自注，置于前后括号内，以与正文区别。

四、关于注释。沈贤修系安徽人，祖辈即因"异地为官"的规定入蜀，且其本人家庭关系亦较复杂，故日记中频频出现的家族和家庭成员，成为阅读时难以绕避的问题。对此，整理过程中经多方检索，力予逐一注释，但仍难尽详。其他则择要略注。

五、日记中的年、月、日时间均为农历，整理时一仍其旧，全部照录，以存原貌，亦未另标对应的公历时间。

六、限于水平、经验和阅历，整理过程中尽管受教多方，但毕竟浅学驽钝，谬误之处在所难免，诚请师友前辈和各方读者不吝赐正。

目　录

光绪十九年癸巳①

九　月

十日己丑②　晨阴。料理俗事，日午朝食。王紫垣③来馆少谈。宜园④拒霜作花，徘徊良久。闺人⑤患嗽，延徐炳灵⑥来诊视。夕餐。

十有一日庚寅　天气凝阴。作书寄犹子伯恺，为寓诸同乡书。日午朝食。作第八书寄纺女⑦。寄晚雏弟⑧书，为寄朱提三十金。谕仆李裕书。薄暮晚餐，夜月朦胧。

十有二日辛卯　天气晴霁。遣役蒋荣持家书赴成都。日午朝食。散步至关，登楼寄兴，下春归。夕餐，入夜月。

十有三日壬辰　天仍晴明，日午朝食。为赵小芳作篆书屏，张玉峰八分书屏，曹龙廷八分书横幅、真书联，任庵茂才八分书横幅、

---

① 《沈贤修日记》本年正月初一日至九月初九日未见。光绪十九年，系公元1893年。
② 九月十日己丑：即成都私家所藏《沈贤修日记》开始记载的日子，即公元1893年10月19日。
③ 王紫垣：又名王星垣，贡生，时为沈贤修家庭塾师。家住蓬溪常乐寺（今常乐镇）。
④ 宜园：盐大使衙署后院，沈贤修到任来此后，打通院墙，利用墙外荒阔地另辟的一处后花园。
⑤ 闺人：姓陆，沈贤修继妻。沈贤修原配"周宜人"于同治乙丑（1865）冬去世，同治丁卯（1867）秋，沈贤修续娶陆氏为继室。
⑥ 徐炳灵：蓬溪县盐大使署所在地康家渡中医，住人和寨。
⑦ 纺女：沈纺，沈贤修次女，同治癸亥（1863）年生。沈纺在闺中时，许配给沈贤修好友、日记中"杨玉行刺史"之子杨桐孙为妻。光绪甲申（1884），沈纺尚未过门，而杨桐孙突于七月病故，沈纺闻耗以身殉夫，被救后，仍"矢志不移，即于桐孙未敛之前送之过门，抱头成礼"。沈纺从此为亡夫守节，寡居于成都杨氏家。
⑧ 晚雏弟：即沈瑞修，系沈贤修同父异母之弟，1868年生，其母即日记中的"庶母陈""陈孺人"，是沈贤修之父沈宝昌的"侧室"。

篆书联，王可亭篆书、真书联，粟穆仲八分书横幅，素玉山人八分书屏，下舂竟。夕餐。

十有四日癸巳　天仍晴明，日午朝食。为陈申之作篆书联、八分书直幅，竹生、云程、锡三篆书联，为净明上人作篆书朱笺长联。夕餐。

十有五日甲午　晨雨片时。未谒庙，命其颖①灶神行香、祀财神、拜祖。初于成都市上得陈东之篆书"定生慧"②三字，爱其篆法圆厚，重为临摹颜额，更作偈云："定慧云何，根心而生。知止不殆，因静而明。心无有无，何有出入。说无定法，具有慧眼。不定中定，无所不定。不慧中慧，无所不慧。定无不定，定即是慧。慧无不慧，慧即是定。定不求慧，慧不用定。是名大定，是名大慧。得大定慧，是生三昧。是用名尭，是用安禅。"以八分书之。夕餐，入夜月光皎洁。

十有六日乙未　天大晴暖。理发，日午朝食。杨湛亭③以纸索书横幅，置笥中六年矣，晴窗无事，以真书、行书录去岁烟波楼各诗、梅花诗。得红豆数枝供诸瓶，丹砂累累，攒缀枝头，颇可玩。夕餐。入夜月明如昼。

十有七日丙申　晨霜，天气晴明。作第九书寄纺女，闻牟惠庵④明日赴成都，作简致之，丏其携往。日午朝食。宜园菊有黄华。夕餐。入夜天无片云，月色极佳。

十有八日丁酉　天仍晴明。仆得元以小屏四幅求书，为作各种书与之。日午朝食。是日趁墟，巡视街市至关⑤，登楼寄兴，下舂

① 其颖：沈其颖，沈贤修次子，1865 年生，在家随侍沈贤修，读书习文，料理日常。
② 这里是沈贤修叙述用"定生慧"作为自己书斋室名的由来并释义。沈贤修室名"定生慧尭"，又作"定生慧盦"。民国二十四年印行的沈贤修诗集，名为《定生慧盦诗集》。
③ 杨湛亭：日记里"杨玉行刺史"之子，时随父居于成都东打铜街杨宅。
④ 牟惠庵：名思敬，贵筑（今贵阳市）监生，曾任南川、遂宁、双流县知县，时任职管理官运盐厘分局，局址在射洪县杨桃溪。
⑤ 关：即康家渡盐关。在此设有验卡，对上下游过往运盐官私舟船检查盘验。

还。晚餐。盎中畜金钟儿虫，时已深秋，犹闻其声。

十有九日戊戌　片时雨，天霁。吴新妇①忌日，命其颖祭之。日午朝食，天复阴。阅四川乡试题名，射洪张孟劬茂才尧燊获隽，去岁相识于潼川。宜园菊花初开，折供瓶中清玩。夕餐。

二十日己亥　晨阴，日午朝食。邮雏弟②以素纸界乌丝栏作册，索予八分，为临邓完白笔法。薄暮晚餐。杨璧生太守次子永澍获隽，心培妹婿犹子也。

二十有一日庚子　天仍凝阴，日午朝食。仍为邮雏弟作八分书册，下舂竟，凡四百字。夕餐。

二十有二日辛丑　晨阴。其颖明日生日，以家人斋食，治汤饼及家人同啖。临王虚舟书《昼锦堂记》二百余字。至关游眺，下舂还。治酒食及家人聚饮。夜雨，檐溜如注，淋漓达旦。

二十有三日壬寅　晨雨止，天大晴霁。理发，日午朝食。及王紫垣谈良久，临王虚舟书《昼锦堂记》百余字。夕餐。

二十有四日癸卯　晨飞小雨，天气浓阴，日午朝食。杨桃溪③陈某妇张氏苦节，年九十，月之二十六日生辰，其族人戚友制匾及联为寿，求予书，为作"寿柏贞松"四字，更撰联句云："妫水仰徽音，就九月菊花，庆九旬萱寿；通泉励劲节，祝百年松茂，衍百世兰馨。"以八分书之。夕餐。浓云似墨，大雨如注，院落积水，张灯雨止。夜仍雨，淅沥达旦。

二十有五日甲辰　晨雨犹未止，日午朝食。书《昼锦堂记》百余字竟。妇患嗽渐愈，仍延徐炳灵来诊视。下舂雨止，夕餐。夜仍小雨。

二十有六日乙巳　晨雨止，天仍凝阴。日午朝食。为粟穆仲、

---

① 吴新妇：沈贤修次子沈其颖妻，因难产卒。
② 邮雏弟：沈懋修，为沈贤修同父异母之弟，生于1874年。与其兄"晚雏弟"沈瑞修，均系"庶母陈"即"陈孺人"所生。
③ 杨桃溪：射洪县境内，在康家渡上游三十里，官运盐厘分局设立于此。今名洋溪镇。

王紫垣画佛。夕餐。夜仍飞雨点，天气渐凉。读吴梅村诗。

二十有七日丙午　天气仍阴，时飞小雨。日午朝食。役蒋荣自成都还，得晚雏弟书，得纺女月之十二日第十一书，为寄顺天乡试题名，其世①仍落第。客居京城，应试四科，未能获隽，情怀索寞，概可想矣！远道垂念，更难自已。得朱徵三书，为寓辅周书。

阅邸抄，奉朱笔："顺天乡试正考官着翁同龢去，副考官着孙毓汶、陈学芬、裕德去。钦此。同考官着吴士鉴、陈同礼、陆宝忠、刘世安、高觐昌、张嘉禄、朱益藩、谢隽椿、管廷献、许泽新、黄卓元、张孝谦、戴鸿慈、丁仁长、马步元、王同愈、刘树屏、吴荫培去。钦此。"钦命顺天乡试头场四书题：故君子必慎其独也。曾子曰："十目所视，十手所指，其严乎！"次题：子曰："为政以德，譬如北辰，居其所而众星共之。"子曰："诗三百，一言以蔽之，曰'思无邪'。"三题：伯一位，子、男同一位。诗题：赋得"秋鹰整翮当云霄"，得"才"字，五言八韵。

张子立大令，吏部铨选甘肃徽县知县。昨日为王紫垣画佛，为识数语云："星垣习儒业，举明经，不乐仕进，日惟蔬食读书。为人温和平易，谦谨朴诚。今年延之来课读，年逾古稀，精神矍铄。尤好内典，每晨必诵《金刚经》一卷。涵养之功深矣！见予画佛，发妙微密心，结众生缘，敬写无量寿佛一躯奉贻，当以香花作供。具寿者相，生欢喜心，使阎浮提恒河沙数善男子、善女人，普礼普赞，皆得成就无量无边功德。此我佛之愿力，亦即紫垣之愿力也。"薄暮晚餐。夜半雨声淅沥。

二十有八日丁未　晨阴。濯足，日午朝食。宜园菊花盛开，篱下徘徊良久。书《心经》于画佛上，持赠王紫垣。有郭甲妇谢氏，居沿山子，距镇十余里，为曾乙妇李氏请来，藏留旬日矣。郭甲寻获，曾乙妇与之殴，谢氏遂乘隙潜归。郭甲控案，传曾乙夫妇鞫讯，

---

① 　其世：即沈贤修长子沈其谷，同治甲子（1864）生，曾用名"其世"。时居北京，"留都应试，致力于学，不染外务。"

答责曾乙，鞭李氏俾荷校。张灯晚餐。

二十有九日戊申　天气晴霁。听讼。乡民杨东如四十生日，并为其子礼先纳粟得国子监生，街民以楹联为贺，索予撰句云："梅岭含春，椿萱集庆；兰陔永日，芹藻同香。"日午朝食。闺人嗽渐愈，延徐炳灵来诊视，亦为庶母陈①视垣。初，王紫垣左臂生红子如粟，痒不能支，近日绵延益甚，辞往青堤渡②，就医疗治。得吴君如③书。夕餐。午刻立冬。

十　月

十月建癸亥，朔日己酉　晨起大雾，天气晴明。未谒庙，命其颖灶神行香、祀财神、拜祖。下元家祭，日午朝食。蓬溪役杨兴献栗六升，赉千钱。夕餐。入夜星繁满天。

二日庚戌　天仍晴明。日午朝食。致粟穆仲二尹④书。眷属至关，登楼游玩，下春还。张玉峰⑤以五色纸四幅，界栏索书，每幅四方，为作各体书。下春晚餐。曾乙女知闺人至关，因往为其母乞恩，闺人归述及，释放。

三日辛亥　晨晴。仍为张玉峰书屏。日午朝食，天阴。庶母陈头痛，延徐炳灵来诊视。夕餐。宜园山茶始花。

四日壬子　晨晴。理发，日午朝食。张玉峰以五色纸屏十二幅见贻，晴窗无事，临金石文字各体书六方自遣。薄暮晚餐。入夜星繁如豆。

---

① 庶母陈：日记中又作"陈孺人"，沈贤修父亲沈宝昌之"侧室"，日记中"晚雏弟"沈瑞修、"邮雏弟"沈懋修之生母。

② 青堤渡：在涪江东岸，康家渡上游二十里，射洪县盐大使署设立于此。

③ 吴君如：吴正纶，字君如，遂宁人，光绪戊子（1888）科举人。

④ 粟穆仲二尹：二尹，县丞的别称。据本年十一月八日、十五日日记，粟穆仲当时系代理庆印堂，任射洪县盐大使，住在青堤渡盐大使衙署。

⑤ 张玉峰：康家渡本地乡绅。

五日癸丑　天气晴明。摹金石文字二方，节临《醴泉铭》《十三行》《乐毅论》《皇甫碑》各一方。日午朝食。趁墟，巡街市至关，登楼寄兴，下春还。夕餐。夜见新月。

六日甲寅　天仍晴明。节临《圣教序》《黄庭经》二方。日午朝食。闺人复患嗽，延徐炳灵来诊视。夕餐。得牟惠庵书，于昨日自成都还局，馈盐鸭，为寓纺女九月二十四日第十二书。得杨玉行、湛亭乔梓书，得周梅生大令书。作简答惠庵。夜月，畜金钟虫犹稜稜作声。

七日乙卯　天仍晴明。节临《东方画像赞》《道因碑》二方四幅竟，为长孙曾荫①学习。夕餐。

八日丙辰　晨晴，少选阴雨，数点止，复晴。作书致裕子善刺史。答吴君如书。日午朝食。至关，登楼远眺，作第十一书谕其世，书盈长纸二幅，下春归。晚餐。入夜星宿，月影朦胧。

九日丁巳　晨阴。作书致杜德玉，以谕其世书丐其寄都，遣役费喜持往遂宁。日午朝食，下春天霁。晚餐。

十日戊午　恭逢慈禧端佑康颐昭豫庄诚寿恭钦献皇太后万寿，设位于紫云宫②，五更步往朝贺，少选归。先大夫生日致祭。日午朝食。录咏梅花诗数叶，为其稚③作引式。

王紫垣自青堤渡来馆，左臂所患已大愈。夕餐。役自遂宁还，得杜德玉书，为寓其世八月四日第十书、十九日第十一书，寄头场闱艺及试帖诗。文笔用意颇知构思。得吴君如书。晨晴，下春微雨片时，夜仍晴。

---

① 长孙曾荫：沈曾荫，字仰放。沈其谷长子，沈贤修长孙，1885 年生。
② 紫云宫：康家渡一个专供举行各种祭祀庆典、娱乐活动的公共中心场所。
③ 其稚：沈其稚，沈贤修第四子，1888 年生。其母李香兰，为沈贤修"侍妾"。

十有一日己未　晨晴。料理俗事，日午朝食。录旧作烟波楼[①]
七律五首。薄暮晚餐。入夜雨声淅沥，达旦不绝。

十有二日庚申　晨雨犹不止。理发，日午朝食。雨复淋漓，院
落积水。录烟波楼诗五首。薄暮晚餐。

十有三日辛酉　天气浓阴。先室周宜人[②]忌日，致祭。何又晋
大令[③]赴蓬莱镇[④]检验，自杨桃溪舟行过此来诣，为具酒食留晨饮，
来定生慧庵，谈良久别去。下春晚餐。入夜微雨，旋止。

十有四日壬戌　晨仍凝阴，天气渐寒。吹霎，日午朝食。读昔
年日记，感慨系之。及王紫垣少谈。夕餐。入夜微雨。

十有五日癸亥　晨雨。以感寒未谒庙，命其颖灶神行香、祀财
神、拜祖。日午朝食。宜园山茶初放花。役钱恒献红豆子数枝供瓶
中，朱实累累，可玩。夕餐。

十有六日甲子　晨起理发，天气晴霁。粟穆仲邀饮，呼肩舆发
康家渡，二十里至青堤渡。牟惠庵、张二南、孙芝轩、张霁庵、李
奇臣、王谦丞[⑤]皆自杨桃溪先至。聚谈，偕诸君登署后山，游览良
久。高春开筵，下春酒阑。以路远，别诸君先归。暮霭横空，晴岚
匝地，夕阳在巘。远树笼烟，望若画图，心目俱爽。日暮抵康家渡。
入夜月色皎然。

十有七日乙丑　天气晴明。先室周宜人生日，致祭。长孙曾荫

---

①　烟波楼：建于涪江边山麓，与康家渡盐关为一体。光绪十一年乙酉（1885）三月沈贤
　　修到任来此后，于光绪己丑（1889）前后，捐资修建了此楼（参见乙未闰五月十二
　　日、丁酉二月二十七日日记），命名为"烟波楼"，以作登高远眺、憩息待客之用，亦
　　有俯看、监视盐关公务之用。日记中多次出现的"登楼"，即登烟波楼。
②　周宜人：涪陵人，沈贤修原配夫人，咸丰辛酉（1861）成婚，同治乙丑（1865）病
　　逝。
③　何又晋大令：何作照，时任蓬溪县知县，广东香山人，优贡出身。
④　蓬莱镇：在蓬溪"县西一百五十里"，因其"为西乡巨镇"，故特在蓬莱镇设立县丞
　　署，区分于其他乡镇，强化治理职能。时任蓬莱镇县丞，即日记里多次述及的端秀
　　（午君）。
⑤　牟惠庵等六人，皆为设于杨桃溪的四川官运盐厘分局射蓬两厂水路引票盐厘局官员。
　　杨桃溪在青堤渡上游十里。

生日，以所录烟波楼诗作帙与之。朝食汤饼，感寒未愈。夕餐。入夜月明如昼。

十有八日丙寅　晨晴。邮雏弟二十初度，以所书《昼锦堂记》屏四幅、时辰表、笔墨石章为寿，合家相贺，晨食汤饼。高春，巡街市至关，登楼眺望，下春归。治酒食为邮雏弟寿，予不入座。晚餐。入夜月光如水。

十有九日丁卯　晨阴。日午朝食。作书致何又晋，遣役贺喜持赴蓬溪。高春天霁，夕餐。入夜天霁。

二十日戊辰　晨大雾，天气晴明，日午朝食。为牟惠庵、骆泳卿、高鹤轩①、周梅生写折枝梅花聚头，镇日拈毫，下春竟。夕餐。及王紫垣少谈。

二十有一日己巳　天大晴明，日午朝食。为粟穆仲之弟叔坚学固写梅花聚头。理发。役自邑城归，得何又晋报书。夕餐。入夜星宿。

二十有二日庚午　晨阴。料理俗事，日午朝食。甘爵卿、黄子清②来见，坐良久去。夕餐。入夜星宿。

二十有三日辛未　晨大雾。先母吴太夫人生日，致祭。日午朝食。庶母陈来定生慧龛，坐良久。夕餐，入夜星宿。作书致张雩庵③。得裕子善刺史书。购得高丽参数枝。

二十有四日壬申　侵晨大雾，日午朝食。巡役查获窃贼数人，笞责逐之去。下春天霁，夕餐。得张雩庵报书。

二十有五日癸酉　天气凝阴。趁墟，晨巡街市至关，坐良久，归来朝食。宜园橘经霜，朱实离离可玩。闺人患嗽，延徐炳灵来视垣。夕餐。

---

① 骆泳卿、高鹤轩：皆为盐政官员。
② 甘爵卿、黄子清：皆为康家渡本镇乡绅。
③ 张雩庵：张礼辛，字雩庵，时任射洪盐厂专司押运的官员。光绪二十一年（1895）十月，调署崇州州同。

二十有六日甲戌　天仍浓阴。右齿作痛，罢晨餐。陆旸谷①期后日还成都，命其颖作书寄纺女。夕餐。致杨巽甫书。

二十有七日乙亥　天气晴霁。先大夫忌日，致祭。日午朝食。作第十书寄纺女。治酒食为陆旸谷饯别，命其颖款待，邮雏弟、王紫垣、协堂同聚，予不入座。夕餐。得其世九月三日第十二书。馈旸谷朱提六金，为备舆资钱五缗。

二十有八日丙子　天仍晴暖。为陆旸谷具汤饼，食已送之行。日午朝食。蓬溪团保局绅刘听泉茂才荣廷来见，少坐行。闺人患嗽，延徐炳灵来诊视。夕餐。

二十有九日丁丑　天大晴暖，晨起理发。作简致粟穆仲，遣役持往。日午朝食。役查获李甲、郭乙素为不善，笞责示儆。刘听泉、黄秀夫来，少坐行。夕餐。

三十日戊寅　天仍晴明。为粟叔坚画佛。粟穆仲来，留小住，为设榻宜园宾厨，共朝食。高春，偕穆仲至关，登烟波楼游览，复至山亭②坐良久。下春归，来定生慧龛观所藏古玩。张灯小饮，初更酒阑。观所藏书画册，三更散。

十一月

十有一月建甲子，朔日己卯　天仍晴明。未谒庙，命其颖灶神行香、祀财神、拜祖。留粟穆仲复小住，观所藏书画。日午朝食。

---

① 陆旸谷：不详，或系沈贤修继妻陆氏（日记中的"闺人"）家族中人，居成都。
② 山亭：沈贤修依山麓建烟波楼时，在楼和山道之间搭建了一条通道，又于山道旁建一小亭，从烟波楼可以直接走山道到达山亭。

偕穆仲渡涪江，谒席文襄公墓①，读墓碑。买舟行八里，谒贾阆仙
祠②，读壁间诗。薄暮，溯流至王家湾，登岸乘舆，归已初更矣，
置酒对酌。数月来心怀倦草，殊乏清趣，偶得嘉宾，两日登山临水，
读画衔杯，少助逸兴。及穆仲谈至二更散。刘听泉辞还邑城。

　　二日庚辰　天仍晴暖。为粟穆仲具汤饼，同餐食已，送之登舆
去。初，蓝逆猖乱，邑人及四方远来避乱者，醵金于署后山修人和
寨③，布置严密。贼平，首人藏器械于寨，秘不使人知，恐生觊觎。
七月，蒲斗南补映川，黄和兑与周自晖因事生隙，谓自晖、余万理
将器械毁卖，邀郭绍汾、冉麟瑞控于县。何又晋来此与予筹商，官
廨西偏旧有屋两楹，欲存于此以息讼端，允之。至是属团保局绅刘
听泉来相度，于两楹外增修一室藏之，是日兴工。延徐炳灵来为闺
人诊视。眷属至关游览，下舂还。夕餐。

　　三日辛巳　天仍晴明。王紫垣以其弟妇丧，暂辞还家。日午朝
食。为粟穆仲画佛于纨素。庶母陈感寒，延徐炳灵来诊视。夕餐。
张孟劬以乡试朱卷寄赠。

　　四日壬午　天气晴明。为粟穆仲作篆书纨素。日午朝食。以五
色纸临金石文字八方。夕餐。

　　五日癸未　天气晴暖。临《醴泉铭》《乐毅论》《十三行》《道因
碑》四方。日午朝食。散步至关，登楼远眺，下舂还。延徐炳灵来
为闺人视垣。夕餐。羊生羍。

---

①　席文襄公墓：席书（1461—1527），字文同，号元山，蓬溪县吉祥镇人。明弘治三年
（1490）进士，官至礼部尚书，加太子太保衔，卒赠太傅，谥"文襄"。墓在今蓬溪县
红江镇文武村。
②　贾阆仙祠：晚唐著名诗人贾岛（779—843），字阆仙，唐河北范阳人。唐文宗时，贬
官至遂州，任长江县（县治在元代废，分属今遂宁市大英县、蓬溪县境）主簿，在此
留下不少传诵后世的诗篇。贾祠始建于宋，清嘉庆间重修，位于蓬溪县境内涪江右岸
的沿江平坝地带（旧名长江坝），时归蓬莱镇管辖（参见乙未闰五月九日日记）。遗址
在今大英县回马镇梨园村东。祠傍明月山，在康家渡下游八里。今已不存。
③　人和寨：又名如意寨，咸丰三年（1853）始建于康家渡场镇背后山上，三面临水，一
面靠山，地势险要，是清代有名的防御建筑。

六日甲申　天气凝阴。晨起，临《皇甫碑》《同州圣教序》《东方像赞》《黄庭经》四方。日午朝食。牟惠庵遣仆周祥至卡盘验，诣见。薄暮晚餐。

施鹤雏愚①，涪州人，本年恩科获隽，名第五，自成都还里，舟行过此，遣仆持刺来候。其尊甫鹤笙太史纪云，在都与儿子其世相识，因往诣之。鹤雏将应礼闱试，属至都晤其世，传语平安，谈良久归。

七日乙酉　天仍凝阴。粟穆仲见予为曾荫临各体书，爱之，连日为书屏四幅持赠，作简致之，遣役持往。理发，日午朝食。闺人嗽仍未止，延徐炳灵来诊视。复得红豆数枝，供瓶中雅玩。夕餐。

八日丙戌　天气凝阴，大风。日午朝食。作第十二书谕其世。得粟穆仲书，庆印堂②文武闱事竣，奉檄回任。夕餐。

九日丁亥　天仍浓阴。作书致杜德玉，以谕其世书丐其寄都，遣役费喜持赴遂宁。日午朝食。送陆旸谷舆夫还，得旸谷书，于月之三日至成都，馈虾、瓜、馎饦③。得纺女不列号书。得仆李裕书。为庶母陈作小楷纨素。天霁，少选复阴。去岁水仙发花十余头，将放以水石养之，作案头清供。夕餐。入夜天复晴，月色皎然。读吴梅村诗。

十日戊子　晨阴。日午朝食，天霁，高春复阴。役自遂宁还，得其世九月十八日第十三号书，九月十二日顺天乡试榜发，不第。吾池州周缉之学熙、曹石如汝霖获隽。薄暮晚餐。

十有一日己丑　天仍浓阴，料理俗事，日午朝食。闺人患嗽渐

① 施愚（1875—1930）：字鹤雏，涪陵人，光绪戊戌（1898）进士，选派游学日、英、德，后回国，任翰林院编修。后任山东巡抚府顾问、度支部清理财政处总办、法制院副使等职。民国建立后，任大总统秘书、法制局局长。1915年9月任洪宪大典筹备处委员。袁世凯复辟失败后，施愚被通缉，后入江苏督军李纯幕府充高级顾问。北洋军阀覆灭后，返乡闲居以终。

② 庆印堂：满洲人，时任射洪县盐大使，衙署在青堤渡。

③ 馎饦：当地流行的一种面食，水煮后食。

瘰，仍延徐炳灵来诊视，疏方药。下春濯足。天气严寒，屋中置火。夕餐。

十有二日庚寅　侵晨大雾，天气晴明。理发。存辉妹①生日，晨食汤饼。眷属至关游览，下春归。作书致吴紫澜。治酒食家人宴乐，予不入座。晚餐。

入夜月明如昼，一片寒光，阶前独对，触人丛感。得周梅生②书，梅生于昨日自成都还杨桃溪牟惠庵幕中，为寓纺女十月三十日第十三书，杨玉行③奉檄赴忠州。听讼。

十有三日辛卯　晨晴，暖日烘窗。女纹④生日。朝食至关，登楼眺望。作书寄晚雏弟，致杨巽甫书。下春天阴，归来晚餐。王紫垣来塾，谈良久。夜月朦胧。

十有四日壬辰　天气晴暖。长至节家祭。日午朝食。庶母来定生慧龛，谈良久。闺人腹泻，延徐炳灵来诊视。薄暮晚餐，入夜月明如昼。

十有五日癸巳　天仍晴明。未谒庙，命其颖灶神行香、祀财神、拜祖。存辉妹体中不适，延徐炳灵来诊视。作书致周眉生。谕仆李裕书。致杨湛亭书。日午朝食。眷属至关游览，下春归。得粟穆仲书，告庆印堂十八日上事。夕餐。夜月皎然，清光似水。

十有六日甲午　天气晴明，日午朝食。王紫垣携其孙协堂，率郯雏弟、其颖泛舟游贾阆仙祠，下春还。作第十一书寄纺女。夕餐。入夜月色玲珑。

十有七日乙未　天气凝阴。复作第十二书寄纺女，日午朝食。庶母陈期明日还成都，赠朱提五十金，更为备装，治酒食为饯别，家人聚饮。予以齿痛，未入座。

---

① 存辉妹：日记中"赵孺人"所生女，似为沈贤修堂妹。待考。
② 周梅生：举人，沈贤修亡妻"周宜人"家族中人。时已选任为广西知县，但请假回蜀尚未赴任，暂为牟惠庵幕宾。参见丁酉（1897）三月二十一日日记。
③ 杨玉行：名宝珩，沈贤修次女沈纺的亡夫杨桐孙之父，亦为日记中"杨湛亭"之父。
④ 女纹：沈纹，沈贤修第四女，侍姜李香兰所生。

十有八日丙申　天气凝阴，飞雨数点，旋止。庶母陈携邮雏弟登程，偕家人送别，遣役费喜送往，遣仆山云送至太和镇。仆周长寿之妇王，携其女亦同行。日午朝食。牟惠庵以聚头索书，为作行书，录拙句数首。浓云密布，大雨片时。薄暮晚餐。

十有九日丁酉　天气浓阴，晨起理发，日午朝食。围雏自太和镇还，得邮雏弟书，携仆山云赴成都。薄暮晚餐。

阅邸抄，奉上谕："头品顶戴、四川布政使龚煦瑗，着赏加侍郎衔，以三品京堂候补，派充出使英、法、义、比国钦差大臣。四川布政使着王毓藻①补授。钦此。"

二十日戊戌　晨阴，小雨。牟惠庵邀晚饮，呼肩舆发康家渡，二十里至青堤渡。庆印堂前日上事，诣贺不值。十里至杨桃溪，诣张雩庵，留晨饮，印堂、粟穆仲、孙芝轩、张二南皆在座。印堂、穆仲昨日来此，下榻雩庵寓斋。酒阑，偕五君散步至惠庵处，晤周梅生大令，别两年。惠庵子灿生茂才文煊出见。张灯开筵，及诸君同聚，初更后酒阑客散。印堂还青堤渡，惠庵为予设榻留宿。晤高鹤轩、骆泳卿及梅生、惠庵，长谈。

二十有一日己亥　天仍浓阴。粟穆仲将还青堤渡，期明日旋成都，偕高鹤轩步往张雩庵处诣送，谈良久还。共牟惠庵、周梅生、骆泳卿、鹤轩朝食。庆印堂邀饮，辞不赴，惠庵往。及梅生作镇日谈。下春，灿生具酒共酌。入夜，惠庵还，谈至三更散。

二十有二日庚子　天仍凝阴。作第十三书寄纺女，适周梅生有足至，丐其携往成都。为牟灿生临《醴泉铭》。共惠庵、高鹤轩、骆泳卿、梅生朝食。诣张二南、孙芝轩，谈良久，张雩庵亦在座，下春还，芝轩馈肴及馅谕②。共惠庵诸君晚饮，及梅生话旧，三更始散。

---

①　王毓藻：光绪十九年十月五日（1893年11月12日）任，光绪廿三年二月五日（1897年3月7日）调任贵州巡抚。

②　馅谕：当时流行于川北地区的一种油炸类面食。

二十有三日辛丑　天气凝阴。为牟灿生作篆书、八分书楹联。为高鹤轩、骆泳卿作八分书联，梅生篆书联。为王筱珊二尹寿萱、朱汉云锦文、杨柳桥文海作八分书联。共惠庵诸君朝食。薄暮，惠庵置酒小酌，共诸君射覆、赌酒为乐。入夜及惠庵、梅生长谈。

二十有四日壬寅　天仍浓阴。牟惠庵制汤饼，共诸君同啖。张二南、孙芝轩、张雩庵见过，谈良久行。下春，共惠庵诸君小饮，夜谈至三更散。

二十有五日癸卯　天气浓阴。为胡子玉瑞金、寿卿瑞昌兄弟作八分书楹联，共牟惠庵诸君朝食。高春，偕惠庵、周梅生、骆泳卿过张雩庵处小坐，登楞严阁，游眺良久归。下春，惠庵邀饮，梅生、鹤轩、泳卿同坐，更约钟季卿鸿钧、雩庵来同聚，赌酒为乐，初更后酒阑客去。及梅生、惠庵复谈至三更散。

二十有六日甲辰　天仍浓阴，日午朝食。别牟惠庵、骆泳卿、高鹤轩、周梅生。发杨桃溪，十里至青堤渡，诣庆印堂，留宿。谈至张灯，置酒对酌。夜谈至二更散。雨声淅沥。

二十有七日乙巳　侵晨仍飞小雨。庆印堂留食汤饼，食已，见其室钮祜禄宜人。别印堂，二十里抵康家渡，张灯晚餐。及王紫垣少谈。得其世十月二日第十四书。月余来右齿作痛，今日落第七齿。（右上第八，三十三年三月二十五日改。）

二十有八日丙午　天气凝阴，时飞冻雨。日午朝食，料理俗事。作书致郭恒甫二尹。理发。存辉妹感寒，延徐炳灵来诊视。薄暮晚餐。

二十有九日丁未　天气微阴，日午朝食，高春天霁。街民何开基献橘二百枚，赉千钱。申刻，侍妾李免身①，得第五子②，大小安善。夕餐。入夜星繁满天。

---

① 侍妾李：名香兰，约生于 1869 年。10 岁入沈府为婢，后纳为沈贤修侍妾。免身，即分娩。

② 得第五子：此前四子为其谷、其颖、其稔（早夭）、其稚。

三十日戊申　晨霜敷瓦，天大晴明。昨日所举子名曰其采，《说文》："禾成秀也，重文作穟。"字曰公实，小名阿五。园丁萧甲献黄橙二百枚，给以值。作简致牟惠庵，馈橙二十枚。薄暮小饮，入夜繁星。

十二月

十有二月建乙丑，朔日己酉　侵晨大雾。谒文昌神庙、镇江王祠、萧曹社公祠、灶神行香。至关，谒镇江王位前行香。楼头红梅含苞欲吐，少坐归。祀财神，拜祖。及王紫垣少谈，具书、币聘紫垣明岁授读。吏役以得子谒贺，日午朝食，洗儿①。以茜鸡卵馈紫垣、朱辅周，及铺民、吏役、仆媪、下走，皆赉之。天气晴明，东轩窗外橘熟，摘盈筐分给家中人。薄暮小饮。得周梅生书。仆山云自成都还，得晚雏弟书。邮雏弟随庶母陈于二十三日抵家，沿途平稳。山云献菜把。入夜星宿满天。

二日庚戌　晨阴，理发。作第十四书寄纺女，丐周梅生交便寄成都。致梅生简，馈茜鸡卵二十枚，遣役洪泰赍往。日午朝食。役旋，得梅生报书。薄暮小饮。入夜天气晴霁，星繁如豆。

三日辛亥　天气晴明。日午朝食。街民张兴顺等二十人馈豚肩、鸡、粳米、蔗霜、鸡卵百枚，悉受，诣贺生子。得牟惠庵书。李卓如别驾赴告，其母吴太夫人以疾卒于家。夕餐。入夜星宿，见新月。

四日壬子　天仍晴暖。初，其世书来，奚锡三绍声，江苏常州府人，以家祠匾额楹联录寄，丐予篆书。冬窗晴暖，乘兴挥毫，联语云："车正祖俊，豢龙宗耆，宁云华胄遥遥，要是同源一本；著邑传经，宜城翊运，试看典型卓卓，当思裕后光前。"七言云："媺母仁贤垂懿则，挚任孝敬播徽音。""西庑并歆两楹奠，东郊重绘一宗

---

① 洗儿：旧俗，婴儿出生三天或满月，要为其洗身，届时亲朋前来聚贺。

图。"日午朝食。

朱辅周来贺生子，谈良久行。薄暮晚餐，入夜星宿。侍妾李体热多汗，延徐炳灵来诊视，疏方药，少坐去。

五日癸丑　天气晴明。上张霭卿廉访、延旭之观察、钱荣山军门、张麟阁观察书，贺饯岁。日午朝食。致陈润甫太史书。侍妾李昨日服徐炳灵药，汗稍止，体热亦减，仍延之来诊视，易方药。夕餐。

六日甲寅　天气凝阴，大风。得庆印堂书，即作答，馈茜鸡卵。作书唁李卓如别驾，致赙十金，遣吏王荣桂赍往。上梁彦臣太守书，致杨耀珊、赵达泉、谢品峰书，皆贺饯岁。日午朝食。烟波楼侧红梅作花，折供瓶中，寒香冷艳，足寄闲情。致余寿平太史书①。夕餐。得潘梦松成都书。

七日乙卯　天气晴暖。作第十三书谕其世。日午朝食。王协堂童子辞归家，赠青蚨②千枚。院落迎春花初放。夕餐，入夜小雨。作书致徐质夫③寺丞。

八日丙辰　晨阴，仍飞小雨。以腊八粥献祖、供佛、祀财神。理发。致岳恒华、武玉泉、张昆山书贺饯岁，馈麦酱、盐鸭、风鸡、鬇鱼。薄暮小饮。

九日丁巳　天气仍阴。作书致杜德玉、周治甫，馈藏香、馎饦，以谕其世书丐其寄都，遣役蒋荣持赴遂宁。日午朝食。有李宗孝者，素为不善，两番责惩，自知悛悔。今在镇坐理，传其父永清及其兄宗顺、宗和来案，饬令给青蚨四缗为作资本，藉以糊口。夕餐。得

---

① 余寿平太史：余诚格（1856—1926），字寿平，安徽望江人，光绪十五年（1889）进士，次年（1890）授翰林院编修。历任山东监察御史、广西按察使、湖北布政史、陕西巡抚、湖南巡抚。秉性刚直，曾因御史任内三个月间，共上奏章70余道参劾时弊，名震京畿。

② 青蚨：本为传说中的飞虫之名，古代借指铜钱。

③ 徐质夫：徐定文，字质夫，安徽石台人，时任大理寺丞。其女即后文日记中的"徐新妇"，嫁沈其谷（其世）为继室。

庆印堂馈豚肩、鸡、蔗霜、鸡卵，受之，作书答谢。

十日戊午　晨阴。上书夏菽轩①、文云衢②两观察，申缴签验票一百九十六张。上菽轩、云衢书贺馂岁。致李湘泉、何砚劬、黄俊臣书，遣役邹兴、蒋玉持赴泸州。致何又晋、孙炳荣、李楚珍、宣毅生书，皆贺馂岁，遣役朱继持赴蓬溪。日午朝食。

役蒋荣自遂宁还，得杜德玉、周绍甫书，馈红枣、木瓜，旹廉庵馈果丹皮。得其世十月十八日第十五书，身子安善，藉慰远怀。夕餐。

十有一日己未　天气浓阴。料理俗事，日午朝食。盐吏王荣桂自太和镇还，得李卓如别驾书。得牟惠庵、周梅生书。夕餐。入夜天霁。

十有二日庚申　晨仍阴，日午朝食。王紫垣辞，归家度岁，馈青蚨二缗、醃豚蹄、羹鱼、藏香，送之登舆。行书堂皇外春联，仪门云："甲第云连，康衢春满；午衙日静，关市风和。"仪门内楹柱云："岁德在甲，日正当午。"大堂云："甲木蕃萌，万物荣敷占大有；午云呈瑞，四郊熙穰庆同人。"左右楹柱云："甲夜视事，午时告牌。"正室联云："甲纪周回，添丁乐岁；午晴久坐，稚子嬉春。"晚食水角。

役费喜自成都还，得晚雏、邮雏弟书，庶母陈为寄馎饦、盐鸭、橄榄、腐乳。得纺女第十四书，为寄盐鸭。得杨湛亭书，馈馎饦、香肚。得陈元椿、周眉生、仆李裕书。渔人潘海献鱼八十斤，给以值。

十有三日辛酉　天气浓阴。晨起濯足，日午朝食。检得石章，镌"甲午"朱文方印，"午"字仿汉铜雀宫砖，马形③，下春竟。闰

---

①　夏菽轩：夏时（1837—1906），字菽轩，湖南桂阳人。时任四川官运盐务总局（设于泸州）总办。后任四川按察使、陕西巡抚等职。

②　文云衢：文天骏，字云衢，贵州清镇人，同治六年（1867）举人。在蜀办盐务十余年。时任四川官运盐务总局帮办，后继夏时任总办。

③　此印钤盖于甲午年日记手稿本首页。

人肝气不适，延徐炳灵来诊视。晚食水角。

十有四日壬戌　天仍凝阴，日午朝食。理发，料理俗事，夕餐。入夜天霁，月色皎然。

役朱继自邑城还，得何又晋书贺饯岁。文移奉上官檄，准礼部咨："本年十二月二十一日己巳，宜用辰时封印吉；二十年正月十九日丁酉，宜用午时开印吉。"寄到本年俸薪银九十七两七钱四分二厘。

十有五日癸亥　晨晴。谒文昌神庙、镇江王祠、萧曹社公祠、灶神行香。至关，谒镇江王位前行香。楼头红梅作花，赏玩良久，归来朝食。作书致何又晋。书盐关春联，下春竟。得牟惠庵书，以咏梅七律四首示我。得周梅生书，为寓纺女月之九日第十五书。夕餐。

十有六日甲子　天仍凝阴。作书答牟惠庵、周梅生，赠红梅数枝，腾以山茶花，遣勇士持还。上熊坦然太守书，致裕子善刺史、郭恒甫二尹书，皆贺饯岁。理发，晚食馎饦。仆白升朝食呕吐，神气大衰，急延徐炳灵来诊视，疏方药，以高丽参、鹿茸与服，药不下咽，奄奄一息，迨不起矣。

十有七日乙丑　丑刻，仆白升卒。仆，雅安县人，年七十三，无子。咸丰壬子，先大夫赘婿打箭炉，张宜亭外祖署仆，供外祖驱使已有年矣。外祖殁，随外祖母薛太宜人，勤谨不少惰。先大夫庚申岁筮仕来蜀，即留录用垂二十年，无论巨细事，身任之不辞劳。时有媪白潘氏，侍继母张太夫人，年老无子，太夫人以仆父母早故，命媪收为养子克尽孝。媪死，为之丧葬尽礼，朴实无华。予授任，随之来亦近十年，以积劳患喘嗽，不使奔走，听其静养。入冬后，身体健适，方谓可享大年，遽尔以无疾终。相随四十余年，殊深悼恻，为之棺敛。日午朝食。天气凝阴，寒甚，夕餐。

十有八日丙寅　天仍浓阴。以时羞冥镪，遣其颖至仆白升枢前祭之，午刻葬于文昌会义地。日午朝食。甘爵卿来见，谈良久去。

晚餐。

十有九日丁卯　天气凝阴。除寝室尘，日午朝食。得郭恒甫书。薄暮小饮，食馉馇。夜雨淋漓，闻檐溜声。农田待泽方殷，得此甘澍，足慰民望。

二十日戊辰　五更，有偷儿入署，于堂皇右室开窗，窃取衣笥。其颖枕上闻屈戌声，披衣起视，遂由宾厨逾垣而去，饬役往捕无踪。除正室尘，日午朝食。雨镇日淅沥不止。作书致何又晋，遣役钱洪持往。夕餐，入夜仍飞小雨。

二十有一日己巳　晨雨止，天仍浓阴。辰刻，朝衣冠拜阙，拜印、封印、升堂皇，受吏役贺。拜祖，合家庆贺。

骆泳卿赴泸州，舟行过此，遣仆候之。朝食。得牟灿生书，告周梅生还成都，以外姑芮宜人去世，徐书田别驾室也。夕餐，夜飞小雨。官廨左右墙皆颓败，呼工筑之。

二十有二日庚午　天气凝阴，雨仍淅沥，猎猎寒甚。日午朝食。新得小儿感寒鼻塞，延徐炳灵来诊视。役钱洪自邑城还，得何又晋书。治酒食及家人聚饮，予先饭，初更酒阑。赉诸仆吏役酒食，牟惠庵仆周祥亦与焉。夜仍小雨。

二十有三日辛未　天仍凝阴，时飞雨点。除书斋尘。初，篆书"定生慧龛"横额潢治成轴，悬之。折红梅、迎春，共賸一瓶以寄兴。日午朝食。何开基献橘四十枚。糊宾厨四壁，夕餐。

得其世十一月二日第十六书，寓吾乡陈炳如文燨、张省三学铭、杨寿泉南山、陈煦村先之、杨希庵文台诸君书，以修文庙属捐资。得西商张松林长茂书，得庆印堂书。二更祀灶。

二十有四日壬申　天气微晴。晨起理发，日午朝食。役刘荣献雉，李忠孝献蔗霜。料理俗事，夕餐。

二十有五日癸酉　天仍凝阴，飞雨数点，旋止。作书致牟惠庵，馈糍糕、薧鱼、凤鸡、藏香、黄橙，遣仆得元赍往，更以红梅数枝赠之。日午朝食。

　　阅邸抄，张华臣司马名杰①，奉檄权太和镇通判事②。夕餐。仆旋，得惠庵报书。入夜大雾，星繁如豆。

　　二十有六日甲戌　晨霜大雾，天气晴明。馈铺民张兴顺、张寿元、王福全、曹万顺、陈丰泰、杨大川、席三益、何茂光、黄子清、萧柏林、喻中山、毛洪泰、温行庆、何兴仪糍糕、面角、鬞鱼、炙脯、馎馀、橘、线香，悉受。馈周朗轩、黄秀夫糍糕、面角、鬞鱼、炙脯、馎馀、橘。馈方正上人馎馀、炙脯、线香。馈续泉糍糕、面角、线香。皆悉受。日午朝食。暖日烘窗，和煦如春。盆兰旧本发花数十蕚渐开。

　　牟惠庵遣役马福持书来，馈朱提八金。仆与惠庵交非泛常，却之，更赠大藏香四只，以酒食赍来使，作书答谢遣还。馈徐炳灵馎饦、炙脯、青蚨千枚，悉受。夕餐。

　　二十有七日乙亥　天气微阴，料理俗事。以青蚨二十四缗给家中人度岁。日午朝食，天霁。牟惠庵复遣下走持书来，赠朱漆桃形盒、方盒各一双，受之。致书答谢，以旧藏双耳水椀一枚报之。续泉馈蔗霜、蜜梨、姜糕、桃片，受之。以食物四种赠朱辅周，悉受。夕餐。

　　役邹兴、蒋玉自泸州还，奉夏菽轩、文云衢观察檄，发签验费银二百三十四两三钱。得何砚劬、黄俊臣、李湘泉报书。

　　二十有八日丙子　晨阴。继母张太夫人忌日，致祭。日午朝食。赍仆媪、下走、吏役青蚨三十二缗度岁。方正馈甜酒、糍糕、花生、米糕，周朗轩、黄秀夫馈鸡、鹜、豚肩、羊、米糕，皆悉受。濯足。得庆印堂书。得孙炳荣、宣毅生书贺钱岁。夕餐，入夜天霁。

　　二十有九日丁丑　丑刻立春，天气晴明。晨起理发，日午朝食。

---

① 张名杰：字华臣，湖南善化人，监生。
② 太和镇通判：即潼川府通判，其衙署设在射洪县太和镇，管辖三台、射洪、遂宁、蓬溪、盐亭等县盐井事，上述各县盐大使亦归其管辖。

得庆印堂书，馈糍糕、兔脯，作书答谢，亦以食物报之。得张华臣别驾太和镇书，告月之二十七日受任。

率家人陈设果饼于正室案，内外张灯彩。侍妾李生子，弥月出户，其颖抱之拜祖、拜灶，合家庆贺。铺民馈豚肩、蔗霜、橘饼、糖果、瓜片，受之。赍贫民钱。晚餐，入夜繁星满天。

以新举幼子，成五言古诗，兼示长子其谷："抱关涪水岸，于今近十年。阳生冬子月，上九日转申。（《瑯嬛记》："古人以二十九日为上九，初九日为中九，十九日为下九。"）投怀占吉梦，桑弧设当门。元白五十八，添儿慰华颠。（元微之、白乐天俱五十八岁生子，余年恰合。）官衙聊自遣，较胜宦囊钱。今朝汤饼会，摩顶话宾筵。商瞿欣晚岁，五子得联翩。伯氏①年三十，六载客幽燕。仲氏②齿少一，诗书日以研。惜哉是叔③也，文字知穷源。胡为年不永，苑结树北萱。（第三子名其稔，聪慧不好弄，喜读书，卒年七岁。濒危，尤著灵异。后附其谷体，备言生前及未来事，无少差。）季子④今六龄，笔墨解弄顽。雁行咸有序，怡怡弟与昆。伯氏膝前儿，行坐随晨昏。长者就外傅，次者相比肩。今汝⑤俨然叔⑥，呱呱绷被间。诞生弥厥月，黍谷恰及春。（是日立春。）全家供一笑，喜色上眉痕。咳名曰其采，秀实发牲牲。（采或从禾惠声作穗。《说文》："采，或秀也。"）未遂我初服，式谷望子孙。接武绳祖德，蒙养乐天真。向平素多累，勿谓食指繁。万事皆前定，儿女亦一端。但愿团圞聚，此外等云烟。"

三十日戊寅　四更起，内外张灯，五更以少牢祀神祇，坐以待

---

① 伯氏：这里指长子沈其谷。
② 仲氏：这里指次子沈其颖。
③ 叔：这里指第三子沈其稔。
④ 季子：这里指第四子沈其稚。
⑤ 汝：这里指刚出生不久的第五子沈其采。
⑥ 叔：当叔叔，这里指沈其采虽为婴孩，但在辈份上却是沈曾荫、沈曾祐的叔叔。

旦。天气浓阴。得庆印堂书，即作答。日午朝食。遣仆至关，镇江
王位前致祭。盆兰着花，置案侧与瓶梅、山茶争妍，岁寒清供，耐
人赏玩。张灯，设馔祭祖。及家人团圞饯岁。遥忆其谷，留滞京师
六度岁华，归期未定，驰思倍切。

光绪二十年甲午

正 月

光绪二十年岁在甲午，正月建丙寅，元日己卯① 五更，于堂皇拜神祇，设位于紫云宫，朝衣冠朝贺。谒关帝、镇江王、雷神、火神、日月神、文昌神、龙神、盐关镇江王位前行香。诣绅民贺年，皆投刺归。诣萧曹社公、灶神行香，陈五经四子书于案，拜至圣先师。祀财宝天王像，偕家人拜祖，合家贺年，吏役、仆媪、下走皆贺。

铺民张兴顺、张根先、曹万顺、王福全、杨大川、萧柏林、席三益、何茂光、余润泉、喻中山、温行庆、何兴仪来贺年。续泉上人来，黄子清来贺年，皆少坐去。人和寨首事甘爵卿、杨子廉、张楷峰、胡玉林、周朗轩、黄树萱、徐炳灵、甘福畴来，为具汤饼，食已行。义塾师张鸿逵来贺年。日午朝食，天气微晴。牟惠庵仆周祥来贺年。下春，设馔祭祖。张灯，及家人宴乐。二更酒阑。

二日庚辰 四更，披衣起，携仆二人、下走二人，出署巡街市。有聚赌者，捕二人归，复卧。黎明起，讯所获陈洪顺、杨光来，笞责俾荷校。天气晴霁，设玩物、食品祀金轮如意财宝天王像，偕全家拜祭。朝食水角。案头盆兰盛开，扑鼻香来，耐人领略。张灯，及家人聚饮。

三日辛巳 天气浓阴，日午朝食。舟子刘乐之、谌德洲、文兴

---

① 光绪二十年正月元日己卯：即公元1894年2月6日。

发、刘兴顺、廖银合、孙德盛、施良第，运射厂票厘盐七百余包，除夕未及时到关，是日至请验，许之。献尊酒、豚肩、食物，受之。乐之、德洲来谒见，延入，茗饮去。张灯，及家人聚饮。二更小雨，夜半雨益甚。农田待泽方殷，得此甘澍，殊可喜也。

四日壬午　天仍凝阴。释陈洪顺、杨光来。日午朝食。朱辅周、李陶臣茂才来贺年，以方栉发，辞未见。下春，邀陶臣、辅周、张楷峰、甘爵卿、周朗轩、黄树萱、徐炳灵、张鸿逵、王福全、毛洪泰、庄德生、杨大川、王宗贵、何茂光、甘福畴、席三益、余润泉、马玉成、萧柏林、喻中山、何兴仪、温行庆饮春酒，相继至。设筵于堂皇，张灯置酒，初更后酒阑客散。胡峻之、黄秀夫、张玉峰、黄子清、张根先、曹万顺，或以事，或以疾，辞不赴。

五日癸未　天气微阴。日午朝食，天霁。何德卿、献廷兄弟来贺年。曹万顺次子吉寿，名介臣，纳粟得国子监监生，诣见，皆少坐行。舟子欧洪顺、魏复顺、卓长兴运射厂票盐①三百余包，除夕亦未及到关，是日至求验，许之。献豚肩、姜糕。邬尊五来贺年，少坐行。长江坝②居民以狮戏来献，呼入署，与家人聚观，赉千钱。得牟惠庵书，即作答，遣勇士还。下春仍阴，张灯置酒，及家人聚饮。得赵达泉、杨耀珊、谢品峰书贺年。阅省抄，梁彦臣太守以疾请就医，杨子赓太守奉檄权潼川府事。

六日甲申　天大晴明。作安字第一书喻其谷，未竟。其谷于十八年考取国子监南学肄业生，去年秋九月传到，以就余寿平太史教读，请假三月。腊尾书来，拟今年移住南学。故事：国子监南北两学肄业者皆监生，庠生不与焉。其谷应考时以"监生其谷"名，今谕书仍从旧名也。日午朝食。柳树沱居民以狮子戏来献，呼入署，与家人聚观，极尽其技。东西班总役邀仆辈晚饮。张灯，及家人聚饮。夜雨。

---

① 射厂票盐：凭专用票指定购买的射洪盐厂生产的食盐。
② 长江坝：旧名，指蓬溪县境内涪江西岸的沿江平坝地带，在康家渡下游数里。

七日乙酉　晨阴。昨日谕其谷书未竟，补书之。日午朝食，天霁。仆得元以纸求书，为作正书屏四幅、八分书联。张灯，及家人聚饮。入夜见新月。巡街市。

八日丙戌　晨阴。东班役李荣故。日午朝食，天气晴霁，薄暮小饮。阅邸抄，浙江巡抚崧骏薨。奉上谕："浙江巡抚着廖寿丰补授，浙江布政使着赵舒翘补授。钦此。"兵部尚书许庚身薨，奉上谕："加恩晋赠太子太保，伊子内阁中书许之槃，赏给郎中，俟服阕后，分部学习行走；一品荫生许之鸿，着赏给举人，准其一体会试；伊孙许宝瑜，着俟及岁时带领引见。"奉上谕："吏部左侍郎徐用仪，着军机大臣上学习行走，孙毓汶着调补兵部尚书，刑部尚书着薛允升补授，李端棻转补刑部左侍郎，刑部右侍郎着龙湛霖补授。钦此。"

九日丁亥　晨阴。仆得元请假一月还自流井，拜辞而去，携役贺喜同往。日午朝食。巡役查获招赌之何茂连，送案答责示儆。薄暮小饮，晚餐。有嫠妇郝孔氏于六日遭回禄，衣物荡然，携其媳来求恤，赉千钱。

十日戊子　恭逢皇后万寿节，设位紫云宫。五更步往朝贺，黎明归。天气晴明，日午朝食。作书寄晚雏弟，为庶母陈寄朱提三十金。作第一书谕纺女。致杨玉行、湛亭乔梓书。致周梅生书。上巡盐茶道公牍，以去岁自正月至十二月止，所过中路道票计一百零二张汇缴。闻牟惠庵月之十四日，遣勇士解厘银赴成都上纳，作书致之，以各书丐其寄往。致庆印堂书。致张华臣别驾书，馈朱提十金，遣役王鉴持赴太和镇。薄暮及家人聚饮，食水角。入夜月色皎然。

十有一日己丑　晨阴。初，定生慧龛向东壁上置窗，日光激射，目为之眩，去之，仍以泥涂之。天气晴霁，日午朝食。得张二南、孙芝轩书，招十二日饮春酒，作简辞之。薄暮晚餐。入夜月光如水。

十有二日庚寅　天气晴明，晨起理发，日午朝食。得戴笛楼去秋七月开县书。笛楼为曾心荃大令理刑名钱谷事，时丁季笙代理开县，因延之兼办，以朱笺楹联索篆。乘兴挥毫，即作答，交马缙卿①来弁携去。薄暮及家人聚饮说饼。役土鉴还，得张华臣、牟惠庵报书。天无片云，月明如昼。

十有三日辛卯　四更起，携下走巡查街市。至江边，月色澄清，与波光上下相映，远树笼烟，浓霜敷野。眺望片时，归坐以待旦，天仍晴明。庆印堂邀望日晚饮，作简辞谢。日午朝食。闺人偕赵孺人②携儿女两孙至关游览，其颖亦随往，下春还。晚餐，入夜月影朦胧，夜半小雨。

十有四日壬辰　天气微阴，日午朝食。为曾荫、曾祐③、其稚作楷书为引式。薄暮晚餐。夜仍雨，闻雁。

十有五日癸巳　天仍凝阴。未谒庙。命其颖灶神行香、祀财神。日午朝食。白土坝天灵庙首事结采为龙，来署旋舞。上元节，设馔祭祖。张灯，及家人聚饮，初更酒阑。入夜，本街鱼龙灯戏来署献技，铙鼓喧阗，升平气象。二更，以汤中牢丸④献祖。得庆印堂书。

十有六日甲午　天气微阴。撤正室果饼。日午朝食。初，孙芝轩以宣纸索画梅花横幅，老干嫩枝，渴笔干皴。得杜德玉、骆灼三可俊遂宁书，寄到张松林所馈醉蟹。谢媪患病，延黄树萱⑤来为之诊视。晚餐，夜雨淅沥，枕上闻檐溜声。得夏菽轩观察书。

十有七日乙未　晨雨止，天霁。为孙芝轩写梅花。日午朝食。闺人胃腕不适，延黄树萱来诊视，疏方药。谢媪昨日服树萱药，脉似有力，仍为视垣。康保⑥离乳后，媪即来，饮食燠寒悉心经理，已五年矣。晨起见其精神大衰，令于署外养息，病愈仍来服役，含

---

① 马缙卿：名云龙，字缙卿，长安（今陕西西安）人，时任蓬溪县汛防把总。
② 赵孺人：似为沈贤修之堂伯或堂叔的遗媪，日记中"存辉妹"之母。待考。
③ 曾祐：沈曾祐，沈其谷次子，沈贤修次孙。曾荫、曾祐皆沈其谷亡妻"鲁新妇"所生。
④ 汤中牢丸：即汤圆。
⑤ 黄树萱：本镇中医。
⑥ 康保：沈贤修长孙沈曾荫的小名。

泪辞去。康保依依，暗中啼泣，殊难为怀。夕餐。

十有八日丙申　天气晴暖。择期（二十二日）送儿孙辈入塾。致王紫垣书，延之来课读，遣役费喜持往。仍为孙芝轩写梅花。日午朝食。闺人服黄树萱方药稍愈，仍延之来诊视。遣仆随树萱往，为谢氏媪视垣，病尚未减。夕餐。二更月上。役费喜还，得紫垣书，馈豚肩、千丝面、姜糕。

十有九日丁酉　晨晴。理发，朝食。午刻开印，朝衣冠望阙，行三跪九叩首礼，拜印，吏役皆贺。升堂皇，籍吏役名点卯。拜祖，合家相贺，仆媪、下走皆贺。仍为孙芝轩画梅，是日竟。延黄树萱来为闺人诊视。薄暮晚餐。

二十日戊戌　晨阴，小雨旋止。日午朝食。为曾荫临《醴泉铭》，作引式。张玉峰以楹联索篆，乘兴挥毫。得桃花、杏花数枝供瓶中。闺人疾稍愈，仍延黄树萱来诊视。得庆印堂简，告王鲁乡方伯①于十二日自万县起程，由小北路②赴成都，计程今日抵蓬溪，明日至太和镇。即作答，告明晨往迎，遣来役持还。晚餐。夜雨。

二十有一日己亥　五更起，黎明发康家渡。冒雨行二十里至青堤渡，诣庆印堂贺年，具小食。食已偕印堂同行，十里过杨桃溪，舆人小憩，细雨如丝。十五里至蒲家浩，雨止。十五里至太和镇，入东门，投三源旅舍。牟惠庵、张二南、孙芝轩皆先至，互贺新岁。惠庵具晨餐，及诸君同聚。高春，诣张华臣别驾，不值。杨耀珊自三台至，亦往诣，值他出，遂还。芝轩座中晤王鉴秋刺史、饶季音大令。两君自成都来，少谈。下春，偕诸君至行馆，晤谢品峰。张灯，王鲁乡方伯至，以次谒见。归已初更，及惠庵、印堂、二南聚

① 王鲁乡方伯：王毓藻（1837—1900），号鲁芗，湖北黄冈人，进士。光绪十九年（1893）任四川布政使，后任贵州巡抚。方伯，清代对布政使的敬称。王毓藻于光绪十九年十一月授任四川布政使（参见癸巳十一月十九日日记），故知此行是其赴任入川，前往成都于此路过。
② 小北路：即小川北路。徐心余《蜀游闻见录》："由万县陆行赴成都省，为小川北路。……计十四站，中途至顺庆、蓬溪两处，须各放棚一日。"

谈，三更始散。

二十有二日庚子　五更大雨。晨起，闻王鲁乡方伯已首途，不及谒送。巳刻雨稍止，别诸君，偕牟惠庵先行。发太和镇，出东门，行三十里至杨桃溪，惠庵再三邀，以事辞。乘舟行十里至青堤渡，适唐兴发载中路射厂票厘盐数十包，将解缆，遂乘之还。下舂抵康家渡，至关，诣镇江王位前行香。拜旗开关，登楼小坐归。王紫垣以天雨未至。张灯晚餐，夜仍雨。

二十有三日辛丑　侵晨雨，天复寒。日午朝食，雨仍不止。张灯晚餐，入夜读《左氏传》。盆中春兰发四萼，初作花。

二十有四日壬寅　晨阴。料理俗事，日午朝食。遣役费喜往迎王紫垣，下舂还，期明日来馆。晚餐。得其谷去岁十一月二十一日第十七书、十二月四日第十八书，为康保寄吴肃堂殿撰鲁书殿试策①，受业生余葆龄所习楷书。初，命其谷聘徐质夫寺丞长女为继室，质夫促之完娶，其谷缓之，质夫不允，遂卜吉十二月十三日纳征，二十一日未时迎娶。余寿平慨假二百金，并假望江会馆，情意肫挚可感。其谷书云，明年寿平处教读，再三辞不允，仍受其聘，拟辞南学肄业。入夜闻雁。

二十有五日癸卯　天气凝阴。晨起理发，日午朝食。有张魁顺聚眡，马万林控于案，呼来笞之。高舂，王紫垣明经自常乐寺至，相见贺年，儿孙皆拜见，谈良久。宜园贴梗海棠作花，山茶盛开，风日和煦，大好春光，使人意兴勃然。夕餐，入夜天仍阴。

二十有六日甲辰　天气仍阴。送其颖、其稚、曾荫、曾祐入塾，从王紫垣读书，率之拜至圣先师。及紫垣谈良久。日午朝食，雨片时止。

宜园后圃去岁增修收藏器械之屋工竣，而旧屋两楹尚须补葺。何又晋大令复属刘听泉来料理谒见，谈良久行。下舂，治酒食宴紫

---

① 吴鲁（1845—1912）：字肃堂，福建泉州人，光绪十六年（1890）状元。殿撰：清代对状元的敬称。

垣，邀听泉、张玉峰、黄子清、周朗轩、曹万顺、张根先同聚。张灯开筵，二更酒阑客散。

二十有七日乙巳　晨雨，片时止。日午朝食。其采鼻塞，延徐炳灵来诊视。为孙芝轩画梅横幅，录去岁咏梅七律八首于其上，即仿金冬心①笔法。薄暮马缙卿自邑至，查乡团见过，以方晚餐辞，未见。入夜步访缙卿于紫云宫，谈至二更归。

二十有八日丙午　晨飞小雨，旋止。天气浓阴，日午朝食。其采感寒，鼻尚微塞，延徐炳灵来诊视。得牟惠庵简，勇士自成都还，为寓子宜弟②黔中书、晚雏弟书、纺女月之十八日第一书、周梅生书、谢桐生书。薄暮晚餐。入夜小雨。

二十有九日丁未　晨雨如丝，天气甚寒。作书答惠庵，遣勇士还。日午朝食。宜园桃始华，棠棣亦初放。刘听泉辞还邑城。夕餐，入夜仍飞小雨。

二　月

二月建丁卯，朔日戊申　未谒庙，命其颖灶神行香、祀财神、拜祖。天气晴霁，日午复阴。王紫垣之孙协堂仍来读书，谒见。

昨日船户全万顺，运岳池水引二张，盐一百包到关，每引例准五十包，盘验多载一包，即传该商来案。是日其伙萧金山至，据称每年灶商馈送红盐一包，肩夫未之察，遂载入舱。饬令将多载之包提出存关，俟后配蓬厂之盐少载一包，以此包足成五十之数，昨日所验之盐为之放行。金山拜谢而去。夕餐。得粟穆仲书。

二日己酉　天仍凝阴。吏役于萧曹庙赛神，往行香。张魁顺自

---

① 金农（1687—1763）：号冬心先生、稽留山民等，钱塘（今浙江杭州）人，布衣终身。扬州八怪之首。晚寓扬州，卖书画自给。书法创扁笔书体，时称"漆书"。善用淡墨干笔作花卉小品，尤工画梅。

② 子宜弟：沈晋，字子宜，号仲陶，1839 年生，是沈贤修与诸堂弟或族弟中兄弟情谊最深厚者。

知悔过，保正邱培德具状恳释，许之。黄树萱于前日赴桂花场①设医馆，遣役延之来为闺人诊视，留共王紫垣朝食。天气甚寒，夕餐。夜雨淋漓。

三日庚戌　晨雨止，天霁。文昌神诞日，谒庙行香。日午朝食。得牟惠庵简。延黄树萱来为闺人诊视。予连日胃脘不适，亦延之视垣。春兰盛开，置案头清香扑鼻。夕餐。

四日辛亥　天气晴暖。晨起理发，日午朝食。黄树萱来为闺人诊视。予昨日服药后呃逆稍间，仍延之视垣。作书寄子宜弟。下舂天阴，宜园墙垣是日呼工用石增高。夕餐。

五日壬子　晨阴，大雨淋漓，檐溜如注。日午朝食。黄树萱来为闺人视垣疏方后，辞往桂花场。致牟惠庵简。作第二书谕其谷。下舂微雨，致张松林、杜德玉书。夕餐，夜雨。

六日癸丑　晨雨仍不止。遣役刘荣持家书赴遂宁，丐杜德玉转寄京师。日午朝食。得牟惠庵书，即作答。料理俗事。镇日细雨如丝。夕餐，入夜仍飞小雨。

七日甲寅　晨雨止，微有晴意。日午朝食。役刘荣自遂宁还，得杜德玉书。天霁濯足，薄暮晚餐。入夜见新月。

八日乙卯　晨晴，理发。谢媪卒，命役郭忠为之棺敛。日午朝食。作第二书谕纺女，致周梅生书。左手指尖微觉麻木，延徐炳灵来诊视，疏方祛风。高舂天复阴，晚餐，入夜仍晴，月色皎然。

九日丙辰　晨大雾，天气晴和。致牟惠庵书，赠折枝桃花。闻高鹤轩将入成都，以家书及致周梅生书丐其携交，遣役洪泰持往杨桃溪。日午朝食。宜园棠棣盛开，山茶花尤繁茂，春光骀荡，足资娱目，低徊久之。薄暮晚餐。

十日丁巳　晨阴。日午朝食。定生慧龛北窗下编篱、种花。宜

---

① 桂花场：在康家渡涪江对岸下游二十里，遂宁县境内。

园麝干初花。天气微晴，薄暮晚餐。蒋和卿大令传燮①奉檄权蓬溪县事。

十有一日戊午　天气微阴。日午朝食，天霁。总役邹兴举王彪充西班散役，许之。院落牡丹三株，含苞十一朵。下春晚餐。曹万顺馈高粱烧春一瓶。

十有二日己未　天仍晴明。土人李甲献新豆。日午朝食。散步至关游眺，楼头碧桃盛开，绚烂可观。隔岸菜花、蚕豆，疏黄一片，与嫩绿相间，凭高赏玩，心目俱爽。下春归，与家人聚饮。

十有三日庚申　晨起天气晴暖，日午朝食。杨科先上舍光第以锦联索书，为其外姑黄孺人寿。孺人刘氏，射洪杨桃溪人，夫殁，遗一女，无子，年十八守节。月之二十三日四十初度，即日以族子为嗣。因撰句云："四秩筵开，九畴算衍，迟花朝十一日，晋祝康宁念寿母；派分江夏，誉美浒溪，守柏操廿三年，咸看嗣续有佳儿。"薄暮晚餐。科先馈只鸡、豚肩、蔗霜、橘饼为润笔，受之。

十有四日辛酉　天仍晴明。宜园牡丹含苞三朵，山茶、棠棣、麝干盛开。石磴小坐，视仆辈删除败草。足自成都至，得晚雏弟书，命其颖作书答之。薄暮晚餐，入夜月影朦胧。

十有五日壬戌　四更呃逆，披衣起坐，少止复眠。晨晴，着棉衣，遣足持家书还成都。未谒庙，命其颖灶神行香、祀财神、拜祖。

初，陈洪顺聚赌，拿获俾荷校私逃，传其子来讯。平姓，合州人，年二十，幼时被洪顺诱逃来此，收为养子，朴实无华。至是呼来供驱使，名之曰顺。日午朝食。

道路传言蓬莱镇有恶豪滋扰乡间，传保长甘家贵、邹怀本、黄静安，及保正张星定、人和寨团首甘兴周来，告以整顿团练，期于十七日齐集候点，少坐去。

连日胃气上逆，遂邀徐炳灵来诊视，疏方药。得庆印堂简，即

① 蒋传燮：字和卿，湖北天门人，进士。

作答。晚餐。

月有食之初亏戌正一刻十分，食甚亥初一刻六分，复圆亥正一刻三分。延僧众导师诵经护于堂皇。三更月色皎洁，分外澄清。

十有六日癸亥　天气晴暖。理发，日午朝食。阃人服蔗汁膏，嗽渐瘳，复以蔗橘漉汁和饴糖煮膏。作书致何又晋大令，更以文移解秋审帮费银十金。薄暮晚餐。入夜月光皎洁，花影满篱，散步宜园，颇饶清趣。

十有七日甲子　晨晴。遣役王鉴持书赴邑城。日午朝食。庖人傅某患病，数月未愈，请假明日还成都就医，来辞，赉千钱。命其颖作第二书寄纺女。致谢桐生书。传十三团保长、保正等籍各团丁册，升堂皇按名传唱，谕以守望相助。薄暮晚餐。二更月上。

十有八日乙丑　晨微阴。日午朝食。端午君①为庆印堂写照，乘石啜茗，左右以松竹妆点。印堂属题，为之赞云："神清骨秀，慈祥温厚。水曲山阿，竹苞松茂。于焉逍遥，颐性养寿。"复成小词一阕，调寄《一斛珠》云："新秋夜永，茂回清露衣衫冷，苔痕绿浸三三径。翠竹苍松，一例高寒境。　石磴披襟频试茗，弯弯月子看无影，彻霄斜倚湖山等。谡谡风来，却向闲中领。"下春天霁，晚餐。

十有九日丙寅　天气晴明。院落牡丹初放一花，为作障。日午朝食。小儿其采渐解笑，抱之嬉戏。薄暮晚餐。

二十日丁卯　侵晨飞雨数点，旋止，天仍阴。理发，日午朝食，听讼。薄暮晚餐。役贺喜自自流井随仆得元，于月之十五日首途，十八日至遂宁，仆少作勾留。

二十有一日戊辰　天气晴霁。院落牡丹开放八朵，绚烂可观。赵孺人生日，偕家人为寿，朝食汤饼。天无片云，镇日晴暖。下春，

---

① 端午君：端秀（1843—1913），字午君，出生于吉林晖春县，满洲正白旗人，自幼随父宦游入蜀。善画，尤擅画马和人物写真。时任蓬溪县蓬莱镇县丞，后任广元县知县等。

治酒食及家人聚饮，布席于院落，藉赏牡丹。初更后酒阑。

二十有二日己巳　天气晴和。仆得寿以其兄尚未至，赴遂宁促之归。日午朝食。牡丹盛开。其颖喉中觉咽唾不便，有核不肿不痛，急延徐炳灵来诊视，谓非喉鹅，系风疾凝结，为之疏方。薄暮晚餐，入夜星繁满天。

二十有三日庚午　天仍晴明。院落牡丹又开两花，天香国色，秾艳无双。邀王紫垣来定生慧瓮同赏，坐良久去。其颖喉患如昨，延徐炳灵来诊视，谓少阴有积寒，主以辛温之剂，外用生附子敷患处。日午朝食。紫垣为荐杨国安庆云，医理精通，射洪县人，住青堤渡。遣役蒋荣延之来，高春至，其及门王甸平永烈亦随之来，为其颖诊视，亦为闺人视垣。留两君共紫垣晚饮，饭罢行。甸平，紫垣孙也。薄暮晚餐。仆得寿自遂宁还。

二十有四日辛未　五更大风，天明仍不止。街市建醮，禁屠宰。牡丹复开一花，凡十一朵，初开者渐谢矣。宜园紫牡丹初放一花。天气晴明。其颖服杨国安方药，喉中之核渐消。日午朝食。风狂如常，牡丹被风，花为之蔫。薄暮晚餐。仆得元归，戒之。

二十有五日壬申　天气晴明。其颖所患大愈。李卓如别驾还里，舟行过此，往诣，已解缆，归来朝食。日光激烈，牡丹将萎。薄暮晚餐，入夜星繁满天。

二十有六日癸酉　天仍晴明，着裌衣。仆山云请假数日归家。日午朝食。为庆印堂题照赞词，以小篆、小楷书于上，作简致之，遣役持往。宜园牡丹盛开，大如椀，色香秾艳。薄暮晚餐，入夜星宿。得印堂报书。

阅邸抄，王鲁乡方伯于月之朔日上事，文镜堂廉访回按察使任，承敦甫观察以疾回京师，张蔼卿观察署成绵龙茂道，皆于朔日受任。

二十有七日甲戌　天气晴明。理发，日午朝食。得吴君如孝廉遂宁书，为荐王渊如来修理时辰表，以大小三枚与之修饰。郭甲献紫牡丹二朵，供瓶中赏玩。便足自成都还，得纺女月之二十三日不列号书。薄暮晚餐。

二十有八日乙亥　天气晴明，日午朝食。王渊如移入署，修理大小时辰表两枚。连日亢阳，不类仲春，农人复望雨也。薄暮晚餐。

二十有九日丙子　四更大风，声如洪涛。天明大雨片时，风仍不止，阴云四合。曾王父生日，致祭。日午朝食，听讼。复以时辰表一枚属王渊如修理。下春风定，夕餐。

三十日丁丑　晨晴。宜园牡丹渐萎。清明节家祭。日午朝食。蒋和卿于月之十八日受任，作书贺之，遣役洪泰持往邑城。薄暮小饮。

三　月

三月建戊辰，朔日戊寅　晨阴。朝食。日有食，食初亏巳初一刻十四分，食甚巳正三刻六分，复圆午正一刻三分，延僧众导师诵经，护于堂皇，大风。以自鸣钟属王渊如修理。役洪泰自邑城还，仆山云假归。晚餐。

二日己卯　晨阴，大风，天气复寒，着棉衣。日午朝食，雨细如丝。薄暮晚餐，大雨，檐溜有声，三更雨止，足慰农望。

三日庚辰　天气浓阴，日午朝食。牟惠庵遣勇士持书来，得周梅生书，梅生于是日自成都还杨桃溪，为寓纺女月之十九日第二书，其世十八年十二月二十二日第二十七书，去岁十月六日不列号书，为寄靴、茶、鹿角胶、阿胶。此两书由高思伯妹婿自京师携蜀，思伯以事耽延，故迟迟至今也。作书答惠庵、梅生，遣勇士还。夕餐。

四日辛巳　晨阴。命其颖作书寄纺女，丐周梅生交便足寄成都。致梅生书，遣役蒋荣持往杨桃溪。理发，日午朝食，天气微晴。方正上人馈紫牡丹一朵，縢以绣球、月季花作瓶供。王紫垣以七律三首见贻，王渊如辞往杨桃溪。薄暮晚餐。蒋和卿大令文移，告二月十八日上事。役郭忠举蒋顺充东班散役，许之。役蒋升次子蒋荣之弟也。

五日壬午　天气晴明。日午朝食。闻牟惠庵明日过我，粪除二堂右侧宾厨，设榻以待。薄暮晚餐，入夜见新月。

六日癸未　天仍晴明。日午朝食。高春，牟惠庵偕周梅生至，少选庆印堂亦来，留小住。偕惠庵、梅生散步至关，登烟波楼眺望，至山亭谈良久。下春归，置酒小饮。入夜月，及惠庵、梅生、印堂长谈。

七日甲申　天仍晴暖。牟惠庵索观所藏书画。偕惠庵、梅生、印堂散步江干，渡涪水，谒明席文襄公墓，归来朝食。偕三君泛舟，至长江坝登岸，谒贾阆仙祠，读壁间诗，憩良久，溯江而上。归治酒食，宴三君，邀王紫垣同聚。张灯开筵，初更后酒阑。月色皎然，及诸君谈，至三更散。

仆徐升自成都来供驱使，得晚雏弟及纺女二月二十九日第三书，得杨玉行书。晚雏弟书中云，叔眉弟①奉檄调署蒲江县事；子宜弟之子其衿以三日疾，于二月二十九日去世，年二十二岁。降年不永，曷胜伤悼。弟只此子，年来远客黔南，一旦闻耗，大难为怀。

奉上谕："前因御史钟德祥奏，四川吏治蠹蚀污浊，列款纠参，当谕令谭继洵前往查办。兹据查明覆奏，候选道徐春荣，经刘秉璋调赴四川，久居权要，遇事招摇，贪庸卑鄙，不恤人言，着革职，永不叙用。署四川提督重庆镇总兵钱玉兴，虽无通贿确据，惟统军最多，毫无整顿，兵骄盗肆，贻误地方；直隶候补道叶毓荣，迹近黉缘，不知自重，均着交部严加议处。请补涪州知州、富顺县知县陈锡鬯，习气太深，钻营最巧；遂宁县知县黄允钦，年老聋聩，信任家丁；阆中县知县费京寅，苛虐病民，声名最劣；均着即行革职。资州直隶州高培谷，泸州直隶州李玉宣，宜宾县知县国璋，既经查明，尚无别项劣迹，着该督随时查看，如不能胜任，即行据实奏参，

---

① 叔眉弟：沈澄，字叔眉，生于1846年，监生。光绪十三年（1887）任四川苍溪县知县，任满调离，后复回任，前后在苍溪任知县达十一年。为沈贤修堂弟或族弟。

毋稍迁就。刘秉璋举措失当，任用非人，致招物议，着交部议处。该省设立非刑名目烦多，该督当通饬严行禁止，如查有私刑毙命等事，即行据实参办。其官盐局护本银两，尤当核实支销，如有盐船失事应领补配，亦应设法稽查，不得仅信委员含糊报销，致滋流弊。其余地方事宜，随时认真整顿，以挽积习。钦此。"

八日乙酉　天气晴明。共牟惠庵、周梅生、庆印堂朝食，食已行。曾王父忌日，致祭。初，命盐吏郭尚第为仆得元择偶，至是聘唐乾银之女为室，是日纳采，请予书庚：生于同治辛未十月二十四日寅时。

陶联三大令揩绶①，任德阳县令，专役持书来，邑有汉江阳令姜诗与妻庞氏祠②，请祀于朝，重新庙貌。联三撰文拓碑，丐予八分，先以书来询之。作书答联三，遣役持还。

张二南邀明日晚饮。薄暮晚餐，入夜月。命其颖作第三书寄其谷。

九日丙戌　天气晴明。辰刻朝食，雇肩舆发康家渡，三十里至杨桃溪。孙芝轩刺史奉檄调管永岸③盐务，李荩臣别驾恒忠管射厂分局④事，昨日至。诣荩臣、张二南、芝轩，少谈。访张雩庵，不值。诣牟惠庵，为设榻留小住。庆印堂继至，晤周梅生。下春，偕惠庵、印堂赴二南之约，雩庵、芝轩、荩臣同聚。初更酒阑，偕惠庵、印堂还。及梅生夜谈，至三更就寝。晨间作书致杜德玉，以其谷书丐其转寄京师，遣役持赴遂宁。

十日丁亥　天气晴热。作书谕其颖，遣役洪泰还。日午，共牟

① 陶揩绶：字联珊，又作联三，江西南昌人，进士。光绪四年（1878）任德阳县令，此后两次交卸，两次回任。此次系第二次回任。
② 汉江阳令姜诗与妻庞氏祠：在今德阳市旌阳区孝泉镇，始建于汉，康熙年间曾经大修。现存正殿为清代建筑。又有姜公祠、姜诗庙、孝感庙、孝感祠、孝子祠等多种称呼。
③ 永岸：即叙永盐务局。叙永是当时川盐进入云南、贵州的主要集散地。
④ 射厂分局：专管射洪盐场，设于杨桃溪镇。

惠庵、周梅生、庆印堂朝食。高春，惠庵邀晚饮，孙芝轩、李苊臣、张二南、张雩庵相继至。镇日聚谈，张灯开筵，印堂、梅生同聚，赌酒为乐。初更后酒阑客散，印堂还青堤渡，及惠庵、梅生谈至三更散。左齿作痛。

得其谷正月五日元字第一书，于去岁十二月十三日纳征，十九日移居望江馆，二十日徐质夫为其女送奁，二十一日未时迎娶，二十六日即迁移南横街，与甘少南水部①同居。新妇婉顺和平，颇知理义，居家尤极俭约，远道闻之，殊可喜也。余寿平为之料理，情意殷殷可感。

十有一日戊子　天气晴明。为牟灿生作八分书聚头。日午朝食，共周梅生清谈。李香如邀惠庵晚饮，灿生约共梅生小饮。初更惠庵还，夜谈，月色皎然。

十有二日己丑　四更大雷雨，檐溜如注。披衣起坐，天明雨止。为张雩庵书聚头，作四体书。日午天霁。共牟惠庵、周梅生朝食。庆印堂自青堤渡来，是日及印堂治酒食，邀孙芝轩、李苊臣、张二南、惠庵、雩庵、梅生晚饮，初更后客散。体热恶寒，服银翘散。及诸君夜话。

十有三日庚寅　天仍晴明。疾愈。孙芝轩是日起程赴叙永厅盐岸，偕牟惠庵、庆印堂、周梅生诣送，少谈。张雩庵邀午饮，偕三君赴饮所。张二南、李苊臣、芝轩相继至。高春，酒阑客散，偕惠庵、梅生、印堂还，得其颖书。及诸君镇日清谈，薄暮晚饮，入夜月光如昼。

---

①　甘少南水部：甘大璋，字少南，遂宁人，光绪己丑（1889）科顺天乡试举人。初在工部任职，后补军机章京，官至内阁侍读学士。宣统元年二月（1909 年 3 月），经甘大璋提请，在编纂《大清民律草案》中的民法时，将亲属、继承二编交由礼学馆起草。宣统二年（1910）十一月，甘大璋上奏朝廷指责川汉铁路贪腐黑幕。宣统三年（1911），为防修建川汉铁路的路款被侵蚀私吞，甘大璋领衔，与宋育仁等川籍京官上呈，请将川路存款收归国有，从而被视为"保款派"，受到蒲殿俊等"保路派"的斥责挞伐。水部，清代对工部司官的代称。

十有四日辛卯　天气晴热。共牟惠庵、庆印堂、周梅生朝食。船保凌锡三、高正兴、杨青林、向屾泰演剧赛神，邀晚饮观剧。偕牟惠庵、印堂往，李苡臣、张二南、张雩庵相继至，座客甚夥。晤李奇生、王谦丞、李香如、曹赞臣、喻鸣杰、刘香斋。张灯开筵，初更酒阑。印堂还青堤渡，偕惠庵归，及梅生聚谈，月色皎然。

十有五日壬辰　晨微阴，天气湿热。牟惠庵具朝餐，食已，别惠庵、梅生，发杨桃溪，呼肩舆行。十里至青堤渡，乘陈忠海盐船行，二十里至康家渡，抵署。及王紫垣少谈，薄暮晚餐。得蒋和卿大令报书。入夜大雷雨，二更止。月之十二日，其颖延导师四人来，诵经谢土①。

十有六日癸巳　天气浓阴。理发。晨大雨如注，朝食后止。下春，复大雨，院落积水。小饮。晚餐雨复淋漓。

十有七日甲午　天气晴霁。宜园忍冬作花，香气扑鼻。日午朝食。命其颖作书寄纺女，寄晚雏弟书，为庶母陈寄朱提三十金。得鲜虾馈牟惠庵，作简遣役赍往。小饮。入夜役洪泰还，得惠庵报书，告子克弟②摄成都县事。枕上闻子规声，触人丛感。

十有八日乙未　天气晴明。仆徐升子芳华，送其父来，是日辞还成都，以家书付之。女纤生日，晨食汤饼。散步至关，楼前平台芍药着花，婀娜可观。登楼眺望，连日大雨，河水初涨，作书消遣，下春归。夕餐，治酒食属家人聚饮，予不入座。入夜星繁满天，阅《薛一瓢诗话》。

十有九日丙申　晨晴。闻莺，日午朝食。闺人偕赵孺人，率儿女、两孙至关游玩。料理俗事。天气渐热，着袷衣。薄暮晚餐，眷属归。

二十日丁酉　天仍晴明。濯足。烟波楼侧芍药盛开，折十余枝

---

① 谢土：酬谢土神的祭祀活动。

② 子克弟：沈炘，1843年生，先后署成都县、华阳县、大邑县知县。光绪乙未（1895）十月被革职。

供诸瓶清玩。宜园石榴放花，炫耀夺目。日午朝食，视仆辈于日中曝晒书籍。薄暮小饮，换戴凉冠。

二十有一日戊戌　四更，大雨如注，雷声虩虩。晨起雨止，院落积水。日午朝食。天气仍阴，云堆似墨。视仆辈播种花子。薄暮晚餐。

二十有二日己亥　四更复大雨，黎明止，天仍浓阴。盐关芍药为雨所压，悉折来供瓶中，凡数十朵。光花照眼，富丽可观。日午朝食。细雨如丝，天复凉。夕餐。

二十有三日庚子　五更仍雨，黎明止，天气凝阴。日午朝食，微有晴意。康年①项下有核，延徐炳灵来诊视，谓风寒凝结，非瘅也。牟惠庵月之二十六日生辰，以绣"福寿"字方囊、仿君子馆砖文镜囊、"长宜子孙"字扇囊、"恭则寿"三字绣作带版，摹汉"延年益寿"瓦当文字，刻于圆竹盖上为寿。适得肥鲩、鲜虾，作简致之，遣仆得元赍往。

涪江水涨，散步至关，登楼观之。双燕来营巢于楼下。大风天霁，薄暮归。夜微雨。

二十有四日辛丑　晨阴。理发。先大父忌日，致祭。天气晴明，涪江水消，朝食苋饼。仆得元自杨桃溪还，得牟惠庵报书，谢馈礼物。曾祐项下核微消，仍延徐炳灵来诊视。薄暮微晴，入夜仍阴。

二十有五日壬寅　晨阴。日午朝食。曾祐所患渐愈，延徐炳灵来诊视。薄暮晚餐，入夜星宿，天复凉。

二十有六日癸卯　天大晴霁。高祖忌日，致祭。日午朝食。其颖代我寄庶母陈书呈阅，盖前日专足寄书来，为晚雏弟纳粟事，其颖恐予作书劳目力也。夕餐，得牟灿生书。入夜星宿。

二十有七日甲辰　晨阴。日午朝食。牟惠庵遣勇士持书来，告四月朔日解厘银入行省，作书答之。薄暮晚餐，天霁。

———————————

① 康年：沈贤修次孙沈曾祐的小名。

二十有八日乙巳　天气晴明。遣足持书还成都。日午朝食。命其颖作书寄纺女。薄暮晚餐，入夜星宿。

二十有九日丙午　晨阴。理发。牟惠庵明日赴行省，致书候之，以寄纺女书丐其携往，遣役蒋荣持赴杨桃溪。日午朝食，天气晴明，夕餐。

四　月

四月建己巳，朔日丁未　晨起，谒文昌神庙、镇江王祠、萧曹社公、灶神行香。至盐关镇江王位前行香，楼头小坐。归祀财神、拜祖。过王紫垣斋中少谈。日午朝食，天气晴热。

仆李忠聘孙姓之女为继室，期四日迎娶，诸仆以楹联求书，为集《葩经》句，作联云："三皇在天，卜云其吉；四月维夏，靓尔新昏。"盐房吏书、两班巡役亦以联求书，仍集《葩经》句云："维莫之春，华如桃李；迨冰未泮，宜尔子孙。"一联切四月，一联取合两姓，以八分真书书之。

闺人嗽复作，延黄树萱来诊视，王紫垣小病，亦为诊视，留晚餐。薄暮小饮。戌刻立夏，夜半小雨。

二日戊申　四更雷，大风，黎明雨，旋止，天气浓阴。日午朝食。小雨片时，天霁。黄树萱来为闺人诊视，王紫垣疾少瘳。薄暮晚餐。

三日己酉　晨晴，少选阴。仆李忠明日续室请假，赉青蚨六缗。女瀚[1]生日，命其颖设馔祭之。朝食说饼。得其谷正月二十六日第二书，身子安善，余寿平太史于正月八日延之入塾，授其子葆龄读书。周梅生遣勇士持书来，为寓纺女三月十七日第四书。

阅邸抄，恩科会试奉朱笔："着李鸿藻为正考官，徐郙、汪鸣

---

①　女瀚：沈瀚，沈贤修长女，光绪癸未（1883）四月病卒，年约二十岁。

銮、杨颐为副考官。钦此。"会试头场，钦命四书题：达巷党人曰："大哉孔子！"次题：子曰："道不远人，人之为道而远人，不可以为道。"《诗》云："伐柯伐柯，其则不远。"执柯以伐柯，睨而视之，犹以为远。故君子以人治人，改而止。忠恕违道不远。三题：庆以地。诗题：赋得"雨洗高皋千亩绿"，得"皋"字，五言八韵。

子克弟奉檄摄成都县事，于三月十三日受任。邹鹤似大令摄万县事。命其颖作书寄纺女，作书答梅生，遣勇士还。黄树萱来为闺人诊视。薄暮晚餐。

四日庚戌　晨阴。女潚卒日，命其颖以时羞祭之。朝食说饼。黄树萱来为闺人诊视。遂宁唐召南鸿猷，科试入庠来诣见，少坐行，盐吏王荣桂从子婿也。街民于紫云宫赛火神，呼聚星部梨园子弟来演剧。薄暮晚餐。

五日辛亥　晨晴。得周梅生书。日午朝食。气不适，腹满。为云航作行书便面。黄树萱来为闺人诊视。答梅生书，薄暮晚餐。

六日壬子　晨阴。理发。院落绣球着花十余朵初放。其稚胃腕不适作呕，曾祐项间痰核尚未尽消，延徐炳灵来，皆为诊视，留朝餐。日午朝食。小儿女、两孙往观剧。仆李忠偕其新妇孙入署拜见，赉以针黹八种，家中人皆有所赐，与以酒食。作书致子宜弟。晚餐。伶刘琴如、黄蒨云、秦瑞卿来见，少坐行。

七日癸丑　天气晴明。日午朝食。铺民何茂德于紫云宫演剧、赛火神，邀晚饮观剧，高春往，王紫垣、胡峻之、甘爵卿、黄子清、杨科先、张先根、曹万顺、张玉峰、陈丰泰同座，其颖亦随往。下春张筵，二更后酒阑散归。眷属皆往观剧，入夜归。得周梅生书。

八日甲寅　天气晴热。命其颖作第四书寄其谷，予书数语于后。黄树萱来为闺人视垣，疏方后辞还桂花场。铺民张兴顺、马玉成、张先根邀晚饮观剧，高春往，王紫垣、胡峻之、甘爵卿、黄子清、杨科先、张鸿逵、曹万顺、陈丰泰、杨大川同聚，其颖亦随往。张灯开筵，二更酒阑散归。眷属往观剧，入夜先还。得周梅生书。

九日乙卯　晨晴。致杜德玉书，以家书丐其寄京师，遣仆山云持往遂宁。日午朝食。伶秦瑞卿以聚头求书，为作楷书，阴面绘秋葵一枝，呼来与之。下春天阴，大风。晚餐。夜雨。

十日丙辰　晨雨仍不止。曾王母胡太夫人忌日，致祭。日午朝食。眷属倾往观剧。检得素箑，为刘琴如、黄蒨云作楷书，复为绘折枝梅花，下春竟，呼来与之，留共晚饮。秦瑞卿亦至，同饮，酒阑去。二更眷属还。陶联珊大令专役何清持书来，以《东汉江阳令姜公祀典碑记》索予八分，馈笔墨二盒，表里二端。

十有一日丁巳　晨阴。呼聚星部梨园子弟入署演剧。日午朝食，及家中人观剧。高春，邀王紫垣及其孙协堂、张玉峰、曹万顺、王福全、马玉成、何茂德来晚饮观剧，相继至。张灯置酒，三更酒阑，曲终客散。仆山云自遂宁还，得其谷二月十四日第三书、二十四日第四书，得徐质夫寺丞、余寿平太史、甘少南水部书。延旭之观察请咨入都，殷厚培观察李尧奉檄署通省盐茶道事，于三月二十五日上事。

十有二日戊午　晨仍阴。日午朝食。杜德玉专足持书自遂宁至，为购淡巴菰五十斤寄来，即作书答之。阃人患嗽，日来增剧，延徐炳灵来诊视，谓正气不足，系少阴，水饮作嗽，饮食变而为痰，遍体消瘦，谓之食休。仆李忠以续室献酒肴，及家人聚饮，初更酒阑。天霁，月色皎洁。

十有三日己未　天气仍阴。日午朝食。延徐炳灵来为阃人诊视。陶联珊以纸四幅索篆，乘兴挥毫，更为作八分书联。薄暮小饮，夜雨。

十有四日庚申　天气微晴。继母张太夫人生日，致祭。日午朝食。周梅生遣勇士持书来，为寓纺女月之三日第五书、八日第六书。初，僚婿鲍蓉生大令为其次子秋舫祥元聘杨心培妹婿长女素华为室，予为媒，甥女未过门而卒，秋舫复娶于王氏，又卒，其母方宜人丐梅生作伐。秋舫以州吏目筮仕来川，笃实稳练，以第三女纤许字，丐杨湛亭为媒。至是湛亭书来，于三月二十五日，秋舫行纳采、问名礼。秋舫生于同治九年七月八日辰时。明日有局勇赴成都，命其颖作书寄纺女，致梅生书丐其寄往。

以八分书《姜公诗祀典碑记》。闺人服徐炳灵方药嗽稍间，仍延来诊视。薄暮小饮，理发。入夜月。

十有五日辛酉　天气浓阴。火神诞日，往行香，谒文昌神庙、镇江王祠、萧曹社公、灶神行香，至盐关镇江王位前行香，祀财神，拜祖。日午朝食。书《姜孝子碑记》，下春竟。

延徐炳灵来为闺人诊视。射洪马寅臣天衢，科试入庠来谒见，坐良久行。甘爵卿、张玉峰、甘克斌来见，少坐行。薄暮晚餐，夜雨。

阅省抄，李经阁司马中敫奉檄摄马边厅同知事。傅靖甫丈近年多病，恐有事故，殊切悬念。

十有六日壬戌　天仍浓阴。日午朝食。笥中检得素箑，以小楷录旧作梅花七律八首。中年以后，目力大减，今岁尤甚，下春始竟，殊为叹也。闺人嗽尚未大愈，延徐炳灵来诊视。晚餐。

十有七日癸亥　曾王母胡太夫人生日，致祭。日午朝食。昨日所书聚头，阴面写折枝梅花，下春竟。晚餐。入夜天霁，三更月明如昼。

电传，奉上谕："着派裕德、廖寿恒驰驿前往四川，查办事件，随带司员一并驰驿。钦此。"

十有八日甲子　天气微阴。日午朝食。临金冬心先生画达摩像一躯。延徐炳灵来为闺人诊视。薄暮晚餐，夜雨淋漓。

十有九日乙丑　晨雨仍不止，天气复凉。日午朝食。以小篆作"东汉江阳令姜公祀典碑"十字碑额。天霁。薄暮小饮，连日买得鲜虾，甚美。入夜复阴。

二十日丙寅　晨阴。燕来寝室营巢。日午朝食。作书答陶联珊大令，以先大夫所书《心经》，予画佛于后，制作玻璃镜屏，及所书楹联、书画聚头、画达摩尊者像赠之。薄暮晚餐，入夜星宿。

二十有一日丁卯　晨起理发，天气晴霁，遣德阳来役持书还。作简致周梅生。日午朝食。撰联句云："水绕山环，井灶雍熙霑厚泽；波平风静，舳舻来往庆安澜。"以八分书之，属紫云宫僧续泉刊而悬于镇江王祠，更以小篆书"慈云普荫"四字匾，亦刊悬于释迦佛龛。得周梅生书，告牟惠庵于昨日自成都还，为寓纺女月之十一日不列号书。李莐臣邀二十四日晚饮，辞不赴。闺人嗽稍止，仍延徐炳灵来诊视。上夏菽轩、文云衢观察书，贺端阳节。

二十有二日戊辰　天气浓阴。院落绣球盛开，花团锦簇，璀灿可观。得宣毅生贺节书。朝食面角，微雨。为龚子曼作篆书"紫藤花馆"四字横额，《说文》无藤字，以滕字假借。"守一斋藏书"五字横直条，将刊于箧。薄暮小饮。入夜雨声淅沥，檐溜有声。枕上闻之，触人郁感。

二十有三日己巳　晨晴。日午朝食。作书致杨玉行、湛亭乔梓。下春天阴。命其颖寄邮雏弟书，为庶母陈寄朱提三十四金。薄暮晚餐。

二十有四日庚午　晨飞小雨，旋止。濯足，日午朝食，天霁。作第三书寄纺女，以其谷第一书寄阅。上张蔼卿、张麟阁观察、杨子赓太守书，贺端阳节。致张华臣别驾书，馈朱提十金。致赵达泉、杨耀珊、谢品峰、蒋稣卿、裕子善、孙炳荣、邱小农、李楚珍、宣毅生、郭恒甫书，皆贺节。薄暮晚餐。

二十有五日辛未　遣役蒋荣持家书赴成都。大雨淋漓，日午朝食，雨止。为张鸿逵作八分书屏、篆书八分书楹联。为王协堂作八分书屏、篆书联。得周梅生书，为寓纺女月之十八日第七书。初，丐梅生为媒，为其颖聘周绳初刺史之幼女为继室，至是梅生得其弟子玉劼诜书，告其母彭宜人允许。绳初，先室周宜人同祖兄也。作书答梅生，遣勇士还。薄暮晚餐，雨益甚，入夜犹未止。

二十有六日壬申　天气浓阴，复雨。日午朝食。得周梅生书，即作答。制横木板粉饰，为其稚、曾祐以朱作楷书，油之作引式。下春雨止，小饮。入夜天霁，星繁如豆。

二十有七日癸酉　天气晴霁。晨起理发，日午朝食。昨日得周梅生书，告明日有局勇赴成都，命其颖作书寄纺女。致粟穆仲书，丐梅生转寄，遣役洪泰持往。下春还，得梅生报书。薄暮晚餐，入夜星宿。

二十有八日甲戌　天仍晴明，渐热，着袷衣。庶曾祖母张太恭人生日，致祭。日午朝食。院落绣球盛开，着花十余朵，攒缀枝头，芳心宛转，秀色迷离。晚餐，入夜繁星。

二十有九日乙亥　天气晴明。日午朝食，天阴小雨。为王紫垣作篆书屏、八分书联。为王一峰永忠作八分书屏、真书联。一峰，紫垣孙也。为朱哲卿国琛、唐辉五作八分书聚头。为胡辅臣茂才世循、海峰世谟作行书聚头。薄暮晚餐，入夜雨声淋漓彻宵。

三十日丙子　晨雨不止，院落积水。日午朝食。堂皇匾内鸽覆雏，一蛇缠之落于地，长四尺许，使下走移出，鸽无恙。薄暮晚餐。

阅邸抄，奉上谕："四川盐茶道员缺，着张元普补授。钦此。"

五　月

五月建庚午，朔日丁丑　晨飞小雨。未谒庙，命其颖灶神行香、祀财神、拜祖。盐房吏王荣桂五年役满，牌示郭尚第著役，为易名尚仁；副吏空名，饬令房书王用霖充之。来署谒见，谕以勤慎办公。日午朝食。料理俗事，赉仆媪、下走钱。天霁。存辉妹头眩晕，闺人嗽渐瘥，觉精神疲倦，延徐炳灵来诊视。薄暮小饮。得庆印堂、孙炳荣书，贺端阳节。曹万顺馈桃。

二日戊寅　天气晴明。日午朝食。延徐炳灵来为存辉妹及闺人视垣。牟惠庵遣勇士持书来，贺端阳节，邀七日晚饮，以题烟波楼七律四首寄示。得周梅生简。作书答两君，遣勇士还。薄暮小饮，入夜星繁满天。

三日己卯　天气晴明。王紫垣携其孙协堂归家，以炙脯、薧鱼、粽、盐鸭卵馈之。作简致牟惠庵，以炙鸡、炙脯、粽馈之。致周梅生书，赠朱提六金，遣役费喜赍往。日午朝食。职员郭树轩体仁来谒见，少坐行。得庆印堂简，馈食物，作书答谢，报以馉馀、角黍。馈徐炳灵炙脯、馉馀、青蚨千枚。馈方正上人食物，皆悉受。役自杨桃溪还，得惠庵、梅生报书。夕餐。续泉上人馈绿豆糕、薄荷糖、回饼、橘饼，受之。入夜星宿。

四日庚辰　天气浓阴。昨日周梅生书来却所赠，复作书致之，遣役费喜持往。雨片时止。日午朝食。得张华臣报书。吴憩棠赴告，其尊甫紫澜丈于二月十四日卒于蒲江县任。作八分书楹联及粽、盐鸭卵馈续泉上人。闺人嗽稍减，而头时作眩，四体无力，延徐炳灵来诊视，以防眩汤主之。得其谷三月八日第五书。盐吏王荣桂献龙眼肉，夕餐。役旋，得梅生报书。

五日辛巳　天气晴明。合家拜祖贺端阳，献粽、盐茶卵、薏苡粥；吏役、仆媪、下走皆贺。张鸿逵馈食物，略受一二，来贺节，坐良久行。张玉峰馈只鸡、豚肩、盐鸭卵，受之，皆以食物报之。朝食汤饼。下春家祭，及合家团聚，饮于正室，初更后酒阑。赉诸仆吏书酒食。李忠妇及故仆李庚妇来贺节，亦与以酒食。

六日壬午　天仍晴明。张玉峰昨日生女，馈鸡、糯米、鸡卵、蔗霜，受之。日午朝食。作第五书谕其谷，书盈长纸三幅，以去岁奚锡三属书家祠篆书匾联寄去，寓女纺及其颖书。闺人头眩稍瘳，仍延徐炳灵来诊视。玉峰馈茜鸡卵。薄暮晚餐。得裕子善、蒋和卿贺节书。

七日癸未　天气晴热。致杜德玉书，以寄其谷家书丐其寄都，遣役洪泰持赴遂宁。小食。

牟惠庵邀晚饮，雇肩舆发康家渡，三十里至杨桃溪，诣李苈臣、张二南、张雩庵，皆投刺。诣惠庵，晤周梅生，惠庵为具朝食。高春，庆印堂来，苣臣、二南、雯庵相继至，下春开筵，初更后酒阑客散。及印堂留宿，共惠庵、梅生谈至三更始寝。

八日甲申　天仍晴热。共牟惠庵、庆印堂、周梅生朝食。李苣臣邀晚饮，偕印堂步访张雯庵，谈至下春，偕两君赴饮所，惠庵、梅生已先至。薄暮开筵，张二南同聚，赌酒为乐，初更后散。偕印堂、惠庵、梅生归，谈至三更始散。

阅邸抄，四月二十九日胪唱，状元张謇，江苏通州人；榜眼尹铭绶，湖南茶陵州人；探花郑沅，湖南长沙县人；传胪吴筠孙，江苏仪征县人。

九日乙酉　晨阴，大雨。日午朝食。庆印堂还青堤渡，及牟惠庵、周梅生清谈镇日。下春，惠庵治具小饮，灿生同座，夜谈至三更后散。

十日丙戌　天仍凝阴，大风。日午共牟惠庵、周梅生、灿生朝食汤饼。下春风定天霁，共惠庵、梅生、灿生小饮，酒阑，张雯庵来，谈至初更后散。酒意陶然，遂先寝。月光皎洁。

十有一日丁亥　天气晴明。共牟惠庵、周梅生、灿生朝食。庆印堂邀晚饮，张雯庵以舟待于江干，别惠庵、灿生，偕梅生同往。舟行十里至青堤渡。高春，惠庵、李苣臣、张二南相继至。下春张筵，食幺豚、炙凫。酒阑，诸君行，予以途远不能归，印堂为设榻留宿，谈至三更散。月色皎然。

十有二日戊子　天仍晴热。庆印堂强留小住，共印堂朝食汤饼。昨日张二南为印堂题像赞十六字云：“无烟霞癖，有松石缘。松贞石寿，亦佛亦仙。”属予以八分书之。及印堂镇日谈，薄暮晚饮。入夜月，三更后始寝。

十有三日己丑　天气晴热。晨起，庆印堂为具小食，食已别印堂，乘射厂票厘盐船还。二十里至康家渡，时方亭午，朝食。役洪泰初八日自遂宁还，得杜德玉报书。蒋荣自成都还，得晚雏、邮雏弟书，晚雏于三月二十一日卯时生女。得子荫弟①书。

有合州人，复于布政使署控两局、三关②浮收厘钱，方伯会同盐茶道，檄委王鉴秋刺史至局关确查。

得纺女月之三日第八书。得杨玉行、湛亭书。薄暮晚餐，入夜月色皎洁。得家梦萱大令书，赴告其尊甫夑山大令弃世。

十有四日庚戌　天气晴热。晨起濯足，日午朝食。作书致张雩庵，馈麝脐，遣役持往。薄暮晚餐，夜月皎然。作书致郭恒甫二尹。

十有五日辛卯　天仍炎热。始葛，未谒庙，命其颖灶神行香、祀财神、拜祖。理发。日午朝食。得张雩庵报书。以朱丝栏界粉版，为其稚、曾祐作楷书为引式。薄暮晚餐。入夜月光如水。

十有六日壬辰　天仍晴热。得庆印堂简，即作答。日午朝食。得周梅生书，牟惠庵以予生日近，遣仆持书来，馈肉桂、手串、黔绸、黼黻、绣袖、尊酒、豚蹄，受之，作书答谢。答梅生书。薄暮晚餐，入夜月。炎热不减，至不能卧。

十有七日癸巳　晨阴。先大父生日，致祭。得周梅生书，告明日解厘银赴成都，命其颖寄纺女书。作书致杨湛亭，答梅生书，丐其寄往。日午朝食。牟惠庵遣勇士持书来，告布政使牌示，代理德阳县事陶联珊大令调帘。薄暮晚餐。大雨淋漓，彻宵不止。

十有八日甲午　晨雨犹不止。作简致牟惠庵、周梅生，遣役蒋荣持往。仆山云以其兄疾，请假归家视之。日午朝食，雨止。牟灿生以磁青纸属用泥金画佛，日长无事，敬写六躯，下春竟，天霁，晚餐。日短至。

十有九日乙未　天气晴明。日午朝食。用泥金为牟惠庵写折枝梅花四幅于磁青纸，下春竟。仆徐升之子芳华自成都至，得纺女月

---

① 子荫弟：名未详，1866年生，沈贤修之堂弟或族弟。时在蜀中任小官职，后沿回避例"改指湖北"。

② 两局、三关："两局"指设于杨桃溪和大河坝两处的官运盐厘分局；"三关"指青堤渡、康家渡、梓潼镇三处盐关。参见本月二十二日日记。

之十四日第九书。周梅生遣勇士持书来，即作书答之。得郭恒甫书。为惠庵镌"颐性养寿"四字朱文方印。薄暮晚餐。入夜星繁满天。

二十日丙申　天气晴热。理发，日午朝食。作书致牟惠庵，荐仆徐芳华为供驱使。闺人患嗽渐愈，其采感寒，延徐炳灵来诊视。高春，王紫垣来定生慧龛，谈良久。夕餐。入夜星宿。

二十有一日丁酉　天仍晴热。日午朝食。宜园散步，凤仙、秋葵、秋海棠、红蓼、胭脂皆作花，徘徊其下，寄我闲情。薄暮晚餐。庆印堂遣役持书来，告王鉴秋刺史于午间至青堤渡，印堂为设榻署斋，邀予明日午饮，作书答之。仆山云还。

二十有二日戊戌　晨起，致郭恒甫书。呼肩舆发康家渡，二十里至青堤渡，诣庆印堂及王鉴秋，适牟惠庵亦至。高春，印堂置酒聚饮。下春，别三君先还，为鉴秋设榻宜园宾厨。初更，鉴秋乘舟至，置酒小饮，夜谈至三更散。得孙芝轩刺史永岸书，于四月望日视事。

初，杨桃溪、大河坝两厘局及青堤渡、康家渡、梓潼镇三关，有船户载运皺包过者，书、巡查验若无夹带私盐，刻即放行。曩年每包抽收钱百余文，嗣因上控，巡盐茶道批准，收钱十文，该船户等乘其时，改用大篓装载四五百斤。书、巡等恐有夹带私盐，令其改装小包，贩户等以为不便，邀集灶绅赴厘局，委员傅靖甫乞情，自愿纳钱四十文，作为书、巡津贴。今贩户周协、锦生等具控，将验费悉裁，欲使各贩零买，运往合州归行发卖，意在垄断。是日，与鉴秋、惠庵、印堂筹商，上牍刺史[1]，由刺史汇禀，候盐茶道批示。

二十有三日己亥　天气晴明，炎热。留王鉴秋刺史小住，为鉴秋作篆书屏四幅竟，共朝食。邀庆印堂来午饮，高春至，偕两君至

---

[1] 刺史：此处指受布政使和盐茶道委派，对投诉"两局、三关"一案，进行"确查"的王鉴秋。参见本月十三日日记。

关，登烟波楼游眺，下春还。得牟惠庵书，以公牍属上刺史①，面致之，予及印堂亦以公牍上之。张灯置酒，及鉴秋、印堂聚饮，二更酒阑，谈至三更散。

二十有四日庚子　晨起大风，天气浓阴。为王鉴秋、庆印堂具小食，食已，鉴秋辞别，登舟往送之，以朱提十二金赠之，赍仆舆青蚨六缗，馈鉴秋麦酱、馉馀、盐鸭卵、醃脯，悉受。坐谈良久归，印堂已行。

吴新妇生日，命其颖祭之。日午朝食。大风镇日，天复凉。致牟惠庵、周梅生书。薄暮风定，夕餐，入夜大雨，院落积水数寸，一洗炎热。雨彻宵。

二十有五日辛丑　天气凝阴，晨雨淋漓，日午朝食，雨止天霁。得周梅生书。薄暮晚餐，入夜星宿。

二十有六日壬寅　天气晴热。晨起理发，日午朝食。下春，周梅生、张雩庵来为寿，馈酒双尊、芝麻片糖。得庆印堂书，以镜囊、肉桂、手串为寿。得牟惠庵书，告洪叔雨大令奉檄管射、蓬水路引票盐厘局事，期六月朔日上事。及两君畅谈，为设榻宜园宾厨，薄暮置酒小饮，其颖侍座。夜谈，三更散。

二十有七日癸卯　天仍炎热。留周梅生、张雩庵小住，朝食汤饼，邀王紫垣同聚，其颖侍座。酒阑，命其颖邀两君至关，登烟波楼游眺，其稚、曾荫、曾祐亦随往。

予年来所作联语，录于零篇剩纸，皆未存帙，梅生索录，悉为书出。下春，梅生、雩庵、其颖携儿孙归，治酒食宴两君，邀紫垣同聚，其颖侍座。初更后酒阑，谈至三更散。

二十有八日甲辰　天气晴明。吏役以酒烛礼物为寿，却之。为周梅生、张雩庵具小食，雇肩舆送之还杨桃溪。日午朝食。酷热特甚，几榻如炙，汗流夹背。薄暮晚餐，入夜星宿。

---

① 此处"刺史"亦指王鉴秋。

二十有九日乙巳　天仍晴明。高祖母李太夫人忌日，致祭。理发。予生日，斋食。得庆印堂书。得周梅生书，为寓纺女月之二十二日第十书。得湛亭报书。作书答梅生。薄暮晚餐，入夜星宿。

牟惠庵之任德阳，行有日矣，成五律八首赠别："忆昔班荆日，悠悠近十年（光绪丙戌，予入郡至射洪，惠庵自郡还遂宁，遇诸途，就村落聚谈，始相识，因订交）。披襟多间阔，促膝每流连。聚散原无定，遭逢各有缘。今朝挥手别，情绪乱于烟。""惠公多惠政（惠庵宰南川、遂宁、双流，皆有政声），惠及德州民。树迓双旌转，花栽一县新。酬庸孚众望，治绩待斯人。寄语容休养，晨昏报主身。""好友移新治，名邦古孝泉。姜公遗庙在，陶令祀碑传（东汉江阳令姜诗，邑人，有孝行，与妻庞氏祠在治西北，地名孝泉。陶联珊大令播绥宰是邑，请祀于朝，重新庙貌，勒碑纪实。春暮书来，属予以八分书之）。抚字勤劳切，承家世泽绵。琴堂闲啸咏，快写浣花笺。""素有匡时略，才非百里中。谦冲含雅度，廉介本儒风。文物声名地，诗书教化隆。政成由学古，骑竹乐儿童。""令子金闺彦，群惊雏凤凰。沉酣耽典籍，倜傥冠词场。绕膝孙枝乐，投怀祖荫长。君家后来秀，玉立待腾骧。""似我真迂拙，十年留抱关。岁华发鬓改，风月一身闲。偶得山林趣，何妨世虑删。初衣吾未遂，却羡鸟知还。""风雨涪江岸，挑灯话旧时。书宗山谷体，句爱辋川诗（惠庵书法酷似黄山谷，尤喜唐人五古，抄卷帙甚富）。暂得今宵聚，却留后日思。一樽对无语，世事两心知。""泛棹烟波里，相邀坐倚楼。雅言真蕴藉，题句擅风流（抱关息影，建楼于山麓，颜曰"烟波"。惠庵题七律四章）。饮歠忘形迹，篇章互唱酬（惠庵榷厘于杨桃溪，时相过从，极文酒之乐）。从兹分袂后，梁月梦同游。"

六　月

六月建辛未，朔日丙午　天气晴明。谒文昌神庙、镇江王祠、萧曹社公祠、灶神行香。至盐关镇江王位前行香，当楼小坐归。祀财神、拜祖。日午朝食。得其谷三月二十八日第六书。酷热益甚，挥汗不止。作小楷书，目力昏瞀，殊可慨也。薄暮晚餐，入夜星宿，夜半雨。

二日丁未　天气晴霁，日午朝食。以小楷录《送牟惠庵》五律八首。薄暮晚餐，入夜仍雨，一洗炎热，顿觉凉爽。

三日戊申　天气浓阴。日午朝食。检得宣纸作横幅，以行书录昨日所得五律，将以之赠牟惠庵。薄暮晚餐，天霁，夜见星。

四日己酉　晨起，清露沉瀣，天气晴明。作简致周梅生，遣役蒋荣持往。役甫行，梅生遣下走持书来，复作答。

电传，奉上谕："四川正考官着刘恩溥去，副考官着张筠去。钦此。"朝食汤饼。延徐炳灵来为闺人诊视。夕餐，夜见新月。役旋，得梅生书。

五日庚戌　作书致周梅生，交牟惠庵仆周祥持还杨桃溪。先大母生日，致祭。天气晴热，日午朝食。其稚晨间呕吐，延徐炳灵来诊视。作第六书谕其谷。薄暮晚餐。舟子聂兴顺献绿沉瓜二枚。得梅生书。

六日辛亥　诣盐关紫云宫镇江王位前行香。理发。天气晴热。农民陈国治献新稻。日午朝食。赤日如火伞，炎暑特甚，挥汗不止。康保腹痛，延徐炳灵来诊视。夕餐，入夜月。

七日壬子　作书致杜德玉，以寄其谷家书丐其寄都，为寄朱提五十金，遣役邹兴持往遂宁。初，向庆印堂假得百金，作书致之，遣仆山云往取。朝食后仆还，得印堂报书。王紫垣书斋西向，儿辈读书虑其受暑，属紫垣暂移宜园宾厨。闺人后日生辰，吏役以酒烛礼物为寿，受镈饧、梨饼、沙棠果、桃，却余物。薄暮家人具酒食为闺人寿，予以天热不入座。入夜星宿。

八日癸丑　天气炎热。陈仲钧①大令奉檄摄遂宁县事，舟行过此，遣役持刺来候，亦使仆候之。闰人生日，偕全家为寿，王紫垣、协堂来贺，吏役、仆媪、下走皆贺。朝食汤饼。

有大兴部梨园子弟来，明日于紫云宫镇江王位前赛神，是日先使入署演剧，为闰人寿，偕家人聚观。薄暮置酒，及家人聚饮，赍吏役、仆媪酒食。作书寄晚雏弟。

得洪叔雨大令书，于月之朔日视事。役周兴自遂宁还，得杜德玉书，馈绿沉瓜十枚。得其谷四月十五日第七书，移居正阳门内东交民巷水獭胡同。得子宜弟五月十三日黔中书。晚雏弟新生女，请名于予，命之曰"绅"，作书寄之。

九日甲寅　晨起濯足，天气酷热，日午朝食，料理俗事。延徐炳灵来为康保、女纹诊视。理发。作书答洪叔雨。薄暮晚餐，大风，微雨旋止。剖绿沉瓜。

十日乙卯　五更起。初，丐周梅生为謇修，聘其从叔绳初刺史继宪之幼女为其颖继室，是日纳采、请期。呼肩舆发康家渡，二十里至青堤渡小憩，十里至杨桃溪。诣张雩庵，少坐；诣洪叔雨大令，少谈。谒牟惠庵、周梅生，请惠庵为其颖书生年月日时于采简左；梅生亦请书绳初女生年月日时于简右，系同治八年三月三十日戌时，请期于七月二十九日卯时迎娶。致周子玉及其兄菊生劻恩书。予咸丰辛酉就婚涪陵，与绳初时相聚，忽忽三十四年矣！

惠庵设榻留小住，以送别五律八首书作横幅，及玛瑙石烟瓶赠之。共梅生、惠庵、灿生朝食。高春，庆印堂来，亦留宿，及三君聚谈。天气炎热，解衣避暑，薄暮晚餐。叔雨来，谈至三更散。

十有一日丙辰　牟灿生赴黔应乡试辞别。局勇自成都还，得纺女月之六日第十一书。张二南、李茝臣于镇江王庙演剧赛神邀饮，偕牟惠庵、庆印堂往，洪叔雨、张雩庵继至。魁盛部演剧，梨园子弟皆秦人。高舂开筵，以天热，可以早散。酒阑，印堂以事还，偕惠庵归，及周梅生清谈避暑。下舂，叔雨来，惠庵留共晚饮，移几榻阶前纳凉，谈至三更散。作书谕其颖。

十有二日丁巳　天气酷热，晨起即挥汗不止。理发，共牟惠庵、周梅生朝食。作书寄子克弟，过洪叔雨处谈良久。吴菱初奉檄调成都，给事文闱①，自射洪至，来诣惠庵，留晚饮，更邀叔雨、张雩庵来同聚。下舂置酒，初更酒阑，于阶前纳凉。菱初、雩庵行，及叔雨、梅生、惠庵谈至三更散。

十有三日戊午　赤日如火伞，炎热尤烈。步访张二南、李苊臣、张雩庵，皆少谈归。洪叔雨于镇江王庙演剧，邀午饮观剧。诣吴菱初，不值。赴饮所，二南、苊臣、雩庵、菱初、惠庵、李奇生继至，庆印堂自青堤渡至。日午张筵，王谦丞、刘香亭、李春崿、郭仲穆、喻鸣杰、陈半亭少府堉、洪季良同座。半亭，叔雨甥也，旧相识，奉讳随叔雨来此。高舂酒阑，散归。

作书致吴蓬阁司马，时任绵州，属惠庵也。雩庵邀晚饮，偕惠庵、梅生、印堂往，菱初已至，及惠庵象戏。下舂置酒，食品精美，不输段家食宪章②，足资果腹，初更酒阑。雩庵寓所依山傍涧，门外田畴绣错，竹树弯环，颇饶山林之趣。偕诸君移几纳凉，月色澄明，烟光笼罩，好景娱闲，正未易得耳。二更后，偕惠庵、印堂、梅生踏月归，菱初径去。

十有四日己未　天仍酷暑。牟惠庵期月之二十五日赴任，是日于张雩庵寓中，及庆印堂治酒食，为惠庵、周梅生饯别，邀洪叔雨、张二南、李苊臣、雩庵同聚，偕印堂散步往，诸君相继来，日午开筵，高舂酒阑客散。及印堂、梅生谈至下舂还，共惠庵、梅生、印堂晚餐。入夜月色极佳，叔雨来，谈至三更散。

---

① 给事文闱：供职于文闱。文闱，科举考试的雅称。
② 段家食宪章：指唐代丞相段文昌编写的《邹平郡公食宪章》中所记载的各种精致美食。

十有五日庚申　晨雷，微雨。别牟惠庵、周梅生，及庆印堂发杨桃溪，舟行十里至青堤渡，印堂去。二十里至康家渡。田土干坼，农民望泽孔殷，牌示禁屠宰。及王紫垣少谈，薄暮晚餐，入夜大风，骤雨淋漓，檐溜有声，惜为时不久耳。

十有六日辛酉　天气浓阴，清凉宜人。致周梅生书，遣役洪泰持往。日午朝食。作书致杨玉行、李雅泉索润①。作书唁家梦萱大令，致赙六金。致子详②、叔眉、子克弟及犹子伯恺书。薄暮晚餐，齿作痛。役旋，得梅生报书，期十八日还成都。

十有七日壬戌　晨晴。作第四书谕纺女。日午朝食。初，晚雏弟书来，属予筹画千金，将纳粟捐新海防，遇缺，先补用巡检，筮仕来蜀。为设措五百金，向庆印堂假得百金，遣仆李忠及役王彪赍往成都。申刻首途，至杨桃溪，明日随周梅生同行，以家书付之。天气炎热。得夏菽轩、文云衢、张麟阁观察报书。得陶联珊大令书。薄暮晚餐，阶前纳凉，二更月上。

十有八日癸亥　天气酷热。理发，日午朝食，宜园紫薇初放花。女纹所患尚未瘳，延徐炳灵诊视。剖绿沉瓜。购得狸奴，色纯白。薄暮小饮，阶前纳凉，月上始寝。

十有九日甲子　天仍炎热。沐浴。魁盛部梨园子弟到关，贩米船户于紫云宫雷神位前使演剧酬神。作书致张雩庵，下走谢顺持往。日午朝食。浓云密布，湿热尤甚，似有雨意。下走还，得雩庵报书。延徐炳灵来为女纹诊视。

薄暮晚餐，微雨，初更雨渐大，檐溜有声，少选迅雷疾电，大雨如注，院落积水数寸，二更雨势渐微。晨间，招保正张兴顺来，明日延导师于紫云宫设坛祈祷。今日得此甘澍，足慰农望。雨复渐

---

① 索润：润，银钱，这里指银钱的数目，而非通常所谓的润笔、润金（很容易误解为索取润笔费）。沈贤修用此隐晦词语，表达的意思就是：请杨、李二人"提供需要用于打点的银两数目"。参见甲午十二月二十五日、乙未三月七日、乙未三月十八日日记。

② 子详：沈金修，沈贤修堂弟或族弟，时任资阳县知县，后任大足县知县。

沥，彻宵达旦，枕上闻之色喜。

二十日乙丑　晨雨犹滴。步诣坛所谢觌，更至文昌神庙、龙神位前谢觌。大雨淋漓，雨止始归。湿云似墨，雨势犹浓，大雨移时止，农田可望霈足矣。日午朝食。女纹腹泻，延徐炳灵来诊视。剖瓜。薄暮晚餐，入夜天霁，繁星满天。

二十有一日丙寅　天气晴明，酷热尤甚。日午朝食。晚雏弟遣成都役张明持书来，告庶母陈于月之十一日赴资阳县子详弟署，弟以纳粟事书来索银，不知予先遣仆李忠赍往。携其稚、曾荫、曾祐至紫云宫观剧，眷属亦往。秦腔呜呜，使人悲感。剖瓜，薄暮于剧楼小饮、晚餐，二更还。眷属亦归。

二十有二日丁卯　天气晴热，溽暑特甚。晨起即挥汗不止，食时大雨，一洗炎暑，凉爽可喜。理发，雨止。闺人微嗽，延徐炳灵来诊视。剖绿沉瓜。薄暮晚餐，入夜阶前纳凉。

二十有三日戊辰　酷暑尤烈。日午朝食。米贾朱崇贵、王聚兴、邬怀碧等治具于紫云宫，邀饮观剧往醮神。王紫垣携协堂来，张玉峰、杨科先、张根先、曹万顺同聚，其颖侍座。张灯置酒，二更后酒阑归。眷属亦往观剧，二更还。

二十有四日己巳　天气炎暑。鲁新妇生日，命其颖、曾荫、曾祐致祭。盐吏郭尚仁着役，造具年貌、籍贯、三代亲供册结，备文移县转申，遣吏赍往。全家斋食，剖瓜。作书寄晚雏弟，命其颖寄纺女书，遣成都县役持还。甫行，而邮雏弟自资阳又遣役谢元持书来。弟随庶母陈前往，晚雏来书未告，邮雏之书仍因晚雏纳粟事。薄暮晚餐，雷数声未雨。入夜天霁，星繁满天。

二十有五日庚午　晨起沐浴，天气晴热，赤日如火伞，酷暑薰灼，几榻如炙，数年来所未有也。命其颖寄邮雏弟书，告晚雏弟纳粟银已寄成都，遣来役谢元持还资阳。日午朝食。闺人嗽仍未止，延徐炳灵来诊视。布席于地，解衣跌坐，暑气薰蒸，汗如雨下。薄暮小饮，入夜天阴，夜半大雷电骤雨，移时止。

二十有六日辛未　五更起，恭逢皇帝万寿，谒紫云宫朝贺，黎明归。呼魁盛部梨园子弟入署演剧，及家人聚观。日午朝食，天气晴霁，薄暮小饮，三更曲终。

二十有七日壬申　得白荷花二朵供瓶中赏玩。日午朝食。高舂，天阴大风，浓云密布，欲雨未成。薄暮晚餐。

二十有八日癸酉　天气晴明。赵禄门太守及黄玉田德润、雷剑南登阁、秦涛安云龙三大令，自成都至绵州迎钦使，奉檄赴川东查案，舟行过此，遣人持刺来候。日午朝食。散步至关游眺，下舂归。夕餐。得庆印堂简，即作答。

二十有九日甲戌　天气微阴。理发，日午朝食。延徐炳灵来为闺人视垣，康保腹泻，亦为之诊视。飞雨数点，旋止。剖绿沉瓜。薄暮晚餐，夜雨。命其颖作书寄纺女，交便足带成都。夜半雨甚。

七　月

七月建壬申，朔日乙亥　晨雨，天气凉爽，一洗炎热。未谒庙，命其颖灶神行香、祀财神、拜祖。日午朝食。雨止，料理俗事。得其谷五月六日第八书，寓徐质夫寺丞书。其稚、曾祐《尔雅》读竟，自今日始授之读《毛诗》。有便足明日赴成都，命其颖作书寄纺女。剖绿沉瓜。康保腹泻止，仍延徐炳灵来诊视。下舂天霁，晚餐。夜半大雨淋漓。

二日丙子　天明雨止。作简致张雩庵、刘香亭，遣役费喜持往。日午朝食。康年头热，延徐炳灵来诊视，闺人嗽稍间，亦为视垣。王渊如复自遂宁至，以时辰表二枚属为修理。薄暮小饮，天气晴霁，晚霞绚采，使人气爽。入夜星宿。役旋，得雩庵报书。

三日丁丑　天气晴明。以时辰表属王渊如修理。日午朝食，天阴。闺人嗽稍愈，惟身体疲倦，延徐炳灵来诊视。康保、康年疾愈，亦为视垣。下舂雷雨，移时止。晚餐，入夜天霁，见星。

四日戊寅　天气晴热。日午朝食。宜园葡萄成熟，摘以酿酒。王渊如来修理时辰表，王协堂归家。薄暮晚餐。

五日己卯　天仍晴明，炎热如炽。日午朝食。初，聘周绳初女为其颖继室，择吉月之二十九日卯时迎娶。绳初室彭宜人，居涪州之蔺市镇，将遣其颖前往就婚，为之备装。夕餐。

仆李忠率役王彪自成都还，得晚雏弟书。星使于月之朔日至成都，札调州县回行省者甚多，子详弟亦奉调于六月二十八日抵成都，不卜何事。晚雏纳粟事，俟子详、叔眉弟资助之银寄到，即上兑。

得纺女六月二十九日第十二书。得杨玉行、李雅泉、家梦萱报书。周梅生书来，告得其弟菊生涪州书，彭宜人允许吉期，呼李忠询家事。夕餐，暑气未消，夜犹挥汗。

六日庚辰　天仍晴热。作简致庆印堂，日午朝食。高春，天阴大风，云堆似墨，雨势益浓，酷热未消。役旋，得印堂报书。晚餐。

七日辛巳　晨起即挥汗不止。理发。日午朝食。有周清者，陕西汉中府南郑县人，年十九岁，壬辰来蜀，落鞫部中，前随魁盛部来此演剧，愿改业求录用，许之。是日至谒见，留供驱使。

下春，王荣泰运涪岸官盐八百包至关，招入署与之约，明日遣第二子其颖乘之赴涪州就室，荣泰允之，泊舟江干以待，坐良久行。荣泰字从龙，江北厅人，以八分书楹联赠之。闺人治酒食赐其颖，偕合家聚饮，予不入座。有为双猴戏者，呼入署给儿孙观之。

入夜，存辉妹及女纤陈果饵乞巧，见新月。炎暑如炽，至不能卧。亥刻立秋。

八日壬午　黎明起，具衣冠，率子其颖焚香，告祖考遣往涪州就室。卯刻，其颖拜辞登舟，遣仆徐升、王得寿，役蒋荣、洪泰随往。天气酷热尤甚，汗如雨下。日午朝食。作第七书谕其谷。仆山云以其兄卒，请假归家。解衣谊暑。薄暮晚餐，入夜繁星熠耀。

九日癸未　天仍炎暑，酷热异常。作书致杜德玉，以谕其谷书丐其转寄京师，遣役费喜持赴遂宁。日午朝食。赵孺人患泻，延徐炳灵来诊视。薄暮小饮，食汤饼。入夜星宿。

十日甲申　黎明雷，欲雨不成。晨起理发。王渊如辞赴杨桃溪。日午朝食。天气凝阴，雷声虩虩，密云不雨。赵孺人疾愈，仍延徐炳灵来诊视。仆山云还。薄暮小饮。入夜天霁，月色皎然。役自遂宁还。

十有一日乙酉　天气晴热。晨起沐浴。便足自成都还，得纺女月之六日第十三书。王紫垣以中元节归家，送之行。授其稚、曾祐读书。日午朝食。阴云四起，轻雷送雨，旋止，天复晴。薄暮晚餐。夜月皎洁，阶下纳凉，花影满篱，颇饶意兴。

十有二日丙戌　天仍晴明。晨起，院落花丛凝露未晞，清气扑人，徘徊良久，旭日始升。日午朝食。得庆印堂简。大雷雨，移时止。阴云密布，雨意犹浓，忽被大风吹散，复晴。薄暮晚餐，入夜月影朦胧。

十有三日丁亥　五更大雷雨，檐溜如泻。天明雨益骤，院落积水。辰刻雨止天霁，凉爽宜人。木棉着花，连日暴晒，得此甘澍，益见繁茂，足慰民望。宜园秋花经雨，倍见精神。日午朝食。天复阴，湿云低压，雨势甚浓。少选大雨，旋止，仍晴。理发，晚餐。入夜大风雨，迅雷疾电，移时始止。

十有四日戊子　晨晴，溽暑特甚。曾祐生日，朝食汤饼。初，为其稚、曾祐书粉版作引式，工人油饰未精，见水脱落，另制版为书之。薄暮晚餐，入夜月光如水，阶前纳凉。

十有五日己丑　黎明起，天气晴明。谒文昌神庙、镇江王祠、萧曹社公祠、灶神行香。至盐关镇江王位前行香，登楼小坐。归，祀财神、拜祖，中元节家祭。日午朝食。酷暑尤烈，挥汗不止。盐吏王荣桂以满吏纳粟，得从九品职衔来见。王协堂自常乐寺来，其祖紫垣期中旬来塾。薄暮晚餐，入夜天无片云，月明如昼，阶前纳凉，不忍就寝。杨子庚太守母余太夫人月之十九日生辰，初杨耀珊大令书来，约同僚醵金制锦称祝，至是上书贺之，遣役费喜赉往。

十有六日庚寅　五更起，月将落，天气轻凉，阶前小坐，清气袭人。少选，旭日东升，酷热倍甚。日午朝食，理发。授其稚、曾祐读书。薄暮晚餐，入夜月色极佳，清光似水。

十有七日辛卯　黎明起，天气炎热如炽。日午朝食。作第五书谕纺女，致杨玉行、湛亭书，授儿孙读书。晚餐，入夜月色玲珑。

十有八日壬辰　天仍晴热。晨起理发，日午朝食。授其稚、曾祐读书。明日有便足赴成都，以寄纺女书交其赍往。连日左齿作痛，不能嚼物，殊觉苦楚。晚餐。入夜星宿，二更月上。

十有九日癸巳　黎明起，天气晴热，沐浴。日午朝食。授儿孙读书。炎暑酷烈，几榻薰灼，不能坐卧。薄暮晚餐。宜园散步，玉簪、凤仙、茉莉皆盛开，秋色绕篱，助人意兴。入夜繁星满天，二更月上。其采感风腹泻。

二十日甲午　黎明起，天仍炎热，酷暑尤烈，挥汗不止。日午朝食。其采体热，口渴作泻，延何春山来诊视。薄暮晚餐，入夜星宿，二更后月上。其采体中不适，夜啼不已。

二十有一日乙未　彻夜记念其采疾未眠，五更即起，月色满窗，天气清凉。其采体热未退，泻仍不止，延徐炳灵来诊视，疏方药。日午朝食。秋阳暴人，酷烈尤甚。王紫垣来塾谈良久。下春，其采服药后似稍安静。得牟惠庵德阳书，得周梅生书，梅生于月之九日自成都至德阳。左齿大痛，罢餐。入夜暑气未退，解衣阶前纳凉。

二十有二日丙申　黎明起，理发。鲁新妇忌日，命长孙曾荫致祭。其采昨夜眠尚安稳，泻亦稍间，而体热口渴仍未减，神气疲倦，延徐炳灵来斟酌方药，主以逐饮固脾培土之剂，更以洋参煎汤与服，为之养阴，生津止渴。朝食水角。赤日当空，炎暑太盛，宜园花草皆渐焦枯，亟望雨也。薄暮晚餐。

其采手足指尖厥逆，以小儿气体本虚，热久不退，恐转别症，延炳灵来与之商，以加味理中地黄汤与服，更用附片贴两足心，并煎汤洗两手心。酷热入夜不减，床榻如炙，至不能卧。

　　二十有三日丁酉　黎明起，其采腹泻未减，延徐炳灵来诊视，谓久热不退，必有外邪，主以六君子汤为固正气，加柴首以辟表邪，用灶中黄土补土。日午朝食。天气亢阳，赤日如火，炎热盛于伏日。下春雷电，欲雨未成。齿痛罢餐。入夜星繁满天。其采自朝至暮泻五次，延炳灵来为之诊视，留共王紫垣晚餐，食已行。

　　二十有四日戊戌　五更仍雷不雨。晨起，天气晴热。其采体热未减，泻亦未止，颇深系念。日午朝食。

　　杨云逵医士鸿道，射洪县人，专习小儿科，家于双柏树，距镇二十余里，盐吏郭尚仁举之，遣役往迎。下春至，为其采诊视，谓受暑感风，前医投以热剂，遂致阳极，四肢厥逆，热伏于内，烦躁不安，阴阳清浊不分，因之久热不退，泄泻不止。治宜清热除烦，为之疏方。留云逵小住，为设榻宜园宾厨，共王紫垣、协堂晚餐。入夜星宿，闺人呼巫来，为其采禳之。

　　二十有五日己亥　昨日遣役至桂花场延黄树萱，四更至，黎明起。延杨云逵为其采诊视，夜眠尚静，而热未退，泻亦未止，口仍作渴，易方药。云逵辞往杨桃溪，约薄暮来，以围驮送之。延树萱为其采诊视，亦谓伏热在内，表邪未退，法当清解，主方药。留树萱共王紫垣朝餐。日午朝食。天气亢阳，酷热益甚，几榻如炽，至不能①，近十年来所未有也。夕餐，围驮还，云逵不至。入夜，其采热渴益甚，延黄树萱诊视，易方药，以清莹汤与服，为之料量。阴云四合，忽大风吹散，欲雨不成。少选，复见星。树萱留宿。

　　二十有六日庚子　五更，其采腹泻二次，延黄树萱诊视，主以培土养阴之剂。理发。日午朝食。天气炎热。其采两日服清凉之药，神气不足，面色淡白，两目昏暗无光，实系虚寒，即以理中地黄汤，属树萱为之加减与服。服后不一时，便觉神清，泻仍不止。薄暮晚餐。树萱仍留宿。

---

① 整理者按，此处疑漏书一"卧"字。

二十有七日辛丑　五更起，其采夜眠安稳，热稍退，渴亦渐止，腹仍泻。天明，延黄树萱诊视，谓指纹青紫色渐退，仍昨日方药，为增熟地以养阴，黄芪以补气。日午朝食。高春，其采少眠，闻喉间微有痰响，急以逐寒荡惊汤与服。天气亢阳，赤日如火，挥汗不止。薄暮晚餐，入夜大风。树萱留宿。

二十有八日壬寅　五更，其采体热渐减，口渴止，四肢回暖，泻带稠黏。晨起，延黄树萱诊视，仍依昨日方药，略为加减。日午朝食。天阴，凉风瑟瑟，大有秋意，涪江水涨。得其谷五月二十三日第九书，为寄高丽参八两。高春天霁。闺人肺气上逆，面浮腿肿，延树萱视垣，疏方后归家。散步至关观水，楼头小坐归。薄暮晚餐。入夜其采体中不适，时作呻吟，用麦麸包熨之。

二十有九日癸卯　四更大雨移时。视其采，疾泻二次，仍带稠黏。天明延黄树萱来诊视，面色纯白，两目上泛，阳气抑遏，精神大亏，疏方为之升清降浊。遣役复延杨云逵来，下春至。王荣桂为举钱骏堂医士，偕徐炳灵来，延四君为之诊视。骏堂谓阳气下陷，风邪外搏，指纹青紫，已透气关；左胁皮肤发红，肝郁之象，宜解肌肤之热，为固脾土而疏肝木，主以和中之剂，为之疏方。闺人服药后稍愈，仍延树萱为之视垣。留四君共王紫垣晚餐。

月之十八日，便足自成都还，得纺女月之二十四日第十四书，得杨玉行、湛亭书。记念其采疾，罢晨餐，张灯始夕餐。骏堂、炳灵行，留云逵与树萱同榻。入夜星繁满天。

三十日甲辰　天气晴明，仍炎热。延钱骏堂来，偕杨云逵、黄树萱为其采诊视，骏堂为之主方。其采虚弱已极，昏睡露睛，神气大衰，颇系怀也。日午朝食。杨云逵行，仍以圈骀送之。徐炳灵来为其采诊视，神志昏迷，气血大坏，啼声细微，殆恐不起。骏堂、炳灵、树萱晚餐后行。骏堂方药平淡，缓不济急，入夜复招炳灵来与之商，以独参汤及加味理中地黄汤相间服之，炳灵行。其采气息奄奄，家人环视。系念其采，伏枕不眠。

八　月

八月建癸酉，朔日乙巳　四更，其采服药，忽呻吟有声，啼声亦略大，便带溏色转黄，脾土似觉稍旺，神气转清，食乳亦稍多。延钱骏堂来诊视，指纹转红，为之疏方，主以六君子汤与高丽参相间服之。

未谒庙，命长孙曾荫灶神行香、祀财神、拜祖。天仍晴热，濯足。日午朝食。黄树萱来为闺人视垣。薄暮晚餐，入夜小雨。

侍妾以其采病记念，乳汁减少，觅康姓乳媪来助之。

二日丙午　晨阴，天气清凉。吏役于社公祠赛神，往行香。其采病势渐减，延钱骏堂来诊视，疏方去。日午朝食。黄树萱辞还桂花场，满吏王荣桂献酒肴。薄暮晚餐，入夜大风，天气顿凉。其采神气稍足，两目上泛亦少间，便仍带稠黏，自朝至暮泻七次，眠甚安稳。王协堂辞往青堤渡。

阅邸抄，奉上谕："成都将军恭寿，奉命晋京祝嘏，所遗员缺，着四川总督刘秉璋兼署。四川成绵道员缺，着长春补授。钦此。"

三日丁未　晨阴，天气凉爽，着裌衣。其采神气宁静，病势渐减，惟泻仍带稠黏未间，延钱骏堂来诊视，仍昨日方药，恐病重药轻，难见功效，而骏堂力主以和平之剂，心窃忧虑。留骏堂共王紫垣朝食，食已行。朝餐水角，天霁，理发，薄暮复阴，罢餐。

四日戊申　天仍微阴。其采病如昨，延钱骏堂来诊视，留共王紫垣朝餐。初，王鉴秋刺史至各关、局查收鹾包验费，至是奉布政使盐茶道檄并发来示谕，以后各关、局盘验鹾包，每篓准收三十文，自定案后，饬令贩户每篓以五百斤为率，不得任意再增，书、巡亦不得格外需索。下舂，天气开霁，晚食水角。

其采自朝至暮泻八次，腹胀脾虚已极，以附子理中汤与服。三更，儿啼不已，彻夜呻吟，泻三次。

五日己酉　四更起视其采，啼稍止，神色益衰，两目上视，夜间啼乏，晨始少眠。急延徐炳灵来诊视，主以大温中饮。钱骏堂来，但看视小儿无一言，前四日用药平淡无济，殊可恨也。更延何春山来，谓上视口张，已成慢惊，宜急救之，为疏方，仍用清热解表之剂，殊不为然。下春复延之来，以逐寒荡惊汤与服。薄暮，炳灵复来视，仍用高丽参及加味理中地黄汤进之。其采泻数次，稠黏细白如线，内风已动。家人环视，频以药灌之，三更后手足瘈疭，抽搐不已，呻吟之声，直不忍闻。

六日庚戌　四更，其采手足抽掣，喉中痰响，与乳已不知吮食，气促神昏，愈增危笃。黎明，呻吟之声渐微，两目直瞪，惊搐益剧，汤药下咽，不能挽回，奄奄一息。侍妾以药进之，忽吞两口，至巳刻夭殇。伤哉伤哉！此儿伶俐可爱，气体极壮，不类数月。喜笑，每有人过其侧，必以目迎送之，从不啼泣。天热着衣单，见其床褥间反侧便捷，晨昏抱之嬉戏，娱我老景。不意以小病，初为医士过用清凉，致转慢惊；继又误以药力平淡延缓，遂至不救，悼惜殊深，因之大恸。家中人无不爱怜悯惜也！

下春，以薄槽殓之，命仆瘗于盐关东山之麓。入室不见，似犹闻儿啼声也。悲悼实难自解，伤哉伤哉！

七日辛亥　天气晴明。细审其采病情，实系虚寒。初误于黄树萱之连投清凉，再误于钱骏堂之惧用辛温，迁延旬日，以致沉寒脏腑，固结不开，真阳外越，脾胃空虚，立时告变，竟至不救。予虽以助气补血之经验方药为主，而为群医所乱，又未能连日叠次与服。庸医误事，可畏可恨，悔无及矣！心中作恶，不能自解。

作第六书谕纺女，致晚雏弟书，为庶母陈寄朱提三十四金，遣役费喜持赴成都。镇日枯坐，无聊已极，薄暮略食薄粥。杨琴甫遣仆周祥，持书自成都来索逋，前日抵署，以心绪恶劣未见，留其小住。

上夏叔轩、文云衢、张蔼卿、张麟阁四观察，杨子赓太守书，贺秋节。致赵达泉、杨耀珊、谢品峰、蒋和卿、孙炳荣、李楚珍、宣毅生、李荩臣、张二南、洪叔雨书，皆贺中秋节。

八日壬子　晨阴，天气始凉，着棉衣。作书答杨琴甫从妹婿，遣来仆周祥持还成都，赍舆资三缗。思念其采，不能去怀。得张二南、李荩臣、张雰庵、庆印堂贺节书。遣仆至关，为其采焚冥镪。理发，下舂始朝食。飞雨数点，旋止。

九日癸丑　晨雨渐沥，檐溜有声，移时止，惜未沾足。赵三合运涪岸引盐八百包到关，为之盘验。作书谕其颖，交其寄至涪州，蔺市必经之道也。日午朝食。作第八书谕其谷，致杜德玉书，丐其转寄京师，遣役贺喜持往遂宁。下舂天霁，晚餐，入夜月色皎然。得庆印堂书。署前居民王大润，住屋不戒于火，即时扑灭，呼来案戒之。

十日甲寅　晨阴。日午朝食。闺人嗽作，康保腹泻，侍妾李感寒，延徐炳灵来，皆为诊视。谈及其采病已挽回，钱骏堂不为之叠进温补，助气补血，迁延贻误，遂至中虚生寒，不可救药，悔无及矣！薄暮天霁，夕餐，入夜月色澄清。连夜枕上失眠，服八味地黄汤。

十有一日乙卯　晨晴。日午朝食。闺人咳嗽气促稍止，康保泻亦间，女纹感寒，延徐炳灵来诊视。薄暮夕餐，入夜月。

十有二日丙辰　天气晴明，料理俗事。趁墟，舟子何甲于虾蟆石济渡，已抵岸，人众拥挤，舟遂倚斜，溺九人。日午晨餐。闺人嗽未减，精神疲惫，康保泻止，延徐炳灵来诊视。

得吴蓬阁司马绵州报书，得宣毅生贺节书。由帮足寄到其颖七月十八日重庆书，于十六日至郡，谒见子谊伯兄伯嫂，合家平安，留小住，期十九日前进，伯兄奉檄署新宁县典史。

馈王紫垣炙脯、馎饦、青蚨二缗。馈炳灵馉馀、炙脯、青蚨一缗，赍仆媪、下走钱。夕餐，役蒋顺献安石榴。入夜月光皎洁。得庆印堂书。盐吏郭尚仁献馎饦、桃仁糕。

十有三日丁巳   天气凝阴。濯足。日午晨餐。馈方正、续泉馎饦。闺人嗽稍间，延徐炳灵来诊视，仍昨日方药。王协堂童子归家。西风飒飒，凉意传秋。夕餐。续泉馈馎饦、糍糕、芝麻、面，受之。

雨声淅沥，夜窗独坐，思念其采，为之泪下。得五律四首哭之云："独坐秋堂里，深宵涕泗零。彭殇原有数，祈祷竟无灵。发鬒逼身世，一灯怜影形。回头当日事，得句喜添丁。""念尔瞳发炯，晨昏乐可寻。讵知啼笑意，早证去来今。恋母时窥幔，依兄夜拥衾。伤哉长已矣，入室最难禁。""寓世无多日，胡为了一生？投怀如有意，凝睇若为情。困苦连朝卧，呻吟竟夜声。孰知绵惙际，阁泪尚盈盈。""眉目犹如昔，相看只片时。茜衫怜小影，药裹误庸医。抚体悲无语，煎心叹忍离。凄凉三尺槽，永瘗水之湄。"

十有四日戊午   晨阴，小雨。日午朝食，雨止。吏役献食物，略受一二。理发。张玉峰、张根先馈鲜鱼、豚肩、馎饦，受之。方正上人馈醃齑、糍糕、胡桃，庆印堂馈蒸糕、梨，皆受之。以石榴、炙脯馈印堂，作书答谢。以糍糕、炙脯、馎饦、梨、胡桃、焙馓馈玉峰、根先。齿作痛，夕餐。旧吏王荣桂献龙眼肉。

十有五日己未   晨阴，少选雨声淋漓。曹万顺馈米糕、馎饦、橘饼，张洪逵馈食物，受梨饼、桃仁糕、姜糕，却余物。鸿逵来贺节，坐良久行。未谒庙，灶神行香、祀财神，全家拜祖，贺中秋节。及王紫垣互相贺，仆媪、吏役、下走皆贺。朝食汤饼。馈曹万顺、张鸿逵炙脯、鲜鱼。下春家祭，及家人聚饮，初更酒阑。赉吏役、仆媪酒食。入夜，闺人陈瓜果拜月。思念其采，殇已十日，不闻其笑言哑哑，伤如之何！

前阅邸抄，是日恭上慈禧端佑康颐昭豫庄诚寿恭钦献皇太后徽号曰："慈禧端佑康颐昭豫庄诚寿恭钦献崇熙皇太后。"

十有六日庚申   天气浓阴，凉风瑟瑟。得蒋和卿大令贺节书。连日齿痛，闺人嗽亦未止，次孙曾祐腹痛，延徐炳灵来诊视，疏方去。日午朝食。院落秋海棠花放，治酒食宴王紫垣，邀张鸿逵来陪，予以齿痛不入座。入夜鸿遄行，三更雨，淋漓达旦，足慰农望。捕得金钟虫数头，畜之，闻其声，触人丛感。

十有七日辛酉　天明雨止，院落积水。齿痛稍止，闺人嗽亦间，曾祐腹痛愈，仍延徐炳灵来诊视，易方药，少谈去。薄暮夕餐，入夜天霁，月影朦胧。

十有八日壬戌　晨晴。日午朝食。日记久未录，补书之。目力更差，殊可慨也。闺人夜眠寐即作嗽，延徐炳灵来诊视，谓痰涎壅塞，肺气不降，为疏方行痰。夕餐，入夜星宿，二更月上，清光如水。

十有九日癸亥　天气晴明。晨餐，徐炳灵来为闺人诊视。薄暮晚餐，入夜星宿，二更月色如昼。

二十日甲子　晨晴。日午朝食。牟惠庵大令专役萧顺持书来贺节，得周梅生月之十六日书，得陶联珊书，以予所书《姜公祀典碑》墨拓十篇见贻。闺人精神稍健，嗽仍不减，延徐炳灵来诊视。夕餐，入夜星宿。

二十有一日乙丑　天仍晴明。牟惠庵诸幕宾以纸丐周梅生寄来，索予书画。朝食后，为朱子彝树珍、陶西白家瑜作篆书屏，为陶星如、家瑶与文、家璜式之、家钰西白、子彝、张锡孙开荣、于东山俊作八分书联，为张云孙开桦、高莘耜鸣夔、张蓉苏训焘作篆书联，云孙八分书横幅。镇日挥毫。得蒋和卿书，即作答。薄暮晚餐，入夜天气浓阴。署后石墙低短，呼工增高尺许，申刻兴工。

二十有二日丙寅　侵晨雨，檐溜有声。先母吴太夫人忌日，致祭。日午朝食，雨益甚。延徐炳灵来为闺人诊视，谓肺气平和。作第二书谕其颖，交官运船张同兴带往蔺市。役费喜自成都还，得纺女月之十七日第十六书，得叔眉弟蒲江县书，得子克弟、晚雏弟书，得杨湛亭书。

四川乡试头场，四书题：子曰："文，莫吾犹人也。躬行君子，则吾未之有得。"次题：修身也，尊贤也，亲亲也，敬大臣也，体群臣也，子庶民也，来百工也，柔远人也，怀诸侯也。三题：为巨室，则必使工师求大木。工师得大木，则王喜，以为能胜其任也。诗题：赋得"南条山到蜀江分"，得"条"字，五言八韵。

奉上谕："四川学政着吴树棻去。钦此。"下春雨止，薄暮晚餐，入夜复飞小雨，及闺人象戏。

二十有三日丁卯　晨雨淋漓。理发，日午朝食，雨止。为朱子彝画佛一躯。院落桂花、秋海棠皆盛开，折供瓶中，清香馥郁。得其谷六月二十三日第十书，以乡试辞出南学肄业。薄暮晚餐，入夜及闺人象戏。夜半雨。

二十有四日戊辰　晨雨犹不止，院落积水。日午朝食。闺人嗽稍间。以桂花酿酒。薄暮晚餐，夜晴。

二十有五日己巳　晨晴。庶曾祖母张太恭人忌日，致祭。延徐炳灵来为闺人诊视，仍前方药。日午朝食。得杨耀珊、谢品峰大令、孙炳荣参戎贺节书。作书答牟惠庵、周梅生。薄暮晚餐。得纺女月之二日第十五书，由驿递来。入夜及闺人象戏。

二十有六日庚午　天气晴明。遣德阳来役萧顺持书还。王紫垣归家，属王俊臣代授其稚、曾祐读书。日午朝食。曾荫肺气不降，延徐炳灵来诊视。下春天阴，云堆似墨，大雨，檐溜如注，院落积水，晚餐。得赵达泉、李楚珍贺节书。及闺人象戏。俊臣字秀峰。

二十有七日辛未　四更大雨，淋漓达旦，晨起雨仍不止，天气渐凉。日午朝食，雨止。高春复雨，下春止。晚餐，入夜及闺人象戏。

二十有八日壬申　四更小雨，淅沥有声，天明仍未止。晨起，得庆印堂书，索秋海棠，为赠两盆，作简答之。日午朝食。雨仍默滴，天气顿凉。下春雨止，晚餐。入夜及闺人象戏，夜半小雨。

二十有九日癸酉　天气微晴。日午朝食。朱辅周自成都应乡试还，来诣馈茗，谈良久行。

四川乡试二场，五经题，《易经》：元吉在上，大有庆也。《书

经》：虎贲、缀衣、趣马、小尹、左右携仆。《诗经》：蒙伐有苑，虎
韔镂膺。交韔二弓，竹闭绲縢。《春秋》：齐侯来献戎捷，庄公三十
有一年。《礼经》：君子听鼓鼙之声，则思将帅之臣。

薄暮晚餐。是日署垣工竣。

九　月

九月建甲戌，朔日甲戌　天气微阴，换戴暖冠。晨晴，谒文昌
神庙、镇江王祠、萧曹社公祠行香。至盐关镇江王位前行香，楼头
小坐。归，灶神行香，祀财神、拜祖。日午朝食。闺人嗽渐愈，延
徐炳灵来诊视，为疏方，以归脾汤主之。曾荫肺气上逆，喉中时时
作声，炳灵诊视，谓肺燥，宜清润，为之主方。薄暮晚餐。

二日乙亥　晨晴。理发。日午朝食。闺人昨夜受风，复作嗽，
延徐炳灵来诊视。黄子清以其友张恒九体乾纳粟得监生，请书楹联，
以八分书与之。宜园鸡冠短种，红色者极佳，栽于盆，置窗下赏玩。
夕餐，入夜及闺人象戏、小饮。

三日丙子　晨晴。得庆印堂简。日午朝食。闺人昨夜复嗽，延
徐炳灵来诊视。高春天阴。得孙芝轩贺节书。薄暮晚餐。入夜及闺
人象戏、小饮。午间王紫垣来塾。

四日丁丑　晨阴。濯足，日午朝食，天霁。王俊臣课读其稚、
曾祐数日，颇得法，仍招来及王紫垣同训。以紫垣年迈，可稍养息。
夕餐，入夜及闺人象戏。

五日戊寅　四更小雨，晨犹未止，感寒作嗽，晨餐薄粥。院落
洋牡丹初放花。闺人嗽减，延徐炳灵来诊视，谓寒邪已退，仍以归
脾汤主之。夕餐。久未得其颖书，颇念念也。授室将归，为糊其
居室。

六日己卯　四更小雨达旦，侵晨雨大，檐溜有声，食时止。高
春复雨，下春雨益甚。院落积水，湿云如墨，雨势犹浓。薄暮晚餐，

夜雨。

七日庚辰　四更雨益大，天明犹未止，檐溜如泻。理发。日午朝食。延徐炳灵来为闺人诊视，女纹感寒，亦为诊视。高春雨止，薄暮晚餐，入夜及闺人象戏。

八日辛巳　晨晴，少选复阴。曾荫感寒，腹痛呕吐，延徐炳灵来诊视，谓有宿食。日午朝食。浓云密布，仍有雨意。作第九书谕其谷，为寄朱提五十金。致杜德玉书。夕餐。入夜天霁，见星。宜园红豆树结实初红，攒缀枝头，颇可玩。

九日壬午　晨晴。张玉峰、温行庆来见，少坐去。遣役费喜持寄其谷书赴遂宁，丐杜德玉转寄京师。日午朝食。曾荫疾愈，仍延徐炳灵来诊视。王协堂童子来塾。薄暮晚餐，入夜及闺人象戏。

得其谷七月十四日第十一书，以余寿平书室西向，后有庖厨，暑气薰灼，湿热上蒸，遂患泻泄。延胡宗五孝廉代之，移居内城静养，以待秋闱。得吾乡陈炳如、张省三书，前寄文庙捐资五十金已收到。

十日癸未　天气凝阴。康保所患大愈。日午朝食。役自遂宁旋，得杜德玉书。下舂天霁，夕餐，入夜月影朦胧，及王紫垣谈良久。

十有一日甲申　晨阴。日午朝食。闺人嗽止，复吹霋，延徐炳灵来诊视。高春天晴，薄暮晚餐，入夜月。

十有二日乙酉　秋气澄清，晴霁可喜。日午朝食。甘家贵、邬怀本、何辅廷、黄静安、张星定、温行庆来见，少坐行。闺人吹霋稍愈，仍延徐炳灵来诊视，易方药。薄暮晚餐，入夜月。

十有三日丙戌　晨晴。理发，日午朝食。役钱恒献红豆两大枝，置瓶中作案头清供，朱实累累，可玩。薄暮晚餐，夜月朦胧。

十有四日丁亥　晨阴。马缙卿自邑城来查乡团见过，谈良久行，馈馎饦、栗，受之。日午朝食。以只鸡、鱼、鸡子馈缙卿。王荣泰船自涪州溯流而上，至关，招之来询。其颖于七月十九日自重庆至涪州蔺市僦屋，二十八日纳征，二十九日迎娶。久不得书，殊切悬念，今日询悉，稍释远怀。荣泰谈良久行。闺人头目眩晕，胸鬲胀满，延徐炳灵来诊视。晚餐。入夜步诣缙卿于紫云宫，谈至二更还。

十有五日戊子　晨阴。谒文昌神庙、镇江王祠、萧曹社公、灶神行香。至盐关镇江王位前行香，楼头小坐。诣送马缙卿，谈良久归。祀财神、拜祖。日午朝食。湿云密布，细雨如丝。徐炳灵来为闺人诊视。薄暮晚餐。

十有六日己丑　天气浓阴。左齿作痛，嚼食甚艰。张玉峰、温行庆来见，坐良久去。薄暮晚餐，入夜雨，檐溜有声，夜半雨益甚。

十有七日庚寅　雨仍淅沥，天甚凉，着棉衣。钦奉上谕：“本年十月十日，恭逢慈禧端佑康颐昭豫庄诚寿恭钦献崇熙皇太后六旬万寿，着自十月初一日起，俱穿蟒袍补服一月。钦此。出示晓谕，普天同庆。凡属士商军民，均宜勉效微忱，共襄盛典。”

日前传保长甘家贵等面谕，自十月初一日起，本镇街市添设牌楼，张灯结采，设位于紫云宫，届期朝贺、演剧，同申庆祝。各乡团铺户人等，令其量力捐资。予捐青蚨十缗，以为之倡；令吏役捐钱四缗，仆人二缗，发交首人承领。所有应办事宜，特派十六人经理，以期妥慎。日午朝食。雨镇日。薄暮晚餐，夜雨。

十有八日辛卯　齿痛稍止。晨雨益大，院落积水寸许，天气顿凉。王协堂辞往其戚家。日午朝食。微雨。延徐炳灵来为闺人诊视。下春雨止，晚餐。入夜，读梁茝林中丞《楹联丛话》①。二更复雨，彻宵不止。

十有九日壬辰　雨仍淋漓，檐溜有声，院落积水。吴新妇忌日，命曾荫、曾祐致祭。读《楹联丛话》。薄暮晚餐。夜仍雨达旦。

二十日癸巳　晨雨益大。日午朝食，雨止，天仍凝阴。阅邸抄，奉上谕：“成都副都统员缺，着兴安补授。钦此。”

四川蓬溪县知县，吏部铨选周学铭补授。学铭字绅之，壬辰进

---

① 梁章钜（1775—1849）：字茝林，福建人。嘉庆进士，官至广西巡抚、江苏巡抚。所著《楹联丛话》被认为是对联学研究的开山之作。

士玉山廉访之子，我池州人，与其谷相识。

二十有一日甲午　天气浓阴。晨起理发，雨复渐沥，少选止。日午朝食，微有晴意。高春天气开霁，薄暮晚餐。蒋和卿大令文移，奉上官檄，准礼部咨，奉旨："本年慈禧端佑康颐昭豫庄诚寿恭钦献崇熙皇太后六旬万寿，着自十月初一日起，俱穿蟒袍补服一月。钦此。"夜飞小雨。

阅《四川乡试题名》，蓬溪米秋涵明经文澂、酉阳王槐亭大章获隽。秋涵，己丑岁在都，与儿子其谷相识；槐亭，泽宣第四子也。

二十有二日乙未　晨阴，小雨如丝，少选开霁。日午朝食。甘家贵、张星定、温行庆来见。徐炳灵来为闺人诊视。薄暮晚餐，入夜复飞小雨，夜半雨声淋漓。连日盼望其颖书甚切。

二十有三日丙申　晨雨仍不止。续泉上人来见，坐良久去。其颖是日三十初度。吴惺泉①遣足魏洪顺自资州来致予书，馈冬菜、腐乳、蔗霜，以衣料、纨素、绣囊、束带、鼻烟瓶、普洱茶赠其颖，更以衣履赠曾祐。其弟宜之少府及其子元敬，皆以书贺其颖。

日午朝食，雨镇日不止。薄暮晚餐，入夜雨，渐沥达旦。王协堂童子来塾。

二十有四日丁酉　晨雨止，微有晴意。日午朝食。院落洋牡丹盛开，花光绚烂可观。薄暮晚餐，入夜天复阴。

二十有五日戊戌　黎明小雨，辰刻雨益甚，少选大雨，檐溜如泻，院落积水寸许。日午朝食。雨止，高春复大雨，片时止。薄暮晚餐。

二十有六日己亥　天霁。笥中检得旧宣纸，以小篆书屏四幅，寄赠吴惺泉。日午朝食。以朱笺书楹联。

役洪泰归，得其颖二十三日小河坝舟次第六书，偕周新妇于月之七日自涪州蔺市买舟溯流归。随去之役蒋荣，以疾于八月二日去

————————

① 吴惺泉：不详，与下文"宜之少府"，似均系其颖亡妻"吴新妇"家中父兄长辈。

世。相随数年，颇勤谨，一旦物化，殊为悯恻。其颖前肃四书皆未寄到。薄暮晚餐，入夜天复阴。

二十有七日庚子　天气晴明。作书谕其颖，遣役洪泰、贺喜往迎于遂宁。日午朝食。天复阴。齿作痛。薄暮晚餐，入夜细雨溟濛。

二十有八日辛丑　晨飞小雨。日午朝食，高舂雨止。甘家贵、黄静安、何辅廷、张星定、温行庆来见，少坐行。薄暮晚餐，入夜天霁，朗然见星。

二十有九日壬寅　晨仍阴。先王母陈太夫人忌日，致祭。日午朝食。天气开霁，濯足。役贺喜自遂宁还，得其颖书，于昨日午刻至遂宁，舟子小憩一日，明日泊桂花场，计程小阳朔可到。薄暮晚餐，入夜星宿。

三十日癸卯　黎明大雾，天气晴明。作书谕其颖，令其明日泊舟盐关，卜吉二日进署，遣役贺喜持往桂花场。张灯结采。日午朝食。视仆辈以缯綵饰篮舆，洒扫右厢四壁，悬书画为其颖居室。下舂役旋，得其颖书，于午刻舟泊桂花场。其穉吹霎，延徐炳灵来诊视，疏方去。薄暮晚餐。

十　月

十月建乙亥，朔日甲辰　晨雾滃翳，天晴，少选阴。理发。未谒庙，命其荫灶神行香、祀财神、拜祖，下元节家祭。日午朝食。下舂，其颖偕周新妇舟至王家湾，遣仆率役数人，肩行囊、嫁奁先移来署安置，命其颖乘舟溯流而上，至盐关泊焉，明日如署。张灯晚餐。夜半雨，淋漓达旦。

二日乙巳　晨雨淋漓，巳刻止，天气凝阴。延徐炳灵来为闺人视疸，其穉疾愈。属赵孺人至盐关待周新妇登岸，遣卤簿鼓吹仆四人，披红备采舆，命曾荫乘之往迎于盐关。铺民张兴顺等三十余人，结采于舆，声爆竹以迎。午刻，赵孺人还，曾荫随归。其颖自涪州蔺市，新妇乘彩舆至庙见，家人以次递见，合家庆贺。念吴新妇，不禁落泪。吏役、仆媪、下走拜贺。王紫垣及其孙协堂、张玉峰、张鸿逵、温行庆来贺。下春，设馔祭祖，张七席，赉吏书两班役及仆媪、下走。内外张灯，设席于正室，命女纼、纹、存辉妹款待周新妇，及家人夜宴，属王俊臣陪紫垣、协堂饮于宾厨，二更后散。其颖外姑遣一媪杨姓，随新妇来供驱使，谒见。

三日丙午　天气微阴。周新妇以荷囊献予夫妇，具汤饼及家人晨饮。

舒稚鸿①广文，射洪县人，家于桂花场，任南江县训导，俸满入行省验看，自桂花场过此来诣，谈良久。为具小食，食已送之登舆行。稚鸿学问优长，素所景仰，今日始识面。薄暮及家人聚饮，初更后酒阑。

四日丁未　天气晴霁，少选复阴。日午朝食。宜园红豆结实，色已深红，累累可玩。薄暮晚餐。月之十日，恭逢慈禧端佑康颐昭豫庄诚寿恭钦献崇熙皇太后六旬万寿，普天同庆，设位于紫云宫，制灯恭撰联句，敬谨书之。长联云："慈惠仰璇宫，端居介福，逢吉康强，历卅载垂帘，昭明圣治，庄以莅之，祥征位禄名寿，钦承盛典，百礼崇隆，由庚庆祝三千界；禧凝绵宝篆，佑世敷仁，太和颐养，届六旬舞绿，豫乐母仪，诚者成也，德懋徽柔懿恭，献颂皇阁，九州熙洽，周甲重开亿万年。"二十五言云："盛典恭逢十月十日，恰当海屋添筹，花甲延厘，八表讴歌瞻凤诏；慈恩永溥万寿万年，愿效康衢击壤，林壬祝嘏，亿龄孝养颂鸾墀。"十一言云："圣算无疆，抚绥万方开寿域；天颜有喜，永清四海漾恩波。"八言云："文武圣神，卜万万世；位禄名寿，得全全昌。""恩被九州，天高地厚；寿延万世，日升月恒。"戏楼云："就如日、瞻如云，五色斑斓，万国图归王会；轩乎鼓、夔乎舞，八音从律，九重乐奏钧天。"八言

---

① 舒稚鸿：名云台，举人，民国二十四年（1935）印行之《定生慧盦诗集》，首有舒云台光绪戊戌（1898）题词及序。

云："大地笙歌，青鸾翔舞；弥天烟霭，丹凤和鸣。"街市制灯棚牌楼，撰联书之。十一言云："景运祥开，八表山川征乐寿；昌期福集，重霄日月祝升恒。""璇宫焕宝婺光辉，瑞呈纻缦；筹屋周轩皇甲子，算协苞符。""治巩金瓯，闿泽覃敷于八表；辉腾玉券，嘉祥翕集以万年。""布绥康庄，欣睹雕梁之耀日；饰观镇市，助成画栋之连云。"十言云："纻缦呈华，万国车书会极；烟煴阐瑞，九天日月齐光。""荫普慈云，万姓咸钦怙冒；欢胪爱日，九如晋祝康强。""福备箕畴，得位得名得寿；厘延华祝，如岗如阜如山。"八言云："间阎风和，宫闱福佑；蓬莱日永，衢巷讴歌。""亿万斯年，永登仁寿；千八百国，莫不尊亲。"仪门十一言云："万寿无疆，如山如川如日月；一人有庆，曰富曰德曰康宁。"二门十一言云："十雨五风，处处康衢歌帝力；千春万寿，年年镇市颂皇图。"乐楼八言云："葭管万年，律调玉露；华灯五夜，光彻群霄。""四表光华，欢承九五；万方歌舞，寿纪八千。"下舂散步街市，悉张灯结采。归来晚餐。入夜，星繁满天。

五日戊申　天大晴雾。呼玉成部梨园子弟于紫云宫演剧庆祝。张玉峰以纸索书门联，为撰句云："九重慈寿斯为寿，十月阳春又庆春。"

楚北荆州府松滋县灾民杨文才、郭朝相等被淫雨水厄，不能聊生，率男、妇数十人逃奔在外，过此求济，以青蚨二缗赠之。日午朝食。郭辅臣绍汾来见，少坐行。闺人吹篴，延徐炳灵来视垣。下舂，治酒食及家人聚饮宴乐，初更酒阑。街市悉悬灯，携儿孙出署游览。灯烛辉煌，升平景象。

六日己酉　侵晨大雾。作书答吴惺泉，以馎饦、糟鱼及所作篆书屏赠之，命其颖作书答谢，遣来足持还资州。日午朝食。天气微阴。延徐炳灵来为闺人视垣。役蒋荣充役数年，颇勤谨，悯其死，赉其弟蒋顺头役，呼其弟蒋福来充东班散役，以示体恤。薄暮晚餐，入夜天气凝阴。

七日庚戌　天仍浓阴，雨细如丝，日午朝食，雨止。延徐炳灵来为闺人视垣。读洪稚存集。薄暮晚餐。小儿女及两孙至街市观灯。夜仍阴。

八日辛亥　晨阴。日午朝食。趁墟，紫云宫演剧，散步街市巡视。小雨淅沥，下春止。晚餐。宾厨后圃菊始见花，秋间少雨，花朵瘦小。

九日壬子　晨雨淅沥。理发。闺人感寒稍愈，腹作胀，延徐炳灵来诊视，谓脾虚气坠，为疏方。薄暮雨止，晚餐。铺民制合子灯，将于河干放之，张幕邀观，闺人及眷属携儿女两孙皆往，四方来观者约千余人，初更后归。街市灯火辉煌，歌舞升平。眷属归。

十日癸丑　恭逢慈禧端佑康颐昭豫庄诚寿恭钦献崇熙皇太后六旬万寿，五更步往紫云宫朝贺，甘家贵、黄静安、朱启宇、王福星咸在，亦令其随班行礼，演剧庆祝。庙内、街市悉张彩灯，备极炫耀。及诸君谈良久，天明归。先大夫生日，致祭。天气晴明，日午朝食。

治酒食，邀士绅、铺民于紫云宫晚饮观剧。高春往肃客，朱辅周、王紫垣、甘爵卿、黄子清、张玉峰、徐炳灵、曹万顺、张根先、张鸿逵、王福全、马万朝、杨大川、陈丰泰、毛鸿泰、余润泉、王协堂、王开泰、李泰安、徐庆荣、席炳煊、何有亨、喻中山、何茂光、李正兴、温行庆、王长杰、钱世科、向复兴、徐义兴、何兴荣、甘培泰相继至。张五筵，初更置酒，三更酒阑曲终，客散归。眷属皆往观剧，亦归。酉刻立冬。

十有一日甲寅　晨飞小雨，日午朝食。命其颖寄晚雏弟书，为庶母陈寄朱提三十金。高春雨止，王紫垣以事归家。延徐炳灵来为闺人诊视，曾荫肺气上逆尚未愈，亦为之视垣。薄暮晚餐，入夜雨声淋漓。

十有二日乙卯　晨雨益大。作书致杨湛亭。日午朝食。作第七书寄纺女，为寄涪柚四枚。徐炳灵来为闺人视垣，曾荫感寒，亦为之诊视。高春雨止，天仍阴。薄暮晚餐，入夜月影朦胧。

十有三日丙辰　晨起大雾，少选开雾，旭日东升，天气和暖。先室周宜人忌日，致祭。遣役王彪持家书赴成都。日午朝食。是日，呼玉成部仍于紫云宫演剧，眷属皆往观，予亦往。张灯晚饮，三更曲终归，眷属亦还。月色极佳，与街市灯火上下相映，颇可观。

十有四日丁巳　晨雾，天大晴明。料理俗事，日午朝食。仍于紫云宫演剧，偕眷属往观，薄暮晚饮，三更曲终归，月光如昼。

十有五日戊午　晨雾，天仍晴暖。未谒庙，命其颖灶神行香，祀财神，拜祖。日午朝食。延徐炳灵来为曾荫诊视。街民于紫云宫演剧，予往观，眷属亦往，薄暮晚餐，三更还。月光如水，照满窗牖。

十有六日己未　天气晴明。日午朝食。仆汤福不遵约束，责青蚨二缗遣去。曾荫感寒稍愈，延徐炳灵来诊视。薄暮晚餐，入夜月色极佳。

十有七日庚申　天仍晴明。先室周宜人生日，致祭。曾荫十岁生日，追念鲁新妇不及见矣！其谷远客京华，行时曾荫甫四龄，亦相离七载。年光如驶，可慨也夫！以去冬十月所临各帖、摹金石文字屏四幅，及百孝图两帙，笔墨印泥盒赐之。闰人赍以多物。晨餐汤饼。徐炳灵来为闰人及曾荫诊视。薄暮治酒食及家人聚饮，初更后酒阑。月影朦胧。

十有八日辛酉　晨微阴。腹泻，理发，日午朝食。闰人偕赵孺人携儿女、周新妇、两孙至盐关游览，薄暮归。闰人为酒食赐其颖夫妇、曾荫及家人同聚，予不入座。晚餐，入夜月光皎洁。

十有九日壬戌　四更小雨，天明仍未止。日午朝食，雨止。料理俗事。紫云宫演木偶杂剧，命小儿女两孙往观，薄暮归。晚餐。夜半小雨。

二十日癸亥　侵晨雨止，天气凝阴。以鲜鱼沃汤佐朝餐，更薄切，酒浸加味，以粥沃而食之，甚美。王紫垣来塾，谈良久。闰人复微嗽，其稚左耳时流黄水，延徐炳灵来诊视。薄暮晚餐，入夜雨声淋漓，檐溜如泻。

二十有一日甲子　天气凝阴。日午朝食。黄树萱来，少坐行。理发。延徐炳灵来为闺人诊视，谓肺虚寒积，宜疏散，主方药。薄暮晚餐，入夜见星，天霁。觅得小犬，畜之。

二十有二日乙丑　晨晴。其颖九月二十三日三十初度，尚未归。是日具衣冠，偕周新妇拜祖，拜予夫妇，合家相贺，晨食汤饼。徐炳灵来为闺人诊视，其稚耳疾尚未愈，亦为之疏方。下春天复阴，治酒食赐其颖夫妇，偕家人聚饮，二更酒阑。

二十有三日丙寅　晨阴。先母吴太夫人生日，致祭。日午朝食。闺人嗽微减，仍延徐炳灵来为闺人及曾荫诊视。料理俗事。薄暮晚餐，夜半雨。

二十有四日丁卯　晨雨渐沥，大风，天气顿寒。日午朝食。其稚胃腕不适作吐，延徐炳灵来诊视。薄暮晚餐。子克十九弟自成都遣役宁福持书来，得纺女月之十七日第十八书。入夜风狂如吼，寒甚。闻星使于九月初十日开门，十三日起程回京师。

二十有五日戊辰　晨阴。作书致子克弟，以白玉翎管、烟瓶寄赠。命其颖作书寄纺女，遣成都役持还。日午朝食，天霁。女纹体中不适，延徐炳灵来诊视。闺人嗽渐止，亦为视垣，以建中汤主之。薄暮晚餐，入夜星繁满天。

二十有六日己巳　天气晴明。日午朝食。暖日烘窗，一编遮眼，颇饶静趣。薄暮晚餐，入夜星宿。

得其谷八月二十二日第十二书。顺天乡试头场，钦命四书题：子夏曰："百工居肆，以成其事，君子学以致其道。"子夏曰："小人之过也必文。"次题：《诗》曰："衣锦尚絅。"三题：征者上伐下也。诗题：赋得"五色诏初成"，得"成"字，五言八韵。二场，《易经》题：仰以观于天文，俯以察于地理。《书经》题：二百里奋武卫。《诗经》题：如松柏之茂。《春秋》题：齐侯来献戎捷。庄公三十有一年。《礼经》题：左达五右达五。

阅邸抄，奉七月初一日上谕："朝鲜为我大清藩属，二百余年岁修职贡，为中外所共知。近数十年内，时多内乱，朝廷柔远为怀，迭次派兵前往戡定，并派员驻札该国都城，随时保护。本年四月间，朝鲜又有土匪窜乱，该国王请兵援剿，情词迫切，当即谕令李鸿章拨兵赴援。甫抵牙山，匪徒星散，乃倭人无故添兵，突入韩城；嗣又增兵万余，迫令朝鲜更改国政。种种要挟，不以理告。我朝抚绥藩服，其国内政事向令自理。日本与朝鲜立约，系属敌国，更无以重兵欺压，强令革政之理。各国公论，均以日本师出无名，不合情理，劝令撤请内和，平商办事。竟悍然不顾，迄无成说，后更陆续添兵，朝鲜百姓及中国商民刁加惊扰，是以添兵前往保护。讵行至中途，突有倭船多只，乘我不备，在牙山口外海面开炮，轰击伤我运船。变诈情形，殊非意料所及。该国不遵条约，不守公法，任意鸱张，专行诡计，衅开自彼，公论昭然。用特布告天下，俾晓然于朝廷办理此事，实已仁至义尽之至。而倭人背盟肇衅，无理已极，势难再予姑容。着李鸿章严饬派出各军，迅速进兵，厚集雄师，陆续进发，即拯难民于涂炭；并着沿江沿海各将军、督抚及统领大臣，整饬戎行，遇有倭人轮船驶入各口，即行迎头痛击，悉数歼除，勿得稍有退缩，致干罪戾。将此通谕知之。钦此。"

奉上谕："据李鸿章电称，直隶提督叶志超一军，在朝鲜牙山一带地方，于六月二十五、六等日与倭人接仗，击毙倭兵二千余人，实属奋勇可嘉，加恩赏给该军将士银二万两，以示鼓励戎行至意。钦此。"

九月初一日奉上谕："着派御前侍卫桂祥统带建武各营，前赴山海关一带驻札。钦此。"上谕："倭人渝盟肇衅，迫协朝鲜，朝廷眷念藩封，兴师致讨。北洋大臣李鸿章总统师干，通筹全局，是其专责；乃未能迅赴戎机，以致日久妄功，殊负委任，着拔去三眼花翎，褫去黄马褂，以示薄惩。该大臣务当力图振作，督催各路将领实力进剿，以赎前愆。钦此。"

奉上谕："李鸿章奏，统兵大员记名提督、广东高州镇总兵左宝贵阵亡，请旨优恤一折。左宝贵久历戎行，卓著劳勤。此次进剿，在朝鲜平壤接仗，力疾血战，奋勇不顾，身已受重伤，仍在炮台督队。胸前中枪阵亡，实属忠勇性成，深堪悯恻。左宝贵着照提督例阵亡，从优赐恤，任内一切处分悉予开复，加恩入祀昭忠祠。所有战绩及死事情形，着宣付国史馆立传，并准于立功省分建立专祠，该总兵子孙几人，候旨施恩，用示褒扬专烈至意。钦此。"

奉上谕："钦奉慈禧端佑康颐昭豫庄诚寿恭钦献崇熙皇太后懿旨，本日召恭亲王奕䜣，见病体虽时发时愈，精神尚未见衰。着管理海军各国事务，并添派总理海军事务，会同办理军务，着在内廷行走。钦此。"九月初二日，奉上谕："朕钦奉慈禧端佑康颐昭豫庄诚寿恭钦献崇熙皇太后懿旨，恭亲王奕䜣病体尚未痊愈，步履未能如常，加恩免其常川入直。遇有应办事件、呈递缮折、一切祭祀差使，勿庸开列。昨派内廷行走，着免其随班，以示体恤。钦此。"

奉上谕："王文韶着来京陛见，所遗云贵总督着谭钧培暂行兼护。张之洞着来京陛见，湖广总督着谭继洵暂行兼护。邵友濂着调署湖南巡抚，福建巡抚着唐景崧署理。钦此。"

二十有七日庚午　天气仍阴。先大夫忌日，致祭。日午朝食。风吹落叶，纵横万点，淅沥千声，高下云泥，荣枯代嬗，人生得失，皆可作如是观。薄暮晚餐。

奉上谕："朕钦奉慈禧端佑康颐昭豫庄诚寿恭钦献崇熙皇太后懿旨：'本年十月，予六旬庆辰，率土胪欢，用深忭祝。届时，皇帝率中外臣工诣万寿宫，行庆贺礼；自大内至颐和园，沿途跸路所经，臣民报效，点缀景物，建设经坛。予因康熙年间历届盛典崇隆，垂为成宪；又值民康物阜，海宇乂安，不欲过为矫情，特允皇帝之请，在颐和园受贺。自六月后，倭人肇衅，变乱藩封，寻复毁我船舟，不得已兴师致讨。刻下干戈未戢，征调频烦，两国生灵，均罹锋镝，每一思及，悯悼何穷！前因念士卒战阵之苦，特颁内帑三百万两，俾兹腾饱；兹者庆辰将届，予亦何必多耳目之欢，受台莱之祝邪？所有庆辰典礼，着仍在宫中举行，其颐和园受贺事宜，即行停办。钦此'。"奉上谕："朕仰承懿旨，孺怀实有未安。惟是再三恳请，未蒙慈俯。敬维盛德所冀，不敢不钦遵。宣示各衙门即遵谕行。钦此。"

二十有八日辛未　侵晨小雨霢霂，天气寒甚。日午朝食。徐炳灵来为阃人诊视。薄暮晚餐。

阅邸抄，奉上谕："大足县知县沈金修，任其伊弟出署，闲游民间，啧有烦言。虽无招摇确据，究属不知避嫌，着交部议处。钦此。"初，御史吴光奎奏参四川吏治贪纵，开单列款纠参，奉旨派裕德、廖寿恒查奏，参州县十人。子详弟不能约束诸弟，致遭物议。闻命自天，殊切悚惶。

二十有九日壬申　晨阴，日午朝食。高春天气开霁。薄暮晚餐，入夜复阴。

十一月

十有一月建丙子，朔日癸酉　晨霜。理发，未谒庙，命其颖灶神行香、祀财神、拜祖。日午朝食，天气晴明。仆山云以疾请假归家。阃人吹霎，嗽复作，延徐炳灵来诊视。齿作痛，日暮晚餐。

二日甲戌　天气浓阴。齿龈肿痛甚，不能咀嚼，以汤饼吸食。延徐炳灵来诊视，谓感风邪，主方清解，亦为阃人视垣。料理俗事。下春小雨，薄暮晚餐。得红豆数枝，供瓶中清玩。

三日乙亥　天大晴霁。濯足。日午朝食。散步至关，凭高眺远。不登楼倏忽间三阅月矣，光阴如驭，可慨可慨！下春归，齿痛少间，仍食汤饼。入夜仍阴。王协堂归家。

四日丙子　晨阴，日午朝食，小雨，檐溜有声。阃人感寒稍愈，延徐炳灵来诊视。下春雨止，大风，晚餐。

五日丁丑　晨阴，日午朝食，天霁。宜园山茶始放，看花十度矣。薄暮晚餐。

六日戊寅　晨晴。理发。刘庆和运涪岸盐至关，命其颖作书致周子玉兄弟，为寄糟鱼、麦酱。市得鹜佐朝餐。寝室院落秋花凋残，删除败叶，眼界为之一清。徐炳灵来为闺人诊视。薄暮晚餐。

役王彪自成都还，得晚雏弟书。子详弟奉部议降三级调用。得纺女十月二十九日第十九书，为寓其谷九月十六日第十五书，由协和信号寄成都。九月十一日顺天乡试榜发，仍不第。徐新妇之弟同人名履泰，中副榜。周味东大令次子善培①，赴北闱应试亦中副榜。其谷拟移居东单排楼船板胡同周绅之大令宅。五月，国史馆议叙，奉旨："沈其谷以通判归部候选，钦此。"得杨湛亭书，为寓周梅生九月十九日德阳书，得仆李裕本。湛亭书云，李少泉傅相帅师驻旅顺，与倭人接仗不利，京师纷纷迁移。闻信之余，系念其谷倍切。

仆杜喜生长子永寿，赴西藏充当兵丁已两年，迎随驻藏大臣延都护茂，自藏至成都。都护奉旨来京，另候简用，永寿来此省其父，随王彪至，谒见。先大夫任西炉②时，尚垂髫也。询西炉近况，追念旧游，恍如梦寐，感慨系之。令永寿小住。

七日己卯　天气晴明。作书致武玉泉重庆，丐玉泉发电信二十八字谕其谷云："崇文门内单排楼船板胡同沈其谷，偕眷由王家营速归。汇三数信，后到。"作第十书谕其谷，为寄朱提二百金，称贷于玉泉假百金，命其速归，更令其颖亦作书。日午朝食。遥忆其谷，弥切怀思。晚餐，夜见新月。

八日庚辰　致杜德玉书，以谕其谷、致武玉泉书丐其寄渝，遣

---

① 善培：周善培（1878—1958），号孝怀（即后文日记中的"周孝怀"），浙江诸暨人，因随父宦游入川而定居于蜀。1899 年东渡日本考察，回国后任川南经纬学堂学监、警察传习所总办、川省警察局总办、川省劝业道总办等职，是推行新政、促进四川工商业发展以及四川保路运动中的著名人物。

② 西炉：即康定，沈贤修曾随任"打箭炉（康定）同知"的父亲沈宝昌在此生活数年。

役刘荣持往遂宁。日午朝食，天气晴明。阅洪稚存《北江诗话》。薄暮晚餐，入夜月。仆山云献笔。

九日辛巳　天气浓阴。日午朝食。役刘荣自遂宁还，得杜德玉书。薄暮晚餐，入夜雨，檐溜有声，移时止。

十日壬午　晨阴，日午朝食，高春天霁，读书自遣。以酒食贲杜永寿。薄暮晚餐，入夜月色皎然。盐吏郭尚仁献金鱼二尾，畜之池，观其泳游。

十有一日癸未　天气晴明。延徐炳灵来为闺人诊视。日午朝食。理发。下春黑云密布，欲雨不成。薄暮晚餐。

十有二日甲申　天气浓阴，细雨如丝。存辉妹生日，合家相贺。朝食汤饼。高春雨益甚，下春止。治酒食及家人聚饮，初更后散。子克十九弟自成都遣役吴坤持书来，得晚雏弟书。

十有三日乙酉　晨晴。女纹生日，朝食。连日记念其谷，心神惝恍，不知所从。命其颖作书答子克弟，遣役持还。薄暮晚餐，入夜月光如昼。

十有四日丙戌　天气晴明，朝食汤饼。为周治甫作篆书屏四幅、八分书联。马缙卿属为其友宝善作八分书横幅及联，受之八分书联。为方懋昭慈仁作八分书屏，陈肇修正纪八分书联。薄暮晚餐，入夜月明如水。

十有五日丁亥　晨阴。谒文昌神庙、镇江王祠、萧曹社公祠行香。至盐关镇江王位前行香，楼头小坐。归，灶神行香、祀财神、拜祖。房书李荣周请假久不还，呼钱焕章充之，谒见。朝食汤饼。为陈肇修作八分书屏。杜永寿以纸求书，为作八分书、真书联与之。薄暮晚餐。入夜月影朦胧。

许景山大令曾荫文移，告奉檄管射厂官运分局事、李芘臣赴泸州总局管收支所事。

十有六日戊子　天仍凝阴，日午朝食。黄金玉士元十二月二十日六十生辰，其婿何德卿以朱笺两联属书为寿，因撰句云："令旦迟十日逢元旦，德星届六旬为寿星。"又云："福集林壬，派分江夏；寿延花甲，誉美康衢。"薄暮小饮，晚餐。刘庆合运官盐至梓潼镇，船为石损，折盐数十包。张雩庵往查，乘舟至关，使人来候。

十有七日己丑　天气浓阴，小雨淅沥，日午朝食。作书致周孝怀，命其颖寄纺女书。张玉峰以朱笺联属书，为之挥毫。薄暮晚餐，入夜大风。

十有八日庚寅　天气凝阴。杜永寿还西炉，道出成都，以寄纺女书令其带往，赍青蚨二缗，拜辞而去。日午朝食。得庆印堂简，告新授巡盐茶道张绍原观察自万县入行省，明日过太和镇。薄暮晚餐，入夜小雨。

十有九日辛卯　晨飞小雨，天气甚寒，屋中置火，日午朝食。闺人患嗽已数年，秋间增剧，服徐炳灵方药百余剂，近日渐愈，因延之来诊视，以理脾涤饮方主之。夕餐。小雨溟濛彻夜。

二十日壬辰　晨雨霏霏，天气寒甚。市雉，薄切、汤浴而食之，佐晨餐。理发。天大晴霁。薄暮晚餐，入夜繁星。

二十有一日癸巳　晨霜，天气晴明，日午朝食。得汪藻卿二尹凤柱书，由青川县佐调授梓潼镇，奉檄之任，书来通问讯。薄暮晚餐，入夜星宿。

二十有二日甲午　天气凝阴。市岩鱼，汤浴食之，佐朝餐。作书贺汪藻卿二尹。薄暮晚餐。曾祐感寒，延徐炳灵来诊视。入夜天霁，三更月上。

二十有三日乙未　晨起大雾瀺瀺，雾散，旭日东升，天气寒甚。日午朝食。曾祐疾稍愈，仍延徐炳灵来诊视。傅泽卿遣勇士李占雄持书来，赴告其尊甫靖甫丈，以疾于二月二十八日卒于马边厅任，时奉母至成都。回忆辛卯冬别于成都，遂成永诀，伤何如也。薄暮晚餐，入夜星繁满天。

二十有四日丙申　晨晴。作书唁傅泽卿，遣勇士还。日午朝食。曾祐疾愈。土人田甲献黄橙二百枚，赍青蚨六百。薄暮晚餐，入夜天阴。

二十有五日丁酉　天气浓阴，日午朝食。延徐炳灵来为闺人诊视，康保、康年微嗽，亦为之视垣。理发。薄暮晚餐。

子克弟自成都遣役廖彬持书来，为寓纺女月之十九日第二十一书，接其谷京师发来电信三十二字云："东打铜街杨湛亭寄康署，沈京安，途险难行，亲安否？祈姊即刻覆电，交中御河桥徐。"纺女即日覆去十三字云："中御河桥徐宅，沈公诒，康署亲安。"海疆有事，其谷淹滞京华，不能即归，十分系怀。

二十有六日戊戌　天气凝阴。高祖生日，长至节，家祭。命其颖作书寄纺女，寄子克弟书，遣成都来役持还。日午朝食。王协堂童子来塾。薄暮晚餐。

二十有七日己亥　晨起大雾瀹翳，天气晴明，朝食。伏际清干戎云汉，奉川北镇橄查乡团至此，遣卒持刺来候，亦使仆候之。曾荫、曾祐疾愈，仍延徐炳灵来为易方药。连日左手指尖作木，两餐食减，亦延炳灵诊视，谓脾虚中滞，气不能达四肢，非风也，以大建中汤主之；更为闺人视垣。薄暮晚餐，入夜星繁满天。

二十有八日庚子　晨霜，大雾，日午朝食，天仍凝阴。宜园水仙放一蕚，着花四朵，折供瓶中，媵以山茶，作案头清玩。薄暮晚餐。

二十有九日辛丑　天气浓阴，日午朝食。闺人嗽渐愈，惟连日食减，延徐炳灵来诊视，谓脾阳不升，主方药。

其采殇四阅月矣，是日周晬，遣仆至其采墓焚冥镪。追念往昔，伤如之何！薄暮晚餐。闺人疾渐痊愈，从俗呼巫觋十二人来，为之祓禳祈福，眷属于堂皇观之，四更毕。

三十日壬寅　黎明小雨，天气寒甚，日午朝食。呵冻作书。薄暮晚餐。入夜仍飞小雨，淅沥有声。

十二月

十有二月建丁丑，朔日癸卯　晨雨止，天气浓阴。未谒庙，命其颖灶神行香、祀财神、拜祖。日午朝食，料理俗事。薄暮晚餐，入夜小雨。

二日甲辰　黎明雨，淅沥不止，天气严寒。日午朝食，雨止。趁墟，巡视街市，良久还。宜园黄梅着花，折供瓶中。左手食指仍木，延徐炳灵来诊视，以五物汤主之。薄暮晚餐。

三日乙巳　晨阴。理发。日午朝食。得其谷十月初一日第十六书、十五日第十七书。谷儿及徐新妇身子安善。日本战事有和议之说，京师安谧如常，讹言已息，远怀藉慰。得徐质夫寺丞书，其第三子名履泰，中式副榜，为寄泥金帖南闱乡试榜，发石埭中苏城者，近三科吾邑均未脱科。得杜德玉书，为寄干葡萄、淡巴菰五十斤，前托汇寄谷儿三百金，于十一月望电信达都。薄暮晚餐。

四日丙午　天气仍阴，日午朝食。左手指尖发木，以药水洗之。见大府示，倭氛不靖，海上用兵，准户部议覆，筹饷条内开有盐务，各省分每斤加钱二文，以佐军需；军务一平，即行停止，奉旨通行。川盐岁销额引、余引约水引五万张之谱，应行盐四十千万斤，无论官运商运、行引行票，一律加收制钱二文，约可收钱八十万千文。以钱千六百文折合银一两，约共得银五十万两。其由盐道经管者，责成盐道转饬引票各厘局分别征收；由官运局经管者，责成官运局按数加入核本，均自光绪二十一年正月甲午纲开征，以一纲为起讫。薄暮晚餐。

五日丁未　天气晴霁。致蒋和卿、孙炳荣、李楚珍书，贺饯岁，遣役朱继持赴邑城。上张蔼卿、张麟阁观察，杨子赓太守书，致杨耀珊、赵达泉、谢品峰书，皆贺饯岁。致洪叔雨、许景山、张二南、张雩庵书。日午朝食。延徐炳灵来为闺人诊视。得周梅生成都书，为寓纺女二十五日第二十二书。梅生赴汉州校阅童子试卷毕，遂回行省，来书云陶联三大令奉檄回任，牟惠庵将受代矣。薄暮晚餐。

六日戊申　晨阴。作书致庆印堂。日午朝食。烟波楼侧红梅始着花，折小枝供瓶中，寒香冷艳，足资赏玩。高舂天霁，薄暮晚餐。

七日己酉　天气凝阴，日午朝食。命其颖作第十一书寄其谷，作书致岳恒华、武玉泉，馈糟鱼、风鸡，两君时在重庆。致杜德玉、骆灼三①书贺饯岁，馈馎饦、薧鱼。薄暮晚餐。

八日庚戌　晨晴。以腊八粥献祖、供佛、祀财神。遣役刘荣持家书赴遂宁，丐杜德玉寄重庆转寄京师。日午朝食。听讼。薄暮晚餐，入夜星宿，见新月。得庆印堂书。

九日辛亥　晨晴。作书致杨玉行、湛亭，馈肥鮀、风鸡。日午朝食。作书答周梅生，馈薧鱼、风鸡、朱提四金。命其颖作书致晚雏弟，复为筹得捐资二百金，为庶母陈寄朱提四十金。寄纺女书，为寄朱提四金、橙五十枚、醃腰二十枚。薄暮晚餐。得纺女十一月十六日第二十书，由驿递到。役刘荣自遂宁还，得杜德玉报书。

阅邸抄，夏菽轩观察以盐局护本事，奉旨褫职。奉上谕："四川总督刘秉璋着来京，另候简用。谭钟麟着补授四川总督。钦此。"

十日壬子　晨晴。遣役王彪持家书赴成都。日午朝食。阃人喉痛，延徐炳灵来诊视。作书致何砚劬、黄俊臣、李芚臣、李湘泉贺饯岁。得洪淑雨、张雯庵书。薄暮晚餐，入夜月光皎洁。新授潼川府知府子祥太守阿麟②，奉檄之任。

十有一日癸丑　天气浓阴。上书文云衢观察，申缴签验票一百九十二张。上云衢书贺饯岁，遣役蒋玉、费喜持赴泸州。日午朝食。料理俗事。院落迎春作花。阃人喉痛稍愈，延徐炳灵来诊视。薄暮

---

① 以上岳、武、杜、骆四人，在日记中反复出现，应均系在重庆、遂宁两地专营邮递、电信业务的商号负责人。

② 阿麟：字子祥，铁岭（今辽宁省铁岭市）人，汉军正黄旗，监生。光绪二十三年（1897）在潼川知府任上，主修了《新修潼川府志》三十卷。

晚餐。

十有二日甲寅　天气晴明。理发。王紫垣辞，明日归家，以青蚨四缗赠之，更馈风鸡、蒸鱼、馂馀、炙脯，悉受。日午朝食。闺人疾渐愈，仍延徐炳灵来诊视。书堂皇外春联，仪门云："乙纪旃蒙，万物奋轧而出；未曰协洽，百卉和合以成。"大堂云："乙鼎香浓，九霄结篆；未石云出，五色呈祥。"左右楹柱云："乙夜观书，未时归第。"二堂左右室云："开卷有得，得之乙之；闭户自精，是也未也。""乙若抽思，聊以永日；未能寡过，俟已耆年。"正室联云："乙夜焚香，椒盘乐岁；未时占石，柏酒迎年。"下春治酒食，邀紫垣及其孙协堂晚饮，更邀炳灵、张玉峰来同聚，王秀峰亦入座，其颖、曾荫侍饮，初更后散。所饲白猢化去。

十有三日乙卯　晨阴。为王紫垣、协堂具朝食，食已送之登舆行。日午朝食。曾祐晨间作呕，延徐炳灵来诊视。料理俗事。薄暮晚餐。

十有四日丙辰　晨阴。仍延王秀峰授其稚、曾祐读书。瓶梅盛开，与黄梅、水仙争妍，寒香冷艳，足消岁暮。日午朝食。料理俗事。上阿子祥太守书，呈履历，贺饯岁。薄暮夕餐。

十有五日丁巳　晨阴。谒文昌神庙、镇江王祠、萧曹社公祠行香，至盐关镇江王位前行香。红梅初放，黄梅盛开，扑鼻香来，耐人赏玩。楼头小坐归、灶神行香、祀财神、拜祖。日午朝食。何成忠献橘百余枚，赍以值。薄暮晚餐，夜飞小雨，片时止。

十有六日戊午　晨起，天气晴霁。除堂皇内外尘，日午朝食，理发。渔人潘甲献鱼三十斤。薄暮晚餐。役朱继自邑还，得蒋和卿书，文移奉上官檄，准礼部咨："本年十二月十九日辛酉宜用午时封印吉；二十一年正月十九日辛卯宜用卯时开印吉。"寄到本年俸薪银九十七两六钱零二厘。

十有七日己未　晨阴，细雨如丝。仆白升卒期月，命仆延导师四人，于墓前为之讽经，以酒食祭之。日午朝食。得孙炳荣书贺饯岁。薄暮晚餐。新授巡盐茶道张绍原观察，于十一月二十九日上事。

阅邸抄，奉上谕："现在畿辅大兵云集，着派恭亲王督办军务，所有各路统兵大员均归节制。如有不遵号令者，即以军法从事。庆亲王奕劻，着帮办军务；翁同龢、李鸿藻、荣禄、长麟并着会同商办。钦此。"奉上谕："恭亲王奕䜣，着补授军机大臣。钦此。"

十有八日庚申　黎明雨，天气严寒。除寝室尘，吹雯，日午朝食。遂宁韩灼三廷杰，去岁赴顺天应癸巳乡试，中副榜，于十月三日自都归，其谷作不列号书，并山楂、蜜糕丏其携来。灼三抵家，属吴正兴寄到。正兴，甘少南戚也，戊子春随之入都，近同灼三归，诣见，询其谷近状。薄暮晚餐。正兴携高丽参来属售，以七金购得一斤。

十有九日辛酉　天气开霁。得蒋和卿书贺饯岁。午刻，朝衣冠拜阙，拜印、封印、升堂，受吏役贺。拜祖，合家相庆。渔人潘甲复献鱼六十斤，给以值。感寒，体中不适，罢餐。

二十日壬戌　天气晴明。端午君二尹奉檄回任，作书致贺。疾未瘳作嗽。日午朝食。胡峻之茂才尊甫月亭文照弃世，渡涪江至其家拜奠，且唁峻之，少坐归。得李楚珍、谢品峰书贺饯岁。盛金门别驾时彦①，奉檄摄太和镇通判事，于月之十三日上事，书来贺饯岁。薄暮晚餐。阅省抄，饶季音大令奉檄摄资阳县事，子详弟受代矣。杨巽甫妹婿摄高县事。

二十有一日癸亥　天气浓阴。疾稍间，日午朝食，下春料理俗事。得汪藻卿二尹贺年书。晚餐，入夜天霁，夜半雨，淋漓有声。

二十有二日甲子　晨晴。料理俗事，疾愈。日午朝食，理发。下春天复阴，晚餐。入夜仍雨，寒甚。作书寄子宜弟，丏杜德玉转寄黔中。

二十有三日乙丑　天气凝寒，雨细如丝。日午朝食。致盛金门

---

① 盛时彦：字金门，浙江秀水人，监生出身。

别驾书，贺受任、饯岁，馈朱提十金，遣役王鉴持往太和镇。薄暮晚餐，夜仍雨，淅沥不止。祀灶。

二十有四日丙寅　晨阴。作书致庆印堂，以前假百金偿之，遣仆李忠持往。日午朝食。甘有金控黄和兑折卖人和寨房屋，传来案笞责，备文移县，以儆效尤。甘爵卿来见，谈良久行。仆旋，得庆印堂书。薄暮晚餐。王长煦献橘。

二十有五日丁卯　天气仍阴。日午朝食。遣役洪泰赴邑城。徐炳灵来，少坐行。薄暮晚餐。役自太和镇还，得盛金门报书，馈盐鸭、馎饦。役王彪自成都还，得晚雏弟书，以前寄去八百金捐府经历，指省四川试用，已于十一月托李雅泉寄都上兑，明年春执照可以到蜀。尚欠二百金，属予寄去。得纺女月之二十日第二十三书，为寄盐鸭、酥糖。得杨玉行、湛亭书，馈蜜枣、馎饦、香肚。得周梅生书，馈盐鸭、冬笋。牟惠庵受代旋成都，假我百金，为晚雏弟纳粟，良友雅意可感。得周孝怀书，寓其谷九月九日第十四书，为寄松子仁、桃、杏、苹婆、果脯。予将奉满，例应赴部引见，前属湛亭丐雅泉代向部中招呼缓调，湛亭书来，以八十金付之。

二十有六日戊辰　天气晴明。日午朝食，濯足。以青蚨二十二缗给家中人度岁，赍仆媪、下走钱。徐炳灵来为闺人诊视，疏方调理。薄暮晚餐。役蒋玉、费喜自泸州还。奉文云衢观察檄，发签验费银二百二十九两五钱。得李苊臣报书。仆山云假还。

二十有七日己巳　天气凝阴。日午朝食。周朗轩馈雉、兔，旧吏王荣桂献冬笋。料理俗事。得张二南、许景山、庆印堂书贺饯岁。薄暮晚餐，入夜星宿。馈徐炳灵糍糕、炙脯、青蚨千枚。

二十有八日庚午　大雾弥漫。得杜德玉书，为寓岳恒华书，馈醉蟹、橄榄。继母张太夫人忌日，致祭。日午朝食。徐炳灵来索高丽参，其父伟斋病剧，以两只赠之。闺人微嗽，即延之诊视，疏方去。馈方正、续泉糍糕、馎饦。天气晴霁可喜。得杨耀珊大令书贺饯岁。薄暮晚餐。

二十有九日辛未　晨飞小雨。理发。徐伟斋昨日去世，以冥镪遣吏往吊。馈周朗轩盐鸭、糍糕、蔑鱼、馎饦。庆印堂书来，馈盐鸭、糍糕；作书答谢，亦以食物报之。铺民张兴顺、曹万顺、何兴仪、温行庆、马玉成、王福全、张春元、杨大川、陈丰泰、萧柏林、何茂光、王宗贵、庄德生、毛洪泰、王长煦，馈双鸡、豚肩、橘饼、黄柑、蔗霜、香橼片、蜜枣，悉受。吏役献食物，略受一二。赍贫民钱。馈铺民蔑鱼、炙脯、盐鸭、兔、糍糕、橘饼。方正馈糍糕、廘、馎饦。续泉馈馎饦、蔗霜、蜜枣、梨饼。张鸿逵馈米酥、胡桃糖，悉受。薄暮晚餐。

三十日壬申　四更起，内外张灯，五更以少牢祀神祇。天气微阴。烟波楼侧红梅盛开，折来供瓶中清玩。馈朱辅周、张洪逵蔑鱼、炙脯、糍糕、黄柏，皆悉受。日午朝食。率家人陈设果饼于正室案，悬先大夫遗容，不禁伤悲。下春遣仆至关，谒镇江王位前致祭。薄暮张灯，设馔祭祖，及家人团栾钱岁。遥忆其谷夫妇留滞京师，又逢岁暮，海疆不靖，去住为难，驰念倍切，举杯为之落泪。赍吏役、仆媪酒食。端午君遣役持书来贺钱岁，馈盐鸭、冬笋、馎饦、千丝面。

伏枕，得七律二首：“一官遁迹老江边，闭户消磨岁序迁。诗罢胸中平垒块，书成腕底助清圆。亲朋久阔无由觌，世事偏多未了缘。五十九年深自惜，内观默照辄参禅。”“铃鬟声声夜又阑，一枝栖息且加餐。灰飞葭管行春律，香抱梅樽守岁寒。樗散为贪云水福，蓬飘终乏竹林欢。迩来海上风涛险，念汝长安去住难。（倭人肇衅，迫协朝鲜，朝廷眷念藩封，兴师致讨。）”

光绪二十一年乙未

正　月

光绪二十有一年岁在乙未，正月建戊寅，元日癸酉　五更，于堂皇拜神祇，设位于紫云宫，朝衣冠朝贺毕，谒关帝、镇江王、雷神、火神、日月神、文昌神、龙神、盐关镇江王位前行香。诣绅民贺年，皆投刺归。诣萧曹社公祠、灶神行香，陈五经四子书于案，拜至圣先师。祀财神，偕家人拜祖，合家贺年。吏役、仆媪、下走，次第拜贺。

铺民十余人来贺年。甘爵卿、张鸿逵、黄子清、张先根、张楷峰、胡玉林、黄树萱、甘福畴、徐炳灵来贺年。及家人朝食汤饼。天气晴和。周朗轩来贺年，谈良久行。下舂设馔祭祖，张灯及家人聚饮宴乐，初更后酒阑。

二日甲戌　天气晴明。设玩物、食品祀金轮如意财宝天王像，偕全家拜祭。李陶臣茂才来贺年。日午朝食，及家人聚饮。罗玉顺、廖银河、永泰和、吉兴合运射厂票盐五百余包，除夕未及到关，是日至，请盘验，许之。献豚肩、蔗霜、橘饼、胡桃，受之。旧吏王毓槐来贺年，见之。薄暮，及家人聚饮。

三日乙亥　天气晴明。晨起头眩。瓶梅吐艳，扑鼻香来。日午朝食。作书答谢端午君，以鲞鱼、风鸡、糍糕、淡巴菰报之，遣来役持还。薄暮晚餐，入夜星宿。

四日丙子　天气晴暖，和煦如春。何德卿、何献廷、曹吉寿来贺年，少坐行。日午朝食，宜园闲步。薄暮及家人围坐聚饮，赌酒为乐，初更后酒阑。见新月。

五日丁丑　晨阴，日午朝食。朱辅周来贺年，坐良久行。薄暮天霁，及家人聚饮，初更酒阑。

六日戊寅　天气晴霁可喜。理发。延徐炳灵来为闺人诊视，李妾作呕，亦为之视垣。日午朝食。闺人偕赵孺人携存辉妹、女纨、纹、其颖夫妇、曾荫、曾祐、其稚，至紫云宫礼佛，文昌神庙礼大士，至盐关游览，下春归。王长煦女带儿来贺年，闺人留小住。及家人聚饮，初更散。

七日己卯　晨晴，朝食汤饼。高春天阴，宜园闲步。丛莽间，见水仙一蕸，着花五朵，折供瓶中，媵以红梅，寒香冷艳，足寄逸兴。薄暮至关游眺，得五律云："人日涪江上，尘缘历十年。楼间闻水语，树隐见山眠。宦味惊新岁，乡愁乱暮烟。东征诸将吏，挞伐早安边。"归来及家人聚饮，初更后酒阑。

八日庚辰　天气浓阴，日午朝食。喻中山、张立甲买盐数挑，自柳树沱肩挑至关，不投验，遂来场售销，查知，呼来案俾荷校。巡役亦不报，笞二人。晚餐。舟子罗福兴献炊饼。

九日辛巳　晨阴。命其颖作安字第一书寄其谷，予缀数语于后，遣役贺喜持赴遂宁。致杜德玉简，丐其转寄京师。日午朝食。蓄雪兰六盆，开两盆，一着花十六蕸，一着花十四蕸，置座右，浓香扑鼻，耐人领略。下春天霁，张灯及家人聚饮，初更后酒阑。喻中山、张立甲悔过，释之。

十日壬午　恭逢皇后万寿，设位于紫云宫，五更步往朝贺，黎明归。天气仍阴，辰刻立春，朝食说饼。旧吏王光远宝龚，入署为闺人贺年，留晚饮，初更宴罢，偕王带儿行①。仆得元不遵约束，戒之犹复桀骜，遣去。夜雨淅沥有声。

十有一日癸未　晨微阴。案头兰花盛开，清香满室。朝食说饼。

---

① 王带儿：应指与"带儿来贺年"之"王长煦女"。参见本月六日日记。

高春天霁，薄暮及家人聚饮，入夜月色甚佳。

十有二日甲申　四更雨，天明仍飞小雨。仆山云假往吉祥寺。日午朝食。其稚体中不适，延徐炳灵来诊视。雨益甚，天气复寒，薄暮雨止。及家人聚饮，初更后酒阑，夜月朦胧。

十有三日乙酉　晨阴。日午朝食，天霁。雪兰复开两盆，一着花十二蓇，一六蓇。下春复阴，晚餐。仆山云归。街市制鱼龙灯戏，来堂皇外旋舞，赉千钱。

十有四日丙戌　晨晴。理发，日午朝食。盐关红梅盛开，折供诸瓶赏玩。薄暮及家人聚饮，入夜月影朦胧。

十有五日丁亥　天气微阴。谒文昌神庙、镇江王祠、萧曹社公祠、灶神行香。至盐关镇江王位前行香，楼头红梅开极繁，灿烂可观，徘徊良久。归祀财神、拜祖。日午朝食。雪兰又开两盆，一着花十蓇，一只二蓇，六盆悉置案头左右，满室生香，耐人领略。

上元节，设馔祭祖，张灯及家人聚饮，初更后酒阑。鱼龙灯戏来署旋舞，制合子灯及火亭娄，悬于堂皇外放之，及家人聚观，乡民来观者甚夥。二更，以汤中牢丸献祖。月光如水，与灯火上下辉映。阶前独立，遥忆其谷远客京华，转瞬八载；刻值倭人扰乱，海疆不靖，未能速归，颇思念也。

十有六日戊子　晨晴。延王秀峰授其稚、曾荫、曾祐读书，命其颖送之入塾，拜至圣先师。日午朝食。署前何氏女炊爨，遗火于地，焚及壁，即时扑灭，呼其母李氏来戒之。

致洪淑雨书，遣役刘荣持往杨桃溪。上巡盐茶道公牍，以去岁自正月至十二月所过中路道票一百十七张汇缴。淑雨大令文移，奉盐茶道檄转奉刘帅[1]檄，准户部文奏，遵谕旨："倭氛不靖，需饷浩繁，通行各直省于盐货等项厘金，酌议加收。"刘帅议定于本省额定计引，无论商运、官运及归丁额引，巴盐每水引一张，加收银十两；

---

① 刘帅：指四川总督刘秉璋。

花盐每水引一张，加收银十二两五钱；票盐无论花、巴，每斤加收钱二文。淑雨诹吉于月之二十五日开局征收。

阅省抄，殷厚培观察奉檄办理滇黔边计盐务总局事。

闺人晨间微嗽，延徐炳灵来诊视。下春治酒食，命其颖宴秀峰，邀炳灵同聚，予不入座。及家人小饮，初更酒阑，夜月。

十有七日己丑　天气晴明。日午朝食。作尉长江，忽忽十年，得诗百余首，偶为翻阅，又成陈迹，感慨系之。役自杨桃溪还，得洪淑雨、庆印堂书。薄暮晚餐，入夜月。

十有八日庚寅　晨晴，日午朝食。闺人嗽甚，延徐炳灵来诊视，谓感风寒，疏方去。宜园散步，贴梗海棠含苞。薄暮晚餐，入夜星繁满天。得其谷去岁十一月十二日第十八书，身子安适，京师谧静，远怀稍释。

十有九日辛卯　五更起，卯刻开印，朝衣冠望阙，行三跪九叩首礼，拜印，升堂皇，受吏役贺，籍吏役名，点卯。拜祖，合家相贺，仆媪、下走皆贺。与王秀峰少作周旋。仆得元遣去，其弟得寿闻其往遂宁，请假踪迹之。日午朝食。天气晴明，暖意回春。薄暮晚餐。

吴君如之弟经贻茂才，自遂宁来贺年，谈良久，为设榻留小住，馈馎饦、普洱茶、蜜枣、龙眼果、豚肩、鱿鱼，悉受之。

二十日壬辰　天气晴明。及吴经贻谈良久。日午朝食。初，署斋西偏墙外地数尺，役李俸葺草屋数间栖止，役故后，为张甲所居，地与甘乙屋址相连。甘乙售其地于杨邦猷，刻兴工营造，因往勘验，立石为界。

治酒食宴经贻，邀张玉峰、徐炳灵来，及王秀峰同聚，予不入座，命其颖款待。初更后酒阑客散，经贻留宿。闺人嗽稍间，午后延炳灵诊视。夜大风。

二十有一日癸巳　风定，天仍晴明。及吴经贻谈良久，日午朝食。吴君如孝廉主讲玉溪口玉山书院讲席，作书致候。经贻索观予所作印谱，治酒食，命其颖与经贻、王秀峰小饮，予不入座。晚餐。

二十有二日甲午　　晨晴。留吴君贻朝食，食已乘舟还，馈旧作烟波楼、贾阆仙祠诗墨拓及茗、酱鲞鱼、橘饼。曾祐腹作痛，延徐炳灵来诊视，亦为闺人视垣。及家人说饼。

二十有三日乙未　　晨阴，日午朝食，天气晴明。读癸未、甲申《酉阳日记》。薄暮夕餐，入夜月，少选仍阴。

二十有四日丙申　　晨晴。朝食说饼。案头盆兰齐放，香气扑人，晴旭筛窗，一编遮眼，颇饶清兴。薄暮及家人聚饮。仆得寿自遂宁还，得元知过，来乞恩，恕之，入署拜见，痛诫之。

二十有五日丁酉　　晨阴。初，东轩窗外种橘数本，内有两株为树遮荫不茂，今日雨水节，移植向阳处。日午朝食。得吴惺泉资州书。薄暮及家人说饼，入夜星繁满天。

二十有六日戊戌　　晨起理发，日午朝食。宜园竹篱朽败，重为补葺。闺人嗽渐愈，延徐炳灵来诊视。得杏花数枝供瓶中开放，媵以茶花，春色争妍，助人意兴。薄暮小饮说饼。

二十有七日己亥　　晨起，天气晴暖可喜。兰香满室，时有蜂来，闲中清趣，正复不浅。日午朝食。闺人偕赵孺人率其颖夫妇、存辉妹，女纤、纹，其稚、曾荫、曾祐至关游玩，即于楼头晚餐，张灯归。入夜星宿。

二十有八日庚子　　天气晴明。马缙卿自邑城来查乡团见过，谈良久行，以只鸡、羊肩、鱼、鸡卵馈缙卿，悉受。日午朝食。答拜缙卿，坐良久。至关，诣镇江王位前行香，拜旗开关，登楼眺望，隔岸菜花初黄，与蚕豆相间，颇资娱目。作书致杨玉行、湛亭、周梅生，下春归，晚餐。入夜星宿满天。

阅邸抄，奉上谕："两江总督刘坤一，着授为钦差大臣，所有关内外防剿各军均归节制。钦此。"蔡景轩大令承云①奉檄由罗江县调

---

① 蔡承云：字景轩，安徽合肥人，举人出身。历任四川大邑、蓬溪、罗江等县知县。

署蓬溪县事。

二十有九日辛丑　天仍晴暖，着棉衣。马缙卿行，遣仆往送。陈直卿运蓬厂巴盐二百七十余包至关，已于引票局纳厘，新加东征之厘亦上纳，为之盘验。直卿馈豚肩、只鸡、姜糕，谒见。日午朝食。作书致牟惠庵，去岁假我百金为书券，命其颖作书寄纺女。寄晚雏弟书，为庶母陈寄朱提十五金。射厂票厘盐船到者十四载，岳池引盐船三载，悉为盘验。船户卢万有、向世泰等十五人，以只鸡、豚肩、蔗霜、橘饼、蜜枣、梨饼、姜糕来献，受之。薄暮晚餐，入夜星宿。

三十日壬寅　天气晴明。以家书丐洪淑雨大令交解厘之勇带成都，作简致之，遣役洪泰持往杨桃溪。日午朝食。下春役还，得淑雨书，告文云衢观察卒于泸州公局，刘帅檄委王石坞观察会办。

月之二十六日纺女作第一书，遣足杨二持来，为寓其谷去岁十一月二十七日第十九书、十二月十九日第二十一书，两信皆由协和信陆路寄至成都；二十书由水道寄渝，尚未到来。书云，倭寇猖獗，金州、复州、海城、盖平相继失守，现在议和已放，张荫桓侍郎、邵友濂中丞躬往议和，京师安谧。其谷拟惊蛰前后开河，于仲春携眷航海而归。薄暮晚餐。

二　月

二月建己卯，朔日癸卯　天气晴明。未谒庙，命其颖灶神行香、祀财神、拜祖。日午朝食，理发。命其颖作书寄纺女，并寄其谷电信十字云："东御河桥徐，沈其谷即归。"属纺女由成都电发，可以速到，遣来足持还。街市建醮禁屠宰。薄暮晚餐。

二日甲辰　四更，雷始发声，天明雨，片时止。吏役于萧曹庙赛神，往行香。天仍晴明。日午朝食。大宁县廪生张泰来赴顺庆过此，患病困于逆旅，以七律一首来献，赠青蚨二缗。

作"乙未"白文方印，"未"字摹汉洗文，作羊形①，高春竟。蓄春兰一盆，发五翦初开，与雪兰并列座右，清香满室。薄暮晚餐，入夜星繁如豆。

三日乙巳　天气晴暖，不类初春。文昌神诞日，谒庙行香。得文元森书，讣告其尊甫云衢观察于去岁十二月二十一日卒于泸州公局。云衢以盐务查办之后，闻官运将有改章，至川盐济楚，犹为大局攸关，益思力图报称，旋以病势日增，书绝命辞二十四字云："孤立危局，病体难支。无可如何，以身殉之。一家妇孺，终古伤悲。"遂仰药毕命，大可悲也。

日午朝食。为武玉泉、范方舟致远书聚头。盐关红梅一株，去年春于根旁接得二枝，无不活且硕茂，遂迁徙植于署之宜园。薄暮小饮，入夜星宿。

四日丙午　四更雷雨，闻檐溜声，农民亟望泽也。黎明雨止，天仍晴明。宜园贴梗海棠、碧桃皆作花，折供瓶中。日午朝食。为西商醴泉任庵雅臣书聚头。薄暮小饮，晚餐，入夜星宿，夜半大风。

五日丁未　风稍定，天气微阴。日午朝食，料理俗事。高春天霁。案头春兰盛开，雪兰数盆犹茂，与瓶花桃李、贴梗海棠斗颜色，浓香扑鼻。春光明媚，大好时节，正未易得也。薄暮小饮，晚餐，入夜见新月。仆山云假往遂宁。

六日戊申　天仍晴暖。日午朝食，料理俗事。署斋墙垣有倾颓者，呼工葺之。薄暮晚餐，入夜见新月。

七日己酉　晨晴。理发。日午朝食。为岳恒华作八分书屏八幅，为蔡明宣作小篆书直幅、横幅。薄暮晚餐，入夜天气浓阴。

八日庚戌　天仍凝阴。濯足。日午朝食。为吴经贻作小篆书联及屏四幅，为汪思叙茂才品伦及守性上人作八分书横幅，下春竟。天霁。闺人连日气促，延徐炳灵来诊视。晚餐。夜月。

---

① 此印钤盖于乙未年日记手稿首页。

九日辛亥　天气晴明。为刘静甫茂才士清、汪羹虞作小篆书联。右足内踝偶触，初不为意，近日作痛，敷药不效，闻蒲超然荣周善水法，延之来按摩呪之。日午朝食。为杨肯堂孝廉、周朗轩作小篆书屏各四幅。为人作八分书联。薄暮晚餐。夜月。

十日壬子　天仍晴明。周子和自蔺市寄其颖书，为寄涪柚数十枚。日午朝食。蒲超然来医治足疾，以纸涂油，裹而呪之，少坐行。初，周梅生代陶联三大令昆仲子侄及幕宾以纸索书，日长无事，乘兴挥毫。为陶聘三绶绂、周绳夫祖武作篆书联，聘三八分书联及直幅，为陶式之雨农、家霖栋云、家樑宝丞、家琛咏梧、家璜慕韩、家琦、张云孙、王孟威桓干、蔺君澧作八分书联，为栋云、张蓉孙、杨葆苏澍滋作八分书横幅，薄暮竟。小饮。

阅邸抄，奉上谕："云南巡抚着崧蕃调补，德寿着补授贵州巡抚。钦此。"

十有一日癸丑　天气微阴。得陈梦莲文光绵州书，以纸索篆，馈百合、藕汁、粉，即为挥毫作篆书横幅。日午朝食。复为梦莲作篆书横幅及联，为陶聘三作八分书直幅，为石庭裕漅江作篆书横幅、续泉上人篆书楹联，下春竟。闺人受风微嗽，延徐炳灵来诊视。薄暮小饮，入夜小雨，移时止。

十有二日甲寅　晨阴。作书致蒋和卿，文移解秋审帮费银十金。致马缙卿书。日午朝食。为续泉上人作八分书屏、陶式之八分书横幅、陈仲钧大令小篆书楹联、仿邓完白笔法作八分书联。薄暮晚餐，入夜飞雨数点。

十有三日乙卯　晨阴。日午朝食，理发，天气晴霁。宜园棠棣盛开，山茶花尤蕃茂，麇干初花，紫牡丹含三苞，寝室院落粉牡丹含一苞，盆兰犹开，幽香盈室，春光骀荡，足消永昼。

作书致岳恒华，以朱提百金偿之。薄暮晚餐。是日延导师四人，讽经谢土。入夜月色如昼。

十有四日丙辰　天气晴明。至遂宁礼大士，呼肩舆发康家渡，渡涪水，登山南行，八里至玉砚桥，折而东行，十二里至桂花场，朝食，诣舒稚鸿广文不值。乘舟行，五里至黄连沱，仍登岸行，二十五里至石溪浩，舆人小憩。沿途蚕豆、菜花遍野，桃李沿溪，春光明媚，心目俱爽。二十里抵遂宁县，入北门，宿谦益店。远近来谒大士进香者络绎，龙狮曼衍，铙鼓喧阗。忆自戊子二月送其谷入都至此，转瞬八年矣。岁月如流，感慨系之。张灯小饮，入夜月光如水。南华宫僧续绍来见，少坐行。

十有五日丁巳　黎明起，天气晴明。出西门，五里至广德寺，诣大士行香，晤了学上人。净明和尚于去岁自成都归，闻予来即出见，且留斋食，禅光上人同座。偕净明、禅光遍游禅院，观黄山谷篆书"广利禅寺"四大字。别两上人，入西门归，小憩。

高春，诣西商骆灼三谈良久，杜德玉他出未晤。得其谷十二月十一日第二十书。诣范方舟不值，访吴墨樵封翁及其子经贻、蔡明宣、李斗垣、赖炳如皆不值。访陈仲钧大令、李鉴民少府，皆谈良久，以篆书楹联及八分书《姜诗祀典碑》拓本赠仲钧。下春归，仲钧、鉴民、经贻、明宣相继来，谈良久去。张灯小饮，入夜月色极佳。连日天气顿热，不类仲春。灼三偕雒厚庵德堃来，少坐行。净明、悟远、悟煊来，净明馈食物，以纸索书。马庆澜同逆旅，来见，新自潼川至此，别五年矣，少谈去。就寝。

十有六日戊午　天气晴明。吴墨樵携经贻来，谈良久行。街市遨游，访李斗垣，少谈，见其子化成。勾当俗事，归来朝食。马庆澜携有京师星货，购得高丽参、关东茸片。陈仲钧大令邀晚饮，下春往诣，幕宾潘松谷仕清，先大夫己卯岁重任打箭炉，松谷随其兄小江在幕中，别十七年矣。张灯，仲钧置酒，松谷、姚炽南茂才、何洁斋明经在清、何履平茂才泰仁同座。洁斋，岳池县人，乙酉拔贡生，戊子岁在都与儿子其谷相识。二更酒阑散归，及庆澜谈良久。月光如昼。

十有七日己未　天仍晴明。潘松谷来诣谈，良久去。吴经贻、蔡明宣来，少坐行。日午朝食。夜眠受风，腰作痛。杜德玉、骆灼三、范方舟、雒厚庵邀晚饮，下舂往。松谷、姚炽南、何洁斋、何履平、李寅生、周子衡、袁静安千戌、张炳南兰亭同座。主人劝酒殷殷，爵无算，二更酒阑客散，予复少坐归。街市灯烛辉煌，游人肩摩。仆山云自乐至还。郑湘谱来见，谈谐皆雅，无长安市上喧呶状，二更后去。静安名玉春。

十有八日庚申　天气浓阴，飞雨数点，旋止。明日大士生日，远近来顶礼者益众，游人驾肩，填街塞巷。李斗垣、赖炳如邀晨饮，李昆山茂才同座，日午酒阑散归。腰胁作痛，起居不便。何履平、姚炽南来访谈，至下舂去。蔡明宣邀晚饮，吴墨樵、经贻、乐介庵、呙汇川茂才同甫、蔡伯良参军明忠同聚，初更后散还。夜大风雨，天气复凉。

十有九日辛酉　黎明，役贺喜自康家渡至，得其颖书，为寄皮衣一袭。天气凝阴，飞雪大风，寒甚。吴经贻来送，馈馎饦、茶，少坐行。辰刻朝食，发遂宁县，出北门，行二十里至石溪浩，小憩。二十里至唐家店，舆人午饭。三十里至康家渡，抵署。下舂晚餐。腰痛甚，以吴茱萸熨之。得吴君如孝廉玉溪书院书。

二十日壬戌　天气浓阴，雨间以雪。腰痛稍止，仍以吴茱萸熨之。日午朝食，仍飞小雪，天复寒。杜永寿自西炉至成都，迎驻藏大臣讷钦都护，尚无消息，复来此。其戚邓二保同来，入署谒见，令其小住。先大夫任西炉时，二保亦曾服役，献干菌。薄暮晚餐，入夜小雨，旋止。阅邸抄，张少斋大令丁母艰，子克弟奉檄兼理华阳县事，于正月二十八日受任。二保名彬。

二十有一日癸亥　腰仍作痛。赵孺人生日，合家庆贺，朝食汤饼。独坐闷损，伏枕假寐。下舂，治酒食为赵孺人寿，及家人聚饮，初更后酒阑。

二十有二日甲子　晨阴。理发。日午朝食。腰痛未愈，仍用吴茱萸按擦。薄暮晚餐。以酒食犒杜永寿、邓二保。入夜小雨。

二十有三日乙丑　晨晴。日午朝食。腰痛未止，延徐炳灵来诊视，谓受风寒，其稚昨夜作呕，亦为之视垣，疏方去。薄暮晚餐。

二十有四①丙寅　天气仍阴。鸡乳②。日午朝食。清明节近，遣仆至其采墓前为焚冥镪。高春天霁，延徐炳灵来视垣，闺人头眩，亦为诊视。薄暮晚餐，入夜星繁满天。

孙炳荣协戎调省，刘帅檄委卞启文协戎国昌，管带寿字后营，文移告月之九日视事，专勇士持来。

二十有五日丁卯　晨晴。腰胁痛稍愈，仍延徐炳灵来诊视，易方药。日午朝食。卞启文协戎自防营至河边场，过此来谒，为具小食，谈良久行，遣仆往送。薄暮晚餐。闻蔡景轩大令受任，作书贺之，遣役洪泰持往邑城。

二十有六日戊辰　天气晴暖。日午朝食。院落粉牡丹渐开，作障蔽之。闺人四体困倦，延徐炳灵来诊视。薄暮晚餐，入夜星宿。

二十有七日己巳　天仍晴明。院落牡丹开放，浓艳凝香，富丽可观。日午朝食。翻阅《西炉日记》，追维往事，感慨系之。薄暮小饮，入夜星宿。

二十有八日庚午　天气晴暖，和风丽日，春昼初长，闭户著书，自得真乐。日午朝食。闺人肺虚作嗽，延徐炳灵来诊视，疏方去。得一鹅，饲之。下春治酒食，布席于院落，及全家小饮赏牡丹，初更酒阑散。

二十有九日辛未　天气晴明。腰痛渐愈，犹觉酸楚。曾王父生日，致祭。宜园紫牡丹放一花。日午朝食。命其颖作书寄纺女。致晚雏弟书，为寄朱提二百金，前后三次，足成千金，为纳粟资。为庶母陈寄白金十五两。致周孝怀书。薄暮晚餐，入夜星宿。闺人复感寒，延徐炳灵来诊视。读张船山诗集。三更雨声淅沥，伏枕闻之，触我丛感。

---

①　按，原稿脱"日"字。
②　按，原稿如此，疑有脱字。

三　月

三月建庚辰，朔日壬申　四更雷雨，移时止。农人望泽方殷，惜为时不久也。晨起，天气凝阴。腰复作痛，未谒庙，命其颖灶神行香、祀财神、拜祖。杜永寿、邓二保赴成都，以家书付之，赍青蚨二缗，拜辞而去。

宜园紫牡丹又放一朵，昨日开者益大，赏玩良久。日午朝食，眷属皆至宜园观牡丹。徐炳灵来为闺人视垣，易方药。薄暮晚餐。入夜黑云密布，雨势甚浓，三更雨雷，数声止。大风怒号，彻夜飒瑟。

二日癸酉　风仍未定，大雨片时，仍为风吹散，天气顿凉。日午朝食。宜园牡丹作障蔽之。延徐炳灵来为闺人诊视。薄暮风定，晚餐。

三日甲戌　晨霁，旭日东升。闺人昨夜嗽甚，延徐炳灵来诊视，谓肝脉弦紧，受有风邪，以小青龙汤主之，留炳灵共王秀峰朝食。郭甲献紫牡丹二朵，供瓶中赏玩。日午朝食，料理俗事。晚餐，入夜新月，纤纤如眉。

四日乙亥　晨阴。闺人昨夜嗽稍间，仍延徐炳灵来诊视，周新妇感寒，亦为之视垣。日午朝食。腰时作痛。宜园牡丹又放一朵，花光璀灿，开大如椀，春阴蕴藉，大是养花天气。薄暮晚餐。

五日丙子　天气晴明，微风。延徐炳灵来为闺人诊视。日午朝食。杨邦猷筑室落成，集《葩经》句云："维德之基，克昌厥后；大启尔宇，长发其祥。"书作联与之。铺民以朱笺联属书贺邦猷，亦集《葩经》句云："庆既令居，绳其祖武；相在尔室，诒厥孙谋。"复集二联为人书之："自堂徂基，实坚实好；既庭且硕，曰止曰时。""自西自东，既坚既好；爰居爰处，是究是图。"宜园牡丹盛开，治酒食及家人聚饮，布席篱落间赏之。薄暮酒阑散。

六日丁丑　晨阴。齿痛，朝食汤饼。牡丹开益大，富丽可观。下春仍偕家人于花前聚饮，赌酒为乐，张灯始散。作书答陈梦莲，以所作篆书丐张雩庵转寄绵州，致雩庵书。

七日戊寅　天气晴明。晨起理发，腰痛渐愈，日午朝食。闺人偕眷属至宜园观牡丹。薄暮晚餐。

奉布政使檄转奉刘帅檄，准吏部咨，调取赴部引见。初，丐李雅泉代向部中通融缓调，当是书尚未达也。阅邸抄，奉上谕："云贵总督王文韶，着派充帮办北洋事务大臣。钦此。"四川成绵龙茂兵备道如亭观察长春抵成都，于二月二十九日上事；成都府恩艺堂太守自京祝嘏归，于月之三日上事；张蔼卿观察回建南道任；黄树人大令权华阳县事，于二月二十三日受任。夜半微雨。

八日己卯　晨阴。曾王父忌日，致祭。日午朝食。腰仍作痛。高春天霁，薄暮小饮，入夜天复晴，见新月。

九日庚辰　天气晴明。宜园牡丹初开一朵萎矣，后开二朵犹丰茂。日午朝食。作书致杨湛亭、杜小坡。命其颖作书寄纺女。方正上人献蚕豆。薄暮小饮，入夜月影朦胧。

十日辛巳　天仍晴明。遣役费喜持家书赴成都。濯足。杨邦猷馈酒肴。日午朝食。腰胁作痛，仍未大愈，用吴茱萸熨摩。下春，及家人聚饮于宜园，牡丹犹艳，藉以赏之。入夜天阴，三更大雨淋漓，雷声虩虩。

十有一日壬午　四更雨益甚，檐溜如泻，足慰农望。黎明雨止，院落已有积水。清明节家祭。腰痛尚未愈，延徐炳灵来诊视，谓风湿未尽，用艾绒掺末药裹纸筒灸之。薄暮及家人聚饮，初更酒阑。夜半微雨。

十有二日癸未　四更雨声淋漓，黎明雨止。晨起理发。张二南、许景山明日邀饮观剧，辞不赴，作简答谢。日午朝食。腰痛，以药针灸之。闺人四肢疲乏，延徐炳灵来诊视，谓胃阳不升，以越鞠丸主之。解厘金之勇自成都还局，洪淑雨以家书寄来，得晚雏弟二月十九日书。初，与黄树人大令订兰交，晚雏弟因代予致书贺之且属焉，树人即具书、币聘主书记，良友雅意可感。子宜弟于二月十五日自黔归家。

得纺女十九日第二书。初，属纺女为其谷寄电信十字，于二月七日自成都发往，初十日得回电十字云："东打铜街杨寄沈，谷出京。"得杨湛亭书云，山东登州府一带倭氛甚炽，津沽稍松，其谷夫妇此时已出都，海疆不靖，尤深系怀。得牟惠庵、周梅生书，和议一事，刻下李少泉傅相前往，已于二月出都矣。

长江坝土民何兴岱献紫牡丹，三朵方开，国色天香，浓艳可爱。薄暮小饮。蔡景轩大令文移，告二月十七日受任视事。入夜月色极佳。

十有三日甲申　天气晴明，日午朝食。延徐炳灵来为闺人诊视。腰复作痛，以药针灸之。薄暮晚餐，入夜月光如水。

十有四日乙酉　晨晴。得木本绣球蔷薇花，供瓶中清玩。日午朝食，仍以药针灸所患。东班役谢全不遵约束，笞责以儆。薄暮晚餐，入夜月色朦胧。

十有五日丙戌　晨阴。未谒庙，命其颖灶神行香、祀财神、拜祖。日午朝食。闺人感寒渐愈，仍延徐炳灵来诊视。腰痛渐愈，仍以药针灸之。薄暮晚餐，入夜天霁。

十有六日丁亥　天气晴明，日午朝食。阅省抄，叔眉弟奉檄回苍溪县本任。山东荣城县、威海卫相继沦陷，倭寇猖獗，为之扼腕。儿子其谷二月十日来电云出京，轮船必由烟台、威海、刘公岛等处经过，适当有事，未识果否首途，悬念之切，寝食不安。

以药针灸所患。曾荫腹痛，延徐炳灵来诊视。薄暮晚餐，入夜月明如昼。

十有七日戊子　天气晴明，日午朝食。寝室院落橘树开花，香气随风，往来不散。仍以药针灸所患。薄暮晚餐。

十有八日己丑　天气仍晴。女纤生日，朝食汤饼。腰痛渐愈，仍用药针灸之。徐炳灵来为闺人诊视。下春治酒食，及家人聚饮，初更酒阑。役费喜自成都还，得纺女月之十四日第四书，前交杜永寿、邓彬带去朱提已收到。得杨湛亭、杜小坡书。得李雅泉书，去岁所托暂缓调，取得覆信，已布停当。得周孝怀书。得邓彬书。

十有九日庚寅　晨阴，小雨片时。日午朝食。雨甚，移时止，天气复凉。仍以药针灸所患。薄暮晚餐。阴云四合，雨意甚浓，二更后雨声淋漓，檐溜如泻，足慰农望。

二十日辛卯　四更雨止，晨起天仍凝阴。日午朝食。腰胁所患逐日以药针灸之，痛止。薄暮晚餐，入夜小雨，旋止。

二十有一日壬辰　晨阴，日午朝食。读《楞严经》。仍以药针灸所患。下春天霁，晚餐，入夜星繁满天。鸡覆雏十一。

二十有二日癸巳　天气晴明，日午朝食。遂宁广德寺毘卢佛殿去岁重为修葺，寺僧净明、了学属予书联及匾，将刊悬之。因集佛经句，作三联云："色不异空，西方一花一世界；心即是佛，南无三藐三菩提。"以小篆书之。"见缘觉身，亦无有定法可说；念观音力，应如是降伏其心。"以八分书之。"本妙觉心，是名第一波罗蜜；施大慧目，普放无数光明云。"以真书书之。徐炳灵来为女纹诊视。薄暮晚餐。得许景山、张二南书，约二十六日晚饮。

二十有三日甲午　晨晴。作书答许景山、张二南，以腰疾初愈，辞不赴。日午朝食，理发。作擘窠书"大雄宝殿"四字；净明属书"真登远荫"四字匾。以药针灸所患。得庆印堂书，即作答。薄暮晚餐。入夜星繁如豆。读张船山诗，伏枕不寐。

二十有四日乙未　天气晴明。先大父忌日，致祭。为何履平、姚炽南作八分小篆书联。履平属篆"读书乐"三字横额，为跋数语云："光绪乙未春，于遂州得与履平游。温文尔雅，倜傥不群，读书乐道，君子也。杯酒间，以翁森'读书乐'三字属篆颜额。想见三余靡失之意，窃谓有工夫读书便是福，云何不乐？因正襟而书，质之高明，以申向往。"为陈希唐尧材作八分书联。日午朝食。为陈仲钧大令作篆书屏四幅，潘松谷八分书联。镇日挥毫，下春竟，晚餐。入夜天阴，夜半雷，数声止，未雨。伏枕彻夜失眠。

二十有五日丙申　天仍晴明。为何履平作行书横幅，录旧作《宜园遣兴》七律八首。日午朝食。复为履平作八分书横幅，录《观打鱼歌》七古。薄暮晚餐，入夜星繁如豆，夜半微雨，旋止。

二十有六日丁酉　高祖忌日，致祭。作书致杜德玉、范方舟、李斗垣、赖炳如。天气晴明。闺人来此十年，思赴遂宁礼大士，迄未能往。是日，偕赵孺人携曾荫，发康家渡乘舟往，命其颖随去，遣一媪二仆四役同行。日午朝食。作书致陈仲钧，以所作篆书屏赠之。薄暮晚餐。

二十有七日戊戌　天气晴明。宜园忍冬作花，浓香扑鼻。日午朝食。遣役贺喜赴遂宁，作书谕其颖。腰痛已愈，仍以药针灸之。薄暮晚餐，入夜星宿。

二十有八日己亥　天仍晴明，日午朝食。役贺喜自遂宁还，得其颖书，闺人及眷属前日酉刻抵遂宁，水程平稳。昨日谒广德、灵泉两寺。薄暮晚餐。

二十有九日庚子　天气晴明。连日亢阳，农田待泽。禁屠宰，步诣龙神位前祈祷，归来朝食。

罗宝华与罗大顺之妻冯氏有私，大顺查获，传来案讯，得其实，笞责俾荷校。冯氏不守妇道，鞭之，饬大顺携归管束。作书致张雯庵，遣役持往杨桃溪。薄暮晚餐，入夜星宿。役旋，得雯庵报书。闻子规声。

三十日辛丑　天气晴热。步诣龙神位前祈祷，始闻莺。日午朝食。烟波楼侧芍药作花，折数朵供瓶中。宜园忍冬盛开，石榴亦初放花，共朕一瓶，作案头清玩。薄暮晚餐，入夜星宿。其稚体热，以银翘散与服。得纺女月之八日第三书，由驿递到。阅省抄，子克弟奉檄摄大邑县事，于二十六日受代。黄树人大令兼理成都县事。

四　月

四月建辛巳，朔日壬寅　天气晴热，着袂衣，节候不类暮春。谒文昌神庙、镇江王祠、萧曹社公祠、灶神行香，谒龙神位前祈祷，至盐关镇江王位前行香。楼侧芍药着花数十朵，绚烂可观。少坐归，祀财神、拜祖。日午朝食。作小楷书。其稚头眩晕体热，延徐炳灵来诊视，疏方去。

役蒋福自遂宁还，得其颖书，告闺人明日还。为寄其谷正月十一日第一书、二十八日第二书，拟俟开河即起程航海而归。招商轮船去秋已停止，现行之船均系英美国船，倭人不敢犯也。战事日警，前出使之张樵野、邵筱邨议和不成，现又简命李傅相往和，王夔石制军护理直隶总督、帮办北洋大臣。初，周绅之大令邀集同人捐资，设同仁赈厂，施济穷黎，逐日放饭。此私厂也，因约其谷协同稽查住宿。顺天府陈六舟府尹彝，闻此厂办法极善，遂先奏明在事人员均与奖励。去年冬奏准，其谷由候选通判奖叙，加盐提举衔，领得执照。得陈仲钧大令书。薄暮晚餐。是日换戴凉冠。

二日癸卯　天仍晴热。三日步祷于龙神位前，未得甘澍，追守关者心不诚也，谨当择期设坛祈祷。日午朝食。高舂天阴，风甚。下舂，闺人、赵孺人携其颖、曾荫，乘舆自遂宁还。诣大士后，连日吴经贻室汪孺人、蔡明轩室傅孺人邀饮，更赠曾荫纨素、笔墨，情意殷殷。张灯晚餐，入夜雨雷电皆至，二更大雨如泻，移时止。足慰农望，惜尚未霈足也。

三日甲辰　晨阴，日午朝食。晴，下舂大风。长女瀚生日，命其颖以时羞祭之。赵孺人兄文治专足自成都来，寄孺人书，告其母以疾于三月二十五日去世。薄暮晚餐，入夜见星。

四日乙巳　晨晴。谒紫云宫关帝位前祈祷，街市禁屠宰。赵孺人属其颖致书其兄，寄朱提五金为备葬事，予以十金助之。作书致杨湛亭，命其颖作书寄纺女，遣成都来足还。

长女瀚卒日，命其颖祭之。濯足，日午朝食，理发。烟波楼侧芍药盛开，折来供瓶中清玩。婪尾春光，增人眷恋。园丁萧甲献苋。下春，步祷于关帝位前。天阴，晚餐，夜飞小雨。

五日丙午　天气微阴。得庆印堂简。许景山、张二南邀明日晚饮，巳刻朝食，呼肩舆发康家渡，三十里至杨桃溪，访凌锡三、明青云，于镇江王祠晤谈。诣洪淑雨、二南、景山三大令，皆晤谈。访张雯庵，为设榻留住。淑雨来，雯庵留共小饮，入夜酒阑。淑雨行，及雯庵长谈。夜雨淋漓。

六日丁未　天仍凝阴，晨雨淅沥。作书谕其颖，遣圉雏还。庆印堂至，张雯庵亦设榻留同住。张二南、许景山来，雯庵留共晨饮。日午雨止，景山、二南行。下春，洪淑雨来谈。景山、二南邀晚饮，偕三君散步赴饮所，张灯置酒，初更后酒阑。偕印堂、雯庵还，夜谈。小雨。

七日戊申　天气浓阴，复凉。为许景山作小篆书联。景山偕张二南来观予作书，张雯庵留共朝食。为景山作八分书屏、小篆书横额，为雯庵作八分书额。杨青林移居，雯庵以朱笺属书联语贺之。景山、二南行。下春，洪淑雨邀晚饮，偕印堂、雯庵散步往，景山、二南已先在，张灯置酒，陈半亭同座，初更后酒阑。偕印堂、雯庵还，夜谈至三更散，就寝。

八日己酉　天气晴霁。李即之来，少坐行。为张二南作钟鼎文、小篆、八分、真书屏四幅，八分书联。许景山、二南来，张雯庵留朝食汤饼，食已两君行。为雯庵作八分、小篆书联，景山篆书直幅，印堂行书直幅、篆书横额，高春竟。下春，景山、二南、洪淑雨、陈半亭来，雯庵治酒食邀饮，张灯置酒，肴馔精美，食甚果腹，初更后酒阑客散。及印堂、雯庵夜话。

九日庚戌　晨阴。共张雯庵、庆印堂朝食。郑如兰来，谈良久去。洪淑雨来。下春，许景山、张二南邀晚饮，偕淑雨、印堂、雯庵散步往，张灯置酒，初更后酒阑散还。及印堂、零庵夜话。

十日辛亥　晨雨，天气复凉。张零庵为具小食，食已，庆印堂还青堤渡，予亦道别零庵，发杨桃溪，三十里至康家渡，抵署。曾王母胡太夫人忌日，致祭。日午朝食。

阅邸抄，恩艺堂太守摄夔州府事，杨子赓太守代理成都府事。薄暮晚餐，得范方舟书。夜雨淋漓，三更止。

十有一日壬子　天霁。铺民于紫云宫赛火神，呼天庆部梨园子弟演剧。理发。日午朝食。其稚、曾荫、曾祐、女纹往观剧。周新妇三月三十日生辰，闺人赴遂宁未归。是日治酒食及合家宴乐，薄暮置酒，初更后酒阑。伶姜小莲来见，小坐去。夜月皎洁。役董盛以疾去世，其子庆寿请假，赍青蚨二缗，家中人皆赉以钱。

十有二日癸丑　丑刻立夏，天气晴明。周新妇生日已过，是日治酒食为资福延寿。其颖夫妇具衣冠拜祖，朝食汤饼，全家宴乐。宜园忍冬开极繁，折供瓶中，滕以芍药，作案头清玩。其稚、曾荫、曾祐、女纹往观剧，薄暮置酒，及家人聚饮，初更后酒阑。月色如银。

十有三日甲寅　天气晴热。理发，朝食。铺民王福全、萧柏林于紫云宫演剧赛火神，邀晚饮观剧，日午往。黄子清、张玉峰、张先根、张鸿逵、曹万顺同座。薄暮张筵，二更后酒阑散归，月明如昼。

署外设更棚，役贺喜遗火于地，延及壁，遂被焚，与寝室仅隔一墙。烈焰腾空，急使人扑救，余焰满地，募人担水倾注，险矣哉！火熄，具衣冠步谒火神位前谢祷。

十有四日乙卯　晨阴，雷声虦虦，飞雨数点。继母张太夫人生日，致祭。朝食，雨片时止。陈丰泰、毛鸿泰于紫云宫演剧邀晚饮，日午往，其稚、曾荫、曾祐、女纹随往。张玉峰、王福全、萧柏林、张先根、张鸿逵同座。薄暮张筵，二更酒阑散归。小儿女两孙先还。连日亢阳，农民插秧，亟望雨也。

十有五日丙辰　晨阴。火神诞日，往行香。谒文昌神庙、镇江王祠、萧曹社公祠、灶神行香，至盐关镇江王位前行香，少坐归，祀财神、拜祖。日午朝食。李妾感寒作嗽，延徐炳灵来诊视。薄暮晚餐。入夜天无片云，月光如镜，明辉皎洁，心迹双清，阶前独对，不忍就寝。

十有六日丁巳　天气晴明。张先根母钱孺人六十生辰，馈爆竹、双烛、桃形起面饼、汤饼为寿，悉受。日午朝食。先根邀饮，辞不赴。赤日当空，亢旱气象，隐忧殊切。夕餐。入夜月明如昼。

十有七日戊午　晨起，赤日如火伞，天气甚热，不类初夏。曾王母胡太夫人生日，致祭。日午朝食。张先根馈酒肴，下舂及家人聚饮。入夜繁星，二更月上，清光似水。

十有八日己未　天气晴热。四野木棉方种，苗秧渐槁，农民待泽孔殷。禁屠宰，步往紫云宫，诣关帝位前祈祷。朝食后微阴，飞雨数点，旋晴，下舂后复阴。步诣关帝祈雨，归来晚餐。

十有九日庚申　旭日东升，炎景流金，设坛紫云宫祈雨。导师于河干取水，步从之迎水，归置水于坛，朝夕祈祷，归来朝食。

天气晴热，牟家沟、夏家沟土民结草为龙，来堂皇外旋舞，以水洒之而去。薄暮步诣坛所祈祷，归来晚餐，入夜天阴。

二十日辛酉　晨阴。步诣关帝、文昌、龙神位前及坛所祈祷，为文自责守关之罪固无可逭，沿江之田土数千亩，赖以活者数万家，引领云霓，情实可悯。伏愿降罚于一身，不必屯膏于万姓，应期沛泽，以慰民望云云，于诸神前读而焚之。归来斋食，浓云密布，似有雨意。下舂飞雨数点，仍诣坛所祈雨。晚餐。入夜天气凝阴，雨声将来。三更大雨滂沱，雷电皆至，院落积水数寸，神贶响应，莫名寅感。枕上闻雨声，为之色喜。

二十有一日壬戌　四更雨少微，达旦犹淋漓。晨起雨止，步诣文昌、龙神、关帝位前及坛所敬谢神贶，仍祈再需甘霖。昨夜大雨下湿之田，水皆寸许，山坡之上，犹望泽也。仍禁屠宰。

由驿递来纺女月之七日第五书，为寓其谷电信十五字云："东打铜街杨寄沈，谷安，到宜昌，媳留南。"电信系月之五日到成都，计程近日其谷当人蜀境。月余来思念，寝食为之不安，今日得信，远怀顿释。媳留南，疑是徐质夫眷属亦同出都旋里，新妇随之还石埭，未偕归也。质夫兄弟五人，质夫居四，其兄三人皆下世，其弟居五，号志斋，名定元，时在江宁服贾。质夫之兄有璧如名定修者，咸丰戊午、己未随侍先大夫，在都时相过从。

得杨湛亭书，李傅相前往和议尚无消息。阅邸抄，奉上谕："谭钟麟着调补两广总督，四川总督着鹿传霖补授，即赴新任，毋庸来京请训。钦此。"日午朝食，天气晴霁。

读先大夫牧賨①日记，在任三年，时值军务告警，筹防堵、办赈粜、运军米、理案牍，勤劳无一日安，历历如目前事，转晌三十余年矣！薄暮晚餐。仆邓彬上书，属罗升持来。得纺女月之十日第六书，得周孝怀书。罗升谒见。体中不适。

二十有二日癸亥　晨阴，飞雨数点。甘爵卿、黄子清、张玉峰、温行庆来见，以连日祈祷，得需甘霖，声爆竹于堂皇以贺，请撤坛，坐良久行。昨日感受风温，头眩自汗，左颧浮肿，牵连齿龈作痛，服银翘散，罢晨餐。役贺喜玩忽，笞责示儆，戒饬役数人。

作第一书谕纺女，为寄白金十四两，属请于其舅来康盘桓数月。致杨玉行、湛亭书。致周孝怀书。命其颖致子宜、晚雏弟书，为庶母陈寄朱提三十金。作书谕邓彬。薄暮食粥，天气晴霁。

二十有三日甲子　天气晴明。疾仍未间，齿龈痛益剧。遣役费喜持家书赴成都迎纺女，罗升亦同行。上张麟阁、殷厚培、王石坞、张蔼卿观察、阿子祥太守书，贺端阳节。致盛金门别驾书，馈朱提十金。致赵达泉、杨耀珊、谢品峰、蔡景轩、陈仲钧、卞启文、李楚珍、端午君、汪藻卿书，皆贺节。

① 牧賨：賨，先秦川东少数民族名，活动于古巴国，后来融入土家族。此处指沈贤修之父沈宝昌，同治壬戌至乙丑年间，"权广安州"三年之事。牧賨，谓主政于賨。

　　院落绣球着花数十朵初开，绯色团圞，别饶风致。体中不适，延徐炳灵来诊视，疏方去。朝嗽汤饼。读先大夫牧赍日记。西北云起，为大风吹散，欲雨不成。晚餐，入夜风定。

　　烟波楼侧梅结子数十，摘来制之，先以针刺裂直纹，用矾水渍一时，沥净，继以火酒及盐浸一宿，复沥之，加红糖，鲜紫苏叶切之和匀，置日中曝晒匝月，用蜜少许泡水，俟冷增入，复晒，逐日晒后冷透，以箸搅之即可食。暑月止渴甚佳。

　　二十有四日乙丑　天气浓阴，飞雨数点，旋止。疾稍瘳，左颧肿亦渐消。朝食汤饼。日午天霁，大风，薄暮晚餐。

　　二十有五日丙寅　晨阴，小雨片时。疾愈，颧肿亦消。日午朝食，理发。黄树萱自桂花场来，命其颖见之。得舒稚鸿广文书，以纸索篆，馈安息香、诗笺。宜园夹竹桃初放花，榴花开极盛，炫耀照眼。

　　蔡景轩大令遣役何福持书来，以纸索书。得家耀卿兆麟书，为景轩办理刑名钱谷事，亦以纨素、纸来索书。景轩文移，奉上官檄："准吏部咨，二十年八月十五日，恭上慈禧端佑康颐昭豫庄诚寿恭钦献崇熙皇太后徽号，于十六日恭逢恩诏，内开内外满汉文武大小官员，俱加一级。钦此。"薄暮晚餐。入夜天气浓阴，三更大雨，淋漓达旦，农田望泽，优渥霈足矣！

　　二十有六日丁卯　雨止，天仍凝阴。日午朝食。得盛金门报书贺端阳，馈米糕。蔡景轩集联句云："清风徐来，明月直入；林语知晓，水香送秋。"属予篆书，将刊板悬于署斋西园。乘兴挥毫。薄暮晚餐。入夜后雨淋漓不止。午前王渊如来，以时辰表大小各一属其修理，留居署中。僮仆董庆寿之祖母郭氏去世，赍青蚨千枚。

　　二十有七日戊辰　天气凝阴。为家缦云、丽卿兄弟，陈苕民书纨素，缦云、丽卿皆耀卿弟也。日午朝食。为耀卿作八分书屏四幅、为苕民作小篆书屏四幅、税青八分书联。镇日挥毫，下舂竟。晚餐。二更后仍雨。

二十有八日己巳　黎明雨止，晨起天霁。作书答蔡景轩大令，致家耀卿书，遣役洪泰同来役持往。曾祖母张太恭人生日，致祭。为舒稚鸿子彦瑜茂才昌颐，及吴启瑞、赵习之心学书纨素。日午朝食。启瑞纨素阳面为写梅花一枝，为朱哲卿学俊书聚头。院落绣球盛开，花团锦簇，连日经雨，益见精神。薄暮晚餐，入夜星繁如豆。王渊如去。

二十有九日庚午　天气晴明，晨起濯足。为存辉妹及女纤书纨素。日午朝食。为其颖、曾荫书纨素，皆临摹钟鼎文字，古雅可观。下舂晚餐。入夜役洪泰自邑城还，得蔡景轩、家耀卿报书。景轩书云，倭人和议将成，俄人煽动德、法两国，使倭人另议约章，倭人不允，俄人遂发兵轮四十艘至烟台。揆此情形，俄似左袒中华，其实中情叵测。倭人条约索地、勘界、偿银、通商种种要挟，令人愤懑。时局至此，尚忍言哉！

五　月

五月建壬午，朔日辛未　天气晴明。未谒庙，命其颖灶神行香、祀财神、拜祖。日午朝食，料理俗事。赉仆媪、下走钱。天气渐热，着袷衣。薄暮晚餐。

二日壬申　晨阴大风，飞雨数点，旋止。得庆印堂、张二南、许景山、张雩庵书，贺端阳节。日午朝食。徐炳灵医理平善，连年家中人有所患，延之来诊视，至是书"精于视垣"四字，制匾额赠之，并馈炙脯、馎饦。大雨片时止。馈方正、续泉食物。晚餐汤饼。

得其谷二月二十五日第三书。二月朔日，予属纺女为发电信十字属其速归，于二月十日到京。徐质夫第三子同人偕其室宁孺人，定于二十六日出京至青阳县，依其舅氏居住，其谷遂结伴同行，此书启程之前一日发也。得杨耀珊贺节书。夜雨淅沥。土人献笋、瓜及桃。

三日癸酉　小雨片时止，黑云密布，雨势犹浓。腹泻。日午朝食。院落绣球花开益茂，玲珑可玩。方正馈醃菌、馅馍、米糕，续泉馈蜜佛手、蔗霜、米糕，受之。市得鲜虾，以糟制之，并粽馈张雯庵，作简致之，遣役蒋福持往。薄暮小饮，入夜役还，得雯庵书，馈玫瑰花糖、豆腐乳。

四日甲戌　晨雨淅沥，食时止，天霁。旧吏王荣桂献蔗霜，吏役献食物，略受一二。赍贫民十三人钱，更夫、舆皂皆有赍。庆印堂馈馅馍、粽，亦以食物报之。得汪藻卿二尹书。理发。赠王秀峰青蚨千枚。薄暮小饮，夕餐。馈周朗轩馅馍、炙脯。得栀子花供案头，香气袭人。

五日乙亥　晨晴。拜祖，献粽、盐茶卵、薏苡粥，合家贺端阳节，吏役、仆媪、下走皆贺。张鸿逵馈蔗霜、橘饼、瓜片、糖果，受之，报以盐鸭卵、馅馍。朝食汤饼。高春天气微阴，下春家祭。及家人围坐聚饮，赌酒为乐，初更后酒阑散。赍吏书、仆媪酒食，夜见新月。

六日丙子　天气晴明，日午朝食。土人郭朝品献茄。新都弥牟镇数人持彩龙至此求献技，呼入署给儿女孙观之。二人持龙登高案，俯仰反腰旋舞，赍青蚨五百去。薄暮晚餐。视仆辈种花，为秋来计。

七日丁丑　天仍晴明，日午朝食。下春，其谷自新场专足持书来告，三月四日自通州解缆，偕徐同人及其室暨吉人室同行，二十日抵青阳县陵阳镇宁靖斋广文鸿勋家，同人昆玉①舅氏也。海上平安。其谷以蜀江滩险，春水方盛，留徐新妇暂住舅氏靖斋家，俟秋间质夫旋里移住母家。其谷遂于二十三日自陵阳启行，由水道溯流而归。四月二日抵宜昌，三日解缆，二十四日至万县，以雨小住两日，二十七日舍舟易肩舆，由小北路行，月之五日抵顺庆府，昨日宿新场，距蓬溪四十里。今日宿明月场，明日抵家。闻信慰甚，即

①　昆玉：兄弟的美称，这里指徐同人、徐吉人兄弟。

作书，遣仆山云率役王彪、洪泰往迎于明月场。薄暮晚餐，入夜月色极佳。

八日戊寅　天气晴热。辰刻，役洪泰还，得其谷书，昨日宿明月场。其谷以议叙得通判候选加盐提举衔，为备水晶石项珠、五品补服、念珠、蟒衣，遣仆率卤簿肩舆往迎于老官庙，命其颖携曾荫迎于盐关，予待于堂皇。

午刻，其谷抵康家渡署，别来八年，入门相见，不禁悲喜。拜祖，与家人以次递见。铺民为其谷结采于舆，声爆竹以迓。吏役、仆媪皆贺。与其谷相离八载，心中所欲倾吐者万千，见面转觉无语，不知从何说起。先询水陆程途、倭人战事、京师近状、徐新妇留南各节。下春，以其谷受职，设馔，率家人祭祖。薄暮，及家中人围坐聚饮，谈数年来别后事，初更后酒阑。夜月。其谷在都觅一仆王菘，随行囊至。

九日己卯　天气晴明。其稚生日，朝食汤饼。命其谷诣谢昨日来贺诸客，少选归。其谷献冠、靴，家中人皆有所赠，侍坐谈家事。薄暮及家人聚饮，夜月皎然。得蔡景轩、谢品峰、赵达泉、卞启文贺节书。

十日庚辰　天仍晴热，日午朝食。命其谷诣朱辅周、周朗轩于人和寨，不值归。粪除二堂右室，命其谷居之。徐质夫寺丞以予六十初度，制锦幛属其谷携来为寿，更赠集泰山经石峪摩崖字"人寿百岁，兰香四时"朱拓本联、恭邸①《乐道堂诗文集》、徐荫轩协揆②《课子随笔节抄》。薄暮晚餐，入夜月光皎洁。

十有一日辛巳　天气晴明。四野木棉方茂，连日晴霁，复望泽也。日午朝食。旧吏王荣桂来贺，命其谷见之。其谷发箧，陈书设笔砚于南荣，观携来书籍。薄暮晚餐，夜月玲珑。

---

① 恭邸：指恭亲王奕䜣（1833—1898）。

② 徐荫轩协揆：徐桐（1820—1900），号荫轩，汉军正蓝旗人，道光进士，官至礼部、吏部尚书、协办大学士、体仁阁大学士。协揆：清代对协办大学士的称呼。

十有二日壬午　天气晴热，日午朝食。院落绣球花犹开，窗下秋海棠绿叶扶疏，益见丰茂。其谷侍座，谈家事。下春，甘爵卿、甘福畴、周朗轩、徐炳灵来贺，命其谷见之，少坐行。晚餐。入夜月光如水。

十有三日癸未　天仍晴明。步往紫云宫，诣关帝位前行香，归来朝食，理发，其谷侍座闲谈。薄暮晚餐，入夜月光皎洁。

十有四日甲申　天气晴热。作书致蔡景轩大令，遣役洪泰赍往。初，景轩文移：布政使以旧存官册年久参杂，不足以资稽考，现设局另造新册，檄府转饬所属署事听差各员及实任正佐人员，无论实授署事以及候补者，一体纂入，均具详细履历。如保有升阶者，一并注明奉旨日期，以便注册。因具履历二份，文移景轩转申。

日午朝食，携其谷、其颖、其稚、曾荫、曾祐散步至关，登烟波楼游览，至草亭坐良久。其采癙亭侧，儿孙皆往视之，触我悲怀。下春归，晚餐。入夜天无片云，月明如昼。

十有五日乙酉　天气晴热。谒文昌神庙、镇江王祠、萧曹社公、灶神行香。至盐关镇江王位前行香，登楼小坐。归来祀财神、拜祖。日午朝食。赤日当空，几席如炽，不似仲夏。下春治酒食及家人围坐小饮，初更后散。

旧仆余喜，广安州人，自顺庆迁道来视，赍以酒食。月光如水，夜半雷数声，未雨。

十有六日丙戌　晨阴，飞雨数点，旋止。日午朝食，仍晴，曝晒所藏拓本画轴。张根先、张玉峰来贺，命其谷见之，坐良久行。薄暮晚餐。

十有七日丁亥　晨阴，似有雨意。先大夫生日，致祭。日午朝食，曝晒所藏书画。薄暮晚餐，入夜月色极佳。得纺女四月二十八日第七书，由驿递到，拟月望后归宁。得阿子祥太守、陶联三大令贺节书。

十有八日戊子　晨起濯足，天气晴热，赤日如火伞，炎景特甚。

日午朝食，曝晒书画。宜园萱草放花。晚餐。购得纯黑狸奴一双、小犬一，亦纯黑，畜之。入夜云堆似墨，疾电，忽为大风吹散，欲雨不成。余喜辞归，赉青蚨二缗。

十有九日己丑　天气亢阳特甚，农田望泽孔殷。禁屠宰，步诣龙神、文昌神庙祈祷，斋食。晒书画。炎热如炙。下舂，步祷于紫云宫关帝位前，归来晚餐。端午君遣役持书来，询造履历注册事，即作书答之。

二十日庚寅　遣端午君来役持书还。步祷于龙神、文昌神庙，归来斋食。天气亢阳，田土干坼，木棉渐槁，望雨倍切。高舂大风，赤日当空，炎热尤烈。理发。作书致宁靖斋广文、徐质夫寺丞。薄暮步谒关帝位前祈祷。夕餐。入夜繁星满天，瞻望云霓倍切。

二十有一日辛卯　天仍炎热。更为文，步谒龙神、文昌神、关帝位前祈祷，读而焚之，乞降罚于一身，愿流膏于万姓。后坝康集团民何绍哲，设坛于紫云宫祈雨，亦往祷神。归来作书致武玉泉、骆灼三，遣役贺喜持其谷致徐新妇书赴遂宁，丐灼三寄往重庆，转寄安徽陵阳镇。宜园紫薇初放花。得吴君如书。下舂，步诣关帝位前及坛所祈祷。晚餐。入夜浓云密布，电光激射，雨意甚浓，方洒数点，为风吹断，怅然失望。

君如以五言排律三十韵见赠，情思清真，词华精奥，附录之云："缥缈云间鹤，幽栖涪水滨。健翮横九野，清唳接天阊。白眉贤诸弟，黔黎借冠君。煮盐齐管仲，投辖汉陈遵。婢似康成雅，奴推颖士驯。米痴奇石丈，约礼梵宫神。顾陆原余事，冰斯是替身。遗书崇许氏，文字仿先秦。贾岛诗中佛，维摩画里人。丰碑能刻画，妙笔更清纯。宧迹周屯藏，游踪遍蜀岷。监州官为蟹，击柝仕医贫。明月闲为主，长江德有邻。湖山乡国远，烟雨小楼新。池碧常浸月，窗红不染尘。松知三径晚，花得四时春。山古生灵药，墙敧护野筠。云来亭址没，雾锁石门堙。府幕曾留隙，侯鲭惯扰郇。肉甘方说士，哺吐为延宾。酒阵兼诗敌，禽龙并脯麟。百壶齐孔量，十日饮参醇。

帆舰尊前集，屏峰座右陈。纵谈今古澈，坦对性情真。判事随林麓，
披书坐石垠。闲曹公是寓，醉守乐同民。苔绿空孤馆，葭苍隔古津。
凉霄迟雁羽，秋水杳鱼鳞。别后竹添笋，春回草展茵。何时一樽酒，
重晤笑言亲。"

二十有二日壬辰　天气炎热。晨诣坛所祈祷，日午朝食。役自
遂宁还，得杜德玉、骆灼三书。赤日当空，几席如炽。下春诣坛祷
雨，晚餐。

二十有三日癸巳　五更震雷虩虩，雨数点止。晨起天气浓阴，
引领以望滂沛，仍步祷于坛所。致庆印堂书。日午朝食，理发。役
旋，得印堂报书。下春仍祈祷。晚餐。入夜浓云密布，雷电。

二十有四日甲午　黎明雨，檐溜有声。诣坛所，敬谢神贶，更
祈滂沛。吴新妇生日，命其谷、其颖祭之。日午朝食，雨止。

初，蔡景轩大令索各种花草，雨后锄得数十秧，遣役张福、王
奎赍往，作书致之。下春天霁，宜园忍冬复开。连日祈祷，虽得甘
澍，尚未需足，牌示明日暂行开屠，另再择期祈雨。有无知之徒将
牌揭去，殊可笑也。晚餐。

役费喜随纺女于月之二十日自成都起程，今日宿太和镇，纺女
遣其先归，告明日抵署。闻之色喜。

二十有五日乙未　天气晴明。纺女将至，为除舍与闺人同居，
予移榻外室，几案易向，拂拭洒扫，眼目一新。遣仆得元迎于杨桃
溪，以篮舆迎于天福镇，朝食。午刻，纺女抵署，辛卯冬别于成都，
转眴四年矣，相见悲喜。与家中人别经八载，一旦相聚，何乐如之。
仆邓彬随纺女来，杨玉行复遣陶媪随来。谈别后情况，张灯置酒，
合家围坐欢饮，初更后散。

得晚雏弟书，以予六十初度，寄绣囊四种、玫瑰花露、蜜、樱
桃、南枣、卤虾、瓜。弟于月之十三日卯刻得丈夫子，以府经历筮
仕来蜀，奉到部文二十日谒上官，奉到叔眉弟受代蒲江回行省，将
赴苍溪县本任。得子宜弟书，为予寄陈茶二砖、醃豚蹄、水笔二十

只，幼樵诸弟诸犹子具红柬称祝。得杨玉行、湛亭书，馈锦幛、宣威豚蹄、馎饦、鳌。玉行移居总府街。得周梅生书。得周孝怀书，在荣县为唐质夫大令主书记。仆周长寿上奉，献馎饦为寿。查得何绍哲将牌示揭去，备文移县。夜飞小雨。

　　二十有六日丙申　天仍晴明，日午朝食。纺女两目眶泛黑，延徐炳灵来诊视，谓肝热上冲兼有水饮，为之疏方。朱辅周来，命其谷见之，坐良久去。薄暮晚餐，及纺女谈家事。小雨片时止。船户邹鸿治馈食物为寿。

　　二十有七日丁酉　天气晴热。予生日近，其谷、其颖、其稚、周新妇及女纺、纤、纹，晨夕治汤饼酒肴，先烧双烛、声爆竹，一一鞠跽，奉觞为寿。诸仆具双烛、声爆竹为寿。朝食汤饼。

　　朱辅周为文书屏并楹联、爆竹烛，率其弟子张鸿逵及其犹子湘南绍钧来为寿，坐良久行。湘南春初自荥经来，授读于陈浩然家。梁含一茂才、李斗垣制锦联为寿，馈礼物。斗垣遣其子伯丰天隆随含一来为寿，坐良久去。康镇士民制彩额锦牌八，并礼物为寿。甘爵卿、张根先、周朗轩、黄子清、张玉峰、陈丰泰、甘福畴来为寿。吏役以锦幛楹联为寿。皆却之不得，受之。邑城奎阁①绅士王洁斋茂才履端、邹文舫武庠占鳌、李精一贡生大勤来此勘界，馈米糕、姜糕，受之。

　　张灯，合家围坐欢饮，儿女一一称觥，二更宴罢。闺人以自制仿君子专文镜囊、大吉羊荷囊、长宜子孙四字扇囊为寿。下走、圉人、庖人献鸡鹜、汤饼、桃形饼；贫民十余人、舆人、隶人馈礼物，却之，皆赉以青蚨。夜雨，片时止。

　　得张麟阁观察贺节书。役王彪、张福自邑还，得蔡景轩、家耀卿书。阅会试题名录，吾池州曹石如孝廉汝麟捷南宫。

　　二十有八日戊戌　天气晴明。拜祖，闺人率儿女、周新妇、两

---

① 　邑城奎阁：蓬溪县奎阁，始建于嘉庆六年（1801），在今赤城镇奎阁公园内。

孙、赵孺人、存辉妹，一一奉觞为寿，仆妇、下走、吏役皆来拜贺。朝食汤饼。黄树萱自桂花场来为寿，坐良久行。王洁斋、邹文舫、李精一来为寿，少坐行。闺人、存辉妹治酒食为寿，张灯开筵，合家围坐，初更后酒阑。诸仆以火亭娄悬于堂皇外放之，及家人聚观。雨片时止。

二十有九日己亥　晨晴。予六十生日，拜祖考。高祖母李太夫人忌日，致祭。作书答谢李斗垣。斋食。连朝禁屠宰，治蔬食邀梁含一、李伯丰、王洁斋、邹文舫、李精一、朱辅周、黄树萱晚饮。高春，含一、伯丰来长谈，下春诸客相继至，张筵，初更酒阑客散。大雨移时止，二更雨复淋漓达旦，足慰农望。

三十日庚子　天霁。作书致蔡景轩大令。日午朝食。天气炎热，挥汗不止。院落绣球前开者尚未萎，近又放四花，月余赏玩，可谓耐久矣。夕餐，入夜星繁如豆。日短至。

闰五月

闰五月朔日辛丑　天气晴明。谒文昌神庙、镇江王祠、萧曹社公祠、灶神行香，至盐关镇江王位前行香。楼头小坐，诣谢来为寿诸客，皆投刺。归来祀财神、拜祖。日午朝食，理发，料理俗事，薄暮晚餐。

二日壬寅　晨起濯足，天仍晴热，日午朝食。为程蘅圃二尹元杰作篆书屏八幅，字径八寸许。为家缦云作八分书楹联。薄暮晚餐，入夜繁星满天。

六十初度，得七律八首感述云："行年六十愧无能，览揆兴思岁月增。托迹关门闲似鹤，婴痾丈室瘦于僧。清贫风味从吾好，垂老吟怀敢自矜。回首旧游皆幻境，夜来枕上记謷腾。（念虚度也。）""衙鼓逢逢吏放参，日长人静卧云龛。鱼盐补救终无术，鹤料探支每自惭。官舍余闲花作寿，宾筵有约月同酣。蓬飘匏系十年久，两鬓星星雪满簪。（愧素餐也。）""深恩未报忆庭闱，节序推迁泪暗挥。蒿蔚兴怀劳顾复，松楸系念切瞻依。世缘遭际看如是，去住艰难计总非。诗补南陔愧束晳，此生禄养愿终违。（思父母也。）""举世无如骨肉真，弟昆相聚亦前因。连年廨舍关怀切，此日池塘入梦频。漫诩才华卑职分，早图闻达报君亲。嗟予晚景衰慵甚，朝夕齑盐但守贫。（睦兄弟也。）""一曲薰风鼓瑟琴，齐眉举案万年心。芦帘纸阁恒恭坐，茗椀冰壶共浅斟。相倡相随相爱敬，亦雍亦肃亦规箴。何时携手同归隐，杜若芳洲惬素襟。（宜家室也。）""谷也八年留帝乡，归来且喜恰称觞。趋庭棣萼饶真乐，绕砌兰荪祝寿康。文字承家思旧德，居常积善有余庆。晨兴戏䌽差堪慰，尊酒追随聚一堂。（勖子孙也。）""有鸟相关求友声，嘤嘤出谷故人情。交游零落迟芳讯，宦海浮沉守旧盟。竟夕衔杯思往事，几时剪烛话平生。恨无意气酬知己，寄语年来别绪萦。（怀友朋也。）""山阿妆点好楼居，楼外烟波混太虚。余事皈依僧佛法，古欢消遣画诗书。耆年亲旧情弥笃，少日疏狂习渐除。潦倒一官同逆旅，悠悠何处是吾庐。（聊自遣也。）"

三日癸卯　赤日当空，天气酷热。蜩始鸣。日午朝食。为程蘅圃作八分书横幅，以小篆为家紫霄书纨素，阴面写梅花一枝，下春竟。晚餐。得李斗垣遂宁书。入夜星宿。

四日甲辰　天仍炎热。晨起理发，日午朝食。下春，治酒食及家人围坐小饮，初更后酒阑。夜雨淅沥，片时止。

五日乙巳　晨阴，飞雨片时。日午朝食，天霁。方和斋刺史旭[1]，吾皖人也。癸巳岁吏部铨授蓬州知州，在都时与其谷相善。余寿平太史致其书，丐其谷携来，至是予致书通问讯，为寓寿平书，其谷亦致书焉，遣役洪泰持往。致家耀卿书。下春天阴，及家人聚饮，初更后散。头眩，体中不适。震雷疾电，大雨彻夜，院落积水

---

[1]　方和斋：方旭（1852—1940），号鹤斋，安徽桐城人，官至四川夔州知府、四川提学使、川东道台。

数寸。

六日丙午　天仍凝阴，时飞小雨。遣下走往视，四野田水霑足，山土亦得雨五六寸，足慰农望。以特牲祀神祇，步往紫云宫关帝位前谢霑甘澍。归来朝食。腹作痛，患痢。纺女来定生慧庵谈良久。薄暮晚餐，入夜复大雨彻宵，优渥霑足矣。

七日丁未　晨起雨止，湿云密布，雨势犹浓。痢疾稍愈，头仍作眩。日午朝食。纺女来斋中坐谈。薄暮晚餐，入夜大雨达旦。

八日戊申　晨雨犹不止，院落水积六七寸。遣下走往视郊野，水皆充盈。闺人六月九日生辰，是日晨夕治汤饼酒食，豫为称觞。其稚生日值闰，赍青蚨二百枚。日午雨止，朝食。

土人张玉乾献沙棠果，赍以值。汪民怀司马兆元榷盐厘于河边场，遣勇士持书来通讯，以纨素宣纸索书，赠汉新莽小泉直一钱二枚。得邢汉臣书，亦以纨素索书。下春张筵，及家人围坐聚饮，赌酒为乐，初更后散。

蔡景轩遣勇士孙玉龙遍查四乡，至此持刺来见，景轩子叔惠以纨素属书。三更雨，淅沥达旦。其谷得徐新妇书。

九日己酉　黎明雨止，天仍凝阴。日午朝食。为汪民怀司马作小楷行书纨素，为邢汉臣作八分书纨素。客约[①]温行庆自邑归，来见。蔡景轩于五日讯明何绍哲、霍永旺揭牌一案，分别责惩。薄暮晚餐。端午君自蓬莱镇至长江坝检验毕，过此来诣，留宿，为备晚餐，夜谈至三更复散。

十日庚戌　晨阴。及端午君谈，留朝食，食已行。下春天气晴霁，赍盐房吏书、东西两班巡役及仆媪、下走、庖人、围人酒食，旧吏王荣桂亦招来及吏书同饮，凡五十五人。役洪泰自蓬州还，得方煦初[②]刺史报书、家耀卿蓬溪书。及家人晚饮，夜月皎然。

① 客约：清代乡村基层组织中，行使、执行某方面职能的管理人。类似客长、乡约、水约等。
② 方煦初：即方旭。

族叔灿前于四月三日自石埭来蜀，过大溪口仲静犹子处小住，遂至此，留住，得族长自重新春书。

十有一日辛亥　晨阴。为顾锡三画佛。日午朝食。纺女腹泻，延徐炳灵来诊视。初，周梅生代周绳夫、张云孙以纸索予画佛，家吉人、庆印堂亦以纸索画，镇日拈毫，下舂竟。晚餐。入夜天霁，月明如昼。夜半小雨，闻檐溜声，少选止。

十有二日壬子　天气晴热。甘爵卿、黄子清、张玉峰、温行庆以鼓吹送牌示①至堂皇，声爆竹，入署谒见，代何绍哲乞恩，携绍哲子鸿纯来谢过，坐良久去。日午朝食。

昨日所画诸佛为之着色。阃人携儿女、新妇、两孙及赵孺人、存辉妹至关游眺，纺女戊子夏还成都时，尚未修此楼也，下舂归。阃人治具及家人聚饮，予亦入座，初更后散。月光如水，阶前纳凉。

十有三日癸丑　天仍晴热，日午朝食。延徐炳灵来为纺女诊视。为顾锡三画佛，题识数语于上。春初，为陶聘三诸君所书屏联置案头，今日悉为盖印章。薄暮晚餐。入夜月色极佳。

十有四日甲寅　天气炎热。晨起理发，日午朝食。读先大夫建南日记。园中桃熟，摘盈筐给家中人分食。晚餐，入夜月光皎洁。

十有五日乙卯　天仍晴热。有张甲自桂花场来，侵晨入张兴顺室，被犬啮，因之恃横，卧地不起，欲诬蠥。呼来笞责，逐去。未谒庙，命其谷灶神行香、祀财神、拜祖。日午朝食。窗下秋海棠初放花，婀娜可爱。薄暮晚餐，入夜天无片云，月明如水。

十有六日丙辰　天气晴热。是日治酒食，酬谢二十八日为寿诸客。洒扫二堂，悬书画，置几席，陈设花瓷炉薰。日午朝食。高春，朱辅周、李陶臣、黄子清、马寅臣、甘爵卿、何德卿、张根先、周朗轩、朱湘南、徐炳灵、张恒九体乾、陈浩然炽昌两上舍、张玉峰、甘化成、张鸿逵来，铺民陈丰泰等三十余人相继至，设七筵。张灯

---

① 送牌示：事见上月（五月）二十四日、二十五日及本月（闰五月）九日日记。

入座，招王秀峰、王荣桂来，及灿前族叔皆入座，其谷、其颖侍。二更酒阑客去，月色皎洁。

十有七日丁巳　天气微阴。黄子清、甘爵卿上牍，为何绍哲乞恩，因备文移蔡景轩大令，从宽省释，遣役贺喜持往。日午朝食。命其颖作书致周雅生。薄暮晚餐，夜半大雨如注，院落积水数寸。

十有八日戊午　天仍凝阴，时雨时止，日午朝食。作书答谢杨玉行。食桃，甜香多汁。赵孺人、其颖、女纼，治酒肴及家人聚饮，予亦入座，初更后酒阑。

十有九日己未　天气晴霁，日午朝食。纺女停饮，存辉妹吹霎，延徐炳灵来诊视。作书致杨湛亭。薄暮晚餐。

二十日庚申　天气晴明，溽暑特甚。理发。日午朝食。作书致周梅生大令，命其谷作书寄子宜弟及朱征三。薄暮晚餐。

二十有一日辛酉　天气炎热。阅邸抄，四月二十五日传胪：状元骆成骧①，四川资州人；榜眼喻长霖，浙江黄岩县人；探花王龙文，湖南湘乡县人；传胪萧荣爵，湖南长沙县人。我朝四川得魁，自成骧始。

日午朝食，濯足。命其谷、其颖作书寄晚雏弟，新得犹子名之曰其稌，为庶母寄朱提三十金。炎暑尤甚，汗流不止。晚餐。

二十有二日壬戌　晨飞小雨，片时止。陶媪辞还成都，为雇肩舆，遣役王彪送往，以连日所作家书付之。遣仆邓彬赴荣县，致周孝怀书。

阅省抄，子谊伯兄卒于新宁典史任。兄于去秋奉檄，以疾耽延，至冬初始挈眷赴任。其颖缵室归来，述及时切悬念，今得噩耗，竟不知其月日，悲恸曷极。予童孩时，与兄未尝稍离，自咸丰乙卯以后，即难常聚。兄听差重庆二十余年，未得相见。光绪甲申，予自

① 骆成骧：字公骕（1865—1926），就读于成都锦江书院、尊经书院，清代四川唯一状元，官至山西提学使。民国后历任四川省临时议会议长、国史馆纂修、四川国学院院长、四川大学筹备处处长。民国成都"五老七贤"之一。

酉阳受代归①，道经重庆，与兄团聚二十余日，不意遂成永诀，悲哉，悲哉！伯兄笃诚和蔼，友于最挚，筮仕后儿女婚嫁皆自经营，数十年来毫不累及家人。宦况萧条，处之泰然。遗二子，长名其龄，以未入筮仕蜀中，眷属淹滞新宁，不卜何时扶柩言旋，恸何如也。薄暮晚餐。

二十有三日癸亥　天气浓阴，凉爽宜人。其谷作书寄徐新妇，致杜德玉书，丐其转寄安徽，遣役贺喜持赴遂宁。日午朝食。院落红蓼、凤仙初花。薄暮小雨，夕餐，夜雨渐沥。午间裁衣。

二十有四日甲子　晨雨止，天仍凝阴。吴新妇生于同治乙丑闰五月，是日生辰值闰，其谷、其颖以时羞祭之。日午朝食。为汪民怀作钟鼎文、八分、小篆、正书屏四幅。下春天霁。役贺喜自遂宁还，得杜德玉、骆灼三书，馈绿沉瓜四枚。薄暮晚餐。

二十有五日乙丑　晨晴，理发，日午朝食。为西商薇元作八分书屏四幅，剖绿沉瓜。下春天气浓阴，飞雨数点，薄暮大雨，檐溜如泻，初更止。腹泻。

二十有六日丙寅　天气凝阴。周新妇有身将及月辰，命其移居二堂右侧室原住之右厢，因吴新妇以产难卒，恐其生惧也；命其谷移居宜园宾厨谹室。日午朝食，天晴。予生日值闰，两孙治酒食为寿，薄暮张筵，及家人团聚，孺子爱敬可取也。入夜星宿。

二十有七日丁卯　天气晴霁可喜。木棉喜热，时当初伏，正值结桃，亟望晴也。末丽初花，折供案头，浓香扑鼻。是日其谷、其颖以予生日值闰，晨夕治汤饼、酒食为寿，及家人聚饮。

读劳介岩②《静观堂诗集》。张灯，及家人围坐宴乐，初更酒阑。夜见繁星。

二十有八日戊辰　闺人晨夕治汤饼、酒食为予寿，合家庆贺。

---

① 沈贤修于甲申年（1884）从酉阳州同任上卸职。

② 劳介岩：劳之辨（1639—1714），号介岩，浙江石门人，康熙进士，官至左副都御史。

日午张筵，天气晴热，挥汗不止。院落绣球犹开，看花两月余，足称耐久。薄暮及家人聚饮，初更后酒阑。星繁满天。

二十有九日己巳　晨晴，日午朝食。闺人吹霋嗽作，延徐炳灵来诊视。薄暮训其稚、曾荫、曾祐作字之法。晚餐，入夜星宿。

六　月

六月建癸未，朔日庚午　晨晴。祀财神、拜祖，谒文昌神庙、镇江王祠、萧曹社公祠、灶神行香，至盐关镇江王位前行香。天气凉爽，登楼远眺，四野木棉丰楙，青翠迎人。遣舆归，留此朝食。日长人静，鸟语钩辀，山色河光，足寄清兴。薄暮散步归，晚餐。

二日辛未　天气凝阴，雨片时止，凉爽宜人。土民献秋笋。理发。日午朝食。闺人嗽止，仍延徐炳灵来诊视，疏方去。料理俗事。高春雨，檐溜有声。晚餐。

三日壬申　天仍凝阴。阅邸抄，鹿滋轩①制军于闰月十二日抵成都，十六日上事，上书贺之，呈履历。日午朝食，天气开霁。窗外凤仙、秋海棠、红蓼皆作花，疏红一片，点缀于篱落间，颇可玩。薄暮晚餐，入夜大雨如注，院落积水。二更雨微，淅沥不止。

四日癸酉　晨起，天气仍阴。院落花草经雨，益见精神，折红蓼、海棠、绣球、棠棣、紫薇诸花，共賸一瓶作案头清赏。舟子高玉兴自涪州寄到周子玉致其颖书，以予生日，馈锦幛楹联为寿。日午朝食。端午君遣役持书来，告葛镛除二尹光煦欲索予书画，馈馎饦，属先代达。镛除前岁奉檄摄蓬莱镇县丞事，去冬已受代还成都。命其谷作书答午君，遣役持还。

星值金斗日为满，世俗有"金斗满"之言，遂从俗，以酒醴时羞率全家拜祭。薄暮及家人围坐聚饮，初更后酒阑散。

---

① 鹿传霖（1836—1910）：字滋轩，直隶（今河北）定兴人，同治进士。

六日镇江王诞辰，呼同庆部梨园子弟来，明日演剧，下春至。诸伶王桂芳、张桂红、汪彩云上谒，见之。

五日甲戌　天气浓阴，雨移时止。日午朝食。紫云宫演剧，往行香，遂留观剧，眷属皆往。高春天霁，薄暮于剧楼晚餐，二更后归，眷属亦还。役王彪自成都归，得晚雏弟书，得杨湛亭、周梅生书，得仆邓彬书。子克弟以疾请假，牟惠庵奉檄摄大邑县事，梅生仍往之。书记郭顺祥献桃仁糕。

六日乙亥　天气晴热。卯刻，周新妇免身，得雄。谒盐关紫云宫镇江王位前行香、演剧。归来理发。日午朝食。携其稚、曾荫、曾祐观剧，眷属皆往。薄暮晚餐，二更后归，眷属亦还。

七日丙子　天气浓阴。后日闺人生辰，儿女治汤饼为寿，合家聚饮，日午酒阑。仍携儿孙观剧，眷属亦往。高春大雨，移时止。新得小孙啼不止，延徐炳灵诊视。薄暮晚餐，二更归，眷属亦还。小孙复啼不止，仍延徐炳灵来视，谓有脐风，以艾炙之，三更殇。

八日丁丑　天气晴热，日午朝食。携儿孙仍往观剧，眷属亦往。酷暑如炙，挥汗不止，剖绿沉瓜。薄暮晚餐，二更还，眷属归。盐房吏书及东西两班巡役，馈礼物为闺人称祝，受爆竹、烛、鸡，余却之。

九日戊寅　晨起黑云如墨，雨势将来。少选迅雷疾电，骤雨如注，院落顷刻积水，辰刻雨止，天气开霁。妇生日，晨夕治汤饼、酒食为寿。呼梨园子弟于二堂演剧称觞，及家人聚观。张灯开筵，三更后酒阑曲终散。

十日己卯　天仍晴明。曹万顺馈米糕。日午朝食。仍于二堂演剧，及家人聚观，炎热特甚。张灯置酒，二更后酒阑曲终，月色皎洁。

十有一日庚辰　天气晴热。理发。日午朝食。闺人治酒食，演剧，及家人聚观。天阴，雷数声，飞雨数点，旋晴。甘爵卿、甘福畴来见，少坐行。

　　有无名男子，不知何时为水漂没于人和寨文昌会地，水落尸出，身为沙壅其半。爵卿因来告，令其暂为掩之，备文移县。薄暮及家人聚饮，三更酒阑曲终，月色极佳。

　　十有二日辛巳　天仍晴热。魏子骞大令云鸿①，铨授遂宁县，夏初奉檄之任，赴郡谒见太守还，舟行过此，使人来诣，亦遣仆往候。舟子与分卡勇士閧，适值趁墟，拥挤多人，恐生事端，因往使散。诣子骞于舟中，谈良久归。日午朝食。炎暑酷烈，挥汗不止。盐吏郭尚仁辞往成都，赴布政使署领执照，赉青蚨二缗。薄暮晚餐。入夜月光如水。

　　十有三日壬午　天气酷热。晨起濯足、沐浴，心中不适，下舂始餐。入夜月色极佳，阶前纳凉。三更云堆似墨，雷数声，欲雨不成。贩米船户王福樋等，于紫云宫雷神位前演剧，邀饮观剧，辞不赴。

　　十有四日癸未　天仍晴明，炎暑特甚。仆山云负逋甚多无以偿，遂辞去。日午朝食。炎热，几案如炙。宜园玉簪作花，忍冬复开，浓香扑鼻，折供瓶中清玩。市虾佐饮，晚餐。入夜天无片云，一轮皓月照耀，如同白昼。阶前纳凉，不忍就寝。

　　十有五日甲申　天气晴明。祀财神、拜祖。谒文昌神庙、镇江王祠、雷神位前行香，萧曹社公祠、灶神行香，至盐关镇江王位前行香。登楼坐良久，归来朝食。

　　闺人、赵孺人、女纺、纤至紫云宫观剧，其谷、其颖、其稚、曾荫、曾祐随往。酷暑如炽，镇日挥汗不止。薄暮晚餐，入夜月光皎洁。二更后眷属归。

　　十有六日乙酉　天仍炎热。理发。日午朝食。闺人头眩体热，延徐炳灵来视垣，存辉妹感寒，亦为诊视。暑气熏灼，汗如雨下，解衣散帻，犹不可支。薄暮晚餐，入夜月明如昼，阶前纳凉。

---

①　魏云鸿：字子骞，陕西人。以举人经吏部大挑，铨选任四川知县。

十有七日丙戌　晨阴，天气溽暑。闺人疾稍间，热仍未退，口渴多汗，服银翘散，延徐炳灵来诊视，少坐行。日午朝食。闺人服药后汗少止。赤日当空，炎热特甚，解衣逭暑，犹复汗流。晚餐，阶前纳凉，二更月上。

十有八日丁亥　立秋。闺人疾稍瘥，体热口渴亦间，延徐炳灵来诊视，易方药。留炳灵朝食，食已行。天气酷热，读甲申、乙酉岁日记。薄暮晚餐，入夜阶前纳凉。涪江水涨。

十有九日戊子　晨起即挥汗不止。闺人疾渐瘳，复患嗽，仍延徐炳灵来视垣。日午朝食。江水大涨，散步至关观之，登楼遣兴。连日炎热，隔岸木棉畅茂，正值花时，结桃累累。下春归，晚餐，入夜星繁满天，阶前纳凉。

二十日己丑　天仍酷热。延徐炳灵来为闺人视垣，易方药。日午朝食。散步至关，登楼逭暑。西北云起，雷声虩虩，飞雨数点旋止。涪江水消，下春归。晚餐，入夜繁星，明河在天，凉风时至，似有秋意。

二十有一日庚寅　天气炎热。闺人嗽渐止。日午朝食。理发。散步至关，登楼避暑，读书自遣，下春还。晚餐，入夜阶前纳凉，三更大风如吼，雷电，大雨如注，一洗炎热。

二十有二日辛卯　晨雨犹淅沥，巳刻雨止，天霁。闺人疾瘥，延徐炳灵来视垣，疏方调理。日午朝食。下春天阴，凉意传秋。晚餐。女纹体热作嗽，复延炳灵来诊视。入夜浓云密布，雨势将来，二更大雨滂沱，檐溜如泻，彻宵不止。

二十有三日壬辰　晨雨仍滴。其谷寄徐质夫及新妇书，遣役贺喜持赴遂宁。致杜德玉书，丐其转寄。得庆印堂书，即作答。雨止。日午朝食。女纹疾未减，延徐炳灵来诊视。高春复大雨，下春止，天霁。作书致汪藻卿二尹，交便船带往梓潼镇。晚餐。

二十有四日癸巳　晨雨淋滴。合家持雷斋，高春雨止。闺人仍作嗽，女纹感寒稍愈，延徐炳灵来诊视。役自遂宁旋，得杜德玉书。

薄暮晚餐。

二十有五日甲午　晨阴，天气凉爽。延徐炳灵来为闺人诊视。昨日鲁新妇生日以斋食，今日命其谷、其颖祭之。下春天霁，晚餐，入夜星宿。

二十有六日乙未　恭逢皇帝万寿，五更谒紫云宫，设位朝贺，黎明归。理发。致庆印堂书简，遣阃人持往。闺人昨日嗽甚，依吴鞠通《温病条辨·秋燥篇》桑杏饮主之，仍延徐炳灵来诊视。女纹疾愈，其稚体热作嗽，亦为视垣。日午朝食，天气仍热。薄暮晚餐，入夜星宿。

其谷得徐吉人孝廉书，恭录四月十八日上谕："近自和约定议以后，廷臣交章论奏，谓地不可弃，费不可馈，仍应废约决战，以期维系人心，支撑危局。其言固皆出于忠愤，而于朕办理此事兼权审处、万不获已之苦衷，有未能深悉者。自去岁仓猝开衅，征兵调饷不遗余力，而将少宿选，兵非素练，纷纭召募，不殊乌合，以致水陆交绥，战无一胜。至今日关内情形更迫，北则竟逼辽沈，南则直犯京畿，皆现前意中之事。陪都为陵寝重地，京师则宗社攸关，况廿年慈闱颐养，备极尊崇，设一朝徒御有惊，则藐躬何堪自问！加以天心示警，海啸成灾，沿海防营，多被冲没，战守更难措手。用是宵旰彷皇，临朝痛哭，一和一战，两害熟权，而后幡然定计。此中万分为难情事，乃言者章奏所未详，而天下臣民皆应共谅者也。兹当批准定约，特将前后办理缘由明白宣示。嗣后我君臣上下，惟当坚苦一心，痛除积弊，于练兵、筹饷两大端，尽力研求，详筹兴革，勿存懈志，勿骛空名，勿忽远图，勿沿故习，务期事事核实，以收自强之效。朕于中外臣工有厚望焉。"

吉人书云，今科殿撰骆成骧对策，不拘成式，指陈时事，原列第三，御览拔置第一。榜眼喻长霖亦因直言，由第十拔为第二。

二十有七日丙申　天气晴热。其稚体热未减，仍依《温病条辨·秋燥篇》翘荷汤、桑杏饮两方主之，延徐炳灵来诊视。闺人嗽方间，为易方药。日午朝食，散步至关，登楼寄兴，下春归。晚餐。

得汪藻卿报书，告奉檄接扣青川任历俸调赴成都验看，郡守檄李鉴民少府往代。鉴民文移，告月之十八日任事。阅省抄，叔眉弟奉檄回苍溪县任。

二十有八日丁酉　晨阴。其稚热退嗽减，仍延徐炳灵来视垣，易方药。日午朝食。趁墟，巡视街市，至关，登楼远眺，下春归。晚餐。夜飞小雨，旋止。

二十有九日戊戌　天气凝阴。其稚疾愈，闺人嗽亦平复。晨起濯足，日午朝食。船户龚玉成自合州运炭，溯流而上，晨至关，其篙师鲁甲与郭乙哄，控于案，两造皆予答责。散步至关，日暮归。晚餐。夜半胃脘不适，披衣起坐。

七　月

七月建甲申朔日己亥　晨飞小雨，旋止。祀财神、拜祖。谒文昌神庙、镇江王祠、萧曹社公祠、灶神行香。至盐关镇江王位前行香。登楼寄兴，胃中不适，罢晨餐。下春复微雨，少选止，散步归。晚餐。入夜天霁，朗然见星。是日令其谷授曾荫读《礼经》。

二日庚子　天气晴热。散步至关逭暑，于楼头朝食。日午，其谷、其颖、其稚、曾荫、曾祐随闺人、赵孺人来关，存辉妹及女纺、纤、纹皆来。下春西北云起，雷数声，欲雨不成。及家人楼头聚饮。远树笼烟，夕阳在巇，颇饶画意。薄暮酒阑，眷属归，予亦还。

三日辛丑　天气晴热。端午君遣役持书来，为寓葛镛除二尹成都书，以纸索予小篆、八分横额，乘兴挥毫。日午朝食。作书致庆印堂，遣役持往。散步至关，登楼逭暑，下春还。晚餐。役旋，得印堂报书。

四日壬寅　天仍晴明。晨起理发。作书答葛镛除、端午君，遣来役持还。日午朝食。散步至关，下春归。晚餐。夜见新月。

五日癸卯　晨阴，欲雨不成，天气开霁，仍炎热。日午朝食。院落秋海棠、凤仙盛开，疏红一片，点染秋光，颇足娱情。作书致李鉴民贺受任。得马缙卿书。薄暮晚餐，入夜月。

六日甲辰　天气晴热。周新妇弥月出户，小孙不育，不免郁郁，为之宽譬。日午朝食。散步至关，登楼逭暑，下舂还。晚餐，入夜月。

七日乙巳　晨起理发，天仍晴热。闺人嗽疾渐瘳，延徐炳灵来诊视，疏方调理。日午朝食。读《毛诗》。院落秋花盛开，足寄闲情。晚餐，入夜小儿女、两孙陈瓜果乞巧，月色皎然。

八日丙午　天气晴明。朝食汤饼。秋阳暴人。读《毛诗》。高舂大风，下舂风定。晚餐，入夜月光皎洁。

九日丁未　天仍晴明。故事：三载考绩，缮年贯、履历、事实、册籍，具文上太和镇通判，加考转详府道。遣房书刘培根、役刘荣赏往。日午朝食。炎热不减盛夏。杨巽甫遣仆龚信持书来索逋，赴告其继母袁太宜人于二月三日弃世，时巽甫任高县事。龚信献馎饦、茶。

读刘渊亭军门永福①镇守台湾檄文。初，倭人要求索地偿款，议和条内以台湾割与倭人，而全台士民同怀义愤，不使占据，自认为民主之国，举渊亭为总统，镇守台南，连获胜仗，生擒倭酋三人，斩级四千，毁其轮船九艘，夺获三艘，及枪炮等无算，足壮声威，足快人心！薄暮晚餐，入夜月。

十日戊申　晨晴。日午朝食。大风天阴。命其谷仍移居二堂右侧，其颖夫妇仍居右厢。读《毛诗》。晚食馅馓，入夜星宿，微云掩月。

十有一日己酉　天气浓阴，雨片时止。日午朝食。仆徐升之子芳华自成都来视其父，谒见。得周梅生月之三日书，为寓杨湛亭寄

---

① 刘永福（1837—1917）：字渊亭，广西钦州人，先后授广东南澳镇总兵、帮办台湾军务、广东碣石镇总兵，军事家、民族英雄。

纺女书。薄暮晚餐，入夜微雨。

　　十有二日庚戌　凉飚飒飒，大有秋意。日午朝食。遣仆至盐关为其采焚冥镪。盐吏郭尚仁自成都领执照归，谒见。心中不适，罢晚餐。夜月朦胧。

　　十有三日辛亥　晨阴。日午朝食，天霁。作书致族长自重新春。薄暮微雨，旋止。晚餐，入夜天气顿凉。

　　十有四日壬子　晨雨淋漓。曾祐生日。朝食汤饼。族叔灿前赴成都，赠朱提五金，为备舆资二缗，送之登舆行。下春治酒食，及家人宴乐。明日中元节，紫云宫建盂兰会，于河干放灯，携儿孙至关观之。以麻杆做灯，燃烛其中，逐流而下，闪若繁星。率儿孙归，夜半微雨。

　　十有五日癸丑　天气微阴。胸鬲不适，延徐炳灵来诊视。未谒庙，命其颖灶神行香、祀财神、拜祖，中元节家祭。日午朝食。窗外秋海棠齐放，花光妩媚可爱。薄暮晚餐。

　　十有六日甲寅　四更雨声淋漓，黎明止，天气渐凉。方正上人来，坐良久去。周朗轩母刘孺人六十生辰，闺人以汤饼、豚肩、只鸡为寿。日午朝食。检得朱漆盒赐曾荫、曾祐、其稚嬉弄。薄暮晚餐，入夜小雨淅沥。

　　十有七日乙卯　晨雨淋漓，大风，天气顿凉。日午朝食。细雨濛濛，镇日不止。读《列女传》。薄暮晚餐，入夜雨止。

　　十有八日丙辰　晨起理发，日午朝食，天气晴霁。胸鬲仍不适，延徐炳灵来诊视，谓肝木侮土，因之食减，依吴鞠通三香汤主之。因事触怒，气不舒。薄暮晚餐，入夜月色皎然。

　　十有九日丁巳　晨晴，食时阴，高春天霁。以女澥生时所用脂盏粉奁及簪珥给女纤，睹物伤怀，不禁垂泪。役贺喜吐泻交作，不省人事，恐阴阳交脱，急延徐炳灵诊视，谓六脉皆闭，亟以通脉四逆汤与服。薄暮晚餐，入夜星宿，二更月上。贺喜疾稍减，有呻吟声矣。

二十日戊午　天气晴明，秋阳暴人。日午朝食。院落桂树含蕊，篱边砌下海棠开遍，大好秋光，耐人领略。晚餐，入夜星宿。

二十有一日己未　天仍晴明。日午朝食。作书寄徐新妇，为寄朱提二十金。薄暮晚餐，入夜星宿。

二十有二日庚申　天气晴热。高祖母李太夫人生日、鲁新妇忌日，致祭。疾稍瘥，延徐炳灵来诊视。日午朝食。桂花盛开，深香馥郁。薄暮晚餐，食羊，入夜星宿。

二十有三日辛酉　晨阴。致岳恒华、骆灼三书，以寄徐新妇书丐其转寄陵阳，仆徐芳赴安岳，道出遂宁致之。日午朝食。折桂花酿酒。作书致杨湛亭、周梅生，命其颖寄晚雏弟书，为庶母陈寄朱提三十金。作篆书屏四幅。薄暮晚餐。

二十有四日壬戌　晨阴。遣役费喜持家书赴成都。中秋节近，上书贺张麟阁、张蔼卿观察、阿子祥太守，致盛金门别驾书，馈朱提十金、篆书屏。致赵达泉、杨耀珊、谢品峰、蔡景轩书，贺中秋节。濯足。日午朝食。高春天霁，桂花齐放，扑鼻香来。薄暮晚餐。

二十有五日癸亥　晨阴，细雨如丝，少选止。日午朝食。其稚作呕，延徐炳灵来诊视。薛述侯少府遣仆持书来称贷，馈苎麻、朱砂。述侯三次俸满，自酉阳赴成都验看，别十二年矣。薄暮晚餐，雨声淋漓，彻宵达旦。

二十有六日甲子　晨雨止，日午朝食，天霁，读书自遣。院落秋花皆遍开，足以娱情。薄暮晚餐。役洪伦趋公数十年，老病月余，夜半卒。

二十有七日乙丑　天气晴明。作书答薛述侯，馈蕨鱼、麦酱，遣来仆还。日午朝食。得陈稚兰衍湘书，以纨素、宣纸索书。稚兰，蔡景轩戚也。得陈梦莲绵州书，亦以纸索书，馈烧春、鱿鱼。薄暮晚餐。得盛金门贺节书，馈桃仁糕、蜜果。

二十有八日丙寅　天气晴明。理发，日午朝食。巡视街市，至关，登楼寄兴。对岸兼葭作花，望若银涛，下春归。晚餐。捕得金钟虫蓄盗中，夜闻磴稜稜声。

二十有九日丁卯　晨飞小雨，旋止，天气凝阴。日午朝食，天气晴霁。仆山云自遂宁寄烧春来。薄暮晚餐。

三十日戊辰　四更大雨如泻，天明雨止，少选复雨。张二南大令奉檄调往綦岸办理盐务，舟行过此来诣，至定生慧盦清谈，留食汤饼。高春雨止，二南行。高石洲大令承瀛奉檄至射厂分局代其事，于八月朔日视事。二南云，王石坞观察总办滇黔边计盐务。薄暮晚餐，夜仍雨，天气渐凉。

八　月

八月建乙酉，朔日己巳　黎明雨仍不止。未谒庙，命其谷灶神行香、祀财神、拜祖。日午朝食。高春雨止。唐甲与萧乙哄，控于案，薄惩遣去。晚餐。

二日庚午　子刻，妾李免身得第六子，大小安善。王长煦献红豆数枝，分供诸瓶。天气浓阴。吏役于社公祠赛神，往行香。日午朝食。微雨，下春雨止。晚餐。

饲一鸲鹆，夜闻其声，视之有长蛇盘屈于笼上，将食之，使人移出。

三日辛未　天气凝阴。日午朝食，天霁。读书自遣。薄暮晚餐，入夜天复阴，小雨溟濛。盐吏郭尚仁、王用霖以新得子，献只鸡、粳米、鸡卵，受之。

四日壬申　晨雨渐沥。上王石坞观察书，致高石洲、许景山、洪淑雨、张雯庵书，贺中秋节。王云谿大令琅然奉檄管射蓬水路引票盐厘局事，亦致书贺之。致庆印堂书，馈茜鸡卵二十枚。日午朝食。

洗儿，名曰其秾。去秋八月六日，其采病革，闺人告以"若为药所误，汝当再来"，其采含泪，状若领会。恰一年得此子，因以

“稼”名之，字曰公牟，取《诗》“贻我来牟”意，小名阿六。以茜鸡卵赉仆媪、吏书、巡役。薄暮晚餐，入夜小雨，以茜鸡卵馈铺民。

五日癸酉　天气凝阴。日午朝食。院落秋花连日经雨，益见精神，秋海棠开尤繁盛。得庆印堂书，薄暮晚餐。

阅邸抄，奉上谕：“麟昌着补授文渊阁大学士，管理工部事务。昆冈着以礼部尚书协办大学士。翁同龢、李鸿藻均着在总理各国事务衙门行走。礼部左侍郎钱应溥着在军机大臣上行走。钦此。吏部左侍郎徐用仪，着退出军机大臣，并着毋庸在总理各国事务衙门行走。钦此。”

六日甲戌　晨雨淋漓。马缙卿自邑城来查乡团见过，谈良久行，以只鸡、蘉鱼馈缙卿，受之。日午朝食。缙卿馈姜糕、栗。镇日小雨，薄暮晚餐。入夜访缙卿，长谈至二更归。

七日乙亥　晨雨淋漓。马缙卿行，遣仆往送。日午朝食。高春阴云密布，大雨滂沱，薄暮雨止。夕餐。

八日丙子　天气微阴。理发。日午朝食，天霁。是日趁墟，巡役查获窃贼吴洪顺来案，笞责逐去。薄暮晚餐，入夜见新月。

以新得幼子，成七言绝句四首云：“八月天高桂子馨，孤悬门外喜添丁。笑儿岐嶷差堪慰，入抱呱呱试一听。”“耆年犹得气之春，敢谓商瞿晚育麟。绕膝孀儿欣有弟，待看逐队乐天真。”“嘉名肇锡曰牟稼，旧事重征去复来。谩说双修饶福分，目前娱老弄婴孩。”“熊梦祥占逢六十，而今老去恋儿时。一生襟抱都虚负，赢得清闲倒好嬉。”日前得五言古诗一首，即以“念我”二字为题，附录之云：“念我少年时，今悲复何有。旧事历心头，思来十之九。一自来长江，冷关十年守。职司慎咸鹾，白黑不敢苟。辟地起层楼，结构山之阜。稠木绕池亭，好山当户牖。春涨嫩晴初，秋高新雨后。光景每流连，寄兴诗与酒。古欢日耽玩，摩挲不释手。篆体法斯冰，籀文究蝌蚪。索居叹离群，开径望益友。遮眼常一编，折腰为五斗。伯子归自燕，五千里外走。只因囊空乏，淮上留冢妇。仲子未尝离，晨昏随左右。孺稚二三人，天机资训诱。身世两无补，襟怀半虚负。临流照素颜，太息似蒲柳。忽忽六十载，衰慵竟成叟。身体与发肤，皆受之父母。"

阅邸抄，奉上谕："自来求治之道，必当因时制宜，况当国事艰难，尤应上下一心，图自强而弥隐患。朕宵旰忧勤，惩前毖后，惟以蠲除痼习，力行实政为先。迭据中外臣工条陈时务，详加披览，采择施行。如修铁路、铸钱币、造机器、开矿产、折南漕、减兵额、创邮政、练陆军、整海岸、立学堂，大抵以筹饷练兵为急务，以恤商惠工为本源，皆应即时举办。着各直省将军督抚，各就本省情形，悉心筹画，酌度办法，分析覆奏。将此由驿四百里谕令知之。钦此。"

九日丁丑　天气晴明。得岳恒华重庆书。日午朝食。得王云溪大令贺节书，文移告月之朔日视事。薄暮晚餐，入夜月。

十日戊寅　徐新妇三十初度，其谷拜祖先，合家庆贺。晨夕治汤饼酒食，及家人宴乐。新妇远在吾乡依其舅氏，未能同聚，不免系怀。天气晴明，秋高荐爽，使人意兴勃然。薄暮置酒，全家聚饮，初更散，月色皎洁。杨邦猷献只鸡、粳米、炊饼。

十有一日己卯　天大晴明。日午朝食。散步至关，登楼远眺，下舂归。晚餐，入夜月明如昼，照满窗牖。役费喜自成都还，得晚雏弟书，得杨湛亭、周梅生、朱征三书。湛亭馈馎饦、栗。梅生于七月二十六日得子。得仆邓彬荣县书。得陈元椿书。

十有二日庚辰　天气晴明。日午朝食。得许景山、高石洲、蔡景轩贺节书。宜园忍冬重开，清香扑鼻。萧柏林店内查获窃贼马甲、李乙送案，笞责逐之。薄暮晚餐，入夜月光如水。

十有三日辛巳。天仍晴明。张玉峰馈豚肩、只鸡、粳米、鸡卵、梨、胡桃、橘饼、炊饼，受之，来贺生子，延入坐良久去。日午朝食。赉下走诸媪钱。馈玉峰炙脯、馉偷、茜鸡卵、胡桃。馈徐炳灵炙脯、馎饦、青蚨千枚。馈方正、续泉上人食物，皆悉受。方正馈

糍糕、胡桃、馎饦，续泉馈糍糕、馎饦、橘饼，亦悉受。薄暮晚餐，
入夜月影朦胧。役刘荣、费喜辞赴成都，查夏赵氏诱其外孙女霍严
氏窃逃案。

十有四日壬午　天气晴明。铺民张敬忠十五人馈鸡、鱼、豚肩、
馎饦、胡桃、栗、炊饼，悉受。张鸿逵馈食物，受只鸡、鸡卵，余
却之。旧吏王光远献食物，吏役献食物，皆略受一二。理发。日午
朝食。赍贫民、皂舆人钱。曹万顺馈炊饼、豚肩、馎饦、姜糕，受
之；亦以食物报之。馈铺民糍糕、馅饀、炙脯、胡桃、石榴、梨。
馈朱辅周、张鸿逵炙脯、茜鸡卵、栗、馎饦，皆悉受。得阿子祥太
守、杨耀珊贺节书。薄暮晚餐，入夜月色极佳。

十有五日癸未　天气浓阴。未谒庙，命其谷灶神行香、祀财神。
全家拜祖，贺中秋节。仆媪、吏役、下走皆贺。朝食汤饼。

瞽者杨光亭击琴为蜀歌，曩在成都相识，前岁自成都赴渝，昨
日至此求献技，呼入署，及家人听之。下春家祭，及家人聚饮。瞽
者清歌侑酒，初更后酒阑。赍吏书、仆媪酒食。入夜阃人陈瓜果
拜月。

十有六日甲申　晨雨不止。日午朝食。瞽者仍来署击琴清歌。
其谷生日近，阃人治酒食，及家人聚饮为乐。下春雨益甚，张灯置
酒，二更酒阑。

十有七日乙酉　晨起仍雨。得吴经贻茂才遂宁书。日午朝食。
其谷明日生辰，家中人酿钱治酒食为寿，仍呼瞽者击琴清歌。张灯
置酒，二更酒阑。夜雨淋漓。

初，积得千金拟为晚雏弟纳粟，存周味东处。味东去世，其子
孝怀连年推诿，不为归还。夏间遣仆邓彬赴荣县索取，仍复支吾，
邓彬遂随之赴成都。下春偕孝怀至，令其谷、其颖出见，留宿衙斋，
为具晚餐。得杨湛亭书。

十有八日丙戌　晨阴。其谷生日，合家庆贺，以蒲江石圆砚、
旧瓷印泥盒、竹盒、《袁文笺正》赐之。吏役、仆媪、下走皆贺。朝

食汤饼。呼瞽者击琴清歌。作书致端午君，遣役贺喜持往。张灯，及家人聚饮，初更后酒阑。

十有九日丁亥　晨雨淋漓。日午朝食。诸仆呼瞽者击琴清歌为其谷寿。役旋，得端午君书。下春雨止，晚餐。蔡景轩遣役持书来，馈馎饦、橘饼，以宣纸、纨素索书，以石章属镌。

二十日戊子　晨阴。周孝怀所负千金，与之约按年摊偿二十金，如境遇宽裕，或五十，或百两，孝怀允从书据。留朝食，食已行。得高石洲贺节书。

旧吏王荣贵病瘵两月余，治不瘳，晨间去世。予抱关十稔，吏趋公勤慎不稍懈，悼惜殊深。闺人感寒气痛，康保腹泻，延徐炳灵来诊视，疏方去。薄暮小饮，市虾佐晚餐。换戴暖冠。

二十有一日己丑　天气仍阴。理发。闺人疾稍愈。日午朝食。集《葩经》句作联挽旧吏王荣桂云："高朗令终，戚戚兄弟；朝夕从事，勉勉我王。"飞雨数点，旋止。役钱恒献红豆数枝供瓶中。夕餐，夜雨。

二十有二日庚寅　晨雨不止。先母吴太夫人忌日，致祭。日午朝食。雨止，天气浓阴。薄暮晚餐，夜半雨复淋漓。

二十有三日辛卯　其谷寄徐新妇书，遣役持往遂宁。致杜德玉书，丐其寄往。天气凝阴，宜园忍冬盛开，洋菊亦作花。薄暮小饮，夜半仍雨。

二十有四日壬辰　天气浓阴，时飞小雨。日午朝食。得张雩庵书，即作答。初，设官运四厂四岸，盐船起运皆有委员押运，凡数十员，每月薪水三十金。去岁奉旨节縻费，押运均裁去。雩庵来射厂已十年，差委既裁，拟返成都，书来达知。薄暮晚餐，入夜天霁，朗然见星。

二十有五日癸巳　晨晴。庶曾祖母张太恭人忌日，致祭。日午朝食。何献廷、陈大坤、温行庆来见，坐良久行。薄暮晚餐，入夜星繁满天。

二十有六日甲午　天大晴霁。晨起濯足。院落洋菊大开，棠棣亦放数花，折枝共贮一瓶。下春天复阴，晚餐。

二十有七日乙未　四更大雨，檐溜如注。黎明雨止，天仍凝阴。日午朝食。闺人疾愈，夜不能眠，延徐炳灵来诊视。薄暮晚餐，天霁，夜见星。得端午君书，为寓葛铺除书，即作答。

二十有八日丙申　天大晴霁。得吴君如孝廉书。日午朝食。徐炳灵来为闺人诊视，疏方去。得张麟阁观察、赵达泉、谢品峰贺节书。薄暮晚餐，入夜天复阴，微雨，夜半雨益甚。

二十有九日丁酉　黎明雨止，少选大雨淋漓。日午朝食，雨止，理发。阴云匼匝，雨复淋漓。薄暮夕餐。

阅邸抄，奉上谕："文华殿大学士李鸿章，着留京入阁办事。王文韶着调补直隶总督，并充办理通商事务北洋大臣。钦此。"

九　月

九月建丙戌，朔日戊戌　黎明雨，天气渐凉。未谒庙，命其谷灶神行香、祀财神、拜祖。日午朝食。吴蓬阁刺史遣役持书来，以纸属为绵州营王辅廷都阃长沄作篆书楹联、八分书屏，乘兴挥毫。雨镇日不止。王秀峰月之六日续娶杨氏女为室，请假，以朱笺作八分书联并青蚨千枚赠之，集《葩经》句云："北山有杨邦之媛也，旭日始旦，王曰还归。"薄暮晚餐。

役刘荣、费喜自成都还，夏赵氏诱逃霍严氏均拿获。杨湛亭寄纺女书。

二日己亥　晨雨淋漓。李妾生子，弥月出户，抱子拜祖、拜灶，合家庆贺。朝食汤饼。为王辅廷都阃作篆书屏。龚信以纸求书，为作八分小篆书两联与之。闺人疾愈，仍延徐炳灵来诊视。镇日雨不止，治酒食及家人聚饮，初更后酒阑。夜半雨，淅沥达旦，枕上失眠。

三日庚子　天气浓阴，雨仍不止。王虞甫舍人麟荧，彰明县人，壬辰进士，赴都供职，舟行过此，以会试卷见赠，遣仆来候，亦使仆往答拜，略有所赠。日午朝食。院落秋花将残，删除败叶，宜园拒霜作花。薄暮晚餐。

四日辛丑　连日阴雨，晨起天气开霁。王鉴秋刺史自合州厘局受代还成都，舟行过此，遣仆持刺来候。舟已解缆，不及往诣。日午朝食。为蔡景轩作八分书屏联、小篆书横幅。景轩复以纸属为王辅廷都阃作八分书联，为跋数语。薄暮晚餐，入夜星繁满天。

五日壬寅　天气仍阴。许景山大令奉檄管邓井关船务事，舟行过此，遣仆来候，亦使仆往诣。晨起理发，小雨溟濛。日午朝食。为蔡景轩作篆书屏、行书直幅。夕餐，入夜小雨。

六日癸卯　晨阴。日午朝食。为陈稚兰作小篆书屏、楹联。闺人、赵孺人携周新妇、纺女至盐关，小儿女、两孙随往。王秀峰娶室，因往贺。秀峰治具于烟波楼，留晚饮。下春天气开霁，作书致蔡景轩大令。张灯眷属归，夜见新月。

七日甲辰　晨晴。备文移送夏赵氏、霍严氏，及役刘荣于邑，遣役费喜解往。日午朝食。散步至关，登楼寄兴，下春还。晚餐。得李雅泉书。

八日乙巳　天仍凝阴。得牟惠庵大邑贺节书。得岳恒华书，月之五日专足自重庆持来，为寄徐新妇电信二十二字云："重庆积益谦专送康盐署，母属从泰弟回京，可否，请电覆。"八月二十七日安徽大通发。初，其谷自都还，留新妇依其舅氏家，殊非计。其谷甫归数月，万难令其再行跋涉往迎，且乏资斧。若令新妇久居宁靖斋处，亦非是。反覆思量，只得暂令随其弟同人还京，再徐图归计。命其谷覆电十四字云："大通隆昌纸店寄陵镇，父母命回京。"其谷寄新妇书，更致靖斋书，作书答恒华，丐其速寄，遣来足持还。日昃始朝餐。曾荫腹泻，延徐炳灵来诊视。夕餐，二更雨声淋漓。

九日丙午　晨阴。日午朝食。为岳恒华作八分书屏四巨幅。下春天霁，宜园菊始见华，恰应重九佳节，折供瓶中，对之小饮。市虾，佐晚餐。夜雨，王秀峰来塾。

十日丁未　天气凝阴。为张植臣作八分书纨素。作书致杜德玉、岳恒华，遣役洪泰持往遂宁。日午朝食。钱恒献红豆数枝，供瓶中作案头清玩，丹砂颗颗，攒缀枝头。薄暮小饮，入夜复雨，闺人吹篴。

十有一日戊申　晨阴，湿云密布，雨意甚浓。日午朝食。为蔡景轩作八分、行书、真书纨素，为陈稚兰作钟鼎文小篆书纨素。薄暮晚餐。役自遂宁还，得杜德玉报书。

十有二日己酉　晨晴。理发。日午朝食。延徐炳灵来为闺人诊视。晚雏弟专足持书来，属寄朱提二百金。今岁为纳粟筹画千金，称贷于戚友尚未偿，近日盐行疲滞，入不敷出，实无以应之。命其谷作书答之，遣来足持还成都。晚餐。入夜月色极佳。

十有三日庚戌　晨起大雾，天气仍阴。日午朝食。为其稚、两孙临《千字文》数篇作引式。高春天霁，薄暮晚餐。得曾心荃大令东乡书。

十有四日辛亥　晨飞小雨，旋止。天气浓阴。感寒作嗽，避风不出户。得蔡景轩书。薄暮晚餐，夜大风。

十有五日壬子　风狂如吼，天气甚寒。疾未愈，未谒庙，命其谷灶神行香、祀财神、拜祖。日午朝食。钱万顺卖私盐于走马窑、五显庙，已多日矣，昨日始闻。遣仆率役往查，拘之来。寺僧应修为之寄顿，亦传来。案讯得实，俾荷校。

镇日大风，薄暮晚餐，入夜风定。役刘荣、费喜自邑还。霍严氏案结，其夫登举携归。

十有六日癸丑　天霁。疾稍间，头眩晕。日午朝食。得王石坞观察贺节书。薄暮晚餐，入夜天无片云，月明如昼。

十有七日甲寅　晨起理发，天气晴明。日午朝食。嗽稍止。薄暮晚餐，入夜月色如银，天气寒甚。连日腰肋作痛。

十有八日乙卯　天气晴明。日午朝食。致杨玉行书，作书答杨巽甫，以百五十金偿之，其余五十金与来仆龚信言明让去。阃人患嗽，延徐炳灵诊视。薄暮晚餐，二更月上。

十有九日丙辰　天仍晴明。吴新妇忌日，命其谷、其颖祭之。日午朝食。命其颖作书寄晚雏弟，为庶母陈寄朱提十五金。赉龚信青蚨五缗，更赐以酒食。薄暮晚餐。僧应修患病开释。二更月上。

二十日丁巳　晨阴。杨巽甫来仆龚信辞还成都。日午朝食。院落秋花凋残，删除败叶。薄暮晚餐。

二十有一日戊午　天气晴明。日午朝食。后街有聚赌者，半系街民。缓步往查，使其闻之散去。归来出示晓谕。薄暮晚餐。腰仍作痛，以药针灸之。

二十有二日己未　子刻立冬。天气晴明。其颖明日生辰，合家相贺，晨食汤饼。宜园橘树结实，初红枝头，累累可玩。治酒食及家人聚饮，初更后散。

二十有三日庚申　晨阴，理发。日午朝食。患嗽未愈，延徐炳灵来诊视。致杜德玉书，以其谷寄徐新妇书丐其转寄京师，遣贺喜持往遂宁。得月季花数枝，与菊花共腠一瓶，作案头清供。薄暮晚餐。张玉峰来见，少坐行。

二十有四日辛酉　天气晴明。日午朝食。作书致杨湛亭、李雅泉、杨荆山。致周梅生书贺生子，馈缯帛、手钏。市岩鱼，切片，以沸汤浴而食之，佐晚餐，甚鲜美。入夜星宿。

二十有五日壬戌　晨晴。日午朝食。闻仆邓彬云，明正宣慰司①甲木参梦九②去岁弃世，其子旺恪③应承袭。别十余年矣，致书

---

① 明正宣慰司：清代喀木（即康区）藏族土司，驻打箭炉（康定），又称"康定土司"。
② 甲木参梦九：即甲木参龄，汉名延龄，"梦九"系其字号。《沈贤修印谱》中有"梦九""甲延龄印"二印。
③ 旺恪：即甲木参旺恪，汉名龙光，号云亭。《沈贤修印谱》中有"龙光"一印。"旺恪"，《有泰驻藏日记》中作"恪望"，而沈贤修在丙申五月十日、二十一日日记中，皆作"旺恪"。供考。

询之。宜园水仙开数葩，折供瓶中，清香可玩。薄暮晚餐。

二十有六日癸亥　四更雨，黎明雨止。役贺喜自遂宁还，得岳恒华重庆书，为寓徐新妇八月六日陵阳镇书。邓彬辞往西炉，道出成都，以连日所作书付之。日午朝食，镇日小雨。纺女后日生辰，闰人治酒食，及全家聚饮，初更散。

二十有七日甲子　晨雨，天气浓阴，朝食汤饼。高春雨益甚，檐溜如泻。薄暮家人酿钱，治酒食为纺女寿。围坐聚饮，赌酒为乐，初更后酒阑散。

二十有八日乙丑　天气晴明。是日星复值金斗，日为满，仍以酒醴时羞率全家拜祭。纺女八年依其舅，今夏归宁，是日初度。晨夕治汤饼、酒食以宴乐之，合家庆贺，仆媪、下走皆贺，吏役声爆竹，以双烛为贺。赉两班巡役，下走钱，日午及家人聚饮。方正上人闻纺女生日，以豚肩、爆竹、双烛、糕饼为寿来贺，却之不得，受之，坐良久去。张灯置酒，及家人围坐，赌酒为乐，二更散。夜半作嗽腰痛，起坐良久。

二十有九日丙寅　晨晴。先王母陈太夫人忌日，致祭。复感寒，延徐炳灵来诊视。日午朝食。票厘盐定案每包装二百五十斤，本日，吉中山船载蓬厂中路票盐三十二包，每包多十余斤，实系夹带，传来案。自知悔过，愿以多载之盐充公，从宽免究。

温行庆、喻中山、余润泉、钱尚选等具状，谓钱万顺畏法，恳祈宽宥，许之。僧应修为不善，逐之不准住庙。晚餐。

三十日丁卯　晨晴，嗽稍止。日午朝食。理发。下春天复阴。前日纺女生日，吏书及诸仆媪皆为贺，是日以酒食赉之。院落秋菊只数种，颇有佳色，偕家人赏玩。薄暮晚餐，入夜小雨。

十　月

十月建丁亥，朔日戊辰　疾稍愈。晨阴，谒文昌神、镇江王庙、萧曹社公祠、灶神行香。至盐关镇江王位前行香，登楼小坐。归，祀财神、拜祖，下元节家祭。

便足自成都还，得晚雏弟书，心中郁郁，日昃始朝餐。天气微晴，下春复阴。晚餐，夜雨渐沥。

二日己巳　天明雨止，仍阴。复感寒，避风不出户，延徐炳灵来诊视。日午朝食。购得黄橙十余枚供案头，清香可玩。晚餐。

三日庚午　晨阴，时飞小雨。日午朝食。疾稍瘥，仍避风。小儿其秾，日来见人解笑对之，稍慰愁怀。张灯食薄粥，夜仍雨。

四日辛未　晨阴，听讼，朝食后天霁。料理俗事。王俊臣以事赴邑城请假，许之。薄暮晚餐。疾稍瘥。

五日壬申　天气微晴，晨起濯足，日午朝食，天复阴。仍作嗽，延徐炳灵来视垣。周新妇吹霎，亦为之诊视。趁墟，巡视街市。至盐关，登楼遣怀，下春归。晚餐。得卞启文协戎书，时驻军成都南郊。

阅邸抄，奉上谕："鹿传霖奏，特参贪劣不职各员。四川候补知县沈炘，署大邑县任内盗案甚多，讳匿不报；署冕宁县知县候补通判信元良，贪酷虐民，怨谤沸腾，均着即行革职，钦此。"子克弟筮仕来蜀，蒙刘帅青眼，弟不知勇退，嫉之者遂众。宦海风波，大可畏也。

六日癸酉　晴。料理俗事。日午朝食。连日胃脘不适，延徐炳灵来诊视。高春理发，薄暮晚餐，入夜见新月。

七日甲戌　天仍晴明。晨起，为蔡伯芳作小篆书纨素。日午朝食。为仲业作小楷书，叔惠作八分书纨素。伯芳、仲业、叔惠，皆景轩子也。

金井坝王坤康之女字胥氏，仰药死，景轩大令是日来验，得其书，将过访，为扫榻以待。初更至，张筵，二更酒阑，长谈至四更始寝。

八日乙亥　天气晴暖。留蔡景轩小住，命其谷、其颖、其稚及两孙出见。景轩吾皖人，联梓谊也。为景轩具小食，食已往浸水沟检验。散步至盐关登楼远眺，四壁张墨拓金石文字。下舂景轩至，于楼头张宴。疏星挂树，素月流天，清风徐来，远山含霭。与景轩杯酒清谈，此一须臾，不啻置身画图间，致足乐也。初更后酒阑，踏月归，复谈至三更散。

九日丙子　天气晴暖。复留蔡景轩小住一日，观所藏金冬心梅花册、墨竹、漆书直幅，刘石庵、翁罩谿小楷书，汉镜砖瓦。日午朝食。及景轩登人和寨周览，梁含一、叶德生两茂才，叶子诚荫坤、李凌霄五美、甘爵卿、甘兴周、徐代煜出迎。及景轩点验器械，遍视寨垣，饬首人造具户口清册。下舂还，张灯小饮，及景轩畅谈衷曲。景轩明日行，以朱提十二金赠其稚、曾荫、曾祐，却之不得，令儿孙拜谢。月色皎洁。

十日丁丑　恭逢慈禧端佑康颐昭豫庄诚寿恭钦献崇熙皇太后万寿，五更偕蔡景轩谒紫云宫朝贺，天明归。景轩为人真诚爽直，学问优长，因与之结交。致金兰簿，以先大夫手抄《心经》一本、制白玻璃镜屏及藏香、旧作烟波楼七律十首墨拓本赠之。及景轩朝食汤饼，食已送之登舆行，更以卤簿送之。

端午君遣役持书来，以纸索书，馈诗笺、安息香、荔枝、馎饦，即作书答之。得马缙卿书，亦以纸索书，馈柚十枚。梁含一、甘爵卿、叶德生子诚、李凌霄来见，谈良久行。薄暮晚餐，入夜月光如水。

十有一日戊寅　天仍晴明。初，右臀生核，小如豆，近渐大，不作痛痒，以细辛胡椒末敷之。镇日卧榻上，殊闷损。薄暮晚餐，夜雨淅沥。

十有二日己卯　晨雨，移时止。臀间所患仍以末药敷之，日午朝食，延徐炳灵来诊视。薄暮晚餐，夜雨。阅邸抄，张雩庵奉檄摄崇庆州州同事。

十有三日庚辰　天气浓阴。所患仍用末药敷之。作书致蔡景轩，遣役蒋福持往邑城。先室周宜人忌日，致祭。日午朝食。宜园山茶初放花，折枝与水仙共勝一瓶。薄暮晚餐，夜雨渐沥达旦。

十有四日辛巳　天仍凝阴。臀间所患连日敷药不溃，以阳和膏贴之。日午朝食，理发。购得黄橙供案头，香气扑鼻。晚餐，夜仍雨。

十有五日壬午　雨止，天气浓阴。晨起头眩晕，未谒庙，命其谷灶神行香、祀财神、拜祖。延徐炳灵来诊视，依《验方新编》防眩汤主之。下春晚餐，入夜月光朦胧。

十有六日癸未　晨阴，理发，头眩稍愈。日午朝食。蔡景轩大令遣下走持书来，致金兰薄。景轩七世祖文毅公名悉，字士备，明嘉靖己未进士，历仕至尚宝寺卿。立朝大节载在《明史·儒林列传》。其遗训居身居家格言，景轩重为刊出，以拓篇及景轩乡试朱卷、柚十枚见贻。薄暮晚餐，入夜月影朦胧。

十有七日甲申　天气仍阴。先室周宜人生日，致祭。曾荫生日，以篆文四子书赐之。朝食汤饼。宜园闲步。薄暮及家人聚饮，初更后酒阑。夜月。

十有八日乙酉　晨晴。日午朝食。作书答蔡景轩。薄暮晚餐，入夜星宿，二更月上。

十有九日丙戌　晨起大雾，天气晴明。日午朝食。命其颖作书致晚雏弟，为庶母陈寄朱提三十金。薄暮晚餐，二更月上。

二十日丁亥　天气凝阴。作书致牟惠庵。日午朝食。致杨玉行、湛亭书，为寄盐豉、黄橙。薄暮晚餐，夜飞小雨。

二十有一日戊子　天气仍阴，寒风凛冽。遣役费喜持家书赴成都。日午朝食，料理俗事，薄暮晚餐。徐新妇为其谷寄来电信十九字云："重庆积益谦送康盐署四函到，李妪病，妹弟回京。"徐同人寄其谷书，于九月十三日自陵阳镇至大通，偕其室回京，新妇仍留宁靖斋家；吉人孝廉自京寄其谷书。夜飞小雨。

二十有二日己丑　天气凝阴，寒甚，始着裘。日午朝食，料理俗事。东轩窗下橘熟，摘与家中人分啖。心中不适，罢晚餐。昨日晚雏弟复专足持书来，其谷恐予焦虑，过而始告。

二十有三日庚寅　晨阴。先母吴太夫人生日，致祭。致杜德玉、骆灼三书，以其谷寄徐新妇及吉人昆仲书丐其分寄安徽、京师，遣役贺喜持赴遂宁。吉多三茂才兆熊，玉溪口人，来诣见，从之询吴君如近状，谈良久，以旧作烟波楼七律墨拓及楹联赠之。日午朝食，料理俗事，薄暮晚餐。

二十有四日辛卯　晨阴，寒甚。日午朝食。宜园散步，菊花凋残。下春微雨，旋止。薄暮晚餐，入夜仍飞小雨。

二十有五日壬辰　天气浓阴。日午朝食。严寒特甚，屋中置火。王俊臣不请假赴邑城，已十余日矣，斥革出署。薄暮晚餐。

二十有六日癸巳　晨晴，理发，日午朝食，下春天复阴。王渊如自遂宁来，以时辰表二枚属为修理。薄暮晚餐。钱恒复折得红豆数枝，供瓶中赏玩。

二十有七日甲午　天气浓阴。晨起濯足。先大夫忌日，致祭。日午朝食。宜园散步，薄暮晚餐，入夜小雨。

二十有八日乙未　晨晴，暖日烘窗，作书自遣，日午朝食。院落迎春花放一朵，嫩黄可爱。夕餐，入夜星繁满天。

二十有九日丙申　晨阴。理发。作书致周孝怀，遣役洪泰持赴荣县。日午朝食。天气复寒，闺人作嗽，延徐炳灵来诊视，疏方去。薄暮晚餐。

十一月

十有一月建戊子，朔日丁酉　晨晴。濯足，未谒庙，命其谷灶神行香、祀财神、拜祖。日午朝食。初，授曾荫以《葩经》句属对，自八月至是得百余句，今录存帙。薄暮晚餐，入夜繁星。

二日戊戌　晨阴。日午朝食。闺人嗽复剧，延徐炳灵来诊视，疏方去。高春天霁，役费喜献黄韭、紫油菜，有相识者自成都归，属其携来。薄暮晚餐，入夜星繁满天，寒气袭人。仆徐升疾。

三日己亥　晨阴。濯足，日午朝食。初，得吴君如孝廉书，举其及门奚汝霖茂才湘焘，文学优长，志趣高骞，可为人师。至是作书，丐其转致明岁来塾课读儿孙辈。如允，当具书、币往聘。高春天霁，薄暮晚餐，入夜星宿。

四日庚子　晨起濯足，天气浓阴，朝食说饼。阃人嗽未止，延徐炳灵来诊视。薄暮晚餐。蔡景轩遣勇士持书来，书云："转瞬长至。昔玉局苏公每于二至日，则屏去尘务，息虑闭关，大有裨益。当此中年以往，正当效法讲求。"景轩知我多愁，故以此相规，良友雅意可感。以近作《登烟波楼望贾长江祠》七言绝句六首贻我，诗笔超迈，附录之："长江诗簿辍微响，风雅销沉八百秋。谁识淮南两词客，蓬莱仙侣又同舟。""使君榷署滨江冷，无数松杉映夕晖。我为使君下转语，宁将官瘦换诗肥。""瓶浸池水盛将月，衲挂松梢惹得云。自爱高楼隔尘块，手摸碑版照江濆。""山围废县参差出，水抱雄关日夜洄。一片橹声摇月上，今宵准有贾船来。""主人爱客却常珍，百尺深沱理钓纶。可惜金盘鲈味美，脆羹缺少故乡莼。""多情一见自倾倒，绝业千秋共讨论。更欲一樽酬明月，隔江招取瘦诗魂。"

五日辛丑　晨起大雾，濯足，天气晴明。日午朝食。作书答蔡景轩，遣勇士持还。薄暮晚餐，入夜见新月。

六日壬寅　天仍晴明。日午朝食。读《西炉日记》，追忆往事，恍如隔世，感慨系之。薄暮晚餐。入夜月影半弓，星繁如豆。

故事：凡道府州县以至未入流，无论官职大小，如系祖孙、父子、胞伯、叔侄、兄弟，不能同官一省；如非同官，令官小者回避；系同官，祖孙、父子名分攸关，令其子其孙回避；胞伯叔弟兄，令候补后至者回避。鹿帅下车后，檄布政使、按察使拣委多员，各清各省应行回避之员，至是查明正署候补各官，前严土著，次则回避，凡二百余员，榜示内开幼樵、子穆、子峻、子荫及公起五人。诸弟及公起侄纳粟来蜀，皆系为贫而仕，一旦改指他省，实不易之。予弟晚雏初随之来康读书，迨后弃举案难出仕，屡屡相劝，庶母不从，时常龃龉。今岁掰挡千金为之纳粟，以府经历来蜀。予系盐官，毋庸回避；宜如何谨慎以为后图，而两次书来语言不逊，无如何也。

七日癸卯　天气浓阴。长至节家祭。日午朝食。天气甚寒，薄暮晚餐。用蔡景轩见赠七绝诗元韵，成六首酬之："采采蒹葭水中沚，伊人一别似三秋。尔音金玉我心写，多幸同登李郭舟。""清词丽句才人笔，高咏楼头坐落晖。想见君谟弄柔翰，诗宗岛瘦字胡肥。""酒怀聊醉眼前月，人事看同身外云。独有难忘是结习，无痕诗梦缘江濆。""十年飘泊涪江上，相属舳舻看溯洄。仆本有家在淮水，一帆何日赋归来。""客来沽酒乏殊珍，楼外烟波垂钓纶。我与渊材有同嗜，不嫌性冷恨无蒓。""雷陈友善坚金石，他日相从好共论。感谢嘉言传妙法，闭关息虑养吟魂。"

八日甲辰　天仍凝阴。晨起濯足，日午朝食。烟波楼侧红梅初开，折来与瓶菊、水仙同作案头清供，足资雅玩。薄暮晚餐。

九日乙巳　天气微阴。理发，日午朝食，天霁。瓶梅吐萼，冷艳寒香，足遣逸兴。薄暮晚餐，入夜月色皎洁，延黄树萱来为仆徐升诊视。

十日丙午　晨起天仍阴，朝餐说饼。读张船山诗。宜园散步，黄梅初作花。薄暮晚餐，入夜月色朦胧。

十有一日丁未　天气微阴，日午朝食，高春天霁。宜园橘熟，摘之给家人。薄暮晚餐。役费喜自成都还，得杨玉行、湛亭书；得李雅泉、皇甫锦堂栋书；得周梅生书，赠其秾袜履小冠。得杜小坡、陈元椿书。

十有二日戊申　天气晴暖。存辉妹生日，合家相贺。晨食汤饼。高春理发，下春治酒食及家人宴乐，初更酒阑，月色皎然。仆徐升老病，遣役田富赴成都速其子来视。作书致杨湛亭。

十有三日己酉　天仍晴明。女纹生日。初，蔡景轩以石章十余方属镌，冬窗晴暖，先为正之。日午朝食。仆徐升疾仍未愈，扶病来见，属以静养。晚餐，入夜月明如昼。

十有四日庚戌　天气凝阴。烟波楼侧红梅盛开，折来作瓶中清供，香气扑鼻。日午朝食。观吴秋伊①仿汉印谱，追忆咸丰丁戊岁②在都过从，殆无虚日，讲求章法，矻矻不倦，忽忽三十余年。岁月如流，感慨系之。薄暮晚餐，入夜大风。徐升疾稍间。

十有五日辛亥　晨晴。拜祖、祀财神、灶神、萧曹社公祠、镇江王、文昌神庙行香，至盐关镇江王位前行香。楼左右红梅皆盛开，寒葩冻萼，耐人赏玩。登临凭眺，足旷心目。日午于楼头朝食，下春散步归。晚餐，入夜月明如昼，对此清晖，不忍就寝。役洪泰自荣县还，得周孝怀书，寄朱提四金。

十有六日壬子　天气晴明。王云溪大令自杨桃溪来诣，留晚饮，以事辞，谈良久行。日午朝食。为蔡景轩镌"复园主人"四字方印，"复园"二字作白文，"主人"二字朱文。不捉刀久矣，今日试刻之，验吾目力也。下春竟。薄暮晚餐，入夜月色极佳。仆徐升疾渐差。

十有七日癸丑　天仍晴暖。日午朝食。为蔡景轩仿汉人法作"蔡承云印：宜身至前，迫事毋间。愿君自发，印信封完"二十字白文方印；"近轩亲裁"四字朱文印、方印各一，下春竟。镇日捉刀，目力尚不艰涩，差自慰也。薄暮晚餐。仆徐升之相识史某，遣其重僮王升自成都来，得子宜弟书。二更月色朦胧，夜半月光皎洁。下走谢贵以疾辞归。

十有八日甲寅　天气晴暖可喜。日午朝食。为蔡景轩镌"愿花长好身长健月长圆"十字朱文印，下春竟。晚餐，入夜月。

十有九日乙卯　晨晴。邮雏弟复专足自成都至，庶母书实不近人情，听之而已。得子宜弟书，口授其谷作书答子宜弟。命其颖致

---

①　吴秋伊：名咏之，清中晚期篆刻名家，沈贤修治印深受其影响。
②　咸丰丁戊岁：即咸丰丁巳、戊午（1857—1858）两年。

邮雏弟书。为蔡景轩镌"近轩亲核"四字朱文椭印，"云气多寿"四字朱文长印二，下春竟。天气微阴，晚餐。

二十日丙辰　天气仍阴。更作书致子宜弟，遣来足还。朝餐说饼。为蔡景轩镌"曾经沧海"四字白文方印。心中抑郁，罢晚餐。

二十有一日丁巳　晨阴。右臀生核，近日红肿作痛。日午朝食。为蔡景轩镌"复园珍秘"四字朱文方印。薄暮晚餐。役田富自成都还，徐春生随之来视其父。得杨湛亭书。

二十有二日戊午　晨阴。理发。其谷寄徐新妇书，予亦书数行，为寄朱提十金。作书致杜德玉，遣役洪泰持赴遂宁。日午朝食。为蔡景轩镌"自怡悦轩诗章"六字白文方印。

仆王得元聘唐乾银之女为室，期二十四日迎娶，诸仆以楹联求书，为集《葩经》句作联云："迨其吉兮，式燕且喜；爰采唐矣，以定我王。"盐房吏书两班巡役亦以联求书，集《葩经》句云："唐棣之华，洵美且好；琴瑟在御，告成于王。"二联皆取合两姓，以真书、八分书之。薄暮晚餐。

二十有三日己未　晨晴。右臀所患以药敷之，溃脓少许。仆王得元明日完娶请假，赉冠及青蚨六千。日午朝食。为蔡景轩镌"江左鲰生"四字白文长印，"云章"二字白文方印，下春竟。晚餐。役洪泰自遂宁还，得杜德玉书。仆山云自遂宁至，诣见献食物。下走谢贵以疾辞去，觅胡贵供驱使。得丁子谦经历盛禧书，奉檄摄梓潼镇县丞事，于十月二十八日受任。

二十有四日庚申　晨起，天气晴明。巳刻，仆得元来辞，授室。日午朝食。为蔡景轩镌"蓬莱云"三字白文长印，"云"字朱文小圆章，下春竟。晚餐。

二十有五日辛酉　天气浓阴。晨起心中不适，罢餐。闺人微嗽，延徐炳灵来诊视。薄暮晚餐。仆徐升疾渐愈。

二十有六日壬戌　天气晴明。高祖生日，致祭。日午朝食，濯足。仆得元偕其新妇唐入署拜见，赉以针黹八种，家中人以次递见，皆有所赐。与以酒食，属盐吏郭尚仁室马、旧仆李庚妇、李忠妇孙同饮。薄暮晚餐。

二十有七日癸亥　晨阴。理发。日午朝食。周朗轩来见，少坐行。其稚晨起作呕，延徐炳灵来诊视。为蔡景轩长子伯芳衍芬作"衍芬长寿"四字朱文方印，下春竟。晚餐。

二十有八日甲子　晨晴。日午朝食。烟波楼侧红梅盛开，闺人偕赵孺人、存辉妹、纺纹两女、周新妇，至盐关游玩赏之，其谷、其颖、其稚携两孙随往。为蔡伯芳镌"伯芳画印"四字白文长印、"伯芳"二字朱文方印各一，下春竟。晚餐。眷属于楼头聚饮，张灯归。仆山云辞还遂宁，赍千钱。

二十有九日乙丑　晨阴，食时晴。纺女感寒头痛，延徐炳灵来诊视。日午朝食。笥中检得石章，镌"六十后书"四字朱文方印，下春竟。薄暮晚餐。连日齿痛甚剧。

三十日丙寅　晨阴。右臀所患敷药仍未大溃，纺女疾稍瘥，延徐炳灵来诊视。日午朝食。明年岁在丙申，镌朱文方印①。程寿岱别驾亨吉授太和镇通判，奉檄之任，书来，告月之二十四日上事。院落迎春着花。薄暮晚餐。

十二月

十有二月建己丑，朔日丁卯　晨阴。未谒庙，命其谷灶神行香、祀财神、拜祖。日午朝食，高春天霁。纺女疾愈，仍延徐炳灵来诊视。料理俗事，薄暮晚餐。

二日戊辰　天气晴明。日午朝食，料理俗事。宜园黄梅盛开，花下徘徊良久，一种幽冷之趣，耐人延赏。晚餐。

三日己巳　晨阴，飞雨数点，旋止。左齿痛甚，以汤饼吞之充

---

① 此印钤盖于丙申年日记手稿本首页。

饥。作"六十后书"四字白文长印，下春竟。晚餐，入夜星宿。

四日庚午　天大晴霁。齿痛稍止，右臀所患连日敷药微消。理发。日午朝食。晴窗无事，作"研秋"二字朱文长印赍仆得元，即为之字。薄暮晚餐，入夜星宿。

五日辛未　天气浓阴，小雨如丝。日午朝食。检得素宣纸，以小楷录和蔡景轩七绝六首，景轩元韵亦并书出，为跋数十言于后，将赠景轩。薄暮晚餐，雨止。致程寿岱别驾书，贺受任。

六日壬申　天仍凝阴。昨日为蔡景轩所书横幅有余纸，更缀数语。朝食水角。右臀所患渐消，仍以末药敷之。薄暮晚餐。

七日癸酉　天气浓阴。日午朝食。作书致蔡景轩大令。薄暮晚餐，入夜天霁，见新月。便足至康家渡，岳恒华馈陕西木瓜四枚，色香味极佳，置案头清玩。

八日甲戌　天仍浓阴。以腊八粥献祖、供佛、祀财神。遣役朱继持书赴邑城。日午朝食。命其谷、其颖缮贺年启致诸同僚。薄暮晚餐。

九日乙亥　晨阴，日午朝食，天霁。宜园山茶开百余朵，绚烂可观。薄暮晚餐，入夜月色皎洁。致丁子谦二尹书，贺受任。

十日丙子　晨霜敷瓦，大雾，天气晴暖。理发。朝食馉馀。作书致李湘泉贺饯岁。晚餐，入夜月。作书致岳恒华贺饯岁，馈风鸡、蘶鱼、麦酱。致杜德玉书，馈蘶鱼、风鸡、馎饦，遣役蒋顺持往遂宁。

十有一日丁丑　晨大雾，天仍晴明。上书王石坞观察，申缴签验票二百张，上石坞书贺饯岁，遣役费喜、洪泰持赴泸州。日午朝食。程寿岱文移，奉上官檄，准礼部咨："本年十二月十九日乙酉，宜用午时封印吉；二十二年正月十九日甲寅，宜用辰时开印吉。"得马缙卿书，即作答。为林芗溥作小篆书纨素。渔人潘海献鱼六十斤，给以值。晚餐，入夜月。

十有二日戊寅　天气浓阴。其谷告，昨日邮雏弟复专足至，来信劝勿阅。日午朝食。作书致周梅生、牟惠庵、皇甫锦堂。薄暮晚餐。

十有三日己卯　天仍凝阴，大风寒甚。日午朝食。作书致杨湛亭，为寄醃鱼、风鸡、醃腰，寄喜儿、贞儿朱提四金。薄暮晚餐。役蒋顺自遂宁还，得杜德玉、骆灼三书，馈干柿、红枣、木瓜。致蔡景轩书贺饯岁，馈酒双樽、鲜鱼、糍糕、香橼，遣役刘荣及下走胡贵赍往。江小淮大令继祖移文，告奉檄管射厂分局官运事，于十一月二十二日视事。

十有四日庚辰　晨飞小雨，天气极寒。日午朝食。命其谷作书寄子宜、邮邹弟，为庶母陈寄朱提六十金。薄暮晚餐。役刘荣自邑还，得蔡景轩谢书，朱继亦还。景轩文移，本年俸薪养廉银七十九两九钱零二厘，养廉内核扣三成军需银十八两三钱六分。

十有五日辛巳　天雨。未谒庙，命其谷灶神行香、祀财神、拜祖。日午朝食。书堂皇外春联，仪门云："岁熟年丰，且逢修丙；民安物阜，福自天申。"仪门内楹柱云："寿星见丙，太岁在申。"大堂云："万物著丙明，比户咸歌泰运；庶政宣申旦，临民益自观心。"左右楹柱云："岁德在丙；天锡生申。"二堂云："涵养耆年，篆摹鱼丙；从容暇日，居接燕申。"正室联云："丙舍联欢，添丁乐岁；申生祝嘏，稚子嬉春。"薄暮晚餐。

端午君二尹检验于走马窑，事毕来诣，为设榻留住。备晚餐，以齿痛命其谷款待。入夜齿痛不可忍。

十有六日壬午　晨阴。齿痛稍止，及端午君畅谈。为备朝食，食已行。遣役王彪持家书赴成都，十二日来足亦遣之还。仆徐升疾愈，辞还成都。仆年七十余，归家可以静养，许之，赉青蚨四缗，拜辞而去，其子春生随之行。

上张霭青、张麟阁观察、阿子祥太守书，致杨耀珊、赵达泉、谢品峰、曾心荃大令书，致王云溪、高石洲、江小淮、庆印堂、丁子谦、端午君书，皆贺饯岁。致程寿岱别驾书，馈朱提十金，遣役王鉴持往太和镇。

齿痛未愈，延徐炳灵来视垣。薄暮晚餐。天气大寒，屋中置火。夜半齿大痛。

十有七日癸未　天仍凝阴。齿痛仍不止。日午朝食。周新妇有身两月，申刻堕胎。役王鉴自太和镇还，得程寿岱答谢书。晚餐。

十有八日甲申　天气凝阴。齿痛止，理发。日午朝食。得王云溪大令书贺饯岁。雨细如丝。

阅邸抄，奉上谕："刘坤一着回两江总督本任，张之洞着回湖广总督本任。钦此。"天津电信："金州、旅顺、大连湾等处于十一月初六、初七等日次第收回，辽地一律退清。"薄暮晚餐。

十有九日乙酉　晨飞小雨。午刻，朝衣冠拜阙，拜印、封印、升堂皇，受吏役贺。拜祖，合家相庆。朝食。蔡景轩遣役持书来贺饯岁，馈雉、羊肘、醃鸭肫、茶，作书答谢。薄暮晚餐，赉吏役、仆媪酒食。夜半天霁，月色如昼。

二十日丙戌　晨晴。除正室尘。日午朝食。天仍凝阴，寒甚。薄暮晚餐。

二十有一日丁亥　晨雨，檐溜有声。日午朝食。未刻立春，天霁。薄暮晚餐。

二十有二日戊子　天气微阴。晨起濯足，日午朝食，料理俗事，薄暮晚餐。入夜天霁。读吴梅村诗。

二十有三日己丑　天仍凝阴，日午朝食，高春天霁。宜园山茶盛开，花光照眼，耐人延赏。薄暮晚餐，祀灶。

二十有四日庚寅　天气浓阴，朝食汤饼。馈方正、续泉食物，馈徐炳灵炙脯、羹鱼、青蚨千枚，皆悉受。薄暮晚餐。

二十有五日辛卯　晨阴。雨细如丝，麦豆待泽方殷，足慰民望。理发。朝食说饼。曾祐大指、食指间红肿作痛，有疡医李孟银，延之来诊视，用药敷之；更延周朗轩、徐炳灵来诊视。得杨耀珊、谢品峰、丁子谦书，贺饯岁。薄暮晚餐，夜雨，淋漓有声。

二十有六日壬辰　雨止，天仍浓阴。作书致端午君，馈风鸡、糍糕、冬笋、醃鱼、淡巴菰，遣役贺喜赍往。杨邦猷献醃豚蹄、杬子，以风鸡、鲞鱼报之。日午朝食。人和寨首士甘兴周、徐代煜、周自晖、胡亨贞，馈鸡、鹜、豚肩、黎元、蜜枣、香橼片、菱角、糖，悉受。吏役献食物，略受一二。以青蚨二十九缗给家中人度岁，赍仆媪、下走钱。薄暮晚餐。

役费喜、洪泰自泸州还，奉王石坞观察檄，发签验费银二百三十九两一钱。得李湘泉、何又晋、张仁山书贺饯岁。又晋奉檄复管理收支所事。夜雨淋漓。

二十有七日癸巳　晨雨犹不止。日午朝食。铺民张豫丰等馈豚肩、香橼、馎饦、橘饼、黎元、蔗霜、蜜枣，受之。役贺喜还，得端午君报书，馈建昌鸭、馎饦、黄韭、干菌。鸭纯黑色，红眼，长喙，宽尾，饲之。薄暮晚餐。

入夜，役王彪自成都还，告庶母陈携邮雏弟于月之二十三日自成都首途来此，子荫弟亦随之来。得杨玉行、湛亭、周梅生书。玉行馈盐鸭、馎饦、丝、枣，奉檄委管万县货厘局事，期明年正月八日买舟东下，湛亭随之往，留眷属于成都，度岁后遣仆来迎纺女还。雨声淋漓，院落积水。

二十有八日甲午　晨雨止。得庆印堂书，馈糍糕、橘，即作答，亦以食物报之。理发。继母张太夫人忌日，致祭。方正上人馈糍糕、醃薤、馅馈、米糕，受之。馈周朗轩、甘兴州糍糕、炙脯、鲞鱼、橘饼、馅馈、姜糕。馈铺民亦如之，皆悉受。赍皂隶、舆人、藿人及贫民钱。日午朝食。遣仆以篮舆，率役往迎庶母陈，为设榻正室右屋。薄暮，庶母陈率子荫、邮雏弟至盐关，坚不入署。遣仆更番往，不从命。其谷劝之，张灯始携两弟来。逆来顺受，无如何耳。合家相见，谈家事，二更晚餐。得岳恒华书，馈银鱼。

二十有九日乙未　四更起，内外张灯，五更以少牢祀神祇。天明小雨，及子荫、邮雏弟谈良久。日午朝食。率家人陈设果饼于正室案，悬先大夫遗容，不禁悲恸。遣仆李忠至关，谒镇江王位前致祭。张灯设馔，祭祖，及家人团圞饯岁。遥忆徐新妇远在吾乡依其舅氏，不免系怀。赍吏役、仆媪酒食。

夜雨围炉，得七绝四首云："念我生年值丙申，来朝岁序及兹辰。酒阑烛炧将残夜，过此周回六十春。""一炷炉香守岁华，逢逢衙鼓听频挝。闭门难觅惊人句，撚断吟髭手自叉。""绕膝儿孙娱眼前，喁喁逐队话新年。当筵一笑差堪慰，暂撇千愁百虑牵。""十年宦况苦经营，垂老徒伤世上情。一寸心田谁识得，养生无术叹劳生。"

光绪二十二年丙申

—

正　月

　　光绪二十有二年岁在丙申，正月建庚寅，元日丙申① 天明雨止。于堂皇拜神祇，设位于紫云宫，朝衣冠朝贺毕，谒关帝、镇江王、雷神、火神、日月神、文昌神、龙神，盐关镇江王位前行香。诣绅民贺年，皆投剌。诣萧曹社公祠、灶神行香。陈五经四子书于案，拜至圣先师。祀财神，偕家人拜祖，合家贺年，吏役、仆媪、下走次第拜贺。

　　铺民张春元、张豫丰、曹万顺、张鸿逵、杨大川、何茂光、萧柏林、马玉成、余润泉、王福全、温行庆、何锡三来贺年，续泉来贺年。及家人朝食汤饼。天气浓阴。下春设馔祭祖，张灯及合家聚饮，二更酒阑。伏枕失眠，披衣起坐。

　　二日丁酉　晨雨淅沥，天气甚寒。连日心中懊恼不适，呼其谷、其颖至前，述家事。甘虎臣、黄子清来贺年，少坐行。祀金轮如意财宝天王像，偕全家拜祭。日午朝食。周朗轩、黄树萱、徐炳灵、张楷峰、甘福畴来贺年，旧吏王毓槐来贺年。

　　船户符全盛、富顺合等十四人，运射厂票盐一千五百二十三包，除夕未及到关，是日至请验，许之，献豚肩、蔗霜、橘饼、蜜枣、黎元，受之。薄暮及家人聚饮，初更后散。

　　酉刻地动，自东北而来，凡数摇，几榻、窗牖皆飒然有声，偕

---

① 光绪二十二年正月元日，即公元 1896 年 2 月 13 日。

家人避于院落。

三日戊戌　天仍凝阴。日午朝食。兀坐书斋，闷损已极，其谷、纺女为宽譬愁怀。罗兴发运射厂票盐五十包到关，为之盘验放行。薄暮晚餐。曾祐手指所患溃脓。

四日己亥　天大晴霁。何德卿、何献廷、曹吉寿来贺年，少坐行。朝食说饼。庆印堂简来，招六日晚饮，辞不赴，作书答谢。张灯及家人聚饮，入夜星繁满天。

五日庚子　天气微阴。理发。李陶臣来贺年，坐良久行。郭玉堂来贺年，少坐行。是日晚雏弟生日，为庶母陈贺。朝食汤饼。高春开霁，子荫、邮雏弟偕其谷、其颖、其稚携两孙至关，登楼远眺，下春还。张灯及家人聚饮，二更酒阑，见新月。晨餐，落第八齿（右上第四。三十三年三月二十五日改）。

六日辛丑　天气微阴。及子荫、邮雏弟谈良久，勖以居家处世之道。日午朝食，天晴。舟子协顺合、蓝庆合、蓝万泰运射厂票盐三百十五包，除夕亦未及到关，是日至，为之盘验放行，献豚肩、黎元。张灯及家人聚饮，初更后酒阑。

上巡盐茶道公牍，以去岁自正月至十二月所过中路道票八十七张汇缴。

七日壬寅　四更雨声淋漓，天明止。子荫弟先还成都，为备装，辰刻首途，送之登舆。日午朝食。宜园山茶第二树始作花，先开一树，花放数百朵，足称大观。薄暮及家人聚饮，初更后酒阑。

八日癸卯　天气微阴。得吴君如孝廉书，奚汝霖受聘，岁试毕，由郡来塾。即作答，遣来足持还。赵孺人欲携存辉妹随庶母陈还成都，挽留至再，以大义晓之，固执不从，无如何也。朝食汤饼。左下第六齿作痛年余，苦楚万状，申刻脱去，计落第九枚也。舟子曾正顺运射厂票盐十六包到关，亦为之验放。张灯及家人聚饮，初更后散。夜坐无聊，读吴梅村诗。

九日甲辰　晨晴，理发，朝食汤饼，高春天复阴。盆兰发花十蕊，置案头赏玩，清香扑鼻，耐人领略。陈孺人明日还成都，治酒食饯别，及家人聚饮。张灯开筵，初更后散。曾祐手指所患渐愈。

十日乙巳　恭逢皇后万寿，设位于紫云宫，五更步往朝贺，黎明归。天气仍阴。以朱提四十金赠陈孺人，更为备装，辰刻携邮雏弟首途，率家人拜别，送之登舆，遣役田富送至成都。日午朝食。

船保李焕廷来见。舟子保和丰运蓬厂票盐六十五包至关，为之验放。得马缙卿书贺饯岁。周新妇体中不适，延徐炳灵来诊视。得贴梗海棠数枝，供瓶中清玩。薄暮及家人聚饮，夜月朦胧。巡街市。得阿子祥太守、赵达泉、许景山、曾心荃大令书。

十有一日丙午　晨晴。日午朝食。兰花复开两盆，一着花十五蕊，一着花十二蕊，置案前，香气随风，往来不散。薄暮及家人聚饮，初更后散。

十有二日丁未　晨阴。仆得元请假，为其外姑贺年。日午朝食，天气开霁。宜园贴梗海棠、桃花含苞欲吐，春色至矣。杨玉行遣徐媪自成都至，来迎纺女。得湛亭书，随玉行于月之八日，舟行赴万县厘局。徐媪献饽饳、盐鸭、草簟；媪，徐升妇也，徐升还成都，疾大瘳。薄暮及家人聚饮，初更酒阑。仆山云自遂宁至，仍来供役。

十有三日戊申　晨阴。感寒。得小蟹数辈，大如钱，畜之水注。朝食汤饼。何崎山家盆兰开极茂，假来赏玩，凡二十余蕊，与自蓄数盆并列座右，清香迎人，聊以自遣。仆得元归。薄暮及家人聚饮。官运舟子柯荣山运南岸盐八百包到关，为之验放。入夜月色皎然，伏枕不眠。

十有四日己酉　天气晴明。疾稍瘥。日午朝食。闺人右胁气痛，延徐炳灵来诊视。吉多三茂才馈炊饼两元。薄暮晚餐，鱼龙灯戏来堂皇旋舞。

十有五日庚戌　晨阴。疾尚未瘳，未谒庙，命其谷灶神行香、祀财神、拜祖。日午朝食。舟子魏复顺、兴顺复兴祥，买射厂票盐三百五十七包，除日已纳厘而盐未收齐，未及到关，是日始至请验，许之，献豚肩、蔗霜、桃仁糕。

上元节，设馔祭祖，张灯率家人聚饮。念及纺女将还成都，其谷亦须回皖视徐新妇，人生聚散无定，不禁悲从中来，潸然泣下，为之不乐。初更后酒阑，月影朦胧。鱼龙灯戏、狮戏来署献技，更有车灯，扮女童坐车内，两人推挽，曼声而歌。铙鼓喧阗，升平气象。二更以汤中牢丸献祖。

十有六日辛亥　天气晴明。理发。撤正室果饼。遣役洪泰至杨桃溪邀张宇田，高春至，明日为第六子其秾放牛豆，留宇田小住，谈良久。蔡景轩遣役持书来，以纸索书，更撰联句见赠，以行书书之，属刊悬于烟波楼，以志鸿爪。联云："乃公现宰官身，曾为众生说法；斯楼通帝座气，定多妙句惊人。"薄暮晚餐。盆兰又开两盆，一六蕑，一五蕑。

十有七日壬子　月有食之初亏，丑初初刻十分；食甚，丑正二刻八分；复圆，寅正初刻七分。子刻起，护于堂皇，延僧众导师诵经，坐以待旦。天气晴明。朝食后，延张宇田为其秾放牛豆，以干痂点放，两臂各三粒。

景轩藏高庙①端砚一方，御制铭词云："寿古而质润，色绿而声清。起墨益毫，故其宝也。"印文"万几余暇"四字。景轩作铭词属予书，将刊于盖，因以小篆横书"纯庙②研铭"四字于上，铭词以八分书于下云："是惟径寸之石，胡生万丈光芒？非良璧兼金所敢拟，乃中涓典宝之所藏。臣承云谨什袭而无敢僭用些，愿世世万子孙永宝以毋忘。"初，以所藏峨眉小寺殿壁铜佛一尊赠景轩，至是制木龛属予作跋，以真书书之。薄暮及家人聚饮，夜月朦胧。

十有八日癸丑　晨阴。张宇田还杨桃溪。日午朝食。作书答蔡景轩，遣役持还。小雨溟濛，薄暮晚餐。得牟惠庵、张霅庵、李雅泉书，得程寿岱别驾书。

---

① 高庙：清高宗弘历，即乾隆皇帝。
② 纯庙：与"高庙"义同，指乾隆皇帝。

十有九日甲寅　天气微晴。辰刻开印，朝衣冠望阙行三跪九叩首礼，拜印，升堂皇，受吏役贺，籍吏役名点卯。拜祖，合家相贺，仆媪、下走皆贺。日午朝食。得杏花、玉兰数枝供瓶中。宜园贴梗海棠开放，碧桃初花，山茶盛开，风日和煦。大好春光，使人意兴勃然。呼谷儿、纺女至前，谈家事。薄暮晚餐。得端午君书。

二十日己卯　晨雨淋漓。作书答端午君，遣来役还。作书致马缙卿千戎，遣役洪泰持往邑城。日午朝食，雨甚，檐溜有声。昨日开印，以家人斋食，是日治酒食全家聚饮，初更后酒阑。闻雁。

二十有一日丙辰　晨阴，天气复寒，日午朝食。案头盆兰盛开，扑鼻香来。纺女来斋中，谈及将行，盈盈落泪，使我愀然。薄暮及家人小饮，初更散。役洪泰自邑城归，得马缙卿书。

二十有二日丁巳　晨飞小雨。其秫两臂所种牛豆皆微作红色，遣役蒋玉赴杨桃溪，至张宇田处告之。日午朝食。纺女来斋中坐良久。薄暮晚餐，赉吏书、仆媪酒食。夜雨淋漓，作书致杜德玉、岳恒华，以其谷寄徐新妇书丐其转寄安徽，遣役洪泰持赴遂宁。

二十有三日戊午　晨阴，理发，日午朝食。纺女来斋中坐谈，薄暮晚餐。奚汝霖茂才湘焘[1]应岁试自郡还，舟行至此来诣，为除舍置榻，期明日入塾。夜雨达旦，天气甚寒。

二十有四日己未　晨雨止，天仍浓阴。率其谷、其颖送其稚、曾荫、曾祐从奚汝霖读书，拜至圣先师，及汝霖谈良久。日午朝食。至关，诣镇江王位前行香，拜旗开关。登楼眺望，桃始华，隔岸菜花初黄，亟望晴也，高春归。薄暮治酒食宴奚汝霖，其谷、其颖侍座，初更后散。

下春，欧洪顺、四顺合运蓬厂票盐二百八十六包至关，为之验放，献豚肩、橘饼、蜜枣、蔗霜、瓜片。役洪泰自遂宁还，得杜德玉、骆灼三书，以纸索书。

---

① 　奚汝霖：名湘焘，蓬溪县茸山乡玉溪口（今属重庆市潼南县）人，民国时曾任潼南县文献委员会委员长。

二十有五日庚申　晨阴，濯足，日午朝食。为蔡景轩作擘窠书"善积名彰"四字、"味谦堂"三字，字二尺余。薄暮晚餐。马缙卿千戎自邑城来查乡团见过，少谈行，以只鸡、鼍鱼、鸡卵馈缙卿。入夜诣缙卿，谈良久归。

得景轩书，布政使牌示，周绅之大令饬赴蓬溪县任，景轩回罗江县任。书来道及，行将别去，颇觉恋恋，知我因家事烦懑，其切念怀，反覆宽解。良友雅意可感。以酒食责欧洪顺、李四顺合，今日以事勾留，未解缆。

二十有六日辛酉　晨微晴。为家耀卿作行书纨素，诣送马缙卿，少谈归，朝食。复为蔡景轩作"道南精舍"四大字。下春天仍阴，晚餐。入夜星繁满天。张宇田自杨桃溪来视其秾所种牛豆，两臂六粒皆出，已成浆。

二十有七日壬戌　晨大雾，天气晴明。留张宇田小住。日午朝食。闺人、赵孺人携女纺、纴、纹、周新妇、存辉妹，至盐关游览，其谷、其颖亦随往。下春，其稚、曾荫、曾祐下学，遣人亦送之至关嬉戏。及奚汝霖少谈。薄暮眷属归，及家人聚饮。得汪民怀刺史成都书。夜雨片时。

二十有八日癸亥　晨阴。张宇田为其秾视牛豆，浆已渐干。为宇田备小食，食已还杨桃溪。理发。日午朝食。案头兰花齐放，清香满室，耐人赏玩。宜园棠棣、麝干作花，墙外柳条舒翠，大好春光，镇日匆匆，未免辜负。薄暮及家人小饮。田富自成都还，得子宜、邮雏弟书，陈孺人于月之十四日抵家。

二十有九日甲子　天气仍阴。日午朝食。作书致朱序东太守大铺。序东，吾乡人也，癸巳顺天举人，以知府筮仕来蜀，在都与其谷相识，且承关注。致杨玉行、湛亭书。薄暮及家人聚饮，纺女将行，杯酒间盈盈落泪，增我愁怀，不禁潸然。初更酒阑。

三十日乙丑　晨阴，日午朝食。作书致子宜、晚雏弟，为陈孺人寄朱提十七金。致员海涵、曾敬亭书。闺人治酒食为纺女饯别，合家聚饮，初更酒阑。

二　月

二月建辛卯，朔日丙寅　天气微阴。未谒庙，命其谷灶神行香、祀财神、拜祖。其秫牛豆结痂。役朱继举李富供役，许之，谒见。日午朝食。予于乙酉岁之任，赵孺人携存辉妹相偕来署，同聚十有一年。正月听陈孺人言欲回成都，劝之至再，不从，至是见纺女将行，必欲同行，存辉妹亦随之往，期三日首途，以朱提数金赠之。其谷及其颖夫妇治酒食为饯别，上灯置酒，予亦同聚，初更后酒阑。

二日丁卯　天仍微阴。吏役于萧曹庙赛神，往行香。日午朝食。蒲化南銎及犹子俊勷家彦，岁试同案入庠，相偕来见，坐良久行。化南，超然之弟也。春兰开三蕚，与雪兰并列座右，扑鼻香来。纺女明日将行，以朱提二十金与之。为赵孺人备装。下舂，治酒食及家人围坐聚饮，初更酒阑。纺女依予侧挥泪不止，予亦泪下。

三日戊辰　晨起，天大晴霁。文昌神诞日，谒庙行香。巳刻，赵孺人、存辉妹、纺女启程，拜祖，辞别家人，送之登舆，遣仆山云及役王喜送至成都，仆得元送至太和镇，徐媪及其子福儿亦随还。去岁夏五，纺女归宁，倏忽九阅月。予以家事，时在愁中，女朝夕侍侧宽慰，竟未得一日欢。以后相聚，殊难预定，独坐斋中，悲从中来，颇难自解。薄暮晚餐，入夜星宿。

四日己巳　天仍晴明，春日融和，渐有暖意。日午朝食。宜园山茶开尤繁盛，鸟语啾啁，春光明媚，闲庭独步，触绪纷披。下舂，仆得元自太和镇归，纺女、赵孺人、存辉妹途中安稳，纺女思念予不置，昨日抵逆旅，时时啼泣，闻之凄然。晚餐，入夜星宿。

五日庚午　天仍晴明。晨起理发。甘爵卿第五子赞臣治国入武庠，其兄虎臣率之来见，坐良久行。朝食说饼。为蔡景轩写梅花纨素。得范方舟遂宁书，以纸索书，为寄徐新妇去岁十二月十六日书，予两次寄去朱提均收到，以病目数月未能寄信。系念正切，今日书来，远怀稍释。晚餐，入夜繁星。

六日辛未　晨晴，食时阴，大风。街市建醮，禁屠宰五日。为家缦云写梅花纨素、丽卿桃花聚头，下春竟。晚餐，入夜风仍未定。小雨，三更雨甚，檐溜有声。

七日壬申　雨仍不止，间以雪，天气甚寒。日午朝食。烟波楼侧种双瓣桃花，一株始华，折来媵以红白山茶、棠棣、辛夷、麝干、贴梗海棠，杂供诸瓶，与盆兰并列案头，烂漫可观。高春雨止，薄暮晚餐，入夜仍飞小雨。

八日癸酉　雨细如烟，春寒特甚。日午朝食。张宇田自杨桃溪来。得张麟阁、王石坞观察书，得程寿岱书。薄暮晚餐，夜仍雨，淅沥有声。

九日甲戌　天气微晴。张宇田还杨桃溪，以青蚨三缗赠之。令其颖夫妇移住赵孺人所居之室。日午朝食。作楷书为其稚、曾荫、曾祐引式。下春天霁，晚餐，入夜月。

十日乙亥　天气仍阴。其秾牛豆痂落竟。日午朝食。蔡景轩遣役持书来，告周绅之于九日受任，景轩拟十二日赴渝城为张霭青观察寿，以绢素属写佛像。笥中检得磁青绢，以泥金屑为写无量寿佛一躯，更绘达摩像一躯。镇日挥毫，下春竟。得家耀卿书。晚餐。作书答景轩。

十有一日丙子　晨起大雾，天气晴明。命其谷赴邑城访蔡景轩、周绅之①两大令，卯刻登程。日午朝食。得庆印堂书，即作答。薄暮晚餐，入夜复阴。绅之又字味西。

十有二日丁丑　天气微阴，日午朝食，天霁，下春复阴。晚餐，入夜仍晴，月色皎洁。是日延导师四人讽经谢土。

十有三日戊寅　天大晴霁。日午朝食，料理俗事。宜园散步，

---

① 周绅之：即周学铭，字味西，又字绅之，安徽建德人，翰林院庶吉士。光绪二十三年
（1897），以蓬溪县知县任总纂，主修《蓬溪县续志》十四卷首一卷。

视仆辈播种花子。薄暮晚餐。其谷自邑城还，蔡景轩留小住衙斋，于昨日赴渝，周味西亦晤面。夜月皎然。

十有四日己卯　天仍晴明。晨起濯足。日午朝食。定生慧龛北窗外编篱树架。江小淮大令奉檄管仁岸官运盐务事，舟行过此投刺，亦遣仆往候。去岁甘肃循化、河州、西宁回匪猖乱，灾黎遍野，程寿岱别驾来书云，奉上官书，倡议恤邻，办理义赈，劝士大夫、商民量力捐助赈济，予捐八金。作书答寿岱，遣役赍往。

舆夫马永大还，得纺女第一书，于月之七日抵成都，沿途平安；得邮雏弟书，赵孺人亦抵家。去岁十一月，吴繁禹观察奉檄赴夔州府榷百货厘，邀晚雏弟随往襄理。近闻鹿帅课吏，遂自夔州由小北路旋行省，纺女、赵孺人遇于途，遂同行。晚餐，夜月。其秾受风多涕。

十有五日庚辰　晨阴。未谒庙，命其谷灶神行香、祀财神、拜祖。朝食。宜园紫牡丹含苞，寝室院落粉牡丹亦含五苞。天霁，晚餐，夜月玲珑。其秾体热。

十有六日辛巳　晨阴。其秾疾愈，延徐炳灵来诊视。日午朝食。蔡景轩以聚头属为王辅廷都阃书画，乘兴写梅花一枝。晚餐。

十有七日壬午　天气浓阴，复凉。候雁北。理发。日午朝食。家蓉生懋修，耀卿叔也，以端午君绘罗汉纨素索题，为之赞云："长眉低弹，跏趺而坐。经卷列前，驯猊伏左。心不生灭，故无我我。放下蒲团，佛所印可。"薄暮晚餐。

十有八日癸未　天气微阴。日午朝食。盆兰犹开，时有香来。为王辅廷书聚头，为家蓉生作八分书联。薄暮晚餐，二更月上。

十有九日甲申　天仍微阴。日午朝食。作书致家耀卿。致周味西大令书，贺受任。文移解秋审帮费银十金，遣役蒋玉持往邑城。宜园闲步，棠棣、麝干盛开，薄暮晚餐。得岳恒华重庆报书。

二十日乙酉　晨微晴。日午朝食。李先荣等公举李远俊充天福镇客长，许之。远俊来上谒，见之。薄暮晚餐，夜雨，旋止。

二十有一日丙戌　晨晴，少选复阴。院落牡丹放一花。日午朝食。役蒋玉自邑城归，得周味西、家耀卿报书。薄暮晚餐。闻子规声。

二十有二日丁亥　晨晴。清明节家祭。日午朝食。天复阴，薄暮晚餐，夜雨淋漓。

二十有三日戊子　晨晴。作书致杜德玉，以其谷寄徐新妇书丐其转寄，遣役刘荣持往遂宁。日午朝食，天复阴。薄暮晚餐，入夜复雨，三更止。

二十有四日己丑　晨阴。为洪士安广文尔谧作八分书聚头。日午朝食，天霁。为马缙卿作八分书屏四幅及楹联，为刘敏生治襄作八分书屏，为杨晓东作小篆书联，镇日挥毫。薄暮晚餐，入夜星繁满天。

蔡景轩大令回任罗江，再叠见赠元韵，即送之行。检得素笺，以小楷书之："期月蓬莱传治谱，仁声善教足千秋。看君九万抟风上，笑我坳堂一芥舟。""樽酒论文成往事，笔情诗境似元晖。小楼特起烟波里，题句群推蔡合肥。""夹岸桃花红带雨，沿溪杨柳绿垂云。送君无限晨星感，离绪偏萦涪水濆。""旧治罗江今又到，芙蓉溪畔水潆洄。（芙蓉溪在县治南。）花开一县双旌转，黎庶赓歌何暮来。""令子欣夸席上珍，才名挺出比卢纶。政成余事付家督，林下优游好采莼。""萍踪聚散原无定，暂得今宵对榻论。春水绿波春草碧，江淹赋别最销魂。"

二十有五日庚寅　晨晴。院落牡丹复放两花，绚烂可观。得程寿岱别驾书。日午朝食。自乙亥春受任以来，至乙未冬止，共得诗一百九十九首，命其谷以楷书录成帙。为范方舟、骆灼三作八分书屏各八幅，为方舟作八分书联。薄暮晚餐。仆山云及役王喜自成都还，得纺女第二书，得子宜、晚雏弟书，纺女为予寄馌饨。入夜星宿。

二十有六日辛卯　天大晴暖，始着棉。院落牡丹又放两花。日午朝食。为冯树轩作八分书屏八幅，为骆灼三作八分书联、清杰八分书屏四小幅，下春竟。晚餐，入夜星宿。

二十有七日壬辰　天气晴明，着裌衣。理发。命其谷作书寄纺女，予缀数语，明日赴邑城丐蔡景轩携至成都。日午朝食。天气忽热，不类仲春。检收御寒衣裳，以裘数袭赐其谷。薄暮晚餐，入夜星繁如豆。

二十有八日癸巳　天气晴明。呼肩舆赴邑城，诣送蔡景轩话别。卯刻发康家渡，三十里至水井沟小憩，三十里至明月场朝食。天气甚热，刑房满吏田羡阳来见。十五里至姚家坪小憩，十五里至蓬溪县，入西门。诣周味西，谈良久，晤其幕宾徐渔卿夔，旧相识。适景轩自重庆归，为设榻桐桂轩，留小住。访家耀卿及陈稚兰，晤景轩族叔瑞堂麟征。及景轩、稚兰、瑞堂晚饮，谈至四更始寝。

二十有九日甲午　天气晴热。蔡景轩来谈，其子伯芳衍芬、叔惠衍恩及其孙曾源、高源出见，以荷囊赠其两孙。徐渔卿、家耀卿来谈良久，以所书折叠扇画佛及绣字镜囊福寿字方囊赠景轩，共景轩、耀卿、陈稚兰、瑞堂朝食。杨肯堂孝廉来诣，少坐行。下春，诣丁树齐不值，诣马缙卿，赴东乡查团未归。诣肯堂、洪士安、蓬中票厘局王肃如大令祥仪，皆晤谈。归来周味西来，及景轩谈良久。味西馈酒肴、馅馇，受之。张灯共景轩、耀卿、稚兰、瑞堂晚饮。景轩、耀卿谈至三更散。震雷大雨，移时止。夜半复雨。

三十日乙未　五更雨止，天气凉爽。晨起游西园，散步春及亭，观戊子岁代何冕芝①所书各楹联。回忆曩昔，及冕芝、费竹心、陆芹访樊螺珊诸君，畅游其间，又成陈迹。今日重来，巢痕宛在，感慨系之。

黄子元充工房吏来见，子清弟也，馈姜糕，受之。蔡景轩治具，邀饮于桐桂轩，周味西、徐渔卿、家耀卿同座，高春开筵。洪士安

---

① 何冕芝：名远庆，字冕芝，湖北汉川人，拔贡。光绪元年至三年（1875—1877）任德阳县知县。

广文来，以景轩宴客，辞未见。酒阑客散，及景轩、耀卿镇日谈。薄暮，杨肯堂招饮，偕景轩同往，王肃如大令、徐秋衡经历树钧、耀卿、陈稚兰、丁树齐、士安、米秋涵孝廉文澂、杨晓东、杨竹卿、余明轩茂才、杨稚鲁同座。初更后酒阑散，偕景轩归。

明日旋署，诣味西及诸幕宾辞别，耀卿馈安息香、姜糕、蔗霜、洋烛，稚兰馈姜糕、蔗霜，皆悉受。景轩、耀卿来谈，至四更散。景轩期明日赴行省，三月望之罗江任。连日相聚长谈，为予筹及家事，竟未暇料理行装，情意肫挚，足见交好。所饲青骢马，供我驰驱十七年矣，近因牧畜为艰，因赠味西。

三　月

三月建壬辰，朔日丙申　天气晴明。蔡景轩来谈，知儿子其谷将入都，以百金相助，固辞不允，受之。良友雅意可感。景轩先赴成都谒上官，始之罗江任。为备朝食，周味西来送。辰刻别两君发蓬溪，景轩遣仆郊送。十五里至姚家坪，舆人早饭；十五里至明月场，小憩；三十里至水井沟，小憩；三十里抵康家渡，晚餐。入夜其谷侍座。得杜德玉报书。

二日丁酉　天气晴明。宜园紫牡丹放五花，已将残矣。寝室陈尘、燕巢泥将落尽，今日忽来一双，衔泥营之，殊可喜也。日午朝食，料理俗事。市虾佐晚餐，入夜星宿。

三日戊戌　天仍晴明。日午朝食。为徐质夫作小篆、八分书屏，镇日挥毫。薄暮晚餐，入夜星宿。谢炳华之弟蕴堂光昭，岁试入庠，自常乐寺来诣见，谈良久行。

四日己亥　晨阴。日午朝食。为徐质夫书聚头，作小篆、八分书联赠质夫及伟人、吉人、同人兄弟。及奚汝霖谈良久。薄暮晚餐，夜雨。

五日庚子　晨起，仍飞小雨，天气复凉。为徐伟人书聚头。日午朝食。雨止，微有晴意。得高石洲大令杨桃溪书，以纸索书。为黄子元作八分书联。晚餐。其秾停乳作热，延徐炳灵来诊视，为疏方。

六日辛丑　晨阴，小雨如烟，始闻莺声。为徐吉人书聚头。日午朝食。为宁靖斋作八分书屏、小篆、八分书联。蔡景轩专役持书来，文移补送养廉内未扣三成军需银十八两三钱六分，即作答，遣役持还。薄暮晚餐，入夜小雨。

七日壬寅　天仍凝阴。晨起理发，日午朝食。为徐同人书聚头，作小篆书屏四幅。为洪士安广文作篆书联、蔡伯芳四体书屏。薄暮晚餐，入夜仍雨。

八日癸卯　天气浓阴。曾王父忌日，致祭。曾荫腹泻，其稚感寒，延徐炳灵来诊视。为宁靖斋书聚头。日午朝食。为徐质夫及其子伟人兄弟写梅花聚头，下春竟。晚餐，入夜天霁，见新月。

九日甲辰　天气仍阴。为宁靖斋写折枝秋葵花聚头。日午朝食。为徐吉人、同人写梅花聚头，更录旧作。薄暮晚餐，入夜雨。

十日乙巳　天仍凝阴。为李苍臣别驾画大士像，为识数语。日午朝食。命其谷作书致晚雏弟，为陈孺人寄朱提四十金，致子宜弟书。命其谷寄纺女书，予书数语。薄暮晚餐。得洪士安广文书，徐质夫是岁九月七十生辰，丐士安为文，拟书屏寿之，至是寄到。笔情俏傥，词意超迈。

十有一日丙午　天气晴霁。遣役费喜持家书赴成都。晨起，率其谷、其颖排列为徐质夫寿序。日午朝食。以朱笺仿王虚舟笔法，作楷书屏四幅，凡四百余字，字径三寸。薄暮晚餐，入夜月明如水。

十有二日丁未　天仍晴明。书屏二幅。日午朝食。书屏六幅竟。薄暮晚餐，入夜月色皎然。

十有三日戊申　天气晴明。燕来正室营巢。其谷以朱笺联求书曩集吴天玺纪功碑字，作联云："行己以约，与人而忠。"以小篆书而与之，用作观省。身体力行，成己成物之功，亦不外乎此矣。料理俗事。薄暮晚餐，入夜月明如水。

十有四日己酉　天气浓阴，大雨淋漓，檐溜不止。检理书画册。日午朝食，雨仍不止，院落积水，下春雨止。晚餐，入夜天霁，月色朦胧。黄树萱遣人来索苏合丸，告其祖秀夫中风不语。

十有五日庚戌　晨晴。谒文昌神庙、镇江王祠、萧曹社公、灶神行香。至盐关镇江王位前行香，登楼小坐。归祀财神、拜祖。为高石洲大令作小篆书屏四幅。日午朝食，仍为石洲作小篆八分书联。

曾荫以纸索书，为作篆书"奉母《孝经》看在手，教儿《文选》读从头"十四字，更缀数语云："长孙曾荫，年数龄，授以《说文》建首，识不少差；学予书法，亦复楚楚有致。愿儿奋志读书，其日求进境，为他时富贵之兆。"其秾感寒，延徐炳灵来诊视。晚餐，夜雨达旦。

十有六日辛亥　天气仍阴。濯足。闻黄秀夫昨日去世。作书致高石洲大令，遣役洪泰持往杨桃溪。旧藏马湘兰①画兰竹、水仙、梅花册八叶，临摹作橅本。日午朝食。检理箧衍，以旧藏吴南田外祖书扇、石章二，付其谷收藏。薄暮晚餐。得蔡景轩月之九日书，于七日抵成都，为寓纺女九日第三书。夜雨淅沥，其谷侍座，语至三更。

十有七日壬子　晨晴。得高石洲报书。日午朝食，天复阴。曩临吴山子《豳风·七月》诗及千文赐其谷。薄暮仍阴，晚餐，入夜小雨，夜半雨甚。

十有八日癸丑　天气凝阴。女纡二十初度，以青蚨二缗予之。晨食汤饼。检点书籍，有为蠹蚀者曝之，以念珠两串赐其谷。薄暮及家人聚饮。入夜仍雨，淅沥不止。其秾吹霎，延徐炳灵来诊视。

十有九日甲寅　晨雨止，天仍阴。其秾疾未愈，仍延徐炳灵来诊视。日午朝食。以小楷书十二时推法，制册，下春竟。晚餐，夜

---

① 马湘兰：即明代歌妓、女画家马守贞（1548—1604），字湘兰，江苏南京人。

复大雨，淋漓不止。

二十日乙卯　天气开霁。理发，朝食后复阴。宜园忍冬花盛开，清香扑鼻。甘少南水部致其谷书，以予去岁六十生日，丐文芸阁学士廷式撰文，少南以真书书之，邀其谷相识者十余人，制屏十二幅为予称祝，自京师寄遂宁，化南属吴正兴带来。义不取谀，文皆从实，谬蒙诸君奖誉，殊自愧之。少南于去岁十月补军机章京，来书云："在廷诸公条陈振朝各事，宜练海陆军、修铁路、开矿产、折南漕、汰冗员、裁兵制、剔厘金、行钞币、铸银元、改武科、设武备学堂、创邮政、垦荒田，一切开源节流、练兵筹饷之计。我皇上仁明，力图振作，臣工果力辅之，中兴固不难也。"薄暮晚餐，入夜天霁，星繁满天。得端午君书，即作答。

二十有一日丙辰　天气晴明。命其谷致甘化南书，属吴正兴携还。日午朝食。作书致杨玉行。薄暮晚餐，入夜雨，夜半雨益大。

二十有二日丁巳　晨雨仍淋漓，檐溜不止，日午朝食，高舂雨止。役费喜自成都还，得纺女第四书，得晚雏弟书，又欲捐府经，大花样，非千数百金不可。此缺岁入仅千二三百金，两地有家皆赖此生活，入不敷出，日在愁中。庶母及弟不知节俭，误听闲言，连年与予为难，实无可如何耳。下舂天霁，晚餐，夜复雨，淋漓达旦。

二十有三日戊午　晨雨止，辰刻立夏。致岳恒华书，作书致杜德玉，丐其转寄重庆，遣役洪泰持赴遂宁。日午朝食，天气晴霁。寝室双燕新巢垒成，上下于飞，喃喃软语，随时注目，足寄闲情。薄暮晚餐，入夜飞雨数点，旋晴，烂然见星。

二十有四日己未　天大晴霁。役洪泰自遂宁还，得杜德玉、周荩臣全忠书。先大父忌日，致祭。日午朝食。甘少南寄来寿屏潢治已成，遣役费喜持赴遂宁制轴头。徐新妇寄居其舅氏宁靖斋家，殊非常策，拟遣其谷至青阳视之作归计，卜期四月初旬，乘官运盐船顺流至重庆买舟东下，为之备装。阃人治酒食及家人聚饮。夜见星。故仆李庚之子福龄，随其母居于外，呼入署供驱使。

二十有五日庚申　天仍晴明。日午朝食。闺人携其谷、其颖、其稚、周新妇、女纾、纹，至盐关登楼游眺，两孙亦随往，薄暮归，置酒及家人聚饮。入夜繁星满天。

二十有六日辛酉　天气晴明，换戴凉冠。高祖忌日，致祭。日午朝食。作简致高石洲大令，拟遣其谷乘官运盐船至渝，属转告舟子。下春得石洲报书，允之。其秾左手大指生子如粟，手背作肿，延徐炳灵来诊视。

二十有七日壬戌　天仍晴明。作书致陈润甫太史都门。其秾左腿生红子大如豆，皮破时流黄水，延徐炳灵来诊视，主以连翘败毒散，更用末药敷之。薄暮及家人小饮。得马缙卿书。夜大风，雷数声止，欲雨不成。仆得元榤傲，遣去。

二十有八日癸亥　风止，天复凉，心中不适。鸡公岭有争畔者，周味西大令自邑来勘之，闻今日将至，遣役往迎，日暮不至。作书答马缙卿，至奚汝霖斋中少谈。其秾所患稍愈，仍延徐炳灵来诊视。晚餐。致徐质夫、宁靖斋书。

二十有九日甲子　天气浓阴。日午朝食。遣役往迎周味西，下春至，留宿，为设榻定生慧龛。味西至正室见闺人，命其谷、其颖、其稚、其秾、曾荫、曾祐皆出见。张灯置酒，邀奚汝霖同座，其谷、其颖侍饮。二更酒阑，谈至四更散。味西馈墨四盒、茶二瓶、荷囊七事、铜烟袋，受之。其稚、曾祐《毛诗》读竟。

三十日乙丑　天仍浓阴。留周味西小住一日，及味西长谈。朝食汤饼。偕味西登人和寨周览，甘爵卿、兴州、徐炳灵出迎。味西以朱单晓谕寨中人，不准擅拆屋宇。高春，味西至鸡公岭勘界，予归。初更味西还，夜饮，其谷侍座，二更酒阑。

初，见邸抄，奉上谕：津芦一路开办铁路，着派广西臬司胡燏棻督率兴办，以专责成。旋简授顺天府府尹。号云楣，吾皖泗州人，同治甲戌进士。味西谈及与其子海帆比部翔林为同年友，且以女许字海帆子。其谷将入都，因丐味西致书属焉。

四　月

四月建癸巳，朔日丙寅　晨阴。未谒庙，命其谷灶神行香、祀财神、拜祖。率两子邀周味西至盐关，登烟波楼游览，即于楼头晨饮，日午酒阑。谈至高舂，味西还邑城，送之登舆，携两子归。镇日大风，薄暮听讼，晚餐。

二日丁卯　晨晴。日午朝食。正室燕巢垒成，宜园忍冬花开满架，清香扑鼻。其稼感寒，延徐炳灵来诊视，以四苓散主之。周新妇三十生辰，是日治酒食及家人聚饮，初更酒阑。入夜星繁满天，伏枕不眠。

三日戊辰　天气晴明。晨起理发，日午朝食。程寿岱别驾自太和镇至，宿于紫云宫，即往诣，别十余年矣，谈良久归。高舂寿岱来，留晚饮，镇日清谈。大雨片时止。薄暮置酒，其谷侍座，初更酒阑，寿岱复谈良久行。入夜天霁，繁星满天。

得元悔过，呼入署诫之。仆邓彬自西炉还，携杜喜生次子永龄来，留供驱使。得纺女三月二十七日第五书。女瀚生日，其谷以时馐祭之。

四日己巳　天气晴明。晨访程寿岱少谈，送之登舆行。归来朝食。杨炳生运巴岸官盐八百包至关，招入署与之约，明日遣其谷乘之至重庆，炳生允之，泊舟江干以待。炳生字海亭，茂林犹子也。命仆辈移其谷行囊入舟，邀海亭来，与以酒食。

其谷明日启行，治酒食及家人聚饮，初更酒阑，其谷侍座。此番远行，后聚无期，未免依依。予年六十有一，儿女皆幼小，不得不预为后来之计。言念及此，不禁泪下。

五日庚午　黎明起身，辰刻其谷登程，含泪拜别家人，仆王嵩随往，遣役洪泰送至重庆。其颖、其稚、曾荫、曾祐登舟往送，予亦至舟中视之。少坐登岸，其谷含泪而别，其颖兄弟候之解缆归。

日午朝食。初，令王得寿随其谷入都，晨间因事桀骜，诫之犹复不逊，遣役费喜送至遂宁。晚餐。入夜费喜还，得其谷书，行程平稳，为寓岳恒华重庆报书，得杜德玉书。

六日辛未　天仍晴明。初以第三女纤许字鲍秋舫少府，得周梅生书，告秋舫卜吉月之二十日申时赘婚，期十二日自成都启程，望后将至。为除二堂右室作青庐，呼工以灰涂四壁。薄暮晚餐，见新月。

七日壬申　天气凝阴，日午朝食。二堂右室四壁新糊，安玻璃，设几案。仆得寿知过，其兄得元为之乞恩，许之。薄暮晚餐，微雨。其稚、曾祐《毛诗》读竟，自今日始授之读四子书。

八日癸酉　天气晴明，日午朝食，天复阴。二堂右室四壁悬画轴，洒扫二堂敞庭，左右用布幛之。薄暮晚餐，夜月玲珑。

九日甲戌　天仍晴明。二堂左右悬锦屏十二幅。日午朝食。街民于紫云宫赛火神，呼玉全部梨园子弟来演剧，薄暮至，上谒。晚餐，夜月皎然。曾荫四子书读竟。

十日乙亥　天气晴明，不类初夏。晨起理发。曾王母胡太夫人忌日，致祭。日午朝食。正室二堂张灯结采。连日炎热，四郊木棉方种，亟望雨也。以第三女于归，具柬邀康镇士庶二十日宴饮。其稞腹泻，延徐炳灵来诊视。薄暮晚餐，入夜月光皎洁。

十有一日丙子　天仍晴热。悬锦幛于二堂门楣。日午朝食。铺民杨大川、王宗贵于紫云宫明日演剧、赛火神，邀饮，辞不赴。薄暮晚餐，入夜月明如昼。

十有二日丁丑　天气晴明，浓云如墨，似有雨意，忽大风吹散。鲍秋舫是日自成都起程，命其颖作书，遣役费喜前途迎之。日午朝食，天气晴热。其稞左右臂冷，延徐炳灵来诊视，谓脾阳不足，以附子理中汤主之。为存辉妹及女纤写兰花纨素，更写梅花纨素。薄暮晚餐，入夜月影朦胧。以吴萸、附子、干姜煮水，为其稞薰洗两臂及两足。

十有三日戊寅　晨阴。日午朝食，小雨。高春雨声渐沥，下春止，天气复凉。昨夜其秾手足逆冷且多汗，延徐炳灵来诊视，以黄芪建中汤主之。薄暮晚餐，大雨片时。入夜雷电，雨益甚，檐溜倾注，三更雨仍不止。田土待泽孔殷，得此甘澍，足慰农望。

十有四日己卯　天明雨止，云堆如墨，雨势犹浓。继母张太夫人生日，致祭。其秾昨日服药后，两臂回暖汗止。日午朝食。院落绣球着花数十朵初放，枝叶扶疏，经雨洗濯，益见精神。延徐炳灵来为其秾诊视，仍昨日方药。为女纤写梅花折叠扇，下春竟。晚餐。入夜天霁，月影朦胧。

十有五日庚辰　晨阴。祀财神、拜祖。谒紫云宫，火神位前行香，诣文昌神庙、镇江王祠、萧曹社公、灶神行香，至盐关镇江王位前行香。登楼眺望，四野木棉经雨绿缛。以鲍秋舫将至，为设榻烟波楼中。归来朝食，天霁。其秾两臂两腿逆冷，昨夜稍减，延吴运鸿来诊视，谓脾虚肝郁，表邪未尽，莹血寒涩，经络凝滞，以当归四逆汤主之，温莹血而达木郁，行滞气以通经络。以病情验，颇近理。薄暮晚餐。入夜费喜归，得鲍秋舫清溪河途中书，今夜宿高房嘴，明日抵康家渡。制紫苏梅。

十有六日辛巳　天气晴明。晨起濯足，日午朝食。遣仆率卤簿往迎鲍秋舫。女纤月之二十日于归，焚香告祖考，设馔致祭。治酒食饷女纤。初，命纺女属仆徐升妇随秋舫来，他日还行省，途中可以服役，高春至。得纺女月之十日第六书。得周梅生书，赠绣囊为女纤助奁，于月之六日赴大邑县牟惠庵幕中。薄暮秋舫至，小住烟波楼，遣仆上谒。馈秋舫肴酒，命其颖往款待，入夜还。得徐渔卿书。

十有七日壬午　天气晴明。曾祖母胡太夫人生日，致祭。悬锦屏十二幅于二堂敞庭左右。日午朝食，理发。晨夕馈鲍秋舫肴，不备记。命其颖至关，代秋舫料理纳征事，晚餐后归。入夜月光如昼。寝室双燕覆雏。

十有八日癸未　天气晴热。命其颖至关为鲍秋舫襄理。奚汝霖馈爆竹、缯帛，受之。日午朝食。延吴运鸿来为其稑诊视，以补中益气汤主之。秋舫请两媒奚汝霖、张根先来，为秋舫纳征，请期涓吉二十日申时来赘婚，以花冠、象服、钗钿、珰钏、裙袄、采缎、缯帛、盐茶、双雁、酒果为聘币；报以冠靴、表里、黼黻、念珠、针箸。允其期，仍请汝霖、根先送往，并书资送于采简，属汝霖持送秋舫寓目。微雨片刻，晴。

申刻，闺人为女纤加笄，后日赘婚拜祖。嘤嘤啼不止，予亦为之涕泪涟洏。薄暮晚餐。吏役馈酒双尊、爆竹、缯帛、烛，却之不得，受之。其颖至秋舫处，初更后归。

十有九日甲申　天气凝阴。日午朝食，理发。康镇士庶数十人醵钱制礼物为贺，更以余钱十二缗亦馈送，受酒双尊、爆竹、烛、缯帛、双鸡，却青蚨。甘爵卿、何辅廷、陈丰泰、温行庆将以来见，坐良久行。人和寨周朗轩、蒲化南、吴运洪、甘兴周、徐炳灵亦馈缯帛、双樽、双鸡、豚肩，固却不得，受之。薄暮及家人聚饮，命其颖邀奚汝霖至盐关，及鲍秋舫同饮，初更后还。

二十日乙酉　天仍凝阴。张根先室余孺人、曹介臣室萧孺人来贺。巳刻，鲍秋舫来于堂皇奠雁，礼毕行。日午朝食。李陶臣、晓村兄弟，黄子清、甘爵卿率其两子虎臣、赞臣，何德卿、周朗轩之子少轩成特、徐炳灵、张恒九、陈浩然、甘化成、张鸿逵、杨光第、何辅廷、郭少仪、甘兴周、冉宴宾、胡峻之、张玉峰访贺，皆延入观礼。

申刻，备采舆迎鲍秋舫，张采灯十二对，卤簿鼓吹前导，曾荫乘之往，俗谓之"押轿"。秋舫至，延入宾厨为簪花张采，遂至二堂与女纤交拜，入青庐行合卺礼。汝霖、郭尚仁赞礼，其稚、曾祐执烛前导，张根先、介臣相秋舫，余、萧两孺人相纤女，成礼，予撒帐。秋舫偕女至正室拜祖，与家人序长幼相见，遂遍见诸客。铺民三十余人来贺，皆留宴。

张灯，设八筵于二堂，宴秋舫及贺客五十余人，二更宴毕，诸客送秋舫入甥馆。余、萧孺人及郭尚仁室、杨邦猷室内宴，二更散。宴吏役三十余人于堂皇外。夜半大雨。

役洪泰自重庆还，得其谷月之十六日第一书。其谷于十一日至重庆，沿途平安；谒见张霭青观察，垂问殷殷；雇得盐船至宜昌，期十七日解缆，为寄徐新妇三月十六日陵阳镇书。

二十有一日丙戌　晨雨止，天气晴明。购得檐葡花数十朵置案头，浓香扑鼻。朝食汤饼。王紫垣明经自杨桃溪来贺，为设榻于宾厨谞室，留小住。紫垣以七律二首、馎饦、千丝面、豚肩见贻，今年设帐于李即之家，年七十四，精神矍铄。治酒食宴紫垣、奚汝霖、鲍秋舫，邀胡峻之来同聚，其颖侍座。张灯开筵，初更后散，峻之行。

二十有二日丁亥　天仍晴热。其秾服吴运鸿方药，两臂回暖，仍延之来诊视，以归脾汤主之。闺人连日劳乏，且感风寒作嗽，延徐炳灵诊视。日午朝食。刘子康广文遣介自遂宁来访贺，馈鲜鱼、豚肩、姜糕，受之。作简致庆印堂，遣役洪泰持往；下春还，得庆印堂报书。及鲍秋舫谈，治酒食邀王紫垣、奚汝霖、秋舫晚饮，其颖侍座，初更散。

二十有三日戊子　天气晴热。日午朝食。得庆印堂书，即作答。及王紫垣谈良久。薄暮及紫垣、奚汝霖、鲍秋舫小饮，其颖侍座，初更后散。

二十有四日己丑　天仍晴热。王紫垣还杨桃溪，为具朝食，食已送之登舆行。作书致庆印堂，遣役持往。日午朝食。去岁冬，朱辅周还荥经，其室文孺人未偕往，至是属其弟定之武庠启麟来迎，得辅周及征三书。辅周今春赴打箭炉，徐松龄照磨延之入署课读。征三去岁自成都还里办乡勇。下春役还，得印堂书。徐炳灵来为闺人诊视。晚餐，印堂复遣役持书来，即作答。夜半雨声淋漓。

二十有五日庚寅　雨止，天气凝阴。上巡盐茶道公牍，上张霭青、王石坞、张麟阁观察、阿子祥太守书，致杨耀珊、谢品峰大令、端午君、丁子谦二尹书，致王云溪、高石洲、庆印堂书，皆贺端阳节。致程寿岱别驾书，馈朱提十金，遣役费喜持往太和镇。日午朝食。朱定之来，少坐行。命其颖作书寄晚雏弟，为陈孺人寄六十金。薄暮晚餐。

二十有六日辛卯　天气晴明。院落绣球数十朵齐开，攒缀枝头，花大如椀，璀灿可观。日午朝食。作书答谢周梅生，作第一书寄纺女。理发。薄暮视仆辈于宜园及寝室院落种植花草。晚餐，入夜星宿。役自太和镇还，得程寿岱书，得高石洲书。

二十有七日壬辰　天气微阴。遣役王彪持家书赴成都。日午朝食，天晴。闺人携周新妇及女纨、纹至盐关登楼游眺。率鲍秋舫出署，访谢二十日来贺诸客，皆投刺。至关小坐归，秋舫留。命其颖携其稚、曾荫、曾祐往盐关。得孙炳荣协戎浙江书，去岁自蓬溪挈眷归。大风，正室双燕覆雏。眷属于楼头晚餐后归。

役朱继以数日疾治不瘳，物化，十余年趋公尚勤谨，赉青蚨四缗，其子朱明赏西班散役。入夜小雨，旋止。

二十有八日癸巳　晨阴。庶曾祖母张太恭人生日，致祭。仆平顺请假还合州，许之。福雨亭刺史苏礼文移，奉檄管射厂分局官运盐务事，于月之朔日视事。日午朝食。其秾连日服吴运洪方药甚效，神气充足，仍延之来诊视。薄暮晚餐。

二十有九日甲午　黎明小雨，旋止。少选雨甚，檐溜如泻，日午止，天气清凉。朝食。初，蔡景轩以纸属作"养拙宧"三字八分书额，乘兴挥毫，更为作小篆三字。为奚汝霖作八分书屏联、真书联，下春竟。晚餐，入夜天仍阴。闺人嗽稍止，延徐炳灵来诊视。

五　月

五月建甲午，朔日乙未　天气微阴。晨起理发。未谒庙，命其颖灶神行香、祀财神、拜祖。日午朝食。得杨湛亭昨日太和镇途次书，湛亭于四月二十日自万县赴成都。属闺人邀朱辅周室文孺人来，告以速随其族弟定之回荣经，孺人允之，留晚餐后行。

二日丙申　黎明雨声淋漓，移时止。料理俗事。日午朝食，作行书便面。鲍秋舫馈只鸡、豚肩、千丝面、蔗霜。闺人嗽尚未止，延徐炳灵来诊视，馈炳灵馉偷、炙脯、青蚨千枚，受之。奚汝霖归家，以先大夫手抄《心经》四本、予咏烟波楼诗墨拓、茶、安息香赠之，少谈别去。以青蚨给家中人。薄暮晚餐。

三日丁酉　晨雨如注，移时止，天仍凝阴。作书答徐渔卿，致周味西大令书。日午朝食，天霁。闺人仍嗽不止，延徐炳灵来诊视。吏役献食物，受蜜枣、梨片、姜糕、桃，余却。周朗轩、甘兴州、徐炳灵、胡亨贞馈只鸡、粽、馉偷、蔗霜，受之。馈方正、续泉食物。薄暮晚餐。续泉馈绿豆糕、薄荷糕、橘饼、蔗霜。杨大川馈千丝面、蜜枣、盐鸭卵，皆悉受。

四日戊戌　晨兴。院落花草夜沾清露，益见葱蒨。天气晴明。得庆印堂书，馈馉偷、炙脯、盐鸭卵、粽，作书答谢，亦以食物四种报之。日午朝食，理发。铺民张兴顺等馈豚肩、粽、盐鸭卵、馉偷、梨片、桃，受之，以炙脯、薰鱼、馉偷、盐鸭卵、粽报之。得王云溪贺节书，遣勇士持来，即作答，以角黍馈之。方正馈醃韲、馉偷、桃。薄暮晚餐，入夜新月。仆杜永龄之妇，西藏人，自西炉随之来，呼入署供驱使。

五日己亥　天气晴热。以薏苡粥、粽、盐茶鸡卵献祖，合家贺端阳节。鲍秋舫贺节，吏役、仆媪、下走皆贺。朝食汤饼。吴运洪来为其秣诊视。薄暮及家人聚饮，秋舫同座，初更散。夜月，天气甚热。赍吏役、仆媪酒食。

六日庚子　晨阴，浓云密布，为风吹散。日午朝食，震雷一声，飞雨数点。得丁子谦贺节书。得蔡景轩罗江书，询问殷殷。闺人昨夜两手逆冷，嗽亦未止，延徐炳灵来视垣。薄暮晚餐，入夜月影半弓，星繁如豆。

七日辛丑　晨阴。闺人昨夜嗽甚，仍延徐炳灵来诊视，谓感风邪，以参苏饮主之。康保左目作红，亦为之疏方。仆杜喜生在予侧，忽仆于地，急令其子扶起，询其病，头眩、两腿麻木，亦延炳灵视之，为疏方。日午朝食。天气晴霁，湿热尤甚。宜园忍冬复放花，秋葵、凤仙亦开。薄暮晚餐，入夜月色皎洁。

八日壬寅　天气晴明，炎热，着葛衣，沐浴。得阿子祥太守、谢品峰贺节书。日午朝食。蒲化南茂才以入泮，是日于紫云宫酬客，以青蚨千枚赠之。闺人嗽稍间，仍延徐炳灵来诊视。仆杜喜生病亦稍瘥。薄暮晚餐，入夜月色澄明，阶前纳凉。

九日癸卯　天气微阴。其稚生日，以宣康公画花卉小册及笔赐之。朝食汤饼。闺人嗽疾渐瘥。高春震雷，微雨，听讼。下春大风如吼，晚餐。入夜大雨如注，二更雨止。

十日甲辰　晨晴。头眩喉痛，四体作热，微汗，病类风温，急服银翘散，罢晨餐。延徐炳灵来为闺人诊视。薄暮食粥，喉痛甚，用异功散敷患处，初更后就寝。仆李忠以疾请假。役王彪自成都还，得纺女月之五日第八书，为寄宣威豚蹄、鲞鱼。得晚雏弟书，赵孺人寄予红枣。得明正宣慰司旺恪书，为寄麝脐一元。得李雅泉书。

十有一日乙巳　天气晴热，日短至。疾稍间，喉痛渐止，仍服银翘散。晨食汤饼，高春理发，徐炳灵来为闺人诊视。薄暮晚餐，入夜月明如昼。

十有二日丙午　天气晴热。得纺女四月二十六日第七书，由驿递到。村童笼黄鹂一个及双雏来献，赍青蚨二百枚。病愈，喉痛亦止。日午朝食。闺人嗽尚未痊愈，延徐炳灵来诊视，为主理脾涤饮汤。得赵达泉大令书，达泉奉檄摄金堂县事，已之任。得程寿岱别驾书。薄暮晚餐，浓云密布，雷声虢虢，飞雨数点，忽被大风吹散。入夜月明如水。

十有三日丁未　天仍晴明，凉爽宜人，昨日远处必得大雨。至紫云宫，谒关帝位前行香，归来朝食。闺人嗽稍间，雏鹏飞去一。得周味西大令书，为寓鲍秋舫家书。秋舫从兄鞠臣祥龄、养泉祥安奉其母侨寓顺庆。奚汝霖自玉溪口来塾，谈良久。薄暮晚餐。入夜天无片云，月色皎洁。

十有四日戊申　天气晴明。院落秋海棠初花，枝叶茂密，绿醉红酣，婀娜可玩。闺人嗽止，食亦略增。仆李忠病愈。日午朝食。蒸云满天，湿热特甚。程寿岱子楚衡、秉衡，余云墀大令婿也，挈眷自叙州至重庆溯流而上，赴太和镇过此，遣仆来候，亦使人往存问，馈炙脯、起面饼，受之。舟泊江干，明日解缆。薄暮晚餐，入夜月明如昼。

十有五日己酉　天仍晴明。未谒庙，命其颖灶神行香、祀财神、拜祖。日午朝食。闺人疾愈，延徐炳灵来诊视，疏方调理。吴运鸿来为其秾诊视，亦为之调理。得张麟阁观察书。薄暮晚餐，入夜碧空如洗，月影团圆，一片清辉，耐人延赏。

十有六日庚戌　晨晴。鲍秋舫祖父母葬于顺庆府，其世母亦侨寓于此，秋舫辞往省亲，辰刻启程。日午朝食，蜩始鸣。高春，浓云密布，雷声虩虩，雨势将来。少选大雨，移时止。有人自青堤渡来，云遇秋舫于途，将赴成都。闻之骇异。询女纤，亦不知情。即遣仆得元携役费喜前往踪迹，促之还。秋舫与吾女伉俪极睦，必有事须归，亦当告知，不应如是。反覆思之，不得其故，懊恼殊甚。薄暮天霁，晚餐，入夜月色极佳，闻络纬声。

十有七日辛亥　天气晴明。先大父生日，致祭。役费喜归，仆得元上书云，于昨夜至太和镇，探询鲍秋舫所在，即往谒见。秋舫答以须先赴成都料理，仆促之还，秋舫允之，遂于灯下作家书，遣其仆持还成都。日午朝食。天复阴，蒸云满天，移时复晴，溽暑特甚。呼纤女来前教诫。下春，仆得元随秋舫抵署，属家人见秋舫勿言前事，听其省悟。晚餐。入夜天浓阴，三更迅雷疾电，大雨，檐溜倾注，院落积水，夜半雨势渐小。

十有八日壬子　黎明雨止。晨起天气凉爽，巳刻雨复淋漓，朝食后雨益甚，高春雨止。理发。下春天霁，晚餐，入夜复阴。

十有九日癸丑　四更雷，未雨。晨起天霁，日午朝食。赤日如火，湿热上腾，挥汗不止。下春阴云四起，轻雷送雨，溽暑稍减。得庆印堂书，告谢桐生丁母艰。薄暮晚餐，夜雷未雨。

二十日甲寅　黎明大雨，院落积水数寸，辰刻雨止。日午朝食，天霁。高春复飞小雨，移时止，天气凉爽。朱定之以楹联属书。延徐炳灵来为闺人诊视，易方药。薄暮晚餐。

二十有一日乙卯　晨晴。为朱定之书聚头。日午朝食。为定之作小篆书屏四幅。得牟惠庵、张雩庵书。张玉峰、温行庆来见，少坐行。命其颖作书答朱辅周、征三兄弟。作书答明正宣慰使旺恪。薄暮晚餐。

二十有二日丙辰　天气炎热。作第一书谕其谷，命其颖亦作书。日午朝食，听讼。朱定之后日偕辅周室文孺人还荣经，馈炙脯、麦酱，受之。薄暮晚餐，入夜星繁满天。

二十有三日丁巳　天仍晴热。致杜德玉书，以家书丐其寄都。致岳恒华书，遣役刘荣持赴遂宁。作第二书寄纺女，交送朱定之舆夫携至成都。日午朝食，天阴。鲍秋舫气疾作，延徐炳灵来诊视。理发，薄暮晚餐。

二十有四日戊午　晨起濯足，天气微晴。鲍秋舫疾稍瘳。吴新妇生日，命其颖祭之。日午朝食，天阴微雨。为陈稚兰画古佛，时飞雨点。役刘荣自遂宁还，得张昆山、杜德玉书。德玉将回秦，昆山来代其事。薄暮晚餐，入夜小雨。

二十有五日己未　天气晴霁，炎热。为蔡伯芳写古佛一躯。日午朝食，高春天阴。初，家吉人、庆印堂索予画佛，各写一躯，下春竟。大雨，移时止。晚餐，入夜复雨，檐溜有声，二更止。

二十有六日庚申　晨阴，天气清凉。初，陆念初藏苏东坡十八阿罗汉像赞砚，以拓本见贻。晨起检得一纸，画大士像于砚池，将寄赠蔡景轩。日午朝食，及鲍秋舫谈良久。有足自姚家渡至，得子宜弟书，告月之二十二日自成都来康，行至姚家渡①，以病返旆，为寓纺女月之十九日第九书。与弟别六年矣，亟思聚首。春初得弟书云夏五来署，今以疾中道而归，闻信之余，颇思念也。薄暮晚餐。镇日时雨时止，入夜开霁，朗然见星。闺人患风湿，以银翘散与服。

二十有七日辛酉　天气复阴。作书寄子宜弟，为寄麦酱、薨鱼、糟蛋、桃仁糕，遣来足持还成都。日午朝食，微晴。土民陈国治献新米，甘有金献桃。为其稚、曾荫、曾祐作楷书引式，奚汝霖亦以纸属作八分为引式。薄暮晚餐，天气晴明，晚霞耀采，金碧交晖。入夜浓阴。

二十有八日壬戌　五更小雨淅沥，黎明止。明日予生日，属家人不为礼。朝食汤饼，鲍秋舫亦同聚。康镇士民制朱缎伞，以泥金书姓名于上，凡百人，题"泽遍康衢"四字；于绿缎檐上更为文书予姓名之前云："傅说调羹，首重盐梅之任；夷吾富国，犹传府海之书。况乎舳舻千里，鹾政风清；井灶万家，官箴霜肃。福缘善种，寿为德征。历年多而不倦于勤，施泽久而胥忘其惠。如鹤翁先生大人者，非其人欤？翁以江左诗豪，蜀中吏隐，岛佛长江而作尉，坡仙大峨而留题。陈拾遗诗满长安，欧率更书传高丽。走蠹鱼于金匮，除枭鸟于杏林。诚可回天，蝗火值刘琨而灭；才堪弭盗，崔苻遇子产而消。凡兹德泽之汪洋，允作商民之瞻仰。今值公六秩晋一，览揆之辰时也！蒲酒延龄，榴花益寿。纪算拓辛家之印，闻年成亥字之书。仆等樾荫久叨，葵忱藉展。愿献鸠而祝嘏，预呈百寿之图；咸称儿以跻堂，同进九如之颂。"书年月于影带。黄子清、周朗轩、甘虎臣、甘福畴等十余人，将以来见，且馈双烛、双鸡、爆竹、起面饼、桃形饼、蜜枣、梨元。却之不得，受之，延入谈良久行。任此十余年，无实惠及民，承诸君称颂，殊愧也。

---

① 姚家渡：金堂县乡名，今划属成都市青白江区。

庆印堂致书称贺，即作答。其稚、曾祐遍体生子，蔓延成片，时出黄水，愈而复发，延吴运洪来诊视，谓下焦湿热，疏方煎汤洗之。治酒食及家人聚饮，初更散。奚汝霖以七言绝句四首为寿。

二十有九日癸亥　晨阴。高祖母李太夫人忌日，致祭。予生日，拜祖、斋食。高春天气开霁，木棉方华，亟望晴也。役蒋顺献桃，大如拳。闺人疾愈，延徐炳灵来诊视。薄暮晚餐，入夜天仍浓阴。狸奴生雏。

三十日甲子　晨飞小雨，旋止。日午朝食。侍妾李腹泻，延徐炳灵来诊视。院落凤仙、秋海棠初放，紫薇亦作花。高春理发。鲍秋舫治酒食为予补祝，薄暮张筵，及家人同聚，初更散。

六　月

六月建乙未，朔日乙丑　天气仍阴。未谒庙，命其颖灶神行香、祀财神、拜祖。日午朝食。延徐炳灵来为周新妇、李妾诊视。薄暮晚餐，入夜小雨，三更雨益甚，檐溜有声。

二日丙寅　黎明雨止，晨起天气开霁。日午朝食。院落绣球犹有开者。及鲍秋舫谈良久。天大晴朗，木棉方盛，炎阳薰灼，当益茂育。薄暮晚餐，入夜星繁满天。

三日丁卯　院落花草零露，益见葱笼。天气晴明。其秾体热，以银翘散与服，延徐炳灵来诊视。日午朝食。舟子载绿沉瓜至关求售，以千钱购十枚。薄暮晚餐，入夜见新月，星繁如豆。其秾体热渐退。

四日戊辰　天气炎热。晨起至院落玩赏花草，头忽眩晕昏闷，胃腕作呕，背脊恶寒，的是暑温，亟以银翘散服之，用煨姜熨头额，延徐炳灵来诊视，依吴鞠通《温病条辨》藿香正气三加减方主之。得张昆山、周茇臣书，为购绿沉瓜二十枚，复馈四枚，遣足寄来，即作书答谢。下春疾稍减，晚餐，入夜新月如眉。月之六日，镇江王诞日，呼梨园子弟金桂部明日于紫云宫演剧，下春至，上谒。

五日己巳　天气晴热。先王母陈太夫人生日，致祭。理发，日午朝食，剖绿沉瓜。脑后为蚊所啮，遂生泡，出黄水，以药涂之。薄暮晚餐，入夜月。

六日庚午　天仍晴明。诣盐关、紫云宫镇江王位前行香，遂留观剧，即于楼头朝食。是日治酒食，酬二十八日为寿诸客，其颖偕鲍秋舫、奚汝霖来。高春，胡峻之、甘爵卿及其子虎臣、赞臣、何德卿、郭玉堂、张恒九、陈浩然、张根先、周朗轩、杨光第、黄子清、甘化成、徐炳灵、张鸿逵、甘兴周、曹万顺、吴运鸿、钱万青、王福全、何峙山、杨大川、钱德昭、钱德俊、喻中山、王宗贵、何茂光、邱培德、王长煦、余润泉、钱仲义、陈大坤、陈伦兴、王开泰、向复兴、席三益、李泰安、彭元翊、钱世科、王长杰、何锡三、郭庆荣、李正兴、曹耀林、马玉成、温行庆、方正、续泉相继至，南北两楼各设四筵。张灯置酒，二更后酒阑客散。偕汝霖、秋舫散步归，其颖亦随归。午前曾荫、曾祐、其稚亦往观剧。

七日辛未　天气晴明。得李莨臣别驾重庆书。日午朝食。偕鲍秋舫携其稚、曾荫、曾祐散步至紫云宫观剧，闺人携女纨、纹、周新妇亦往观剧，其颖随往。云堆如墨，少选震雷疾雨，积水数寸，炎暑顿消。下春雨止，天仍凝阴。后日闺人生辰，儿女、新妇治酒食为寿，张筵于剧楼，二更酒阑散还。巡役查获舟子张炳兴船舱内夹带私盐，讯实，俾荷校。

八日壬申　天气仍阴。闺人明日斋食，晨夕治酒肴为寿，合家庆贺，朝食汤饼。偕鲍秋舫携儿孙仍往观剧，眷属亦往。高春，天气开霁，酷暑如炙，剖绿沉瓜。张灯置酒，盐房吏书及东西班役馈火字篓为闺人称祝，于楼头放之。银花火树，灿烂可观。二更后酒阑归，眷属亦还。

九日癸酉　天气微阴。日午朝食，剖瓜。庆印堂馈绿沉瓜，作简答谢。作小篆书屏四幅。鲍秋舫期十一日偕女纨回成都，作书致子宜弟，致周孝怀书，命其颖寄纺女书。薄暮晚餐。

十日甲戌　天仍微阴。为赵孺人写折枝梅花纨素。日午朝食，剖瓜。命其颖作书寄晚雏弟，为陈孺人寄朱提四十金。以所绘纨素、篆书屏、线香、茶、炙脯、醃豚蹄、馎饦、起面饼馈鲍秋舫，给女纤朱提四金，赉秋舫仆张升青蚨二缗。下春治酒食为秋舫饯别，合家聚饮。张灯置酒，初更后酒阑。及秋舫谈良久，训女纤勤修妇职、奉姑相夫之道。夜半大雨，移时止。

十有一日乙亥　天气晴明。食汤饼。午刻鲍秋舫偕女纤拜祖，辞别家人，起程还成都。女纤涕泣登舆，送秋舫行，徐媪随归，遣役费喜、李福送至成都，遣仆得寿送至太和镇。赤日如火伞，炎热尤烈，剖绿沉瓜。薄暮晚餐，入夜月色皎洁。李姜腹泻，延徐炳灵来诊视。脑后所患未愈，口角亦生泡，破流黄水。

十有二日丙子　天仍炎热。作书致蔡景轩大令。日午朝食。李姜疾未瘳，仍延徐炳灵来诊视。剖瓜。下春，仆得寿自太和镇还，得杨湛亭书，鲍秋鲂及女纤行程安稳，于逆旅遇湛亭，湛亭于八日自成都回万县厘局，为寓子宜弟书、纺女月之六日第十书。薄暮晚餐，入夜月光如水。

十有三日丁丑　天气酷暑。日午朝食，理发。李姜疾稍瘥，仍延徐炳灵来诊视。炎热特甚，挥汗不止。剖绿沉瓜，凉沁心脾。薄暮晚餐，入夜天无片云，月明如昼。

得张昆山、周荛臣书，为寓其谷五月初三日宜昌第二书，云四月十七日自重庆解缆，二十二日抵万县，晤杨玉行，谈移时。连日大风雨，于二十六日至夔府，过瞿塘峡，上风狂起，行止两难。水涨数丈，狂澜洄旋，船如磨行，屡犯惊险。五月朔日得抵宜昌，觅得快利轮船，约初五日开行。沿途身体安好，更寄北京电信十三字云："重庆积益谦寄沈：蓝、谷先后到京。"徐新妇字蓝生。电信系五月二十七日发，远怀藉慰。

十有四日戊寅　天气酷暑。宜园玉簪作花。致蔡景轩书，以所画大士像及金石拓本屏四幅赠之；所作《长江小草》诗稿寄去指正，更祈为序，遣役洪泰赍往。日午朝食。炎热如炽，剖瓜。薄暮晚餐，入夜月明如昼。

十有五日己卯　晨谒文昌神庙、镇江王祠、萧曹社公祠、灶神行香。至盐关镇江王位前行香，登楼眺望，坐良久归。祀财神、拜祖。日午朝食。延徐炳灵来为李妾诊视，疏方调理。天气炎热，剖瓜。薄暮晚餐。李陶臣具状为张炳兴乞恩，许之释去。入夜天无片云，月色如银，阶前避暑。

十有六日庚辰　沐浴。日午朝食。赤日如火，酷烈尤甚，剖瓜。薄暮晚餐，入夜月明如水，阶前纳凉。对此清辉，不忍就寝。

十有七日辛巳　天仍炎热。濯足，日午朝食。云头似墨，欲雨不成，湿热尤甚，剖瓜。薄暮晚餐，二更月上，床榻薰灼，至不能眠。

十有八日壬午　晨起理发。日午朝食。暑气薰灼，几案如炽，剖瓜。薄暮晚餐，入夜暑气未退，挥汗不止。脑后所生水泡结痂。

十有九日癸未　晨起即挥汗不止。日午朝食。送朱定之舆夫自荥经县归，道出成都，纺女寄其颖书。蒸云满天，为风吹散，剖瓜。薄暮晚餐，入夜星宿，三更月上。暑热未退，枕席薰蒸，彻夜汗流不止。左唇所患时流黄水。

二十日甲申　连日亢阳，花草渐槁，晨起视仆人灌溉。天无片云，初日东升，炎歊照灼，清晨即汗如雨下。日午朝食。高春云起，如兜罗棉，亟望雨也。薄暮晚餐，暑气薰蒸，几榻如炽，席地而坐。夜半密云四起，为风吹散，雨仍不成。

二十有一日乙酉　晨起，步诣关帝、雷神、文昌神、龙神位前祈祷，归来理发。日午朝食。阴云密布，凉风飒然。送鲍秋舫之舆人归，得子宜弟书，以天气酷暑，途中畏热，仍不能来。得邮雏弟书。薄暮诣关帝、雷神位前祈祷，归来晚餐。入夜黑云四起，复为风吹散。

二十有二日丙戌　天气晴明，炎热异常。步诣文昌神、龙神位前祈祷，归来朝食。作第二书谕其谷。高春，云起如墨，欲雨不成。薄暮步祷于关帝、雷神位前，归来晚餐。入夜星繁满天，暑气薰灼，夜不成眠。

二十有三日丁亥　赤日如火伞，天气酷热。连日祈祷，未得神贶，心或未虔，当再申祷。致张昆山、周荩臣书，以家书丐其寄都，遣役刘荣持赴遂宁。市岩鲤，沃汤蒸之，佐晨餐，甚鲜美。高春，浓云匼匝，似有雨意，仍为风吹散。步诣关帝、雷神位前祷雨。薄暮晚餐，入夜暑气未消，炎热尤烈。

二十有四日戊子　诣紫云宫雷神位前行香归，全家持雷斋。鲁新妇生日，命其颖设馔祭之。役刘荣自遂宁还，得张昆山书。天气酷暑，沐浴。薄暮晚餐。入夜役洪泰自罗江还，得蔡景轩书，馈馎饦、清豆酱。景轩以《自怡悦轩诗稿》寄阅。阶前纳凉，暑气未消，四更始少眠。

二十有五日己丑　天气亢阳，晨起即挥汗不止，四野木棉、薯蓣亟望甘霖。理发。致端午君书，为寓蔡景轩书。听讼。日午朝食。役费喜、李富①自成都还，得鲍秋舫及女纫书，秋舫于月之十五日抵成都，女纫拜见其姑，极得欢心。秋舫馈馎饦。得女纺月之二十一日第十一书，得晚雏弟书。得周孝怀书，为寄朱提十六金。薄暮晚餐，入夜星繁满天。

二十有六日庚寅　恭逢皇帝万寿，五更步诣紫云宫，设位朝贺，黎明归。朝日东升，炎烈如炽。日午朝食。四野望泽孔殷，禁止屠宰。读蔡景轩诗稿，清新雄浑，大得唐音。薄暮晚餐，入夜暑气仍未减。

二十有七日辛卯　天气酷热。日午朝食。布席于地，解衣而坐，暑气犹来，薰灼竟不可支。薄暮晚餐，入夜星宿。

---

① 李富：本月十一日日记作"李福"。

二十有八日壬辰　天仍炎热，巳刻立秋。日午朝食。云起如墨，轻雷飞雨，数点旋止。牌示明日捐资，设坛祈祷。薄暮晚餐。入夜浓云布满，仍不雨。连日席地而坐受湿，腰作痛，以酒糟、酸草熨之。

二十有九日癸巳　天气晴热。自入伏后仅得大雨一次，二十余日赤日当空，酷热不减，木棉渐有槁意，农民待泽孔殷。设坛于紫云宫，朝夕步祷，谨代苍生呼吁，祈求霖雨普周。归来朝食，解衣散帻，汗如雨下。薄暮诣坛所祈祷，归来晚餐。入夜星繁满天。

七　月

七月建丙申，朔日甲午　天气晴热，酷烈尤甚。未诣庙，命其颖灶神行香、祀财神、拜祖。步诣坛所祈祷，朝食。日有食之初亏午初一刻七分，食甚午正初刻十三分，复圆未初初刻三分。护于堂皇，延僧众导师诵经。薄暮步祷于坛所，归来晚餐，入夜星宿。

二日乙未　天气炎热，步祷坛所。日午朝食。乡民结草为龙，来堂皇旋舞，以水洒之而去。料理俗事。薄暮祷于坛所，归来晚餐。设坛三日不雨，穹苍显示儆戒，其理昭然，良深恐惧。当加修省，以迓祥和，再申虔祷。所饲黄莺飞去。腰痛稍止。

三日丙申　晨起赤日如火伞，天无片云，暑热尤甚。步诣坛所祈祷，归来朝食。蒸云时起，皆为风吹散。薄暮诣坛所祷雨，归来晚餐。入夜星宿，新月如眉。

四日丁酉　炎热异常。诣坛祈祷，归来朝食。长昼下帘，暑气薰蒸，几案如炽。四面云起，仍为风吹散。诣坛祷雨，薄暮晚餐，入夜星月。

五日戊戌　晨起挥汗不止，左颊生疮如粟，破流黄水，愈而复发。诣坛祈祷归，理发。日午朝食，天气酷热尤甚。小黄鹂飞出，为狸奴捕食，惜哉！蒸云满天，雨意甚浓，忽大风，仍不雨，诣坛祈祷。归来晚餐，入夜星月。

六日己亥　四更暑气未退，汗如雨下。起坐纳凉，浓云如墨，五更雨，初犹渐沥，继闻檐溜声，黎明大雨如注，顷刻院落积水，雷电皆至，巳刻雨始渐微。以特牲于坛所祀神祇，撤雨坛，谒关帝雷神位前、文昌神庙、龙神位前，谢觊归。客长温行庆率铺民于堂皇声爆竹为贺，延入宾厨，少坐行。四野木棉、薯蓣得此甘澍，足慰农望。日午朝食。雨止天霁，湿热薰蒸，似仍有雨。晚餐。

七日庚子　天气晴明。院落花草昨日经雨，枝叶便觉精神。日午朝食。炎日薰灼，溽暑益甚，挥汗不止。授女纹识字。薄暮晚餐。入夜小儿女、两孙设瓜果于正室檐下乞巧。

八日辛丑　天仍炎热，晨起沐浴。日午朝食。湿云四起，旋为大风吹散。风定，浓云复起，大雨骤至，下舂止。晚餐，入夜云破月来，凉意传秋。

九日壬寅　四更雨声，淋漓达旦。晨起理发，雨止。朝食后雨复缠绵，院落积水，天气新凉。下舂浓云密布，大雨如注，移时止。晚餐，入夜雨复渐沥，优渥霈足矣。

十日癸卯　黎明雨仍不止。日午朝食。雨止，云起如兜罗棉，雨意尤浓。料理俗事。得马缙卿书，以纨素属画，馈姜糕。薄暮晚餐，入夜雨，渐沥达旦。

十有一日甲辰　晨雨止。作书答谢马缙卿。日午朝食。其稚体热恶寒，项下生核；曾祐口中生泡，右颊作肿，延徐炳灵来诊视，疏方去。天气晴霁可喜，四野木棉连日经雨，仍宜炎阳，可望秋实。晚餐，入夜月色极佳。腰复作痛。

十有二日乙巳　天气晴热。日午朝食。左耳角上生小泡，时流黄水，以药敷之。其稚体热渐退，曾祐右颊肿亦渐消，仍延徐炳灵来诊视。薄暮晚餐，入夜月色如昼。

十有三日丙午　天仍晴明。日午朝食。腰痛稍间，其稚、曾祐疾愈，延徐炳灵来诊视。命仆辈曝书册。高舂天微阴，新凉宜人，下春晚餐，夜半大雨。

十有四日丁未　雨止，晨阴。曾祐十岁生日，追念鲁新妇不及见矣，为之怆神。以先大夫临《醴泉铭》一帙，及笔墨铜墨盒、青蚨五百枚与之。晨食汤饼。其秾两手肘微凉有汗，延吴运洪来诊视，谓中气不足，以六君子汤主之。移植凤仙、鸡冠、汉宫秋数本于院落，点缀秋光，藉以自遣。下春治肴酒，及闺人率儿女、周新妇、两孙聚饮，初更酒阑。雨淋漓彻夜。晚雏弟专足持书自成都来，命其颖作书答之。

十有五日戊申　晨雨犹不止。未谒庙，命其颖灶神行香、祀财神、拜祖。中元家祭，日午朝食。雨止，天气浓阴，料理俗事。薄暮及家人聚饮。入夜天霁，月影朦胧。

十有六日己酉　天气仍阴，新凉似水。日午朝食，料理俗事。院落凤仙经雨后复作花。薄暮晚餐。

十有七日庚戌　四更雨，片时止，黎明复飞小雨。仆李忠请假赴遂宁礼大士，致张昆山书，致岳恒华书。日午朝食。其稚牙龈出血而痛，延徐炳灵来视垣，以清胃散主之。薄暮晚餐，入夜微晴。

十有八日辛亥　晨阴。理发，日午朝食，天霁。治酒食邀周朗轩、吴运洪、徐炳灵、张根先晚饮，下春至，邀奚汝霖同聚，其颖侍座，清谈颇乐。初更后酒阑，诸君复至汝霖斋中，谈至二更散去。月色皎然。

十有九日壬子　天气晴明。日午朝食。翻阅书画消遣。仆福龄以其母病请假。薄暮晚餐，入夜天复阴。

二十日癸丑　天气浓阴，日午朝食，雨声淋漓，高春止。陈设书册，时有蠹蚀，仍为收藏。周新妇体中不适，其秾感寒，延徐炳灵来诊视。下春天霁，晚餐。得仆平顺合州书，以祖母年迈，实难远出，辞不能来。仆李忠自遂宁假还。夜仍飞小雨。得张昆山书。

二十有一日甲寅　晨雨犹未止，天气初凉，着袷衣。连年僚友书札杂置笥中，悉为检出，分别去留。下春天霁，晚餐，入夜复阴，二更后仍雨。

二十有二日乙卯　晨雨犹淅沥。日午朝食。命其颖寄其谷书，予缀数语于后。鲁新妇忌日，命其颖致祭。高春天霁，薄暮晚餐。

二十有三日丙辰　天气微阴。致张昆山书，以家书丐其寄都，遣役洪泰持赴遂宁。日午朝食，高春微晴。读薛一瓢诗话。薄暮晚餐，入夜天复阴。闻促织声，触我丛感。

二十有四日丁巳　天仍微阴。院落秋海棠作花。市得鳜鱼，佐晨餐。理发。洪泰自遂宁还，得其谷五月十三日沪上第三书，五月初五日乘快利轮船由宜昌开行，六日到汉口，乘江宽轮船，至夜开行，七至大通，八日抵陵阳镇。晤宁靖斋，始知徐质夫及其室宁恭人思女倍切，遣仆于三月十七日到陵阳，迎徐新妇回京。新妇遂于二十六日由陵镇起程，靖斋属其族弟知非往送，四月九日至天津，知非遂还。六月十三日，得其谷电信云，先后到京，初不知其妇先回京也。其稚喉嘶声哑，延徐炳灵来诊视。薄暮晚餐。

二十有五日戊午　天气浓阴。日午朝食。宜园秋花盛开，点缀篱边砌畔，颇饶佳趣，足寄闲情。薄暮食羊佐晚餐。

二十有六日己未　晨雨淋漓，莺声睍睆，触我丛感。日午朝食。蔡景轩遣其仆李馨回皖，舟行过此，致予书，使仆来见，垂念殷殷。仆得元出外，诫之。延徐炳灵来为其稚诊视。薄暮晚餐。

二十有七日庚申　天气仍阴。日午朝食。命其颖作书致晚雏弟，为陈孺人寄朱提四十五金。作书寄纺、纴两女，致鲍秋舫婿书，致李雅泉书。予作第三书寄纺女。仆得寿假还自流井，来辞，赍千钱。薄暮晚餐。寝室双燕来巢。

二十有八日辛酉　天仍凝阴。遣役费喜持家书赴成都，为纺女寄姜糕。秋节近，上张蔼青、王石坞、张麟阁观察、阿子祥太守书。致杨耀珊、谢品峰、赵达泉、高石洲、福雨亭大令书。致程寿岱别驾书，馈朱提十金。日午朝食。仆得僬请假归家。闻周味西大令来鸡公岭相验，将至，为设榻以待。其稚喉嘶稍愈，仍延徐炳灵来诊视，谓感风邪，为之疏方去。初更味西至，留宿，置酒小饮，夜谈至三更散。

二十有九日壬戌　晨飞小雨，天气渐凉。及周味西谈，甘爵卿、黄静安来见味西，少坐，味西往检验。浓云密布，雨淅沥不止。高春味西还，共朝食汤饼。镇日清谈。张灯，置酒小饮，初更酒阑，谈至三更散。夜雨达旦。

八　月

八月建丁酉，朔日癸亥　晨雨淋漓，未谒庙，命其颖灶神行香、祀财神、拜祖。周味西昨夜查获开设烟馆数人，水约何锡三亦与焉。抗传不到，今晨唤案答责，俾荷校斥革。已刻味西行，送之登舆。日午朝食。天气顿凉，着棉衣。其秾感寒体热，其稚喉嘶尚未瘳，延徐炳灵来诊视。薄暮晚餐。雨镇日不止，入夜益甚。房书甘家遂办公玩泄，革除。

二日甲子　天气浓阴，雨仍淅沥。吏役于社公祠赛神，往行香。第六子其秾生周岁，试以晬盘，先拾红顶笔砚，家人相贺。朝食汤饼。理发。院落秋海棠、凤仙盛开，婀娜可爱。市得鲜菌佐晚餐。雨淋漓彻夜。气作痛。

三日乙丑　天气浓阴，雨仍不止。气痛，罢晨餐。得程寿岱、高石洲、福雨亭贺节书。薄暮晚餐。得纺女七月十五日第十二书，得纴女书，由驿递到。

四日丙寅　晨晴。日午朝食。致庆印堂、王云溪书，贺中秋节。薄暮晚餐。得端午君书。夜雨淅沥。

五日丁卯　晨雨仍不止。作书答端午君，朝食水角。得王云溪大令贺节书。高春雨止，濯足。薄暮晚餐，夜复雨。

六日戊辰　晨雨止，天仍凝阴。日午朝食。下春微晴，晚餐，入夜复阴。读蔡景轩《自怡悦轩诗》。

七日己巳　晨阴，朝食后天晴。宜园秋花盛开，徘徊篱落间，足寄逸情。薄暮晚餐，入夜复阴。捕得金钟儿虫数头，畜之。夜闻磴稜稜声。

八日庚午　晨大雾，天气晴霁。日午朝食。院落桂花初放，时有清香。篱边砌畔秋海棠开遍，红白相间，秋光一片，耐人赏玩。薄暮晚餐，入夜月影朦胧。

九日辛未　天气仍阴。王长煦献丹桂数枝。日午朝食，小雨缠绵。得元以病请假。下春理发，夕餐，入夜雨止。

十日壬申　天仍凝阴。桂花开满，浓香扑鼻，折供瓶中清玩。日午朝食。宜园闲步，秋光满眼，绿醉红酣，足资延赏。晚餐，夜雨。

十有一日癸酉　晨阴。日午朝食。折桂花酿酒。仆得元病愈入署。薄暮晚餐，入夜雨，仍淋漓达旦。

十有二日甲戌　晨飞小雨。日午朝食。得阿子祥太守、杨耀珊、谢品峰大令贺节书。薄暮晚餐。夜仍雨，檐溜不止。得岳恒华重庆书，得张昆山书，为寄其谷六月十二日第四书。其谷以徐质夫寓中屋宇不多，偕徐新妇移居甘少南宅。去岁新妇寄居其舅氏家不归，实大谬也。闻信懊恼殊甚。

十有三日乙亥　晨雨渐沥。理发。日午朝食。馈方正、续泉食物二种。馈徐炳灵炙脯、焙餂、青蚨千枚。馈奚汝霖馎饦、梨、青蚨千枚。馈铺民炙脯、馎饦、羊、焙餂、米糕、梨、榴、胡桃，皆悉受。吏役献食物，受蔗霜、蜜枣、胡桃，余却。铺民张兴顺等馈只鸡、馎饦、豚蹄、梨、胡桃、回饼，受之。杨桃溪船保凌锡三、青堤渡船保陈万兴、天福镇船保李焕廷来见，公举满吏王毓槐充当本镇船保，许之。日暮晚餐，入夜月影朦胧。锡三云，毛质臣大令奉檄管射蓬水路引票盐厘局事，明日至杨桃溪。

十有四日丙子　天气微阴，小雨如丝。周朗轩、徐炳灵、甘兴州馈只鸡、豚蹄、蔗霜、梨饼、馎饦、香橼片，悉受。张鸿逵馈食物，受梨、馎饦。方正上人馈糍糕、馎饦、醃菹。续泉馈糍糕、米糕、馎饦、冬瓜条。庆印堂馈炙脯、馎饦、安石榴、胡桃，皆悉受，亦以食物报之，作书答谢。日午朝食。高春，天大晴霁，方正来，坐良久行。薄暮晚餐。治酒食，命其颖款待奚汝霖，其稚、曾荫、曾祐随座，予往周旋。晚餐，入夜月色如银。

役费喜自成都还，得纺女月之十日第十三书，为予寄馎饦。得晚雏弟书，陈孺人、赵孺人皆寄馎饦。得鲍秋舫及女纤书，纤女书云，其姑相待甚好，远怀藉慰。得周梅生书，梅生自大邑还成都，牟惠庵将受代。

十有五日丁丑　晨晴，少选复阴。未谒庙，命其颖灶神行香、祀财神。全家拜祖，贺中秋节，仆媪、吏役、下走皆贺，及奚汝霖互相贺。朝食汤饼，天气晴明。廖媪献鸡、鹜、豚蹄、馎饦。分卡勇士刘万明、蔡先雷来谒贺，见之。周新妇腹痛患痧症，延徐炳灵来诊视。及家人聚饮。为酒食宴汝霖，属郭尚仁陪之，赉仆媪、吏役酒食。入夜月光皎洁，恰应佳节。对此清辉，不忍就寝。

十有六日戊寅　天气微阴。日午朝食。院落秋海棠、凤仙开极繁盛，复移鸡冠花十数丛于空隙处，种之。秋光照眼，寄我闲情。晚餐，三更云破月来。

十有七日己卯　天仍凝阴，时飞小雨。日午朝食。读蔡景轩诗稿，笔情倜傥，颇得晚唐人神髓。薄暮晚餐。

十有八日庚辰　晨阴。日午朝食。其秾感寒，延吴运洪来诊视。何锡三具状悔过，文移周味西为之释放。薄暮晚餐。

十有九日辛巳　天气开霁。徐炳灵娶室，以青蚨千枚赠之。其秾昨夜体热如炙，晨起稍退，延吴运洪来视垣。日午朝食。得毛质臣大令书，文移告月之十五日视事，作书答质臣贺之。日暮晚餐，入夜雨，片时止。

二十日壬午　晨阴，理发。日午朝食。天霁，听讼。薄暮晚餐。紫云宫僧本鉴，其父在寺养老十余年，近因病殁，续泉为作佛事三日。本鉴招其族人来寺需索，唤本鉴来案，掌责逐去。夜雨。

二十有一日癸未　天气仍阴。日午朝食。蔡景轩遣勇士万贵持书来，馈馎饦四合、安石榴五十枚。初，以《长江诗草》寄呈斧削，丐为序；至是寄来弁首，书序数百言，过承奖誉，殊自愧也[①]。告张蔼青观察以疾卒于川东道任。陈寿芝明经廷桢，楚北人，过此乏路资求助，以青蚨二缗赠之。薄暮晚餐。

二十有二日甲申　延吴运洪来为其秾诊视，疏方调理。昨日蔡景轩遣来勇士，将往蓬莱镇，作书致端午君。先母吴太夫人忌日，致祭。日午朝食，天气微晴。黄子清、张根先、王福全、温行庆来见，坐良久行。命其颖作第四书谕其谷。薄暮晚餐，入夜仍阴。得家吉人、赵达泉贺节书。杨炳森运巴岸盐八百包至关，招之来，予以酒食。

二十有三日乙酉　晨雨。致张昆山书，以家书丐其寄都，遣役洪泰持赴遂宁。日午朝食。端午君自蓬莱镇至，为下榻留宿。周味西属午君至各乡，传保长等查验，居民如有私藏刀矛器械之家，令其呈出，凿戳存团首处，以免遇事互斗，殴伤人命，且靖地方。薄暮具酒食，及午君小饮，畅谈至三更散。夜雨淋漓。午君馈馎饦、诗笺、安息香，赠其秾缯帛，受之。

二十有四日丙戌　晨晴。留端午君小住。日午朝食。偕午君至关，倚楼远眺，烟波浩渺，岩岫杳冥，隔岸兼葭望若银涛。登草亭，茗谈镇日，薄暮散步归。杯酒清话，二更酒阑，复谈至三更散。数月来心怀悁惮，竟少清趣，偶然得之，稍涤烦忧。役旋，得张昆山报书。换戴暖冠。

二十有五日丁亥　晨阴。以《烟波楼》七律诗、《谒贾阆仙祠》五律诗墨拓，及所书《姜孝子祀典碑》赠端午君，为具小食，食已送之行。康保腹泻，延徐炳灵来诊视。庶曾祖母张太恭人忌日，致

---

① 蔡景轩序，后载《定生慧盦诗集》（民国二十四年〔1935〕印行）。

祭。日午朝食，理发。吴运洪来，为其秩主方药调理，逐日以粥与食。高春天霁，薄暮晚餐，入夜天复阴，小雨。

二十有六日戊子　天气浓阴。日午朝食。宜园忍冬复开，清香扑鼻。院落秋海棠花谢，光阴转瞬，殊可慨也。薄暮晚餐，夜仍雨。

二十有七日己丑　晨微阴。为马缙卿写古佛一躯。日午朝食。为蔡景轩写达摩像、古佛各一躯，为家耀卿写佛。高春天气晴明，薄暮晚餐。得端午君书，即作答。入夜雨，片时止。女纹感寒，午间延徐炳灵来诊视，为疏方去。

二十有八日庚寅　晨微晴。为蔡景轩镌"中郎绿绮"四字白文方印，略得汉人笔法。日午朝食，天大晴霁。昨日所写古佛为之着色，下春竟。晚餐，入夜雨，片时即止。蔡景轩遣来勇士自蓬莱镇还，明日赴邑城，作书致马缙卿千戎。

二十有九日辛卯　晨阴。为马缙卿镌"但求无愧我心"六字白文长印。日午朝食。前日为蔡景轩写古佛，书跋语于其上，凡二百余言，古气磅礴，得金冬心笔意。下春天气晴明，晚餐，夜见星。

三十日壬辰　天气复阴，小雨。为马缙卿镌"为臣不易"四字朱文长印。日午朝食，雨止。康保左臀生疮，以药敷之。薄暮晚餐，夜半小雨。

九　月

九月建戊戌，朔日癸巳　晨雨仍不止。未谒庙，命其颖灶神行香、祀财神、拜祖。日午朝食。为马缙卿、家耀卿题识所画佛像，检视所镌印拓。晚餐，入夜仍雨，闻檐溜声。侍妾左目瞳子生瞖，延徐炳灵来诊视。

二日甲午　天气浓阴。日午朝食，料理俗事。得毛质臣书。康保胃中不适，延徐炳灵来诊视。薄暮晚餐。质臣遣仆来查验卡谒见，致予书。入夜仍雨。

三日乙未　晨雨如丝，天气渐凉，着棉衣。日午朝食。蔡景轩撰联云："或为孔圣人所莞尔，且羡孟夫子之浩然。"属予书，为识数语。薄暮晚餐。曾荫左臀所患益觉肿痛，延周朗轩来诊视，以药涂之，少坐行。夜雨淋漓。

四日丙申　晨雨仍未止。家耀卿于罗江得蒋花农①手书《舞鹤赋》墨迹，坚凝密栗，直追董香光。惜残失后篇，丐予补录之，因仿《黄庭经》笔法。忆自道光壬寅、癸卯岁，先大夫与花农游，予方髫龄，得随杖履，倏忽间五十余年矣。花农工绘事，今获睹其书法，佛氏所谓"香火因缘"，亦自有"翰墨因缘"也。日午朝食，雨仍不止。曾荫所患溃脓，仍延周朗轩来诊视，留晚饮。邀徐炳灵来，及奚汝霖同聚，其颖侍座，初更后酒阑。夜雨淋漓，朗轩留宿汝霖斋中，炳灵行。

五日丁酉　晨雨仍不止，留周朗轩小住。得王云溪书。日午朝食。家耀卿以绢素索书，为录旧作，以行书书之，下春竟。治酒食邀徐炳灵来，共朗轩、奚汝霖同聚，其颖侍座，初更散。仍雨，朗轩留宿，炳灵行。二更雨止。

六日戊戌　天气凝阴。作书致毛质臣大令，留周朗轩朝食后行。高春微晴，薄暮晚餐。得其谷七月六日第五书。

七日己亥　天仍凝阴。理发。日午朝食。得陈稚兰书。得家耀卿书，以图书索镌，以宣纸索书。作书致周味西大令，为寓陆笃斋都中书。读蔡景轩诗。薄暮晚餐，夜雨淋漓。

八日庚子　雨仍不止。遣役贺喜赴邑城。日午朝食。评点蔡景轩诗稿。甘爵卿、黄子清、张根先、温行庆来见，谈良久行。镇日雨不止，晚餐，夜仍雨。

九日辛丑　晨起雨止。致周味西书，遣役钱德持赴邑城。日午朝食。评阅蔡景轩诗。高春天霁，薄暮晚餐，二更复雨。

―――――――――――――

① 蒋花农：蒋继焕，字花农，室号师意轩，罗江人，清中期书画名家，刻有《师意轩法帖》行世。

十日壬寅　雨止，天仍凝阴。为其秣茹荤。日午朝食。宜园秋光将残，删除败叶。薄暮晚餐，入夜雨复淅沥。

初，蔡景轩以《自怡悦轩诗稿》属予为序，连日评阅读竟，为之序云：

尝谓诗之道三，所贵者有才思、有学力、有见识，方能卓然自立，与古人抗衡。兹三者果谁激之而鸣者乎？莫不曰我实为之，则诗中尤贵有我。或寄情于山水，或流连于光景，或歌啸于月夕花晨，或羁迟于关河道路。所遇之人、之境、之事、之物，无处不有我，亦无不为我有。有所触而兴起，其意、其辞、其句遂劈空而来，皆自无而有，随在取之于心，出而为情为景，人未尝言之，皆自我始言之。小而温柔敦厚，大而忠孝义烈，性情、智慧、志气、胸襟，本此深衷，流为绝调，则诗之真才、凤学、卓识，毕露于毫端。至于下笔天矫，用意深邃，说论宏博，尤非三者兼备不能造独得之奇也。仆匏系一官，蓬飘十载，门无车马，座有图书，虽得山水之佳，竟少友朋之乐。

光绪乙未春，吾乡蔡景轩宰蓬溪，是冬来长江，得与之游。其腹笥之藏与齿牙吐属之雅，讽咏篇什之高且工，各尽其妙。灯红酒绿，快谈衷曲。钦其抱负，结文字交，以风雅道义相切劘。越明年，景轩再任罗江，轻骑往诣，作三夕谈，别后思之，未尝不劳梦忆也。时当盛夏，蹋壁空斋，赤日如火伞，闭户下帘，挥汗雨下。忽奉尺书，以《自怡说轩诗集》见示，丐序于予。庄怀咀颂，若服清凉散，味沁心脾，浑忘炎暑之灼体也。集中论断大义，怀人赋物，平淡之中，郁有奇采；超隽之间，弥益沉挚。俊爽若牧之，藻绮若飞卿，精深若义山，整密若乐天、东坡，而最上者则又直入盛唐壶奥。是景轩之生平，不可以诗概者。而景轩之诗，亦难以一体尽之，若春水生波，流云出岫，天机所荡，风籁自鸣，令人索之无尽，味之不厌。景轩之为人，形劳而性逸，神凝而气流，量充而德聚，器博而道化。

诵其诗，知其人，向之所谓诗中有我者，今于景轩之集见之矣！

　　是集别开生面，不仅以才、学、识三者括其万一。他日舟车所至，文章经济迨将和其声，以鸣国家之盛。予袜线才，得以附大集骥尾，何快如之，遂援笔而为之序。

　　　　　　　　　　　　　　　　　　时光绪丙申重九日

更以刘越石赠答卢子谅四言诗"庭虚情满"四字，书于集面。

　　十有一日癸卯　晨阴。龙永才控蒲荣炳阻耕所佃人和寨文昌会地山土，将牛牵去，荣炳不安本分，屡次生事。备文移县，更致周味西书，遣役洪泰持往。濯足。日午朝食。读薛一瓢诗话。薄暮晚餐，夜雨淅沥。

　　十有二日甲辰　晨雨仍不止。日午朝食。其稚喉嘶仍未大愈，延徐炳灵来诊视。甘爵卿、黄子清、何峙山、温行庆来见，坐良久行。镇日雨，淋漓不止，农民亟望晴也。薄暮晚餐，夜雨益大。

　　十有三日乙巳　晨雨犹滴，食时止。蔡景轩遣来勇士自邑城还。役钱恒献红豆数枝，供瓶中。高春天霁。仆山云假还。薄暮晚餐，夜月皎然。

　　十有四日丙午　黎明大雾瀺灂，天气晴霁可喜。马缙卿来查乡团见过，谈良久行。缙卿馈栗、柚。日午朝食。作书致蔡景轩、家耀卿。以只鸡、鲜鱼、鸡卵馈缙卿。薄暮晚餐。景轩遣仆蒋升赴重庆，舟行过此来见，景轩致予书，复以诗稿寄示。入夜诣缙卿，长谈至二更归。

　　天无片云，月光如水，虫声唧唧，四顾烟雾，直落檐际。得纺女月之朔日第十四书。得牟惠庵书，已受代还成都，其子灿生由廪生得拔萃。

　　十有五日丁未　天气晴明。马缙卿以纨素赠人属予，即为挥毫，乘兴书之。未谒庙，命其颖灶神行香、祀财神、拜祖。缙卿行，遣仆往送。以馎饦、麦酱馈蔡景轩，寄还诗集，遣来勇持回。日午朝食，读景轩续寄诗稿。薄暮晚餐，入夜月色皎洁。

十有六日戊申　天仍晴明。日午朝食。为岳恒华作真书屏四幅，书《治家格言》凡四百余字，作八分书楹联，镇日挥毫。薄暮晚餐，入夜月影朦胧，二更飞雨数点，旋止。

十有七日己酉　天气微阴。日午朝食。为岳恒华作八分书屏四幅、八分书直幅。理发。薄暮晚餐，入夜雨，夜半雨复淋漓。

十有八日庚戌　晨雨犹淅沥。得周味西大令报书。日午朝食。其稚喉嘶仍未愈，延徐炳灵来诊视。为周茝臣作八分书屏八幅、楹联。听讼。薄暮晚餐，夜半大风。

十有九日辛亥　天气晴明。为范方舟作小篆书屏四幅。日午朝食。吴新妇忌日，命其颖祭之。薄暮晚餐。堂皇外皂荚一株，摘之。夜雨。得五律云："托迹空山里，秋风又一年。兼旬愁坐雨，竟夕忆归田。灯影看无语，书声听未眠。怀人诗味冷，幽寂似枯禅。"

二十日壬子　天气晴明。日午朝食。得王石坞观察报书。为徐渔卿作小篆书屏四幅、八分书联。为袁拾珊文谷作篆书屏四幅、八分书联。薄暮晚餐，入夜星繁满天。

二十有一日癸丑　晨阴。日午朝食，天霁。甘爵卿来，谈良久行。为舒稚鸿广文作小篆书屏四幅。为赵方塘作篆书屏六幅。为显之作八分书联。得元以纸求书，为作行书联。薄暮晚餐。得其谷七月二十一日第六书。女纹体热，延徐炳灵诊视。入夜星宿。

二十有二日甲寅　天气浓阴，雨片时止。作第四书谕其谷，命其颖亦寄书。作书致岳恒华重庆，致张昆山、周茝臣书，丐其转寄，遣役蒋顺持往遂宁。日午朝食，天霁，薄暮晚餐。

二十有三日乙卯　天仍凝阴。其颖生日，具衣冠拜祖，拜予夫妇，家人相贺。晨食汤饼。其稚喉嘶尚未愈，延徐炳灵来诊视。为家紫霓、缦云兄弟作小篆书、八分书直幅。为蒋一章行书屏六幅、子千八分书楹联。治酒食及家人聚饮，初更散。

二十有四日丙辰　役蒋顺自遂宁还，得张昆山书。理发。日午朝食，天气仍阴。为范方舟作八分书屏四幅，八分书、行书联。宜园秋花开残，删除败叶，眼前为之一清。薄暮晚餐。

二十有五日丁巳　天气晴明。日午朝食。宜园山茶初放花。闻端午君将来镇，为除舍设榻，薄暮至，留小住。张灯小饮，谈至三更散。

二十有六日戊午　天气凝阴。日午，共端午君朝食汤饼。午君传法华寺、长江坝各团乡民来，以所藏刀矛器械呈验凿戳，下春毕。共午君长谈，张灯小饮，夜谈至三更散。女纹面目、四肢浮肿，延徐炳灵来诊视，谓受风邪，为之疏方。

二十有七日己未　天大晴霁，留端午君朝食后行。女纹所患未消，延徐炳灵来诊视，更延吴运洪来视，谓受湿邪，且有宿积，宜疏经络，为之疏方去。命其颖作书寄晚雏弟，为陈孺人寄朱提四十金，寄纺、纤两女书，致李雅泉书。薄暮晚餐，入夜星宿。

二十有八日庚申　天气晴明。遣役费喜持家书赴成都。女纹所患仍未消。日午朝食。翻阅桂未谷所集《缪篆分韵》。薄暮晚餐，入夜星繁如豆。

二十有九日辛酉　天气晴明。先大母陈太夫人忌日，致祭。女纹体肿未消，小便色黑，延徐炳灵来诊视，依黄坤载《金匮悬解》"皮水为病，溢于皮肤"之防己茯苓汤方主治，留炳灵共奚汝霖朝食。听讼，薄暮晚餐，入夜星宿。

十　月

十月建己亥，朔日壬戌　晨起大雾，诣文昌神庙、镇江王祠、萧曹社公、灶神行香。至盐关镇江王位前行香，登楼眺望，坐良久归，祀财神、拜祖。下元节家祭。日午朝食。延徐炳灵来为女纹诊视，肿微消。料理俗事。甘爵卿、张根先、王福全、温行庆、何峙山来见，坐良久行。薄暮晚餐，入夜星宿。

初，平冶园以白金三百两交张和煦、何升基管领生息，以之拯溺妥幽，置木槽义阡，捞瘗贫乏之死无所归者。升基殁，其孙绍哲将息资挪用，王长煦控于案，饬令绍哲及和煦之子根先，将连年出纳清算除用外，将所存钱文呈缴。至是缴钱百四十七千三百七十文，交甘爵卿及根先另行管领。佃得何峙山坝土一万八千，岁取租钱二十二千一百文，先扣缴明岁租钱二十二千一百文，更取拯溺安幽明岁租钱五百三十文，足成一百七十千，面付峙山，属峙山书授交爵卿、根先收存，俟租岁积有巨数，另作地方善举也。

二日癸亥　天气微阴。理发。女纹面目肿渐消，两腿尚未消，小便色作赤，延徐炳灵来诊视，易方药。日午朝食。宜园秋菊放花数朵。薄暮晚餐。以通草、车前仁增入女纹药内与服。

三日甲子　卯刻立冬。天气浓阴。女纹昨夜服药，小便色转黄而长，仍延徐炳灵来诊视。日午朝食。听讼。甘大镕之父培林，负何良臣钱数十千，良臣控于案。甘家霖负培林之母彭氏钱数十千，家霖轻信讼棍苟廷光之言，直不承认，痛笞廷光俾荷校。培林物故，彭氏老而贫，断令家霖归还四十千，其余宽免。至培林负良臣之逋，亦令良臣让去二十四千，大镕为之归还三十千。甘有炳于中播弄，亦笞之。家霖贸易于绵州，家小康，不应误听恶痞之言，至伤骨肉之和。批其颊，开导再三，尚知悔悟。薄暮晚餐。

四日乙丑　晨雨淋漓，檐溜有声。女纹两腿肿亦渐消。日午朝食。雨止，天仍凝阴。阃人感寒微嗽，延徐炳灵来诊视。端午君以铜章数方见贻。蓬莱镇有唐恂者，善刻铜章，因仿汉印章法，为儿孙辈各篆名印一方，拟丐午君属为奏刀。薄暮晚餐。

五日丙寅　晨阴。端午君以铜章数方属为其子篆名印。日午朝食。入秋后月余淫雨，谷多霉变，以致下游之米，来者甚尠。镇有张友顺者，贩米为业，故昂其值，查得传来案，以所售之米五石榜示小民，令以升米八十五钱给之，为平其价。每户以二升为率，不得多买，以期小民实惠均沾。坐堂皇，亲为给散，所得值付友顺，以示薄罚，下春散竟。晚餐，入夜天霁。

六日丁卯　天气晴明。为端午君篆印章。日午朝食。蓬莱镇培修万寿宫落成，董事刘镜堂、陈笃生具柬邀八日晚饮观剧，更以纸索书扁额、楹联，为之挥毫。为彭小田作楷书聚头。具书、币聘奚汝霖明岁仍课读儿孙。理发。薄暮晚餐，入夜见新月。

七日戊辰　天气微阴。辰刻，呼肩舆发康家渡赴蓬莱镇，五里至五显庙，渡涪江，十三里老鹳滩，小憩。小雨，旋止。十八里至隆盛场，朝食；十二里至大乌坝，小憩；八里至尚家坝，舆人午饭。叶勃然家于此，遣役投刺。十里抵蓬莱镇，谒端午君，为设榻留住，诣其幕宾彭小田。张灯置酒，左静斋、李如璋茂才克臣、筱田同座。如璋，午君延之课读者。初更酒阑，静斋行。见午君三子两女，长富谦、次富文、三富寿，女长富玉、次富珍，以番银数饼及冠履缯帛赠之。馈午君肥鲇鱼、馎饦。及午君谈至三更后散。

八日己巳　天气仍阴。辰刻大雨，片时止。诣蓬山书院主讲何捷三孝廉炳森，少坐访左静斋、陈笃生、刘镜堂、叶勃然，皆不值。归，勃然来，少坐行。静斋来，端午君留共朝食。日午，偕午君谒江西馆许真君位前行香，笃生、镜堂邀饮观剧，何兰村次随、查玉峰承瓒、徐肇祥元旦三茂才，中江周宝田茂才基钰、彭小田、李如璋、捷三、勃然、静斋、周瑞堂同座。二更后酒阑客散，偕午君归，谈至三更后散。

九日庚午　天气微阴。陈笃生、刘镜堂、周宝田来，少坐行。笃生、镜堂邀晨饮观剧，偕端午君往江西馆，彭小田、李如璋、左静斋、宝田、倪肇海同座，高春酒阑。叶勃然邀晚饮于龙神祠，偕午君往祠后山腰，午君建小亭，颜曰"云亭"，偕午君登眺，四面云山，皆入望中。谈良久，张筵，周瑞堂、宝田、查玉峰、徐肇祥、邓理中祖燮同聚，初更后酒阑散还。及午君谈至三更后散。

十日辛未　天气晴明。端午君款留小住，见其母太宜人。左静斋、倪肇海来，午君留共朝食，彭小田、李如璋同座。高春，午君邀往龙神祠游眺，偕静斋、肇海散步往登云亭茗饮，谈至下春还。

张灯置酒，静斋、肇海、筱田、如璋同座，初更后酒阑。静斋、肇海行，及午君谈至三更散。月色皎洁。

十有一日壬申　晨大雾，雾散，天气晴明。端午君复款留小住一日。左静斋来，午君留共朝食。彭小田、李如璋同座。静斋将赴邑城，辞别行。午君出示所摹南薰殿本汉诸葛武侯像，为法梧门学士所藏，后归翼斋通侯恭阿拉，传其曾孙桂亭都护维庆。桂亭携来蜀，午君因为重摹。梧门题赞云："功盖三分，名垂宇宙。遗像清高，千秋俎豆。翳如此人，生三代后。岂非人臣之极轨，而章缝所希觏耶？"复观陈香山白描人物画册。镇日及午君清谈颇乐。张灯置酒，小田、如璋同聚，初更后酒阑。月明如昼。江西馆首事陈笃生、刘镜堂馈馎饦、普洱茶，复以青蚨八缗赍仆从、舆夫，固辞不获，受之。及午君谈至三更散。

十有二日癸酉　晨大雾，天气晴明。以青蚨四千赍端午君仆从，午君馈千丝面、馎饦、茄南香，受之。彭小田馈米糕及摹刻八濛山汉碑拓本"汉将军飞率精卒万人，大破贼首张郃于八濛，立马勒铭"二十二字。陈寿《志》：郃进军宕渠蒙头、荡石，侯领巴西，从间道邀战破郃。今渠八濛山旧有纪功碑，石失已久。光绪壬午，成都杨虞裳舍人宜治，从姚彦士方伯处得古拓本，因复石于八濛山麓。

诣见午君母太宜人辞别，午君为具小食。食已，别午君发蓬莱镇。午君以卤簿郊送，情意殷殷。假叶勃然围驷，命仆乘之归。十八里至大乌坝，舆人早饭；十二里至隆盛场，朝食；十八里至老鹳滩，小憩；十三里至五显庙，入寺游览。渡涪江，五里抵康家渡。女纹所患已瘳，服药调理。得纺女九月十四日第五书。薄暮晚餐，入夜月光皎洁。

十有三日甲戌　天气晴明，晨起濯足。先室周宜人忌日，致祭。仆福龄困于阿芙蓉，遣去。日午朝食。作书致叶勃然，以咏烟波楼七律诗拓本及楼上楹联数拓赠之，遣围驷还。理发。王福全来见，少坐行。薄暮晚餐，夜月皎然。

十有四日乙亥　天气晴明。日午朝食，料理俗事。宜园后圃菊有黄花，赏玩良久。薄暮晚餐，入夜月光如昼。

十有五日丙子　天仍晴明。谒文昌神庙、镇江王祠、萧曹社公、灶神行香。至盐关镇江王位前行香，登楼眺望，少坐归，祀财神、拜祖。日午朝食，听讼。薄暮晚餐，入夜月色极佳。读薛一瓢诗话。

十有六日丁丑　晨阴，日午朝食，天霁。市得肥鮀佐晚饮。入夜读薛一瓢诗话，天阴。其秾嬉戏，木凳倾覆，伤右手，无名指出血。

十有七日戊寅　晨阴。先室周宜人生日，致祭。曾荫生日，以石印吴天玺纪功碑小册与之。朝食汤饼，高春天霁，下春治酒食及家人聚饮，初更酒阑散。晨间，作简致庆印堂，役旋，得报书。

康镇四野无水田，居民悉以种棉为业，所食之米，皆赖遂宁以下船户运来，得以度活。今秋淫雨缠绵，合州以下不获丰收，遂宁之米因之往枲，康镇遂无来者，斗米值千钱，居民无处买食。因招贩米数人来，告以每值趁墟前期给一票，注明某人若干石，持往太和镇，买米运来，以济民食。致印堂书，属米至青关为之验票放行，以杜假冒，印堂允之。

役费喜自成都还，得纺女月之十日第十六书。得晚雏弟书，上书布政使请赴泸州听差遣，陈孺人携吴氏弟妇及邮雏弟，于九月二十八日乘舟同往。赵孺人移居子克弟寓中，今春必欲回成都，劝之不从，实非计也。得李雅泉、陈元椿书。得乔英甫世杰书。

十有八日己卯　晨晴，日午朝食。程馥卿太守鸿佑奉檄管大河坝厘局事，文移告九月十八日视事。高春天阴，大风落叶。黄子清弟子元，充县工房吏，役满归，馈雉、兔、栗、姜糕，受之。薄暮晚餐，夜雨。

十有九日庚辰　晨仍飞小雨，听讼。日午朝食，雨声淋漓。舟子欧洪顺、魏复顺献豚肩、蔗霜、橙饼、蜜枣、桃仁糕，受之。薄暮晚餐。

二十日辛巳　晨雨淋漓，日午朝食，高春雨止。宜园山茶渐开，徘徊良久。薄暮晚餐，入夜天仍浓阴。张玉峰病数月治不瘳，于黎明去世，为焚冥镪。

二十有一日壬午　晨晴，日午朝食，天气甚暖，时犹着棉。读杜少陵诗。及奚汝霖谈良久。薄暮晚餐，入夜星宿。其秩右手无名指触伤作脓。

二十有二日癸未　天气晴明。日午朝食。甘爵卿、甘兴州来见，坐良久行。作第五书谕其谷，为寄朱提五十金，命其颖亦寄书。更寄纺女书，予缀数语于后。上程馥卿太守书。高春理发，夕餐。入夜星繁满天。

二十有三日甲申　晨阴。先母吴太夫人生日，致祭。料理俗事。致张昆山、周苊臣书，以家书丐其一寄京师，一寄成都，遣役王彪持赴遂宁。日午朝食。细雨如丝，天气渐寒，薄暮晚餐。其稚喉嘶，服徐炳灵方药，渐瘳。

二十有四日乙酉　晨微晴。蔡景轩之仆蒋升自重庆还罗江，舟行过此来见。致景轩书，馈鼋鱼、黄橙。日午朝食。黄和兑、甘培政、谢玉章私拆寨屋，甘兴州控于案，传讯属实，笞责示惩，饬令修整完善。役王彪自遂宁还，得岳恒华重庆书，馈淡巴菰。得张昆山书，为寓其谷八月二十日第七书。秋间永定河涨，近畿一带多被水灾。陆笃斋筹得万余金，于七月二十三日邀其谷偕叶卓斋农部杨俊、瑞臣太史宝熙出都，至黄邨①放赈。二十五日乘舟往查魏家场②，水溜之大，无岸可泊，夜分始到，船不能抵岸，呼邨中人用椅上岸。数人舁椅，涉水而行，遂陷于沙，其谷亦落水，为数人拯出。险矣哉！二十八日回黄邨，八月二日回京，再筹长赈之法。薄暮晚餐，入夜星宿。

二十有五日丙戌　晨阴，日午朝食，天气晴霁。听讼。薄暮晚

---

① 黄邨：即黄村，大兴县黄村镇。今属北京市大兴区。
② 魏家场：未详。北京市丰台区有魏家村，或即此。

餐，入夜天复阴。其秣两枴生子作红色，细如黍。

二十有六日丁亥　天气凝阴。日午朝食。其秣两枴所患益红，延徐炳灵来诊视，谓阳旺风热，以银花白芷煎汤洗之。薄暮晚餐。酉刻，周新妇免身，得雄，抱第三孙。闻雁。

二十有七日戊子　晨阴，时飞小雨。先大夫忌日，致祭。日午朝食。浓云稠叠，寒雨淋漓，檐溜有声。薄暮晚餐，夜雨达旦。

二十有八日己丑　晨阴。奚汝霖来贺得孙，仆媪、吏役、下走皆贺。日午朝食。洗儿，名曰曾源，字曰孝远，小名康平。治茜鸡卵，馈汝霖，馈铺民，赉吏役、仆从、下走。仆妇孙、唐以得孙，献双鸡、蔗霜，赉以酒食。薄暮晚餐，入夜小雨。其秣两枴所患愈。

二十有九日庚寅　天仍凝阴，时飞小雨。日午朝食，高春雨止。其秣右胁下生包，大如钱，当是日前倾跌，触而气凝，呼役钱恒咒之。得纺女月之十七日第十七书，为寄杨玉行万县重九日书，由驿递来。

三十日辛卯　晨晴。致庆印堂书，馈茜鸡卵二十枚，遣役洪泰持往。理发。日午朝食。买得黄橙数十枚，置案头，清香扑鼻。宜园水仙着花，折供瓶中赏玩。薄暮晚餐，入夜天阴。役还，得印堂报书。其秣手指所患尚未愈。得晚雏弟书，于四日至嘉定，赁屋而居，不复至泸州。

十一月

十有一月建庚子，朔日壬辰　晨大雾，天气晴明。未谒庙，命其颖灶神行香、祀财神、拜祖。日午朝食。天复阴，寒甚，屋中置火。薄暮晚餐，入夜星宿。

二日癸巳　晨大雾，天气晴明。日午朝食。闺人微嗽，延徐炳灵来诊视。其秣右胁下所患尚未消。薄暮晚餐，入夜星宿。

三日甲午　晨大雾，天气晴明。日午朝食，料理俗事。薄暮晚餐，入夜见新月，繁星满天。读杜诗。

四日乙未　天气晴明。日午朝食，濯足。宜园水仙复开数蕚，折供瓶中清玩。薄暮晚餐，入夜月影朦胧。

五日丙申　天仍微阴。日午朝食，高舂天霁。吏役以新得孙，献鸡四、鸡卵八十枚、豚肩、糯米，以吏役月得验钱无多，再三却之不得，仍给以值，受之。其稤右胁下气触未消，招李荣周来用咒画之。薄暮晚餐，入夜星宿。

六日丁酉　晨大雾，天气晴明。其稤胁下所患微消，仍招李荣周来按摩画之。日午朝食。寝室东窗外橘树三株，结实累累，颇可玩。薄暮晚餐，入夜星宿。女纹识得千字，伶俐可喜。

七日戊戌　晨阴。理发。市得野鹜，佐晨餐。高舂天霁。其稤胁下核略大，手指亦尚未愈。薄暮晚餐，入夜月，夜半微雨，旋止。

八日己亥　天气浓阴。呼李荣周来为其稤视所患。日午朝食。周新妇偶冒风，畏冷多汗，延何兴裕来诊视，疏方去，徐炳灵以事赴邑城未归也。薄暮天霁，晚餐，入夜月。

九日庚子　晨晴，始着裘。李荣周来为其稤诊视。日午朝食。甘兴周来见，少坐行。徐炳灵自邑城归，延之来为周新妇诊视。高舂天阴，薄暮晚餐。

十日辛丑　天气微阴。得其谷九月十六日第八书。日午朝食。周新妇疾愈，延徐炳灵来诊视。薄暮晚餐，入夜天霁。

十有一日壬寅　晨晴。其稤胁下所患略小，仍呼李荣周来按摩。日午朝食。天气晴暖，宜园散步。薄暮晚餐，入夜月色极佳。庆印堂以得孙，书来致贺，馈鸡子、蔗霜、馉馆，作书答谢。阅邸抄，王石坞观察授建南兵备道，奉檄之任。夏菽轩观察奉檄总办滇黔官运盐局事。

十有二日癸卯　晨阴。李荣周来为其稤视所患，手指渐愈，右胁气核尚未消。日午朝食。周味西文移，属代查验蓬溪中乡所存积谷是否足额。昨日遣役，传各保长、经事今日来面询。康家渡法华寺保长甘家贵、黄静安、何辅廷，经事杨光第、何兴裕、甘兴浩；天福镇保长冉茂斋骑射腾蛟、何鸿联恒山，经事李陶臣、赵仁怀荫堂、唐守德；吉祥寺保长王式之骑射翰、经事杨雨亭上舍光琳来见，坐谈良久行。方正上人来贺得孙，少坐行。薄暮晚餐。其稚、曾荫感寒，延徐炳灵来诊视。何良臣馈雉，爵卿、炳灵馈雉、兔，悉受。

十有三日甲辰　晨阴。宜园黄梅放花。女纹生日，朝食汤饼。天霁，大风寒甚。初，端午君至阆州，谒张桓侯墓前铁铸遗像，生气懔然，摹写一本。至是属予题，因识数语。薄暮晚餐。初，盐房书李荣周乞假不归革除，近以贫不能支，乞求供役，许之，来谒见。

十有四日乙巳　天气凝阴，日午朝食，天霁。制木块方寸许，两面书字，为女纹授之。薄暮晚餐，夜月朦胧。

十有五日丙午　晨晴。未谒庙，命其颖灶神行香、祀财神、拜祖。朝食水角。作书致端午君，遣役洪泰持往蓬莱镇。舟子严洪顺，运保和丰中路票盐三十二包至关盘验，有多数斤者，传来案讯之。姑念初犯，从宽免究，饬令具状，以后不得违令。薄暮晚餐。新得小孙缺乳，为雇张媪乳之。

十有六日丁未　大风寒甚。黎明步至紫云宫，盘验法华寺分存积谷。何辅廷、杨光第经管一仓，实存七十一石四斗，不敷十七石四斗六升；黄静安、何兴裕经管一仓，实存四十八石九斗，不敷三石零九升；甘家贵、甘兴浩经管康家渡一仓，实存三十七石七斗，不敷一石零八升。属令买补还仓，留诸君朝食。下春盘验毕，邀诸君来署晚饮，奚汝霖同聚，初更后酒阑客去。役洪泰还，得端午君书，为予写武侯像。夜雪。

十有七日戊申　雨雪，天气极寒。长至节家祭。日午朝食。雪止，寒风溧烈。烟波楼侧红梅始着花，折供瓶中。寒葩冻萼，得雪酝酿，益见精神。围炉小饮，足消岁寒。

十有八日己酉　晨晴。日午朝食。其稚手指尚未大愈，有李茂瀛者，延之来诊视。甘爵卿来见，坐良久行。宜园山茶始花。薄暮晚餐，入夜月明如昼，寒光一片，射满窗牖。

十有九日庚戌　天气寒甚，院落方池已见冰矣。作第六书谕其谷，命其颖亦作书。日午朝食，理发，料理俗事，薄暮晚餐。入夜风甚，寒气袭人，时飞小雨。读蔡景轩续寄诗集，题二截句云："红瘦绿肥花乱开，六朝样子丽清才。好辞艳说中郎笔，灵孕实从河岳来。""其人中岁颇耽道，与我谈空共一麀。今夜雨窗苦相忆，高烧红烛梦淮南。"

二十日辛亥　黎明起，天气极寒。作书致张昆山，以家书丐其寄都，遣役刘荣持赴遂宁。发康家渡，赴各乡清查积谷。十八里至王家湾，保长何恒山、经事唐守德经管三十三石七斗，盘验入仓。唐浙江上舍能潮及团首郭茂斋荣周、陈镛生昌同、杨长春宗泽、蒋东山云益来见。守德之兄守禄，以朱笺索书，为书"天锡纯嘏"四字与之，且备酒食，食已行。十五里至准提庵金凤禅院，建自前明万历年间，僧广厚出迎，日已晡矣。恒山及经事赵仁怀来，经管积谷三十七石六斗，盘验入仓。事毕已初更，仁怀家距此甚近，邀往小住。别恒山，张灯行，五里至安家沟仁怀家，其子心涛、其婿冉正潼出见，晤崔显廷仁荣、唐厚丰祥福。仁怀为具晚餐，谈至三更始寝。

二十有一日壬子　晨晴。别赵仁怀，五里至海会寺，僧正松、保正何嗣国、李绍康来迎。何恒山、经事蒋立柱之子启钊来，经管积谷三十石，盘验入仓。仁怀、崔显廷、唐厚丰亦来，恒山、启钊为备酒食留饮。食已，为仁怀作小篆书联、行书直幅，为厚丰作真书、显廷八分书联，别诸君行。十二里至青堤渡，诣庆印堂，别年余矣，留宿，见其室钮祜禄宜人。张灯晚饮，及印堂夜话，至三更散。

二十有二日癸丑　天气晴明。发青堤渡，二里至天福镇紫云宫。保长冉茂斋、经事李陶臣、保佐郭杰亭上舍祖善、水约李焕廷、客约李远俊来迎。陶臣经管积谷三十石，盘验无亏。事毕至关帝庙，茂斋经管积谷三十九石五斗四升，盘验实存三十二石六斗，不敷六石九斗四升，属令速为补足。甘爵卿、何恒山来，陶臣、茂斋为备酒食，留晨饮，固辞不获。日午张筵，爵卿、恒山、杰亭、远俊同座。高春酒阑散，仍至庆印堂署，为印堂作八分书"益友如书"四字横额、小篆书联，为盐吏冉清辉作八分书、行书联。李进之来，印堂留共酌。张灯置酒，初更后酒阑，进之行。及印堂谈至三更散。陶臣具存积谷结状。

二十有三日甲寅　黎明起，天气晴明。庆印堂留朝食汤饼，酒阑别印堂。发青堤渡，十里至普贤院。寺建于山腰，俯视平畴万顷，足旷心目。何恒山、郭杰亭及保正甘克映、团首郭文禧、郭庆荣，经事郭省三茂才毅之子嘉顺郭其矩出迎。省三经管一仓，贮谷十八石八斗，盘验无亏；其矩经管一仓，实存四石四斗，不敷二十二石五斗六升，饬令速为筹补。下春事毕，别诸人行。十里至康家渡，旋署。

得岳恒华、张昆山书，为寓其谷九月二十八日第九书、十月六日第十书。得程馥卿太守报书，及奚汝霖少谈。张灯晚餐。张媪乳汁不足遣去，雇武媪来乳曾源。

二十有四日乙卯　天气凝阴。料理俗事，日午朝食。程寿岱文告，奉上官檄，准礼部咨："本年十二月二十一日辛巳，宜用午时封印吉；二十三年正月十九日己酉，宜用午时开印吉。"薄暮晚餐。

二十有五日丙辰　天仍凝阴。晨起濯足，寒甚小饮。其秾履地，渐能四五步，手指所患稍愈，仍延李茂瀛来医治。何恒山、唐守德来见，留晚饮，更邀甘爵卿、张根先、王福全来同聚，奚汝霖及其颖亦入座。张灯开筵，初更后酒阑。爵卿、根先、福全行，为恒山、守德设榻留宿。恒山、守德及赵荫堂、蒋立柱、郭毅具存积谷结状。

二十有六日丁巳　天气仍阴。侵晨，为何恒山、唐守德具小食，食已行。高祖生日，致祭。周新妇生子弥月，合家相贺，仆媪、吏役、下走皆贺。日午朝食。至紫云宫，甘家贵补缴积谷一石零八升，黄静安补缴三石零九升，盘验入仓，均敷原额。及爵卿、静安少坐还，理发。如意渡首事黄永德来见。薄暮晚餐，夜卧濯足。爵卿、静安具存积谷结状。

二十有七日戊午　天气晴霁。天福镇水约李焕廷来见。日午朝食。发康家渡，赴吉祥寺查积谷。十三里至卿家沟，小憩；七里至唐家店，循涪江行；八里至鱼箭滩，入山行十里至吉祥寺，遂宁县境，宿关帝庙。保长王式之及经事杨雨亭、刘昌品、陈占元之子金镛来见，少坐行。张灯晚餐。庙前殿供奉关帝，后殿供佛三尊，妙相庄严。寺有宋绍兴庚午敷文阁直学士、朝议大夫冯檝碑记，左承议郎令狐宾书碑，称吉祥古刹肇始国初，庙即古之吉祥寺旧址也。碑阴建五百罗汉阁记，元祐四年二月立石。文词典雅，书法清圆，惜下节剥落，数字不可辨。枕上得五律云："古刹何年建，残碑手自扪。吉祥名未改，元祐字犹存。妙相思前代，禅机证世尊。疏钟天欲曙，暂驻息尘根。"

二十有八日己未　黎明起，天气凝阴。王式之、杨雨亭、刘昌品、陈金镛来盘验积谷，实存一百三十八石，监视入仓，下春毕。街市散步，游东岳庙。归来，昨夜得五律诗用墨笔书于宋人碑左，以志鸿爪。式之、雨亭为备酒食晚饮，初更酒阑散。式之、雨亭、昌品、占元具存积谷结状。

二十有九日庚申　晨阴。王式之、杨雨亭、刘昌品、陈金镛来送。发吉祥寺，行里许，见墙下砌石有旧砖，花纹雅静，掘得一古墓，前代物也，携归。十八里至唐家店，舆人早饭，二十里抵康家渡。朝食，及奚汝霖少谈，薄暮晚餐。有足自陕西至遂宁，舟行过此，购得岐山千丝面、粟米、腊羊、柿霜、红枣。

十二月

十有二月建辛丑，朔日辛酉　天仍凝阴，甚寒。小饮，佐以腊羊，甚美。朝食。郭杰亭、郭其矩来见，少坐行。料理俗事。日暮至关，登楼远眺，得五律云："颢气涵空碧，山中日月长。偶来佳丽地，却寄水云乡。浪逐鱼俱阵，风翻鸟共翔。倚楼随俯仰，不复问炎凉。"归来晚餐。

二日壬戌　晨阴。周新妇右乳停滞肿痛，延何兴裕来诊视。日午朝食。冉宴宾善水法，亦延之来诊视。得庆印堂书，即作答。甘爵卿来见，冉茂斋所欠积谷六石九斗四升，爵卿于昨日至天福镇关帝庙，及李陶臣协同茂斋，监视盘验入仓，实存三十九石五斗四升。茂斋来见，具存积谷结状，少坐行。李茂瀛来为其秫视手指。楚北松滋县今秋大水，居民被灾，李大春、蓝玉亭率男妇数十人来蜀，过此求恤，以青蚨千六百枚赠之。薄暮晚餐。

三日癸亥　天仍凝阴。料理俗事，日午朝食，听讼。闺人感寒作嗽，延徐炳灵来诊视。薄暮晚餐。

四日甲子　天气仍阴。晨起理发，日午朝食，听讼。何辅廷来见，坐良久行。薄暮晚餐。便足自罗江至，得蔡景轩十一月二十九日书，馈羊一肩、馎饦二篓。

五日乙丑　天仍凝阴。上张麟阁观察、阿子祥太守书，致赵达泉、杨耀珊、谢品峰大令书，贺钱岁。日午朝食。命其颖致晚雏弟书，为陈孺人寄朱提七十一金，复得蔡景轩十一月朔日书，知前寄两书皆收到。周新妇所患稍愈，仍延何兴裕来视。闺人患嗽亦稍间，延徐炳灵来，易方药。薄暮晚餐，夜大风。

六日丙寅　晨晴。上书夏菽轩观察，申缴签验票一百九十四张，上菽轩书贺钱岁。致黄俊臣、张仁山、何又晋书，遣役邹兴、洪泰持赴泸州。遣役甘顺持家书赴嘉定。日午朝食。作书答蔡景轩。致牟惠庵书，馈肥鮀鱼、风鸡。闺人嗽未止，延徐炳灵来诊视，康保两权红晕成片，亦为视垣。薄暮晚餐。

七日丁卯　天气晴明。作书致周味西，交便赍往。朝食。郭其矩补缴积谷二十二石五斗六升，至普贤院盘验入仓，连前收四石四斗，共二十六石九斗六升。甘爵卿、郭杰亭来。其矩老而朴，管领积谷为人假去不归，因之受累，面谕杰亭为之暂行经理，候备文移眜西檄饬管理。杰亭治酒食留午饮，爵卿、其矩、甘克映同座，下春酒阑，归来已张灯矣。

有人以端溪砚一方求售，石质细腻，就其形似竹根，左侧镌竹一竿，叶十数片；右侧行书铭十六字云："竹本友石，石复幻竹。石可为研，竹可医俗。"款属"鱼山识"。尚可玩，以青蚨五缗购得。

八日戊辰　天气凝阴。以腊八粥献祖、供佛。日午朝食。作书致杨玉行。闺人嗽稍间，延徐炳灵来诊视，更延何兴裕来，为周新妇诊视所患。渔人潘海献鱼，给以值。薄暮夕餐。郭其矩具缴积谷结状。

九日己巳　天气仍阴。作书谕纺女，命其颖致赵孺人书，为寄朱提十金。寄纺、纴两女朱提四金。日午朝食。外孙继先月之十一日十岁生日，作钟鼎文纨素及玉佩一枚、番银五饼、墨四丸为资福寿。致周梅生书，赠朱提四金、醃豚肩。薄暮晚餐。

十日庚午　天气微阴。遣役费喜持家书赴成都，为纺、纴两女、赵孺人寄薧鱼、风鸡、黄橙。致程寿岱别驾书，馈朱提十金。致周联三大令书，上程馥卿太守书，皆贺饯岁。日午朝食。得纺女十一月十二日第十八书。由遂宁寄到。得岳恒华书，馈醉蟹。薄暮晚餐。

十有一日辛未　天气晴明。何辅廷、杨光第补缴积谷十七石四斗六升，至紫云宫盘验入仓，归来朝食。辅廷、光第具存积谷结状。盐吏郭尚仁献尊酒、馎饦、蔗霜、千丝面，却之不得，受之。闺人两脊作痛，延徐炳灵来诊视。薄暮晚餐，入夜天仍阴。读郑板桥诗集。

十有二日壬申　天气浓阴。日午朝食。其秾手指所患渐瘥，延李茂瀛来诊视。周新妇右乳所患，亦延冉宴宾来为敷药。闺人胁脊作痛稍间。薄暮晚餐。

十有三日癸酉　天气仍浓阴，寒甚。日午朝食。闺人嗽稍止，延徐炳灵来诊视，易方药。宜园散步，黄梅开遍，香气扑鼻。薄暮小雨，晚餐，入夜雨略大，檐溜有声。农民正望泽也。

十有四日甲戌　天阴寒甚。日午朝食。书堂皇外春联，仪门云："大成于丁，康衢春满；岁阴在酉，关市风和。"仪门内楹柱云："太岁在丁，吉日上酉。"大堂云："丁实惬群情，万户铃铙歌豫乐；酉成占熟岁，四郊菽麦双丰穰。"左右楹柱云："强圉曰丁，南吕为酉。"二堂云："出丙入丁，具寿者相；达午坐酉，见宰官身。"左右楹柱云："峰耸起丁，江山寄兴；香温建酉，书画娱闲。"二堂内楹柱云："丁字成形，蒙摹鱼枕；酉阳杂俎，谈论鸡窗。"正室联云："连岁喜添丁，子孙揖揖；正朝占熟酉，民物熙熙。"宜园厅事联云："漏滴东丁，递到杂花千万影；圃开西酉，种来疏竹两三行。"以小篆、真书、八分书之。薄暮晚餐。

十有五日乙亥　晨阴。未谒庙，命其颖灶神行香、祀财神、拜祖。盘验中乡七处十一仓积谷，实存五百三十四石二斗三升，具清册备文，移送周味西大令。致书贺饯岁，馈酒双尊、鱼双尾、糍糕；致徐渔卿书，馈鱼，遣役刘荣、蒋顺赍往。日午朝食。周新妇患乳痛稍止，延冉宴宾来视，以药线贯之。听讼。薄暮晚餐，入夜月影朦胧。

十有六日丙子　天霁，嫩日烘窗。命其颖作书寄其谷，予缀数语于后。命其颖作书寄纺女，更致周梅生书。日午朝食。阃人嗽疾渐瘥。为薇垣作八分书联。薄暮晚餐，入夜月色皎洁。曾荫《礼经》于是日读竟。

十有七日丁丑　天气仍阴。作书致岳恒华贺饯岁，馈风鸡、麂鱼、糍糕、馎饦；作书致张昆山、周荩臣，馈亦如之，以家书丐其转寄京师、成都，遣役李富持赴遂宁。日午朝食。阃人嗽瘥，延徐炳灵来诊视；李妾感寒，亦为之视垣。高春天霁，理发，下春复阴。晚餐。

十有八日戊寅　天仍凝阴，寒甚。作书致端午君贺饯岁，馈麂鱼、糍糕、馎饦、淡巴菰、羊糕、黄橙；馈陈笃生、刘镜堂糍糕、蒬鱼，遣役蒋顺持赴蓬莱镇。日午朝食，细雨如毛。下春，李富自遂宁还，得岳恒华重庆书贺钱岁，得张昆山、周苠臣书，为寓其谷十月二十八日第十二书。得冯树轩书，馈红枣、木瓜四枚，色香味俱佳，置案头清玩。晚餐。

十有九日己卯　天气浓阴。除正室、寝室尘。日午朝食。糊屋窗，易四壁书画。薄暮晚餐。

二十日庚辰　晨阴。致庆印堂书，馈馎饦、糍糕、炙脯、黄橙，遣役持往。日午朝食。闺人疾愈，延徐炳灵来调治。为奚汝霖作八分、行书楹联。听讼。薄暮晚餐。役自蓬莱镇还，得端午君报书。

二十有一日辛巳　天仍凝阴。馈方正糍糕、炙脯。役刘荣自邑城还，得周味西书，馈海错两种、杬子、雉，文移本年廉俸役食银九十七两二钱三分二厘。朝食。午刻，朝衣冠拜阙、拜印、封印，升堂皇受吏役贺。拜祖，合家相庆。

闺人复嗽，女纹亦感寒，延徐炳灵来视。其稚两杈红晕成片，亦为之视垣。奚汝霖期明日还里度岁，馈青蚨三缗，炙脯、蒬鱼、糍糕、黄橙，受之。下春治酒食邀汝霖晚饮，其颖、其稚、曾荫、曾祐侍座，初更后酒阑散。役邹兴、洪泰自泸州还，奉夏菽轩观察檄，发签验费银二百三十一两四钱五分。得黄俊臣、张仁山大令书贺钱岁，告何又晋奉檄摄永川县事，已于十月之任。得其谷十月二十六日第十一书。

二十有二日壬午　天气晴霁可喜。为奚汝霖具朝食，食已乘舟还里，送于堂皇，命其颖率其稚、曾荫、曾祐送之登舟，少选归。日午朝食。庆印堂馈千丝面、柿饼、桃仁糕、橘，受之，作简答谢。馈徐炳灵青蚨千枚、糍糕、炙脯。馈冉宴宾糍糕、炙脯，皆悉受。宴宾来为周新妇视所患。役甘顺自嘉定归，得晚雏弟书。薄暮晚餐。得杨耀珊、毛质臣、高石洲、福雨亭书贺钱岁。赍诸仆、吏役酒食。

二十有三日癸未　晨阴。定生慧尪除尘，易壁间书画。日午朝食。笥中检得朱笺，以篆书节《圣主得贤臣颂》四大幅，作馈送之需。闺人嗽稍止，延徐炳灵来诊视。薄暮晚餐。得端午君书，馈馎饦、醮豚蹄、百合、盐鸭、藕汁粉、春韭。二更祀灶。

二十有四日甲申　天气晴明。作书答谢端午君，遣来役持还。检得素纨，以八分书录旧作梅花七律五首。日午朝食。写折枝梅于纨素阴面，藉以自遣。薄暮晚餐。

二十有五日乙酉　天仍晴明。方正上人馈醮齑、糍糕、米果，受之。日午朝食，料理俗事。以青蚨十六缗给家中人度岁，赉仆媪、下走钱。闺人嗽仍未止，康保感寒，女纹亦患嗽，延徐炳灵来，皆为诊视。薄暮晚餐。

二十有六日丙戌　晨阴。周朗轩、徐炳灵、甘兴周馈鸡、豚肩、柿饼、胡桃、糖、蜜枣、薄荷糖；铺民王福全等馈双鸡、豚肩、馎饦、橘、胡桃、薄荷糖、蜜枣，皆悉受。以青蚨十九缗赉吏书、东西班巡役。日午朝食。役费喜自成都归，得赵孺人书，寄水仙花、春韭、菜把，子克弟妇寄馎饦。得纺女月之二十一日第十九书，寄扁豆、蜜枣。杨玉行馈盐鸭、莲子。周梅生馈盐鸭、馎饦。得鲍秋舫书，女纤寄莲子、红枣。牟惠庵奉檄管涪岸盐局事，于十一月赴局。薄暮晚餐。

二十有七日丁亥　馈铺民炙脯、龑鱼、糍糕、米糕、馅馓、柿饼、黄橙、胡桃、糖。馈周朗轩、甘兴周、徐炳灵糍糕、炙脯、馎饦、米糕，皆悉受。陈洪元运涪岸盐到关盘验，书役多不到，传案戒饬。日午朝食。闺人气作痛，延炳灵来诊视，为主方药，以吴茱萸熨之。晚餐，镇日飞小雨。入夜，闺人气痛稍止。张鸿逵、续泉馈蔗霜、橘饼、桃仁糕、蜜枣，受之。旧仆杨得秀来见，求供驱使，悯其贫，呼入署。

二十有八日戊子　天气微晴。继母张太夫人忌日，致祭。馈张鸿逵、续泉炙脯、馅馓、馎饦、糍糕。日午朝食说饼。闺人气痛愈，嗽亦渐止，仍延徐炳灵来诊视，易方药。濯足，薄暮夕餐，入夜小雨。

二十有九日己丑　天气浓阴，时飞小雨，寒甚。理发。曹万顺、李泰安馈佛手柏、羹鱼、盐鸭、桃仁糕、兔脯，受之，亦以食物报之。日午朝食。率家人陈设果饼于正室案，悬先大夫遗容。得阿子祥太守、谢品峰大令书贺馂岁。初，闻何冕芝去世，未得赴书，当是伪传，至是品峰书云，冕芝于甲午岁四月作古人矣！回忆涪水同官，颇极相得，辛卯冬别于成都，竟成永诀，悲曷能已。薄暮晚餐。得陈少芝二尹允富书，告奉檄摄梓潼镇县丞事，已之任。

三十日庚寅　四更起，内外张灯。五更，以少牢祀神祇，命其颖、其稚、曾荫、曾祐随之行礼。天明，寒风溧冽。日午朝食。下春，遣仆至盐关，诣镇江王位前致祭。张灯，设馔祭祖，及家人团栾馂岁。遥忆其谷夫妇远在京师，不免系怀。赉吏役、仆媪酒食。夜飞小雪，天气极寒。以旧藏陈墨三合及《毛诗品物图考》三部，赐其稚、曾荫、曾祐；以白金三星赐女纹、其秾、曾源。得五律诗消遣岁暮："世事看如此，思来只自宽。风移灯影乱，霜侵漏声寒。对酒何常醉，摊书但泛观。一年真草草，岁序又将阑。"

光绪二十三年丁酉

正　月

　　光绪二十有三年岁在丁酉，正月建壬寅，元日辛卯①　五更起，大雪。于堂皇拜神祇，设位于紫云宫，朝衣冠朝贺毕，谒关帝、镇江王、雷神、火神、日月神行香，拜释迦佛，谒文昌神、龙神、盐关镇江王位前行香，登楼小坐归。四野积雪，玉树琼枝，璀璨可观。诣绅民贺年，皆投刺归。萧曹社公、灶神行香，陈五经四子书于案，拜至圣先师，祀财神，偕家人拜祖，合家贺年。吏役、仆媪、下走次第拜贺，铺民王福全等二十余人来贺年。及家人朝食汤饼。时飞小雪，天气甚寒。甘爵卿、张鸿逵、周朗轩、徐炳灵、吴运鸿、黄树萱、甘兴周来贺年。下舂设馔祭祖，张灯及合家聚饮，初更后酒阑。

　　二日壬辰　天气仍阴。设玩物食品，祀金轮如意财宝天王像，偕家人拜祭。胡峻之、蒲化南两茂才，张根先、何崎山来贺年。小除日，船户杨炳生运南岸官盐八百包至关盘验，除夕日至遂宁属之桂花场，舟为石损，具禀来案。饬书巡前往盘验，实折盐二十二包零数十斤，为备文移射厂分局。炳生来谢，少坐行，献只鸡、桃仁糕、蜜枣、橘饼，受之。日午朝食，料理俗事。薄暮偕家人围坐晚饮，初更后酒阑。二更小雨，戌刻立春。夜半雨仍淅沥，檐溜有声。上巡盐茶道公牍，以去岁正月至十二月，所过中路道票七十八张汇

---

① 光绪二十三年正月元日，即公元 1897 年 2 月 2 日。

缴，丐毛质臣大令寄成都。

三日癸巳　雨仍未止，天气极寒。日午及家人聚饮，食水角，呼骰子为戏。致庆印堂简。薄暮偕家人围坐小饮，二更酒阑，夜雨淋漓。仍及家人呼骰子，三更局罢。期明日赴郡，谒阿子祥太守贺新年，料理行装。

四日甲午　黎明起，携一仆、两役发康家渡，三十里至杨桃溪，诣高石洲、福雨亭贺新岁，少谈。访毛质臣，谈良久。天气晴明。三十里至太和镇，天仍阴。入北门，访程寿岱别驾，贺年。少坐行。十三里至伏龙观，天已昏黑。张灯行七里，宿首饰垭。居民三五家，逆旅湫隘。晚餐。

五日乙未　黎明发首饰垭，缘山傍涪水行，二十里至射洪县，入南门，投逆旅，朝食。天气凝阴。诣谢品峰大令及幕宾家吉人贺年，谈良久。别两君，出北门，二十五里至杨家坝，舆人午饭。二十里至蟆颐洞，小憩。十五里抵潼川府，入南门投宿，遣仆持手版上谒太守。杨耀珊闻赴丁父忧，上官檄孙吟秋大令绍龙摄三台县事，遣仆来候。周味西至自蓬溪，王子章大令永平至自遂宁，张灯往诣，子章授盐亭令，去岁奉檄调署遂宁。初识面谈，良久归。晚餐。

六日丙申　天气晴明。谒见阿子祥太守，以书画纨素篆书屏呈教，少坐退。子祥以所作《玉界尺馆试帖诗》① 及重刻《福永堂汇抄》② 见赠。诣孙吟秋大令、张慕庭、何符九荣楠、郭云岈两广文，皆不值。府城听差诸君皆往投刺，晤陈西垣广文，谈良久归。朝食。周味西来，西垣来，皆坐良久行。吴少兰来谈良久，其子朗如懋昭，甲午科应顺天乡试中式，赠朱卷。西垣邀晚饮，散步往，味西、吟秋、符九、云岈、慕庭、张季高茂才兴相继至。张灯开筵，初更后

---

① 《玉界尺馆试帖诗》：全名为《玉界尺馆试帖诗存》，收录阿麟试帖诗作150首，光绪丙申（1896）秋刻本。试帖诗：一种诗体，多用于科举考试，亦称"赋得体"。

② 《福永堂汇抄》：清阎敬铭著。阎敬铭（1817—1892），字丹初，号约庵，陕西大荔人。道光进士，授编修。光绪年间官至户部尚书兼署兵部尚书、东阁大学士、军机大臣、太子少保，卒谥"文介"。

酒阑，复谈良久散还。客来答者，值予未归，不备记。

七日丁酉　黎明起，天气浓阴。谒阿子祥太守辞行，少坐厅事，晤周味西、王子章、张慕庭，少谈。别三君还逆旅，发潼川府，出南门行十五里，至蟆颐洞小憩，二十里至杨家坝朝食，二十五里至射洪县。循城外行十三里，至五郎碥，天遂昏黑。张灯行七里，至首饰垭投宿。时飞小雨，晚餐。味西还蓬溪，是日宿太和镇，先过此。

八日戊戌　黎明发首饰垭，二十里至太和镇。循城外行，至茶肆朝食，天雨。三十里至杨桃溪，舆人午饭。舟行十里至青堤渡，诣庆印堂贺年，见其室钮祜禄宜人，其女亦出见，为具小食，谈良久。别印堂，仍肩舆行，十七里鹞子岩，天遂昏黑。张灯行三里至康家渡，吏役来迎，抵署。拜祖，晚餐。

船户魏复顺等八人运射厂票盐八百十一包，除夕未及到关，于四日至，请验。献豚肩、只鸡、薧鱼、千丝面、橘饼、蜜枣、胡桃糖，其颖以予频年皆为放行，许之，受其馈。是日罗兴发运票盐二百包至关，亦为之盘验放行。

初，杨媪随周新妇自涪州蔺市来，供役两载余，亟欲归家。四日，谭庆发运涪岸官盐至关，其颖与之约，属媪乘之还。尹豫田上舍来贺年，值予未归，其颖见之，馈布一端、盐鸭，受之。

九日己亥　天气浓阴。去岁于吉祥寺拾得旧砖，呼工开池，种菖蒲置案头，颇可玩。日午朝食，料理俗事。薄暮及家人聚饮。闺人嗽作，曾荫胃中不适，延徐炳灵来，皆为诊视。

十日庚子　恭逢皇后万寿，设位于紫云宫，五更步往朝贺，黎明归。天气仍阴。命其颖率其稚、曾荫、曾祐，拜至圣先师，入塾授之读书。日午朝食。延徐炳灵来为闺人诊视，曾荫晨起呕吐，亦为视垣。薄暮及家人聚饮说饼。作简致高石洲大令。

十有一日辛丑　天气凝阴。郭杰亭上舍来贺年，少坐行。日午朝食说饼。得赵达泉、陶联三大令书贺新岁。薄暮及家人小饮。

十有二日壬寅　晨起理发，天气浓阴。日午朝食。为陈西垣广文作八分小篆书楹联，作书答谢。仆李忠于后坝移得橙树三株，种于寝室院落及宜园后圃。闺人嗽稍止，其秾吹霁，延徐炳灵来诊视。得高石洲书。薄暮晚餐，入夜月影朦胧。

十有三日癸卯　天霁。日午朝食。其秾感寒稍瘥。春日融和，检得石章，镌"丁酉"横印，丁字作小儿形，酉字鸡形人物，皆二三分许①。薄暮及家人聚饮，初更酒阑。入夜月光如昼。得端午君书，为寓汪民怀刺史书。

十有四日甲辰　天仍晴明。晨起濯足，作书答端午君。日午朝食。高春天阴。宜园山茶渐开，徘徊良久。薄暮晚餐。其秾疾愈，闺人嗽亦渐瘥。

十有五日乙巳　天气浓阴。谒文昌神庙、镇江王祠、萧曹社公、灶神行香。至盐关镇江王位前行香，楼头小坐，红梅犹开，赏玩良久。归祀财神、拜祖。日午朝食。

去岁冬初，康镇无米船来，为立票给贩户至太和镇采买，过青堤渡关，令其投验，以杜假冒。本日张友顺买米二石，王长鉴、钱金山、马乾恩买米三石，未来请票，米到关始知，传来案。友顺不认，即以其米二石，示谕贫民仍以八十五钱一升给之，坐堂皇亲为散放，所值仍给友顺以示罚。

得程馥卿太守书贺新岁。舟子吉中山来贺年，献豚肩、炊饼，受之。致庆印堂简，遣役持往；下春还，得报书。上元节，设馔祭祖。张灯及家人聚饮，初更后酒阑。鱼龙灯戏来署旋舞。二更，以汤中牢丸献祖。夜半雨，淅沥有声，农人亟望泽也。

十有六日丙午　晨雨仍不止。张鸿达以七言古诗呈阅。日午朝食。雨镇日，天气浓阴复寒。薄暮晚餐，撤正室馔。奚汝霖自玉溪口至，互贺新年。为具晚酌，谈良久。夜雨淋漓。

---

① 此印钤盖于丁酉年日记手稿本首页。

十有七日丁未　黎明雨止，晨起天霁。及奚汝霖谈良久。日午朝食。作书致王子章大令，遣役蒋顺持往遂宁。除日，船户杨炳生运南岸官盐八百包，至桂花场，舟为石损，折盐二十余包，月之二日备文移射厂分局。晤高石洲，云新章当移告子章，以桂花场为遂宁所属，须子章上牍鹿帅及总局，方准补配，分局不能转报，以防弊也。

房书王以忠著役多年，趋公勤谨，予受任十有三年，始终如一。近以老疾乞假就医，昨日去世，殊深悯悼。

王荣泰运巴岸官盐至关请验，献豚肩、橘饼、胡桃，受之。下春治酒食邀汝霖晚饮，更约胡峻之、张根先、吴运鸿、徐炳灵、王荣泰同聚，其颖侍座。初更酒阑客散。

十有八日戊申　天气晴明。日午朝食。高春天复阴。蓄雪兰五盆，初开两盆，一十七蕚，一十六蕚，置案头赏玩。薄暮晚餐，闺人嗽愈。

十有九日己酉　天气晴明。晨起理发。午刻开印，朝衣冠望阙行三跪九叩首礼，拜印，升堂皇受吏役贺，籍吏役名点卯。拜祖，合家相贺，仆媪、下走叩贺。朝食。僮仆董庆寿赴遂宁，辞去。何峙山家盆兰着花二十三蕚，尚未开，假来赏玩。下春天复阴。役蒋顺自遂宁还，得王子章大令报书。赍诸仆、吏书酒食，毛质臣仆来见，亦令同食。大雨，片刻旋止，张灯小饮。仆平顺自合州假还，来供驱使，献桃仁糕。杨耀珊赴告，其尊翁子甘封翁于去岁九月九日，以疾卒于江苏上海县本籍，期于月之二十二日治丧。

二十日庚戌　率其颖送其稚、曾荫、曾祐从奚汝霖读书，拜至圣先师，及汝霖谈良久。作书致端午君，邀二十二日晚饮，更邀左静斋都阃来，遣役洪泰赍往。具柬邀高石洲、福雨亭、毛质臣、庆印堂后日晚饮，遣役费喜赍往。日午朝食，天气微阴。宜园芜秽，删除败叶，方池贮水，徘徊良久。薄暮晚餐。两役还，得质臣书，以疾辞。得印堂书。雨亭赴行省未归。石洲、印堂、午君、静斋皆允过我。

二十有一日辛亥　天气晴霁可喜。学使案临科试，奚汝霖辞，赴郡应考，送之登舆。明日肃客，粪除宜园宾厨，二堂右室设榻以待。日午朝食。兰花复开三盆，香气扑鼻。薄暮晚餐。

二十有二日壬子　天气微阴。濯足，理发。已刻，端午君、左静斋至，互相贺新岁，命其颖、其稚、其秾、曾荫、曾祐皆出见，共两君朝食畅谈。下春，高石洲、庆印堂乘舟至，贺新岁。张灯开筵，杯酒清谈颇乐。二更后酒阑，及四君谈至四更始散。薛述侯少府遣仆陈升自重庆持书来，馈陈匏庐少宗伯邦彦①临多宝塔小册拓本及阿胶。述侯请假回籍修墓。

二十有三日癸丑　天气微阴。留高石洲、庆印堂、端午君、左静斋小住，邀四君散步至关，登烟波楼凭栏游眺。楼头红梅犹开，隔岸菜花初黄，茗饮清谈，足涤烦襟。日午于楼头小饮，食汤饼。高春，偕四君渡涪水，谒席文襄公墓，下春还。张灯置酒聚饮，二更酒阑，谈至四更散。

二十有四日甲寅　晨阴。端午君、左静斋赴邑城，为具小食，食已送之行。留高石洲、庆印堂朝食，日午两君别去。阿子祥太守赴告，其室李淑人于月之二十一日以疾弃世。薄暮晚餐。夜雨淅沥有声。

二十有五日乙卯　晨雨犹未止，天气甚寒。日午朝食。屠人席顺礼，以邬宜言市肉，增其值不与，遂弃肉于水。宜言来控，传顺礼于案，将笞之，曹万顺为之乞恩，恕之。薄暮晚餐，夜仍雨。

二十有六日丙辰　晨雨止，天仍凝阴。阿子祥太守室弃世，上书唁之，书"懿德常昭"四字制挽幛。作书唁杨耀珊大令。答薛述侯书，馈朱提十金。薄暮晚餐。得毛质臣大令书。夜雨淋漓。

二十有七日丁巳　雨仍淅沥。遣薛述侯来仆还。遣役费喜持书

---

① 陈邦彦（1678—1752）：号匏庐，浙江海宁人。康熙进士，翰林院侍读学士，礼部侍郎。书法名家，尤工小楷。

赴郡。致张慕庭书，作书答毛质臣。雨止。日午朝食。雪兰五盆齐放，列座左右，扑鼻香来，耐人领略。得庆印堂书。舟子余兴顺、段洪顺运蓬厂票盐二百三十四包，刘兴合等十一人运射厂票盐一千四百四十五包至，卜吉明日开关，以篙师三百余人久候，是日先为之盘验放行。刘兴合、蒋炳荣、王炳三、冉同兴献豚肩、鸡、羊、桃仁糕，来署谒见，少坐去。薄暮晚餐，入夜天霁，朗然见星。少选复阴，夜半雨。

二十有八日戊午　晨雨止，天微阴。舟子周合顺、廖兴发、舒正发、萧万发永茂和，运射厂票盐六百八十四包，曾正顺运广安引盐二百包至，献豚肩、橘饼、蜜枣、胡桃糖、蔗霜，来署谒见，少坐行。

至关，诣镇江王位前行香，拜旗开关。登楼视吏役盘验盐包，为之放行，坐良久归。天霁。日午朝食。楼头红梅犹开，折数枝归，供瓶中与盆石、水仙、兰花，列案头清玩。阃人率侍妾携儿女媳孙至盐关游览。宜园竹篱朽败，呼工修治。李陶臣茂才自天福镇来见，谈良久行。下春眷属归，晚餐，入夜星宿。

二十有九日己未　晨仍阴。日午朝食。作小楷书。宜园闲步，贴梗海棠含苞，春已至矣。薄暮晚餐，入夜星宿，天气晴霁。得其谷去岁十一月六日、二十五日第十三、十四两号书，身体安善，藉慰远怀。

二　月

二月建癸卯，朔日庚申　晨大雾，天气仍阴。未谒庙，命其颖灶神行香、祀财神、拜祖。日午朝食。作小楷书，料理俗事。役费喜自郡还，得阿子祥答谢书，得张慕庭书，学使于二十七日案临郡城科试。薄暮晚餐，入夜星宿。

二日辛酉　晨晴。吏役于萧曹庙赛神，往行香。作小楷书。日午朝食。甘爵卿、黄子清、何辅廷来见，坐良久行。薄暮晚餐，雨片时止，夜半雨复淅沥，闻雁。得纺女正月十四日第一书。得周梅生书。

三日壬戌　晨雨仍不止。文昌神诞日，谒庙行香，少选归。雨甚。街市建醮禁屠宰。李蕴甫太守宗蔚奉檄管大河坝盐厘局事，舟行过此，遣仆来候，即往诣于舟中，谈良久归。程馥卿太守管合州百货厘局事。周朗轩期九日奉母还铜梁，治酒食为饯别，且邀其子少轩、徐炳灵、甘福畴来同聚。张灯开筵，其颖侍座，初更后酒阑客散。雨止。

四日癸亥　天霁，料理俗事。日午朝食，天仍阴。黄子清来见，坐良久行。初，假得何峙山兰花一盆盛开，香气扑人。候雁北。宜园山茶盛开，着花数百朵，绚烂可观。薄暮晚餐，初更雨声淋漓，檐溜不止。

五日甲子　晨晴，理发，朝食水角，日午天复阴。以泉五十枚，购得土窑方瓶，花作阳文，质朴色古，尚可玩。薄暮晚餐，入夜见新月。

六日乙丑　天气微阴。案头盆兰齐放花，浓香扑鼻，耐人赏玩。日午朝食。天大晴霁，雁群数百，横空嘹唳而北。薄暮晚餐。

七日丙寅　晨阴。得庆印堂简，即作答。日午朝食。奚汝霖自郡应试还，谈良久。薄暮晚餐，入夜天霁。

八日丁卯　天气晴暖。日午朝食。作第一书谕其谷，为寄朱提百金，命其颖亦作书。下春天阴。得庆印堂书，邀明日晚饮。薄暮晚餐。正室砌地石破损不平，以泥灰补之。闻雁。

九日戊辰　晨阴。作书致张昆山、周苫臣，以谕其谷书丐其寄都，遣役刘荣持赴遂宁。日午朝食。携襆被访庆印堂，二十里至青堤渡，座中客福雨亭刺史、高石洲大令、杨桃溪汛弁文瑞亭把总靖邦、王谦丞孝廉、李香如、刘香亭、陈一枝、李即之、曹春圃、赵方塘、喻鸣杰，高春张筵。薄暮雨，酒阑，诸客皆自杨桃溪来，各散归。印堂留予小住。马庆澜携星货自京师来，印堂留住署斋晤谈，别两年矣。及印堂谈至三更后始散。夜雨淋漓，达旦不止。

十日己巳　天仍阴雨，寒甚。及马庆澜闲话，购得高丽参、关东茸片、仿景泰窑碗，共庆印堂朝食。读吴柳堂侍御可读《蓟州》《遗子》两书及一时名流诔文挽联，忠爱气节，读之起敬。及印堂镇日清谈，张灯小饮。雨仍不止，入夜尤甚。及印堂、庆澜谈至三更散。

十有一日庚午　四更雨止。庆印堂复留小住，共朝食。为印堂作小篆书屏四幅、横额。为福雨亭作小篆、八分书楹联。为马庆澜作八分、小篆书楹联。薄暮及庆澜、印堂小饮，夜谈至三更始寝。

十有二日辛未　晨晴。及庆印堂、马庆澜聚谈，日午共两君食汤饼，见印堂室。别印堂，发青堤渡，二十里至康家渡，抵署，天仍阴。役刘荣于十日自遂宁还，得张昆山书，周苾臣还里，骆灼三代其事。薄暮晚餐，及奚汝霖少谈。是日延导师四人讽经谢土。

十有三日壬申　天气仍阴。文移周味西大令，解帮解员秋审盘费银十金，遣役蒋玉持往邑城。日午朝食。宜园山茶两树齐开，花光照眼，可称大观。贴梗海棠、碧桃皆含苞，春色满园，颇足寄兴。薄暮晚餐。

十有四日癸酉　天仍阴。理发。日午朝食。作简致庆印堂，闺人具柬邀其室钮祜禄氏携其女，十八日来饮春酒，遣役赍往，下春还，得印堂答书允之。薄暮晚餐，入夜月影朦胧。得高石洲、福雨亭书，即作答。

十有五日甲戌　天气仍阴。谒文昌神庙、镇江王祠、萧曹社公、灶神行香，至盐关镇江王位前行香。楼头碧桃含苞欲吐，坐良久归。祀财神、拜祖。日午朝食。得夏菽轩观察报书。甘爵卿、黄子清、张根先、温行庆来见，坐良久行。续泉上人自遂宁还，献蚕豆。笥中检得素纨，写兰花、樱桃以自遣。薄暮晚餐，入夜月影朦胧。

十有六日乙亥　天气仍阴。绵州孙彦臣司马鸿勋服阕，赴粤东，舟行过此，遣仆来候，亦使人往存问。日午朝食，微晴。昨日所绘便面，摹钟鼎文字于阴面。为孙曾荫、曾祐写兰花、樱桃便面。李陶臣来见，坐良久行。薄暮晚餐，夜半小雨。

十有七日丙子　四更雨止，黎明天仍凝阴。晨起理发。得玉兰花数枝，与贴梗海棠、碧桃、山茶共媵诸瓶。盆兰香气随风往来不散，春光骀荡，助人意兴。得陈西垣广文报书。夕餐，夜雨淋漓。

十有八日丁丑　四更雨止，晨起天仍凝阴。日午朝食。船户刘昭明运米三石至关，不遵盘验，传来案，以米一石，令其于河干减其值，售于贫民户，半升给钱四十五文，以示薄罚。步至盐关，登楼视之，售毕放行。

高春，庆印堂室钮祜禄宜人携其女自青堤渡至，家人皆出见。馈馎饦、姜糕，赠闺人脂粉、束发、朱绳、香皂。闺人为宜人设榻右厢，留小住。薄暮晚餐，闺人设筵于正室内宴，二更散。

十有九日戊寅　天气仍阴。日午朝食。闺人邀钮祜禄宜人，至走马窖东岳庙、娘娘庙瞻礼。闺人于娘娘位前取得泥塑童子携归，令其秾褓负结采，为钮祜禄宜人馈送，预卜宜男之兆，家人皆贺。闺人偕宜人宜园游览，张灯夜宴。

二十日己卯　晨微晴。日午朝食。闺人邀钮祜禄宜人及其女至盐关游览，周新妇、侍妾李、儿女孙皆随往，下春归。薄暮晚餐，闺人及宜人夜宴，二更散。

二十有一日庚辰　天气仍阴。日午朝食。闺人复留钮祜禄宜人小住，晨夕内宴，薄暮晚餐。得其谷十二月十四日第十五书。闻人和寨中空，屋门窗多被拆卖，因之宵小趁势偷窃，饬役查获龙珍应、甘家勋、蒋怀周。

二十有二日辛巳　天仍凝阴。讯昨日查获龙珍应等三人，偷窃人和寨屋门器具属实，寨首甘兴周徇情隐瞒，殊负委任。日午朝食。宜园棠棣、麝干作花，贴梗海棠、夭桃盛开，春光烂漫，清昼初长。薄暮晚餐，入夜天霁，繁星如豆。闺人使李妾效宜人妆束，以为笑乐。

二十有三日壬午　天仍阴。闺人以绣袖、采帕、匙钥囊、油饦、番银、朱绳、脂粉及予书画纨素，赠钮祜禄宜人及其女，受之。予为印堂女赠字曰"瑞云"，即书于扇。作简致印堂，馈起面、馎饦。闺人留宜人及其女朝食后行。下春天微晴，晚餐。

二十有四日癸未　天气微阴。日午朝食，听讼。何德卿、张根先、王福全来见，坐良久行。薄暮晚餐。

二十有五日甲申　天气晴明。甘爵卿来见，坐良久行。日午朝食。盆兰犹开，时有香来，赏玩将及匝月，可谓耐久矣。薄暮晚餐。

二十有六日乙酉　晨起濯足，天气浓阴。日午朝食。庆印堂遣仆持书来，馈炙脯、起面饼、雉、蔗，其室钮祜禄宜人赠闺人豆蔻、缩砂仁。作简答谢，报以折枝花数种。闺人吹霎，延徐炳灵来诊视。薄暮晚餐，入夜飞雨数点，旋止，震雷一声。

二十有七日丙戌　晨阴。日午朝食。命其颖作书致晚雏弟，为陈孺人寄朱提五十一金、醃腰、鳇鱼。下春天霁，晚餐。奚汝霖得吴君如书，君如以寄怀五律二首见赠，诗笔典雅，耐人深玩："点窜楞严字，驰驱笔研身。宰官高士传，佛国谪仙人。昼永惜来日，花留养得春。知公师造物，无事不翻新。""吏闲原当隐，家世只藏书。分俸构山榭，课僮携药锄。幽情通鹿豕，别解注虫鱼。他日余重访，高乘问字车。"

二十有八日丁亥　天气微晴。遣役甘顺持家书赴嘉定。晨起理发，日午朝食，听讼。拿获私拆寨屋窃贼龙珍应等，讯得其情，卖于黄士元、甘培余、喻中山，传集来案。甘兴周充当首人，徇情隐瞒；黄士元等贪图便宜，均属不合，罚米七石八斗，限期呈缴，以之赈恤穷黎。窃贼三人均予笞责。薄暮晚餐。及奚汝霖少谈，夜雨淅沥。

二十有九日戊子　天明雨止，风甚。曾王父生日，致祭。日午朝食。天气开霁，薄暮晚餐。毛质臣遣勇士持书来，邀三月二日晚饮，以清明节家祭，辞不赴，作简答谢。入夜星宿。

三十日己丑　天大晴明。四野麦豆亟望晴也。日午朝食。宜园石墙歪斜，呼工正之。棠棣、麝干花开极盛。薄暮晚餐。

阅邸抄，奉上谕："贵州巡抚着王毓藻补授，四川布政使着裕长补授。钦此。"唐公实大令奉檄摄遂宁县事。得纺女二月十二日第三书，杨玉行万县榷厘受代，于月之朔日抵成都。鲍秋舫奉檄，委管江口水卡。纺女书云，正月二十四日寄第二书由驿递来，未接到。

三　月

三月建甲辰，朔日庚寅　晨阴。未谒庙，命其颖灶神行香、祀财神、拜祖。甘爵卿来见，坐良久行。日午朝食，天气复晴。薄暮晚餐，入夜飞雨，数点旋止。授曾荫读《左氏传》。

二日辛卯　天气晴明。日午朝食。甘爵卿来见，坐良久行。得周味西书，鹿帅以去岁夔、绥、忠等属淫雨为灾，开办赈款以塔捐①，既劝诸绅庶，更订立官捐总册，交成都府唐稚筠太守劝办。复函启各府属文武各员，一体量力输将，共襄义举。即作书答味西，捐银二十金，交来役赍往。文殊禅院崇定上人自成都还铜梁，过此来见，实相方丈以刺来候，谈良久行。薄暮晚餐。入夜雨声淋漓，檐溜如注，天气复寒。伏枕失眠。

三日壬辰　晨雨止，天气凝阴。清明节家祭。日午朝食。得程寿岱别驾书。高春天霁，院落牡丹含一苞。料理俗事，薄暮晚餐，入夜小雨。

四日癸巳　晨阴。日午朝食。得庆印堂书，即作答。高春天霁，薄暮晚餐。马缙卿查乡团至此，来诣谈良久。馈缙卿鲜鱼、鸡卵、鸡，悉受。入夜步访缙卿，谈至二更归。得徐渔卿书，得端午君书。

---

① 塔捐：即"宝塔捐"，晚清的一种向全社会普遍募捐的方式，取积少成多、聚沙成塔之义，故称"塔捐"。

五日甲午　晨阴。作书答端午君，遣来役持还。马缙卿行，遣仆往送。日午朝食。甘爵卿、何辅廷、黄子清来见，坐良久行。薄暮晚餐，入夜小雨，旋止。

六日乙未　晨阴。日午朝食。院落牡丹着一花初放。法华寺牡丹开放，寺僧方正以两朵见赠，供瓶中，富丽可观。料理俗事，薄暮晚餐。夜雨淋漓，三更止。

七日丙申　晨微晴。案头牡丹香气扑鼻。日午朝食。刘兴发伙同张同兴装涪岸官盐八百包至关，为之盘验，查得私装米三十余石。初，奉郡守檄，不准私贩运米及船户夹带偷漏，如违酌罚。因传兴发来案，罚米六斗。致高石洲、福雨亭书。薄暮晚餐，天大晴霁，入夜见新月。得石洲、雨亭报书，革除兴发、同兴船轮。

八日丁酉　晨晴。理发。复致高石洲、福雨亭书，昨日系刘兴发运米，非张同兴也，请复其名。曾王父忌日，致祭。日午朝食。初，罚黄士元等米七石八斗缴案。是日，传各团保长来，发交领去，饬令清查极贫户口为之散放。甘家贵八团领米四石，何辅廷五团领米二石二斗，黄静安四团领米一石六斗。薄暮晚餐，入夜月。得石洲、雨亭书。

九日戊戌　天气晴暖。四野菽麦连日暴晒，可望丰收。命其颖作书寄其谷，予缀数语于后。致张昆山书，丐其寄都，交马玉成带往遂宁。日午朝食。法华寺僧方正复献牡丹一朵，供瓶中。双燕来寝室旧巢。薄暮晚餐，入夜月影朦胧。

十日己亥　天大晴明。方正上人复以牡丹三朵见赠，花大如椀，供瓶中。国色天香，富丽可观。作书寄纺女，为寄醝豚蹄、醝菹、柚。致杨玉行书。命其颖寄赵孺人书，为寄朱提九金。船保凌锡三、杨青林、明万顺、李茂盛自杨桃溪来见，为张同兴乞恩，坐良久行。复致高石洲、福雨亭书，为之请复其名。薄暮晚餐，入夜月色极佳。

十有一日庚子　晨晴。遣役费喜持家书赴成都。仆杜蘅之妇张，病数月，近日神气大衰，令于署外调治。日午朝食。陈开有运蓬厂中路票盐二十二包至关盘验，向章运玉溪口盐十五包，准给食盐一包。开有多带半包，传案讯明，实系初次装运，并非故违，将浮装之盐提出，从宽免究。役甘顺自嘉定还，得晚雏弟月之五日书，弟于去岁十二月二十六日辰刻生第二女。薄暮晚餐，入夜月色皎然。

十有二日辛丑　晨微晴，理发。方正上人献蚕豆来见，坐良久行。朝食汤饼，云气翁郁，日色昏黄。甘爵卿来见，少坐行。王鉴秋直刺之子哲生宗瀋，自绵州还楚北应乡试，舟行过此，遣仆持刺来候，亦使人存问。院落石缸畔种白芨数丛初放花。郭甲献紫牡丹二朵，供瓶中清玩。周味西大令遣役持书来告，奉上官檄，劝办本省赈捐，属予与端午君劝导中西两乡富绅捐助。

龙珍应甫释数日，复窃卖寨中屋料，昨日查获讯实，卖于郭五有金，亦捕得。有金素为不善，蜀中所谓帽顶上堂——"横豪"。痛笞之，俾荷校。蒙以不洁，插纸花于发以示辱，冀其羞耻心生，或能改悔；且使其党类窃观，亦庶几知此事不足为豪，适足为辱，幡然自悟也。薄暮晚餐，大风，月色朦胧。

十有三日壬寅　晨阴，风仍未定，天气复凉，着棉衣。法华寺华济团甲长李世德，控保长何辅廷未放积谷；长江坝华清团甲长张崇来等，控保长黄静安散放积谷不均。恐酿事端，因备文移周味西核办。致味西书，昨日书来属劝捐赈，自揣性钝，讷于言辞，作书辞之。日午朝食。天气晴霁，播种花子。薄暮晚餐，入夜月。

十有四日癸卯　晨飞小雨。得高石洲、福雨亭书，允复张同兴船轮名，停其运二次以示惩。日午朝食，料理俗事。镇日雨，入夜甚。

十有五日甲辰　四更雨止，天气仍阴。仆杜蘅之妇于卯刻物化，赍钱四缗，为备棺敛。仆妇西藏人，数千里跋涉来此，呼入署供驱使。勤谨耐劳，竟以疾不永年，殊可悯也。未谒庙，命其颖灶神行香、祀财神、拜祖。日午朝食，天霁，高春复阴。周味西大令文移，属予分劝富绅捐输助赈，并寄减成章程，当即移覆，仍却之。薄暮晚餐。方正上人复献蚕豆。入夜天气晴明，月色皎然。

十有六日乙巳　天气晴明。作书致周味西，遣役洪泰持赴邑城。日午朝食。闻味西将自邑来查李世德等控何辅廷散放积谷事。天复阴。杨耀珊大令回籍守制，自郡买舟东下过此，使人来候。即往访于舟中，谈良久归。馈耀珊薨鱼、醃豚蹄、蜜金橘，受之。天雨大风，始闻莺。薄暮雨止，入夜天霁。味西今夜宿吉祥寺，明日始至。晚餐。

十有七日丙午　天大晴霁。巳刻，周味西至，设榻留小住，共晨饮。味西传法华寺保长何辅廷来，仍令将所存积谷以一半散放。传黄静安及经事何兴裕来，以散放积谷不均，罚钱十五缗散给贫民。及味西清谈，观所藏马湘兰画册、王虚舟临醴泉铭、东方像赞各体书册。张灯置酒，饮于定生慧龛，二更酒阑。杨焕之茂才自杨桃溪来访，坐良久行。及味西谈至三更散。味西以重刻高紫超先生愈纂注《朱子小学》及江慎修先生永辑注《朱子原订近思录》、李子潜著《弟子规》见贻。

十有八日丁未　天仍晴明。及周味西谈，为具小食。食已，味西赴蓬莱镇，送之登舆。郭有金不法，文移味西解往邑城。日午朝食。去岁查积谷至吉祥寺获宋碑，属王式之骑射觅手民墨拓，至是寄来细读，文辞典雅，书法古劲；惜下节剥落数字，予所题五律亦刻于碑左，惜失其形也。薄暮晚餐，入夜月光皎洁。

十有九日戊申　天气晴明。日午朝食。船保凌锡三等联名具状，船户蒲正兴等十人，以运炭运盐折阅购米数百石下运至合州，为之乞放，正兴等亦来案呈明，准如其请。奚汝霖约其颖渡江游法华寺，下春归，晚餐。余孝女来，闺人留小住。

二十日己酉　晨阴，理发。日午朝食。得庆印堂书，即作答。高春天霁。闺人治酒食宴余孝女，薄暮酒阑去。晚餐，入夜天复阴。得其谷正月六日第一书，去岁寄去朱提五十金收到。

二十有一日庚戌　晨飞小雨，旋止。院落种谷数盆，芒针初放，青翠茸茸可爱。日午朝食。康保昨夜作呕，延徐炳灵来诊视。薄暮晚餐。得纺女月之十日第四书，鲍秋舫奉檄管江口，水保甲偕女纫奉其母于月之二日赴局。得杨湛亭三日书。玉行奉檄管重庆回龙石厘局事，期八日由东路舟行赴局，湛亭亦同往，眷属仍留成都。得周梅生大令二月二十四日书，于二十五日偕眷之粤西。初，梅生以大挑知县签掣广西，请假回蜀，至是始往需次。何辅廷来见，少坐行。入夜大风。

二十有二日辛亥　晨阴风甚，濯足。日午朝食。初，康镇人和寨下设如意渡，岁入租钱有赢，饬令首事黄永德提钱二十千，购大麦三石九斗一升。是日，传各保长来发交领去，仍照放米原册所开极贫户口散放，共十八团，团二斗一升五合。高舂天霁。方正上人复献蚕豆。薄暮晚餐，入夜星宿。

仆得元于市上购得厌胜钱二品，一双龙钱，色质古雅，刻镂玲珑，非近时物；一钱径二寸许，面背肉好，皆有周郭，篆文四字曰"仁义道德"，背上真书行字。得陶联三大令德阳书，为寄《姜孝子祀典碑》善拓十五张。

二十有三日壬子　天仍晴明。张怡亭刺史熙谷文移，合州去秋淫雨，收谷歉薄，民食维艰，设局平粜，属绅士逯德馨、梁权琴持票赴太和镇采买米谷，源源运回。是日梁艮三、逯培生两茂才押运米一千石，至关投票，为之验放。日午朝食。役洪泰趋公勤慎，赏充总役。日暮晚餐，入夜雷数声，不雨。闻子规声。

二十有四日癸丑　晨阴。先大父忌日，致祭。日午朝食。高舂天霁，寝室院落编竹为架，种瓜。薄暮晚餐，夜雨片刻止。

二十有五日甲寅　晨阴。理发。上阿子祥太守公牍。日午朝食。属李荣周为曾源放牛豆。制樱桃脯。役费喜自成都还，得子宜弟书，弟纳妾服侍。得赵孺人书，为寄馎饦。得纺女月之二十一日第五书，其嫂徐宜人馈莲子。薄暮晚餐，入夜飞雨数点。狸奴生雏。

二十有六日乙卯　天气凝阴。高祖忌日，致祭。日午朝食，细雨如丝。龙珍应复在寨中行窃，甘兴周查获送案。薄暮晚餐。

二十有七日丙辰　天气晴霁可喜。备文移龙珍应于邑。致周味西书，遣役蒋顺持往。日午朝食。作书致唐公实①大令，遣役洪泰持往遂宁。与公实别十六年矣，询鄂生中丞②近况。薄暮晚餐。

二十有八日丁巳　天气微阴。日午朝食。方正上人复献蚕豆。制樱桃脯。役洪泰自遂宁还，得唐公实书，邀我前往一叙离踪。船户陈三合、李春玉运米百余石至关，查验无票，酌罚三斗以儆私贩，为之放行。薄暮晚餐，换戴凉冠。

二十有九日戊午　晨飞小雨，旋止。天仍凝阴。日午朝食。下春天霁，宜园忍冬放花。盐房书钱焕章人尚谨慎，赏充经书。舟子岳洪顺运米百余石至关，无票，饬令具结，为之验放。薄暮晚餐，入夜星宿。

三十日己未　天气晴暖。周新妇生日，拜予夫妇，家人相贺。朝食汤饼。舟子王全义运合州平粜局米二百余石至关，验票放行。叶勃然之子子诚荫塾，自蓬莱镇至，执弟子礼来见，以海错三种、龙眼、茶、馎饦为赘，受之，坐良久行。致马缙卿书。下春治酒食，合家聚饮，予以齿痛不入座。入夜星宿。

四　月

四月建乙巳，朔日庚申　天气晴明。谒文昌神、镇江王庙、萧曹社公、灶神行香，至盐关镇江王位前行香。楼头芍药、月季初放花，忍冬亦渐开，隔岸麦已成熟，足为农民喜也。眺望良久归，祀

---

① 唐我圻（1851—?）：字公实，又作恭石，贵州遵义人，贡生。历官盐厘总局并西阳直隶州知州等。主张维新变法。20世纪初，任四川长寿县（今属重庆市）知县时，倡办西式学堂"林庄学堂"，甚具规模和影响。民国初年曾任江苏六合县知事。
② 鄂生中丞：即唐炯（1829—1909），字鄂生，贵州遵义人，道光举人。历任四川南溪县知县、绵州直隶州知州、四川盐法道、云南布政使、巡抚等。光绪三十四年（1908）加太子少保衔。唐我圻之父。

财神、拜祖。日午朝食,理发。廖三义、陈洪顺运米二百余石至遂宁发卖,至关,饬令具结,为之放行。薄暮晚餐,入夜星繁满天。授曾荫读《书经》。

二日辛酉　天气晴明。发康家渡赴遂宁,乘陈兆荣船,行二十里过桂花场,四十里抵遂宁县,日方亭午。登岸入东门,诣唐公实,别十六年相见,话离踪,设榻留小住。镇日长谈。见其次子守愚尔钝、幼子积德、其孙万善。其长子士行尔铜,癸巳恩科中式,时随鄂生中丞在滇。询得蜀君表弟长子省吾尔锟、公质表弟长子慰慈尔镛,皆入库,足慰我姑母于九京矣。及公实晚餐。公实巡街市,邀同行,至试院,坐良久归。读公实《养真斋诗稿》,笔势纵横,情词超迈,谈至三更始寝。

遂州素称繁剧,公实下车后力挽积习,甫匝月,新政覃敷,民情爱戴,奉若神明,足称贤父母矣!

三日壬戌　天气晴热,着袷衣。共唐公实朝食。高春,诣张昆山、李斗垣,谈良久归。斗垣长子伯丰,易名五桂,科试入库。及公实镇日长谈,张灯小饮。得其谷二月四日第二书,徐芷帆太史服阕,入都供职,邀其谷仍课其弟及其子读书,以先延订有师,到都尚无日也。及公实谈至三更散。得吴君如简,作书答之。

四日癸亥　五更,雷数声,天明微雨,少选大雨如注。访塾师胡葆生茂才绍棠,广安州人,先大夫门人蒲端溪茂才怀瑾之婿也。从之询旧相识蒲小淮近况。及守愚坐良久,共唐公实朝食。高春,雨止天霁。张昆山馈茶、烛、馎饦,受之。公实出示鄂生丈在都时,为书汉隽不疑、张敞十六人循吏传行书长卷。薄暮葆生来,以《爨宝子碑》见贻,公实留共晚饮,夜谈至三更散。未刻立夏。

五日甲子　晨雨。行李已戒,唐公实复强留小住一日,情不可却,从之。雨止天霁,共公实朝食。公实出示管厘金总局所上公牍,补偏救弊,不避嫌怨,足见公允。薄暮共公实晚餐,夜谈至三更散。

六日乙丑　晨阴。唐公实为具小食,食已发遂宁,出北门,公实送于精忠祠。少坐，别公实。行二十里至石溪浩，舆人早饭；二十里至唐家店朝食；二十五里至康家渡，抵署。薄暮晚餐。李伯丰茂才赴太和镇，过此来诣，少坐行。

七日丙寅　晨晴。日午朝食，理发。街民于紫云宫赛火神，呼桂华部梨园子弟来演剧。烟波楼侧芍药放数花，折来供瓶中清玩。宜园忍冬开极盛，浓香扑鼻。薄暮晚餐，入夜天阴。仆山云请假往视其伯疾。

八日丁卯　四更雨声淋漓，天明雨止，朝食。铺民李泰安、何茂光、王福全，于紫云宫演剧赛火神，邀晚饮观剧。日午往，谒火神位前行香。其颖偕奚汝霖来，甘爵卿、张根先、张鸿逵、王福全、曹万顺、陈丰泰、张京之、杨科先、李泰安、何茂光、温行庆同座。张灯开筵，二更后酒阑散归。眷属皆往观剧，入夜归。夜半小雨。

九日戊辰　晨晴。作书谕其谷，命其颖亦寄书，致张昆山书，丏其寄都，遣役蒋顺持赴遂宁。日午朝食。宜园石榴放花，仆山云假还。薄暮晚餐，入夜月。房书李荣周昨夜以疾卒，赍青蚨两缗。

十日己巳　天气晴明。曾王母胡太夫人忌日，致祭。朝食。张根先邀饮于紫云宫观剧，日午往，奚汝霖继至，甘爵卿、王福全、张鸿逵、马和堂茂才学怡同座。张灯置酒，三更酒阑，曲终散还。眷属皆往观剧，入夜归。

十有一日庚午　晨晴。日午朝食。院落绣球一丛，茂密丰盛，去秋匀出种两盆，始含苞。其秣胃中积滞，延徐炳灵来诊视。薄暮晚餐，入夜月色皎洁。

十有二日辛未　天气晴明。日午朝食。船户陈义顺等运米九百四十石至关，饬令具结放行。薄暮晚餐，入夜月色朦胧。

十有三日壬申　天仍晴明。濯足。日午朝食。作简致庆印堂，遣役持往，下舂还，得报书。晚餐。曾源牛豆痂落竟。

十有四日癸酉　晨阴。继母张太夫人生日，致祭。日午朝食。周味西专役持书来，赠羊毫十枝，更以朱提十金，补予去岁代查积谷舆马之资。薄暮晚餐。入夜小雨。其秾体热微嗽，以银翘散与服。

十有五日甲戌　晨阴。火神诞日，往谒行香。谒文昌神、镇江王庙、萧曹社公、灶神行香，至盐关镇江王位前行香。楼头忍冬开极盛，清香扑鼻，少坐归。祀财神、拜祖。日午朝食。作书答周味西，谢馈不律，却赠朱提，遣役持还。其秾体热退。楼头梅树结子，累累满枝，摘盈筐，以糖渍之。薄暮晚餐。

十有六日乙亥　其秾体热仍未减，作嗽，延吴运鸿来诊视，留共奚汝霖朝食，食已行。天气晴明。唐公实以纨素索画佛，为写菩提树作边方，其中写佛一躯，下春竟。得左静斋河边场书。薄暮晚餐，夜半小雨。

十有七日丙子　晨晴。曾王母胡太夫人生日，致祭。日午朝食。旧藏汉尚方镜，以纸墨拓。其秾感寒稍愈，体热渐退，延徐炳灵来诊视。薄暮晚餐，入夜天仍阴。

十有八日丁丑　天仍晴明。其秾体热退，嗽尚未止，数日结燥。晨起更衣，仍延吴运鸿来诊视。闺人两胁作胀，延徐炳灵来视垣，谓有宿寒。日午朝食，听讼，薄暮晚餐。侍妾香兰十六日生，闺人治酒食宴乐，予不入座。

十有九日戊寅　黎明雨声淋漓。张玉兴、李洪顺、卢致和运米二百余石至关，亲往验放。凭栏远眺，隔岸众绿齐生，心目为之一爽，坐良久归。朝食。闺人服徐炳灵方药稍愈，仍邀来诊视，其秾所患亦渐瘥，仍为视垣。雨止，以墨拓镜铭粘于所写佛像纨素阴面，并释其文，回环书之，颇可玩。薄暮晚餐。

二十日己卯　天霁。日午朝食，理发。得其谷二月二十七日第三书。官运船户张同兴，以予致高石洲、福雨亭书仍复其名，馈花露水、纨素，受之。薄暮晚餐，夜雨。

二十有一日庚辰　天气浓阴。作书致唐公实，赠所写纨素；公实索墨拓本、画轴补壁，检得十余轴，皆金石文字，遣役费喜赍往遂宁。日午朝食。初，唐稚云太守索予画佛，日长无事，以宣纸，四围画菩提树一株，茂密无缝，空其中，写立佛一躯，下春竟。晚餐。闺人体中不适，延徐炳灵来诊视，疏方去。

二十有二日辛巳　天气晴明。其秾所患愈，延徐炳灵来疏方调理。日午朝食。昨日所画佛为识跋语。薄暮晚餐，仆得元以疾请假。

二十有三日壬午　五更大雨，天明雨渐微，日午朝食，雨止。唐稚云索画佛像，为之设色。院落绣球三盆皆放花，绯色可玩。役费喜自遂宁还，得唐公实书，馈酥鱼。薄暮晚餐，入夜天气浓阴。闺人疾稍愈，仍延徐炳灵来诊视，易方药。

二十有四日癸未　天仍凝阴，细雨如丝。为奚汝霖作小篆书屏八幅及楹联。日午朝食。为敬本立茂才耀农作小篆书屏四幅，汝霖更以楹联数副，属为其友作八分书。薄暮晚餐。

二十有五日甲申　晨飞小雨。端阳节近，奚汝霖归里，乘舟行，赠青蚨千枚。上夏菽轩、张麟阁观察、阿子祥、程馥卿、李蕴甫三太守书，致孙吟秋、谢品峰、赵达泉、陶联珊、周味西书，致毛质臣、高石洲、福雨亭、庆印堂书，皆贺端阳节。致程寿岱别驾书，馈朱提十金，遣役洪泰持往太和镇。日午朝食。雨止，清风瑟瑟，天气顿凉，不类初夏。薄暮夕餐。闺人疾稍瘥，仍延徐炳灵来诊视。

二十有六日乙酉　晨微晴。得程寿岱报书。日午朝食。高石洲、徐渔卿、陈苕民、朱吉人，皆以纸索画佛，为仿金冬心笔法写之。薄暮晚餐，入夜星宿。

二十有七日丙戌　天气晴明。日午朝食水角。役郭忠举甘荣充东班役，许之。宜园石榴齐放，花光照眼。薄暮晚餐。得蔡景轩书，贺端阳节。

二十有八日丁亥　天仍晴明。为郑如兰书聚头。庶曾祖母张太恭人生日，致祭。理发。日午朝食。盐吏郭尚仁献芝麻酥，受之。薄暮晚餐。

二十有九日戊子　天气晴明。日午朝食。院落绣球花盛开，玲珑可玩。得谢品峰贺节书。薄暮夕餐，入夜星繁如豆。下走胡贵辞去，呼洪忠禄来供驱使。

五　月

五月建丙午，朔日己丑　天气晴热。未谒庙，命其颖灶神行香、祀财神、拜祖。日午朝食，料理俗事。薄暮夕餐，入夜星宿。

二日庚寅　天仍晴热，料理俗事。日午朝食。姜香兰体中不适，延徐炳灵来诊视。分给家中人钱，赉仆媪、下走钱。天阴，雷雨片时止。薄暮夕餐，入夜天霁，星繁如豆。

三日辛卯　天气晴明。人和寨首事甘兴周、徐代煜馈只鸡、豚肩、鸡卵、橘饼、馉馇、芝麻片糖、胡桃糖，铺民王福全等二十人馈只鸡、豚肩、盐鸭卵、蔗霜、馉馇、橘饼、胡桃糖，皆悉受。吏役献食物，受桃片糕、姜糕、馉馇。日午朝食，理发。以馉馇、炙脯、青蚨千枚馈徐炳灵，受之。馈方正、续泉馉馇、炙脯，馈铺民炙鸡、炙脯、米糕、馉馇、盐鸭卵、粽，馈人和寨首亦如之，皆悉受。周朗轩以楹联属兴周转求予书，乘兴挥毫。方正馈醃菹、馉馇，续泉馈蔗霜、薄荷糖、绿豆糕、梨片，皆悉受。薄暮夕餐。

孙吟秋大令文移，告奉上官檄，发三台县济仓谷五千石，运往重庆赈恤，于四月二十七日雇船起运，属谷至关为之放行。得端午君书。

四日壬辰　黎明雷数声，不雨。遂宁役黄扬因事至此，将还，致唐公实书，馈角黍二十枚。致庆印堂书，馈米糕、馉馇，遣役费喜赍往。日午朝食。役还，得印堂书，馈盐鸭卵、米糕、炙脯、粽。天气炎热，薄暮晚餐。

五日癸巳　四更大风，迅雷疾雨。风定，大雨如注，黎明雨止，足慰农望。以盐茶卵、薏苡粥、粽献祖，合家贺端阳节，吏役、仆媪、下走皆贺。及家人朝食汤饼。天霁湿热，高春家祭。

初，张根先患风温，尚未大瘳，庸医误投表药，遂不治，于申刻去世。薄暮及家人聚饮，赍诸仆吏书酒食。

六日甲午　五更大雨移时，黎明雨止。天气浓阴。日午朝食。张根先上舍安详无华，洵旧家子，以小病为庸医所误，悯其死，以联语挽之云："一病误庸医，目真难瞑；两儿依老母，情实堪怜。"以真书书之。薄暮晚餐。得纺女四月十四日第六书，告叔眉弟侧室吴孺人于四月七日以疾卒于成都寓所。

七日乙未　黎明大雨，移时止，晨起天仍凝阴。昨日所书挽联遣仆悬于张根先灵次，往吊，为焚冥镪。其子承楠甫十岁，出见，及王福全少坐归。日午朝食，天霁。得陈少芝梓潼镇书。薄暮晚餐，二更大雨如注，雷声虢虢，彻宵不止。

八日丙申　雨仍不止，院落积水。上书阿子祥太守，告四月所验中江、三台、射洪三县运往重庆谷米及商贩米石。邮雏弟自嘉定专足持书来，欲回吾乡应童子试，属予为筹旅资。命其颖致书缓之，遣足持还。其稚明日十岁生日，以闰人斋食，是日拜祖、拜予夫妇，家人相贺，以铜墨盒、笔插、羊毫、影照、醴泉铭册赐之。朝食汤饼。雨止，天仍凝阴。

汤叙五少府鉴铭奉郡守檄，押运三台县济仓谷五千石至重庆，抵关，使人来诣，亦使仆往候。馈叙五肴一器、起面饼，受之。泊舟江干。张灯及家人聚饮，初更酒阑。

九日丁酉　五更大雷雨，天明止。浓云密布，犹有雨意。理发。日午朝食。命其颖作书寄其谷，予缀数语于后，遣役洪泰持往遂宁，丐张昆山转寄京师。仆杜喜生为其子永龄请假，还西炉视其妇，许之。李忠举彭增寿供驱使，来见。得阿子祥太守、赵达泉、孙吟秋两大令贺节书。薄暮晚餐，入夜天霁，见新月。

十日戊戌　天气晴明。日午朝食。役洪泰自遂宁还，得唐公实书，馈盐鸭卵。得庆印堂书，即作答。延徐炳灵来为闰人视垣。下春，奚汝霖来塾，谈良久。晚餐，入夜月色极佳。

十有一日己亥　天气晴和，四野木棉连日得透雨，正望晴也。

日午朝食。所画诸佛为之设色，下春竟。晚餐，夜月朦胧。夜半雨，片时止。

十有二日庚子　晨晴。仆杜永龄辞还西炉，赉青蚨三缗。命其颖作书寄纺女，遣役王彪持赴成都。日午朝食。阃人疾愈，延徐炳灵来诊视。为徐渔卿写梅花横幅。薄暮晚餐，入夜月色极佳。

十有三日辛丑　晨阴，少选大雨，院落积水。理发。园丁萧甲献紫茄。日午朝食，雨止天霁。为徐渔卿写梅花，下春竟。晚餐，入夜天无片云，月色澄清。

十有四日壬寅　天气晴明。为马缙卿、冯树轩及长孙曾荫写梅花纨素，仆得元亦以纨素求画。长昼无事，藉此自遣。日午朝食。得王子章大令盐亭贺节书。薄暮晚餐，入夜天阴。

十有五日癸卯　黎明小雨，晨起仍未止。未谒庙，命其颖灶神行香、祀财神、拜祖。日午朝食。笥中检得素纨，用冬心先生笔法，写梅花消遣长昼。薄暮晚餐，入夜月影团圆，澄清似水。

十有六日甲辰　天气晴明。为马缙卿、冯树轩书纨素。日午朝食。昨日所绘梅花纨素，阴面以小篆书之。薄暮晚餐，入夜月明如昼。

十有七日乙巳　黎明小雨，旋止，天气浓阴。先王父生日，致祭。日午朝食。以小篆书纨素。薄暮晚餐，二更月上。

十有八日丙午　晨晴。濯足。为徐渔卿写梅花横幅，录旧作梅花七律二首于上。日午朝食。为袁松云茂才烘作小篆八分书楹联。街市趁墟，巡役查获张云田绺窃送案，笞以示儆，逐去。薄暮晚餐。

十有九日丁未　晨阴。月之三日，河西隆盛场不戒于火，焚百余家。十六日，周味西亲往勘灾赈恤还，昨夜宿法华寺。寺中产业为钱氏侵占数十年，原契亦为钱氏窃藏。味西因往查询，遣役往邀过我，日午至，留小住。天雨，共味西朝食汤饼，清谈镇日。张灯小饮，谈至三更散。落第十齿（左下第八）。

二十日戊申　天气浓阴。甘爵卿来见，周味西少坐去，以所画梅花纨素赠昧西，为具小食，食已送之登舆行。天雨，日午朝食。闻端午君第二子富谦，以喉疾为医士误投表药，于月之三日殇，作书慰之，遣役洪泰持往。薄暮晚餐，夜半小雨，渐沥达旦。

二十有一日己酉　晨雨止，天气浓阴。日午朝食。写梅花纨素。院落秋海棠、凤仙、红蓼初放花，雨后枝叶扶疏，葱蒨可爱。薄暮晚餐，闺人以蒸鸭饷我。役自蓬莱镇还，得端午君报书，述其子病情的系风温，为医所误。

二十有二日庚戌　黎明大雨，至午始止。日短至，朝食。初，为高石洲画佛，至是以八分书《心经》于上，更识数语，下春竟。晚餐大雨，移时止。

二十有三日辛亥　晨雨。日午朝食，理发。雨淋漓不止，下春雨止，天仍凝阴。晚餐，入夜复飞小雨。

二十有四日壬子　晨雨不止，少选渐大，檐溜有声。吴新妇生日，命其颖祭之。市鲜菌佐餐，甘脆适口。有船户杨兴发装米十数石至关，巡役验而不报，为之放行，传役来案笞责。薄暮晚餐，雨止，天仍凝阴。得其谷三月二十二日第四书。

二十有五日癸丑　晨复小雨。时当仲夏，犹着棉衣，气候参差不齐也。日午朝食，雨止。读蔡景轩诗稿。薄暮晚餐。

二十有六日甲寅　天气浓阴，小雨，少选雨渐大，四野木棉亟望晴暄。日午朝食，雨止。蔡景轩大令遣仆王珍回皖，舟行过此来谒见，致予书，垂问殷殷，其子伯芳以纸索书。得程馥卿太守合州贺节书。下春仍飞小雨，晚餐，入夜雨止。

二十有七日乙卯　天气开霁，朝日东升，阴湿之气可以渐消。日午朝食。庆印堂遣仆来致书，以予后日生辰，制文履、镜囊及双烛、爆竹、汤饼、桃形起面饼为寿。却礼物，受履及镜囊，作书答谢。薄暮晚餐，入夜星繁满天。

二十有八日丙辰　天气晴热。明日予生日，属家人不为礼，闺人晨夕治酒食为寿。朝食汤饼。下春及家人聚饮。夜雨，片时旋止。

二十有九日丁巳　蜩始鸣。天气凝阴。高祖母李太夫人忌日，致祭。予生日，斋食，理发。薄暮晚餐。

三十日戊午　天仍浓阴。日午朝食。飞雨数点，旋止。以所写纨素赐其颖、其稚、曾荫、曾祐。六月六日镇江王诞辰，呼金华部梨园子弟，明日于紫云宫演剧，下春至。晚餐，夜半大雨。

六　月

六月建丁未，朔日己未　黎明雨渐微，晨起雨止。谒盐关紫云宫镇江王位前行香，演剧。谒文昌神庙、萧曹社公祠行香，归来灶神行香、祀财神、拜祖。天气凝阴，云堆似墨，雨势犹浓，少选复大雨。日午朝食，雨微，高春雨止。薄暮晚餐。

二日庚申　天仍凝阴。雨淅沥，移时止。朝食后，携其颖、其稚、曾荫、曾祐步至紫云宫观剧。闺人携周新妇、李妾、其秾、女纹、曾源亦往观剧。张灯于剧楼晚饮，二更后曲终，偕眷属还。夜雨达旦。

三日辛酉　雨仍不止。朝食后，率眷属仍往观剧。下春，唐公实大令自遂宁至桂花场，便道来谒，为设榻二堂右宾厨，留小住。张灯晚餐，公实以纨素书所作诗见赠。及公实长谈，二更眷属归。得纺女五月九日第七书，由驿递到。移榻及公实对眠夜话。雨声淋漓，彻宵不止。

四日壬戌　晨雨淅沥。唐公实索观王虚舟书东方像赞册、真草千文卷。日午朝食。邀公实至关，登烟波楼游眺。天雨骑行，往谈至下春，散步归。张灯晚餐。得庆印堂简，即作答。雨复淋漓彻夜。

五日癸亥　雨益甚。理发。先王母陈太夫人生日，致祭。以长江所作诗出示唐公实。日午朝食，雨止。偕公实复至盐关，楼头小坐，登山亭远望，清谈至暮，散步归，天仍雨。张灯晚餐，及公实夜话，三更始寝。雨仍彻宵。

六日甲子　晨雨不止。为唐公实具汤饼，食已送之登舆行。及公实连日聚谈，足涤烦襟。院落秋海棠连朝得雨，开益茂盛。日午朝食。高舂雨止，天仍凝阴。薄暮晚餐。

七日乙丑　木棉性喜热畏寒，连日苦雨，朝夕不止，草不能薅，苗遂不茂，必多伤坏。晨起，天气开霁，代农民为之色喜。仆山云假请归家。日午朝食。闺人后日生辰，儿女、新妇治酒食为寿，下舂张筵，及家人同聚，初更酒阑，见新月。

八日丙寅　天气晴热。闺人明日斋食，晨夕治酒食宴乐，全家相贺，朝食汤饼。唐公实索秋海棠，为种两盆，作简致之，交舟子彭元翊带往。下舂及家人聚饮，初更散。夜月。

九日丁卯　天仍晴明。濯足。日午朝食。作第二书谕其谷，为寄朱提百金。命其颖致晚雏弟书，去岁所生第二女请名于予，命之曰"缙"，为庶母陈寄五十一金。薄暮晚餐，夜月。

十日戊辰　天气晴热。遣役甘顺持家书赴嘉定。理发。致张昆山书，以谕其谷书丐其寄都。致岳恒华书，遣役洪泰持赴遂宁。日午朝食。

端午君母赵太宜人月之十三日八旬生辰，以朱笺作真书联云："太夫人得大光明寿；有令子是真康济才。"制锦幛为寿。为人作小篆、八分书联。唐公实于遂宁造栖流所，工竣，作联云："栖息亦安，勿昏暮叩人门户；流亡有愧，愿旋归复我邦家"，属予书；叶勃然骑射颜其斋曰"款云"，属予以小篆书之，皆为挥毫。薄暮晚餐，入夜月色朦胧。

十有一日己巳　晨晴，朝食后阴。平顺假还合州，仍呼董双寿来供驱使。薄暮晚餐。役洪泰自遂宁还。

十有二日庚午　天气晴热。呼肩舆，发康家渡赴蓬莱镇。五里至五显庙；缘山行，十三里老鹳滩，小憩；十八里至隆盛场，朝食。五月三日街市不戒于火，焚百余家，一片瓦砾，睹之惨目；十二里至大屋坝，小憩；八里至尚家坝，舆人午饭；十里抵蓬莱镇，至龙神庙，小憩。以锦幛、锦联、双烛、爆竹为赵太宜人寿。

端午君闻予至，来诣辞谢。少坐，具衣冠偕午君入署诣贺，为设榻留住。诣彭小田、李如璋。下春，午君具酒食晚饮，小田、如璋同座，初更酒阑。月色皎然，及三君谈至四更始散。午君次子富谦为医药所误，谈及病状，悼惜实深，为之宽譬。

十有三日辛未　天气晴热。赵太宜人八十生日，客来为寿者皆却之，即午君及家人皆属不为礼，勤俭自持，令人起敬。以予远道而来，属午君辞衣冠相见，因登堂拜祝。朝食汤饼，彭小田、李如璋同座。遣人持刺访刘镜堂、陈笃生、叶勃然。及午君镇日清谈颇乐。酷暑尤烈，挥汗如雨。下春，午君具酒食邀共小田、如璋共饮，初更散。午君赍仆役、舆人酒食。入夜月光如昼，阶前纳凉，及午君谈至三更散。镜堂、笃生、勃然来诣，皆辞未见。

十有四日壬申　天气晴热。理发。端午君留小住。午君至大堰场检验，及彭小田、李如璋朝食，为午君室袁宜人及其第三子质夫富文作小篆书纨素聚头，为小田作八分书聚头。高春，诣见赵太宜人，谈至下春退。午君归，具酒共饮，雨片时止。夜月玲珑，谈至三更散。

十有五日癸酉　晨起挥汗不止，赵太宜人属端午君复留小住一日，共午君、彭小田、李如璋朝食。为赵太宜人作篆书纨素，为午君长女伯瑗作八分书聚头。及午君镇日聚谈。下春置酒小饮，小田同座，如璋他出，初更酒阑。入夜偕两君出署，当门荷沼，翠盖田田，清香扑鼻。散步田间，远山叠翠，杂树连青，月影团圆，烟光笼罩，徘徊良久归。阶前纳凉，长谈至三更散。

十有六日甲戌　天仍晴明。谒见赵太宜人，稍坐辞别。午君为具小食。食已，别午君，发蓬莱镇，午君以卤簿郊送。十八里至大屋坝，舆人早饭；十二里至隆盛场，游崇报寺。寺建自明万历年，佛像庄严，殿宇将就颓败，小憩；十八里至老鹳滩，渡郪水；十三里至五显庙，寺中坐良久；渡涪江，水方大涨，波涛汹涌；五里抵康家渡。

役王彪于十二日自成都还，得纺女月之九日第八书。得杨湛亭书，湛亭自重庆暂归成都。得赵孺人书。及奚汝霖少谈。薄暮晚餐，入夜月明如昼。作书致午君，交舆人携去。唐公实馈绿沉瓜十枚，张昆山亦馈十二枚。

十有七日乙亥　天仍晴热。日午朝食。得陶联三大令德阳书。阅邸抄，奉上谕："四川正考官着张仁黼，副考官着杨捷三去。钦此。"薄暮晚餐，夜月皎然。土民陈国治献新稻。

十有八日丙子　晨晴。仆李忠赴遂宁礼大士，致唐公实、张昆山书。日午朝食，理发，剖绿沉瓜。天气微阴，飞雨数点，旋止。薄暮晚餐，入夜星宿。

十有九日丁丑　天气晴热。仆李忠自遂宁还，得张昆山书。日午朝食。为端午君长女作篆书纨素、次女仲常八分书聚头、第四子季彭富寿八分书聚头。剖绿沉瓜。得西商冯树轩书，以绿沉瓜四枚见贻。薄暮晚餐。炎暑未消，床榻如炙，至不能眠。

二十日戊寅　黎明过雨片时，暑气稍退。日午朝食。天气浓阴，轻雷送雨。少选大雨倾注，院落积水，移时雨渐微。剖瓜。为杨湛亭长子伯华及外孙仲纯作八分书聚头，为张鸿逵作八分书聚头。雨仍淅沥，一洗炎热，下春雨止。晚餐，入夜雨复淋漓，夜半始止。涪江水涨至露台下。

二十有一日己卯　晨阴，天气凉爽。仆得元假请赴遂宁礼大士。日午朝食。为蒲化南茂才作小篆书纨素。周朗轩以聚头属为其友滓森用夫作八分书，乘兴挥毫。为徐书田子书聚头。小雨淅沥，旋止。遂宁土民王兴盛献绿沉瓜三枚，赉青蚨五百。薄暮晚餐，入夜天霁，三更月上。

二十有二日庚辰　天大晴霁。四野木棉着花，禾稻放穗。透雨旋晴，得此曝晒，秋收当获丰稔。日午朝食。闺人昨夜齿痛，延徐炳灵来诊视。为酒食及家人聚饮，初更酒阑。入夜星繁如豆。

二十有三日辛巳　天气晴热。作书致端午君，馈馎饦、炊饼。致彭小田书，赠墨拓烟波楼及谒贾阆仙祠诗，遣役费喜赍往。日午朝食。役甘顺自嘉定还，得晚雏弟书，子荫弟以回避例，改指湖北，于五月二十六日东下，邮雏弟随之往。闺人齿痛未愈，延徐炳灵来诊视。康保胃间受风作呕，亦为之诊视。薄暮晚餐。乳康平之武媪辞去，雇胡媪来乳之。

二十有四日壬午　晨起理发。天气炎热，合家持雷斋。高春天阴，云堆似墨，轻雷送雨。少选大雨如注，几席生凉。剖绿沉瓜。院落秋海棠盛开，红白相间，花酣叶大，婀娜可爱。薄暮晚餐，天霁，入夜星宿。

二十有五日癸未　晨阴，凉风瑟瑟。作书答杨湛亭。日午朝食。命其颖致赵孺人书，为寄朱提十九金及糟鱼、西洋参。致周雅生兄弟书。闺人齿痛愈，仍延徐炳灵来视垣。其秾体热，延吴运鸿来诊视。鲁新妇昨日生辰，以斋食，命其颖率曾荫以时羞祭之。薄暮晚餐，入夜大雨如泻。仆得元假还。涪江水涨。役费喜自蓬莱镇还，得端午君报书。

二十有六日甲申　四更雨止。恭逢皇帝万寿，设位于紫云宫，五更步往朝贺，黎明归，复大雨。日午朝食，雨止。初，端午君为予重摹南熏殿本武侯像，一时名流题赞，悉以小楷录于上，更识数语，作书寄纺女，属为潢治成轴。

涪江水涨至露台下，呼肩舆至关，登楼观之，浪花激射，水势澎湃，下春归。晚餐。上书唐稚云太守，寄赠所画佛像。

二十有七日乙酉　黎明复雨。遣役费喜持家书赴成都。其秾体热渐退。沐浴，濯足。日午朝食。为高石洲作八分书楹联、直幅、横幅。高春雨止，涪江水退。薄暮晚餐，入夜天霁，朗然见星。

二十有八日丙戌　晨起天大晴霁，旭日东升，炎歊酷烈。李姜昨日生日。朝食汤饼。初，为朱吉人、陈荅民画佛，至是始为之题识。闺人齿仍作痛，延徐炳灵来视垣。其秾疾愈，三日未更衣，延吴运鸿来诊视，以增液汤主之。下春治酒食，及家人聚饮，初更酒阑。入夜星繁满天。

　　二十有九日丁亥　天气炎热。其稑服药便下。理发。日午朝食。闰人携其颖夫妇、其稚、其稑、女纹、曾荫、曾祐、曾源至关，登楼游玩。方正上人来，馈绿沉瓜，坐良久行。下春眷属归，晚餐。前日登楼观涨，得五律云："淼淼长江水，平沙走急湍。风喧晴日薄，浪卷阵云寒。芦苇垂低岸，鱼龙咽晚滩。临流思有济，何术挽狂澜。"

七　月

　　七月建戊申，朔日戊子　晨雨淋漓。未谒庙，命其颖灶神行香、祀财神、拜祖。日午朝食，料理俗事。雨止，天仍阴。闰人齿尚未愈，延徐炳灵来诊视。薄暮晚餐。

　　阅行省抄，新授四川布政使寿泉方伯裕长①，于六月十日抵成都，十七日受任。

　　二日己丑　晨晴。日午朝食，料理俗事。吴运鸿来为其稑疏方调理。薄暮晚餐，入夜星宿满天。

　　三日庚寅　天气晴热。晨起理发，日午朝食。入夏后阴雨连绵，宜园丛苔宿莽，悉为删除，不使其壅蔽花草也。薄暮晚餐，入夜星宿。

　　四日辛卯　天气炎暑，晨起即挥汗不止。日午朝食。闰人齿痛愈，仍延徐炳灵来诊视，亦为其稑、女纹视垣。为家丽卿作小篆书屏四幅，为庆印堂作八分书联，为周宝田作小篆书联。薄暮晚餐，入夜新月如眉，繁星满天。作书致高石洲。

　　五日壬辰　天气晴明，酷暑尤烈，汗流如雨。日午朝食。为胡

---

①　裕长：光绪二十三年二月五日（1897年3月7日）任四川布政使，同年十一月十八日（1897年12月11日）调任直隶布政使。

丕如光裕作小篆书联，为庆印堂作八分书册六幅、屏四幅、行书联。高春天阴，飞雨数点，暑气顿消。夏初插秧苗数盆置院落，至是含苞放穗，青葱可玩。晚餐，入夜星宿。

六日癸巳　天气酷热。为蔡伯芳、叔惠兄弟作八分小篆书直幅、行书横幅。日午朝食。为萧缃轩茂才铺作八分书直幅、小篆书联。为张鸿逵作八分书联。得高石洲报书。得张昆山遂宁书，武玉泉以纸索书，馈红枣、淡巴菰，为寓其谷四月十四日第五书。

赤日如火伞，挥汗不止。薄暮晚餐，入夜星宿。仆山云假还。阶前茉莉花开极繁，浓香扑鼻。

七日甲午　天气炎热。闺人齿痛渐止，仍延徐炳灵来诊视。为续绍上人作小篆、八分书联。日午朝食，理发。为盐吏郭尚仁作八分书联。官运船户杨炳生来见，献蜜枣，坐良久行。薄暮晚餐，入夜小儿女及两孙以瓜果祀双星。

八日乙未　天仍酷热。作第四书谕其谷，命其颖亦寄书。日午朝食。为胡葆生茂才作八分书直幅、小篆书联。作书致唐公实。高春天阴，黑云似墨，雷声虩虩。少选大雨移时，薄暮雨渐微，晚餐。入夜雨淋漓，至二更止。王紫垣遣其孙协堂来馈馎饦，命其颖见之。

九日丙申　晨晴。作书致张昆山，以家书丐其寄都，遣役刘荣持往遂宁。日午朝食。天气炎热，汗流如雨。薄暮晚餐，入夜月色皎然。

十日丁酉　天仍炎暑。致庆印堂书。日午朝食。酷热如炽，闭户下帘，暑气犹来，薰灼不可支。薄暮晚餐，天油然作云，雷声虩虩。少选大雨如注，院落积水，雨止月上。役刘荣自遂宁还，得唐公实书。初，杨炳生运官盐至遂宁之桂花场，遇滩折化盐二十余包，文移王子章大令转禀。至是公实移文来，奉夏菽轩观察批牍，准其由射厂分局补配。得张昆山书，为寓其谷五月八日第六书。夜半复大雷雨，移时止。是日申刻立秋。

十有一日戊戌　天气晴霁。四野木棉正值放花，亟望晴旭，禾稻亦将收获，更宜曝晒。作书致杨炳生，告所折之盐奉批准，由分局补配。得庆印堂书。日午朝食，炎热特甚。宜园玉簪花初放。薄暮晚餐，入夜月光皎洁，花影迷离，绕砌虫声，耐人延赏。

十有二日己亥　黎明朝霞映日，光彩耀目。少选黑云如墨，突兀满天。迅雷风烈，大雨骤至，移时止，天仍开霁。得白菡萏两朵，花容婀娜，洁白可爱，供瓶中赏玩。日午朝食，理发。

故事：盐法行引俱有定岸，配盐各有定厂，界限极为分明，不得以此岸之引改配彼岸之盐。功令昭然，载于志乘①。昨日船户潘荣炳运岳池商罗乾三行销蓬溪县额水引三张，应配蓬厂之盐一百五十包，至关投验，查得花盐一百包本厂采买，巴盐五十包，行商王芍卿买于射厂瞿家河灶户邓闰生处，即传来案讯问，据称实系不知定例綦严，一时错误，再三恳恩。因念初犯，姑从宽宥，饬令具结，以后采配各归各厂，不得搀越再犯，如违严办。为之盘验放行。

得杨炳生书。闺人体中不适，延徐炳灵来诊视。夕餐，陈万兴来见，坐良久行。入夜月明如昼，阶前纳凉，二更后始寝。

十有三日庚子　天仍晴热。日午朝食。其稢顶额及背生疖，以胡椒、细辛、蚕豆末嚼茸敷之。薄暮晚餐，入夜月影朦胧。

十有四日辛丑　天气炎热。曾祐生日，朝食汤饼。闺人疾稍瘥，延徐炳灵来诊视。暑气薰灼，挥汗不止。薄暮治酒食率家人聚饮，初更散。月色澄明，照耀如同白昼。阶前纳凉，不忍就寝。

十有五日壬寅　天气晴明，炎暑尤甚。中元节家祭。未谒庙，祀财神、拜祖，命其颖灶神行香。日午朝食。赤日如火伞，酷热异常。薄暮及家人聚饮。月光如昼，阶前纳凉，院落凤仙盛开，花影迷离。

十有六日癸卯　天仍炎热。日午朝食。其稢腹泻，延徐炳灵来诊视。薄暮晚餐，入夜月色皎然。役费喜自成都还，得纺女月之十

① 志乘：指《四川盐法志》。四川总督丁宝桢、总办官运局唐炯、四川盐茶道松蕃等于光绪八年（1882）纂修。沈贤修作为"四川候补盐大使"，担任了该志的"缮写"。

二日第九书。杨湛亭馈馎饦、龙眼肉。得赵孺人书。得周竺君嗣培书，味东第三子也。得仆徐升书。得佃户陈元春书。成都下土桥先大夫墓侧，略有薄田数十亩，招元春耕种。纺女书来云，元春所居之草屋于六月十五日四更，被火焚毁五间，农器俱焚，无力制造，因之退佃。纺女遂令仆徐升邀曾敬亭上舍，另招冯一珠来，书据于本年上庄耕作。市得梨数十枚，作书馈唐公实，交舟子彭元翊赍往。

十有七日甲辰　天气炎热，头觉昏闷，罢餐，理发。奚汝霖期明日赴成都应乡试，命其颖作书寄纺女。闺人气逆，延徐炳灵来诊视。其秩腹仍作泻，亦为之诊视。狂风，雷数声，飞雨，片时仍晴。薄暮晚餐，入夜月明如水，阶前纳凉。

十有八日乙巳　天仍酷热。馈奚汝霖卷资钱二缗，秋季束脩钱十三缗，送之登舆行。日午朝食，料理俗事。其秩腹泻稍间，仍延徐炳灵来诊视。薄暮晚餐，入夜星宿，二更月上。

十有九日丙午　天气晴热。晨起濯足。日午朝食。高春天阴，黑云密布，飞雨数点，旋止。其秩腹泻渐愈，仍延徐炳灵来诊视。薄暮晚餐，入夜星宿。

二十日丁未　晨晴，少选阴。其秩腹疾愈，延徐炳灵来诊视，疏方调理。闺人胃脘作胀，亦为之视垣。日午朝食。天气晴热，薄暮晚餐。入夜星繁如豆，三更月上。

二十有一日戊申　天仍炎暑。仆得元假还自流井。日午朝食。酷热如炽，挥汗不止。薄暮晚餐，三更月上。

二十有二日己酉　天气晴明，赤日尤烈。高祖母李太夫人生日，致祭。鲁新妇忌日。萧长生献白荷花两朵供瓶中，初开，颇可玩。日午朝食。作小楷书。炎歊特甚。薄暮晚餐。

二十有三日庚戌　天气炎热如炙，晨起即挥汗不止。理发。日午朝食。晚雒弟使人持书来告，偕吴憩棠是日自遂宁启程来康家渡。少选，偕憩棠抵署，为憩棠设榻留小住。及弟别十年矣，与家人相见。弟于月之二日，请假由嘉定首途，闻憩棠将往杨桃溪，遂相约舟行至重庆小住。溯流至合州，易肩舆来视，谈数年别况。

酷暑特甚。有便足赴成都，命其颖致纺女书，予缀数语于后。薄暮及憩棠、晚雏小饮，其颖侍座，布席于宜园石案。酒阑，谈至二更散。

二十有四日辛亥　天气酷热。山土种木棉及薯蓣，亟望雨也。及吴憩棠、晚雏朝食。为陈万兴作八分书联。其秾额间生疮已溃，臀间复生一核，大如钱，红肿未消。闻王坦康善疡医，延之来视，以末药涂之。憩棠、晚雏、其颖至关登楼游眺。暑气薰蒸，几案如炙。薄暮，憩棠、晚雏、其颖归，于宜园石桌置酒小饮，初更酒阑，谈至二更散。雷电，欲雨不成。

二十有五日壬子　天仍晴明。听讼。吴憩棠将往杨桃溪，复留小住，共朝食。雷声虢虢，黑云四起，忽大风吹散，复不成雨。王坦康来为其秾视所患，少坐行。憩棠、晚雏、其颖仍至盐关登楼游览，其稚、曾荫、曾祐、女纹随往，薄暮归。布席于宜园石案小饮，初更酒阑，谈至二更散。繁星满天，清风飒然。

二十有六日癸丑　黎明，吴憩棠行，不及送。日午朝食。天气酷热，汗出如雨，盛夏无此热也。薄暮晚餐。

二十有七日甲寅　天仍炎热。日午朝食。理发。送奚汝霖之舆人傅甲自成都还，得纺女月之二十二日第十书。其秾臀右所患尚未愈，延王坦康来视。四野木棉两旬未得雨，亟望泽也。薄暮晚餐。阶前纳凉，床榻如炙，至不能眠。

二十有八日乙卯　赤日东升，光焰激射，晨起即挥汗不止，数年来无此炎热也。日午朝食。延王垣康来为其秾视所患，以药涂之。下春治酒食宴晚雏弟，及家人围坐小饮，初更后散。得胡葆生茂才遂宁书。

二十有九日丙辰　四更迅雷疾电，烈风暴雨，惜为时不久。院落花草经雨，顿见精神。日午朝食。秋阳映射，热不可支。以纨素为晚雏弟书画，下春竟。大雨片时，溽暑特甚。晚餐，入夜天霁，繁星，阶前纳凉。其秾臀右疮溃脓。

三十日丁巳　天气晴明。日午朝食。为彬如太守文奎作小篆书屏四巨幅，画佛一躯。彬如现署嘉定府事，上书贺中秋节。炎热如炽。闺人治酒食宴晚雏弟，及家人聚饮，初更酒阑。

八　月

八月建己酉，朔日戊午　晨阴大风，凉意传秋。谒文昌神庙、镇江王祠、萧曹社公、灶神行香。至盐关镇江王位前行香，楼头小坐，江水微涨。归来祀财神、拜祖。日午朝食，天气浓阴。下春雨，晚餐，夜半雨声淋漓。

二日己未　雨止，天仍凝阴。吏役于社公祠赛神，往行香。其秾生日，朝食汤饼。料理俗事。薄暮治酒食及家人聚饮，初更散。夜雨，檐溜如注。

三日庚申　黎明雨止，天仍凝阴。日午朝食。为晚雏弟作小篆书联。薄暮及家人聚饮，初更酒阑。雨后登楼，得五律云："宿雨收平野，环楼布晚岚。树高山拥翠，石隐水拖蓝。宦味随名淡，乡情入梦酣。何时理归棹，一苇大江南。"

四日辛酉　天气凝阴，浓云密布，少选大雨，檐溜倾泻，院落积水。理发。日午朝食。便足自成都还，得纺女七月二十八日、二十九日第十一、十二两书。得杨湛亭书，期于月之三日赴重庆厘局。

晚雏弟期明日启程，由成都还嘉州。为庶母陈寄朱提三十金，赠晚雏十金，更以先大夫生前最为心赏之花瓷水注、小印泥盒、笔床、砚箧十件赠之，珍重先人手泽也。得唐稚云太守报书，谢画佛。大雨淋漓。治酒食为晚雏弟饯别，及家人聚饮，初更酒阑。夜雨达旦，为晚雏弟备装。

五日壬戌　黎明雨止，天气仍阴。及晚雏弟谈良久，勖以处世作人之道。为具朝食，食已，辞别家人首途，送之登舆行。得庆印堂书，其室钮祜禄宜人具柬，邀闺人七日晚饮，即作答，以事辞。下春微晴，晚餐。

上张麟阁、夏菽轩观察、阿子祥、程馥卿太守书。致孙吟秋、谢品峰、王子章、周味西、毛质臣、高石洲、福雨亭、庆印堂书，皆贺中秋节。致程寿岱别驾书，馈朱提十金，遣役费喜持往太和镇。

六日癸亥　天气开霁。日午朝食，料理俗事。得程寿岱答谢书。薄暮晚餐，入夜见新月。捕得络纬数头，置花草间，闻轧轧之声，触人丛感。

七日甲子　黎明大雾，天气晴明。日午朝食。秋阳暴人，不觉炎威。下春微阴，晚餐。夜半大雨，移时止。

八日乙丑　晨阴，天气凉爽，秋已到矣。日午朝食。其秾感寒，延徐炳灵来诊视。镇日时飞小雨，薄暮晚餐。遥忆其谷是日入闱，应顺天乡试。夜半雨声，淋漓达旦。

九日丙寅　晨大雨，天气渐凉。院落种稻数盆黄熟，获来盈匊。日午朝食，雨仍不止，薄暮晚餐。得周味西、高石洲、福雨亭、庆印堂贺节书。致唐公实书。

十日丁卯　晨雨淅沥，朝食后止，天气开霁。其秾胃有积食，面色纯白，延徐炳灵来诊视，疏方去。下春天复阴，晚餐，入夜开霁，月色朦胧。

十有一日戊辰　晨飞小雨，少选大雨如注，食时止。理发。高春天气开霁，四野木棉结实方盛，亟望秋阳暄暴。薄暮晚餐。入夜月色如昼，满地清辉，对之不忍就寝。

十有二日己巳　天气晴热。料理俗事。日午朝食。甘爵卿、何辅廷来见，谈良久行。下春天微阴，晚餐。以馉馎、炙脯、青蚨千枚馈徐炳灵，馈方正、续泉馉馎、炙脯，皆悉受。得唐公实书。何兴祥称贷于何茂连钱三十缗，数年未偿。茂连控于案，以兴祥移家于遂宁之吉祥寺居住，事属隔县，公实六月来此，因告之。至是书来，以兴祥押追两月，实无力全还，措得青蚨四缗，呈恳宽免，而茂连未到案，能否遵依，碍难照准。因移文，饬役解兴祥来案。

十有三日庚午　晨阴。致唐公实书，馈自制馎饦、炙鸡，遣役费喜赍往。传何茂连来案，断令何兴祥再缴钱二千，予更赍四千，并昨日公实移来所缴票钱四千，足成十千，发交茂连领去，将约批销，为之了息；开释兴祥，以免往返受累。备文移公实，遣来役赍回。公实属书前赠烟波楼联句，寄往刊之。

闺人齿微痛，延徐炳灵来诊视。其稂病愈后尚须调理，亦为之疏方。天气晴霁，秋阳暴人，有似盛夏。日午朝食。人和寨首甘兴周、徐代煜馈豚肩、鸡、胡桃、梨、馎饦、蔗霜、薄荷糖，悉受。吏役献食物，受凫、胡桃、蔗霜。以炙脯、米糕、馅馅、桃仁馈人和寨首事。得蔡景轩、谢品峰贺中秋书。

连朝透雨，院落海棠、凤仙花开极繁，红白相间，秋光满眼，耐人赏玩。铺民王福全等馈馎饦、糖食四篓、豚肩、双鸡，续泉上人馈炊饼、蔗霜、糍糕、橘饼，皆悉受。晚餐，入夜月色如昼。

十有四日辛未　晨阴，雷一声止，小雨。馈铺民米糕、炊饼、馅馅、豚肩、炙鸡、鱼、糖果、橘饼，受之。理发。分给家中人钱，赍仆媪、下走钱。方正上人馈糍糕、醃韲、甜酒，受之。日午朝食。秋雨淋漓，顿有凉意。其稂神气疲荼，延吴运鸿来为之诊视，以补中益气汤主之。风雨益甚，雷声殷殷。

庆印堂馈起面饼、馎饦、梨、胡桃，作书答谢，亦报以食物。张鸿逵馈食物，受米酥、薄荷糖、姜糕，余却之，亦以食物报之。下春雨止，晚餐。入夜雨复淋漓，檐溜不止。得其谷六月三日第七书，于五月十五日赴国子监录科，榜发取列第十一名。涪江水复涨。

十有五日壬申　晨雨止，天仍凝阴，顿凉，着棉衣。涪江水涨至露台下。未谒庙，命其颖灶神行香、祀财神。合家拜祖，贺中秋节。吏役、仆媪、下走叩贺。保正王福全、水约王毓槐来贺节。朝食汤饼。高春小雨，旋止。役费喜自遂宁还，得唐公实书，馈酥鱼、竹孙。下春家祭，及家人聚饮，赍吏书、仆媪酒食。入夜，闺人陈瓜果拜月。

十有六日癸酉　天气仍阴。日午朝食。闺人齿痛甚，延徐炳灵来诊视，谓受风邪，疏方去。陈衡山大令矩①奉檄管蓬、射两厂水路引票盐厘局事，于十四日至杨桃溪，遣勇持刺来候。下春微晴，散步宜园，篱边砌畔，秋光满眼，足遣幽情。晚餐，夜半细雨。

十有七日甲戌　晨阴，时飞梦雨。闺人齿痛未减，喉亦作痛，延徐炳灵来诊视。日午朝食。雨止，微有晴意。得纺女月之五日第十三书，由驿递来。得阿子祥太守、王子章大令贺节书。得陆虎臣书。下春天开霁景，晚餐，入夜月影朦胧。

十有八日乙亥　天气晴明。闺人昨夜齿痛益剧，依经验方，以八味地黄汤服之。日午朝食。得孙吟秋大令贺节书。便足过此，张昆山为代购淡巴菰五十斤寄来，作书答之。延黄树萱来为闺人诊视，谓受风热。其稚晨起吐泻，亦为之视垣。四野木棉结实，连日经雨，多有未熟而落者，得此晴暄，花当绽出，可以摘矣。薄暮晚餐，入夜月。

十有九日丙子　晨阴，小雨。陈衡山大令文移，告月之十五日上事，复致书，以新刻所作《孟子外书补注》四卷、《春秋左传杜注校勘记》及《灵峰草堂诗集》《东游文稿》见赠。康家渡验卡，衡山延其幕宾梁树年嵩泰来，树年使人持刺来诣，亦遣仆往候。日午朝食，雨止。读衡山诗集。得庆印堂书。薄暮晚餐，入夜天霁。其稚腹泻止。

二十日丁丑　晨晴。船户滕义兴运巴岸官盐，正载装四百余包，泊舟杨桃溪。月之十五日江水大涨，缆脱，冲至康家渡下游之龙穿浩始抵岸，青关尚未验。昨日庆印堂书来，云若令其溯流而上，不免转折，属予为之盘验。其拨船运三百余包，是日至关，令其放至

---

① 陈矩（1851—1939）：字衡山，贵州贵筑（今属贵阳）人，监生，诗人，金石、文献学家。光绪十四年（1888）随黎庶昌出使日本，归国后历任四川知县、知州，宦蜀二十年，卓有政声。民国后在贵州纂修省志、县志多种。

正载停泊处，遣吏役往，查验放行。作书答印堂，更致高石洲、福雨亭书。闺人齿痛渐止。日午朝食。院落秋海棠开遍，绿醉红酣，足称大观。薄暮晚餐。捕得金钟儿虫数头，夜闻磴稜稜声，不胜今昔之感。

二十有一日戊寅　晨阴。胃腕不适，罢餐。梁树年来诣，谈良久行。树年，粤西人。朱序东太守奉檄管大河坝盐厘局事，文移告月之朔日上事。天气微晴，薄暮晚餐。仆杨得秀辞去。

二十有二日己卯　天气微阴。先母吴太夫人忌日，致祭。日午朝食。陈衡山大令以自写《梧月山馆图册》属题。山馆，衡山兄弟读书所也。册中题咏甚夥，大半皆诗，因成《一斛珠》词一阕，以小楷书于上云："露寒金井。虫声作，雨清宵永。弟昆山馆拥书等。皓月婵娟，刚上梧桐顶。　　往事于今重记省，披图暗自伤流景。秋心相忆闲中领。来去无痕，一例浮云影。"更以八分书"梧月山馆图"五字于面。薄暮晚餐。闺人齿痛愈，延黄树萱来诊视。

二十有三日庚辰　天仍凝阴。作第五书谕其谷，命其颖亦寄书，丐张昆山转寄京师，遣役洪泰持往遂宁。日午朝食。院落桂花初开，时有香来。薄暮晚餐，役自遂宁还。入夜天气开霁，见星。

二十有四日辛巳　天气晴明。桂花渐开，浓香扑鼻。盐书王用霖献丹桂数枝供瓶中。理发，朝食。作书答陈衡山贺上事。诣梁树年，谈良久归。云堆似墨，雨意甚浓。闺人齿痛愈，仍延黄树萱来诊视。薄暮晚餐。

二十有五日壬午　天气浓阴，晨飞小雨。曾祖母张太恭人忌日，致祭。朝食后雨甚，高春雨止，天大晴霁。院落桂花齐开，浓香馥郁，秋海棠、凤仙经雨，益见茂密。一片花光，婀娜可爱，数年来无此繁盛也。薄暮晚餐，入夜繁星如豆。上朱序东太守书，贺上事。西班总役蒋升以疾物故。

二十有六日癸未　五更微雨，晨起雨渐密，少选益甚，檐溜有声，移时止。日午朝食，天霁。初，陆念初以所藏苏东坡十八罗汉像赞砚拓本见贻，去夏检得一纸，为蔡景轩写观音像一躯于砚池，书来属予另写《心经》一本。以目力昏瞀，迄未能书。是日天气和煦，以蝇头细字书之。薄暮晚餐，夜半小雨，旋止。

二十有七日甲申　晨晴。濯足，听讼。日午朝食。复以蝇头小楷写《心经》一篇于罗汉像拓本，目力尚能耐久。下舂天仍阴，晚餐。得梁树年简。

二十有八日乙酉　天气晴明。日午朝食。趁墟，巡视街市，有聚赌者，拿获五人，笞责俾荷校。

庆印堂九月朔日生辰，李陶臣、杨作宾、郭学礼、何洪连以朱笺属予撰句书之为寿，即为挥毫，联句云："萱室承欢，觞称九月；菊畦介寿，算衍千秋。"得吴君如书，馈肥饼、蜜枣、馎饦，受之。

阅邸抄，奉上谕："四川学政着吴庆坻去。钦此。"四川乡试头场四书题：子路宿于石门，晨门曰："奚自？"子路曰："自孔氏。"曰："是知其不可而为之者与！"次题："博厚所以载物也，高明所以覆物也，悠久所以成物也。"三题：《诗》云'迨天之未阴雨，彻彼桑土，绸缪牖户。今此下民，或敢侮予？'孔子曰：'为此诗者，其知道乎？能治其国家，谁敢侮之。'"诗题：赋得"正直原因造化功"，得"功"字，五言八韵。二场五经题，《易经》：天地之大德曰生，圣人之大宝曰位。何以守位？曰仁。何以聚人？曰财。《书经》：其惟吉士，用劢相我国家。《诗经》：江汉汤汤，武夫洸洸。经营四方，告成于王。四方既平，王国庶定。《春秋》：晋侯使士匄来聘。襄公八年。《礼记》：慎静而尚宽，强毅以与人，博学以知服。近文章，砥厉廉隅。薄暮晚餐。

二十有九日丙戌　晨阴。唐公实遣勇士持书来，邀我赴遂宁。日午朝食，理发。天气晴明。庆印堂明日生辰，以肴一器、馂馀馈之为寿，遣役持书贺之，下舂还，得报书。晚餐。奚汝霖自成都应乡试还，来塾，谈良久。仆李忠女甫两龄，病数月，治不瘳，三更殇。

九　月

九月建庚戌，朔日丁亥　晨晴，换戴暖冠。未谒庙，命其颖灶神行香、祀财神、拜祖。发康家渡赴遂宁，乘廖银合船，行二十里过桂花场，四十里抵遂宁。登岸入东门，访唐公实，设榻留住，长谈。薄暮晚餐。入夜，过胡葆生斋中谈良久。公实出示董香光诗卷册，俊逸圆劲，爱玩不释。

二日戊子　天气晴明。共唐公实朝食。步访张昆山、骆灼三，勾当俗事，谈至高春。诣吴君如，座中晤冉琴生、王焕堂，坐良久还。复观鄂生丈所书汉循吏传长卷。夕餐，胡葆生来谈良久。及公实夜谈。仆得元自自流井假还，闻予至此，因来见，令其同归。夜半雨声淋漓。

三日己丑　晨晴。唐公实藏古博山鼎，圆径尺余，高四寸许，三足无耳，哆口铭词四十字，作钟鼎文，属予手拓，有"建炎初岁"字，系南宋物也。篆法古劲，不识者数字，俟考。日午共公实朝食。观董香光行书直幅，书兼画意，挥洒自如；仇实父《溪山仙馆图》；邹小山、蒋南沙桃花直幅；唐六如《山馆梅花夜月图》，布置萧淡，笔墨高简，得云林遗意。想见高士襟怀，无一点尘埃气。

公实诸仆以纸求书，为作八分书联与之。张昆山、秦玉山馈普洱茶、馎饦，受之。共公实晚餐，胡葆生来谈良久。及公实谈至四更散。

四日庚寅　晨晴。仍为唐公实诸仆作书，共公实朝食。理发。公实影照小像自为赞，属予以八分书于上云："亭亭孤松，皎皎明月。寒暑不变，譬此风骨。希亮慕瑜，允矣豪杰。匪云翩翩，遗世独立。名之不称，君子是疾。勖哉无忝，唐子公实。"薄暮及公实晚餐，夜谈至三更散。郑湘谱赠水笔十枝。

五日辛卯　晨飞小雨，旋止。唐公实为备小食，食已发遂宁。

出北门，行二十里至石溪浩，舆人早饭。傍涪江行十里登舟，溯流行十里至唐家店，朝食。二十五里至康家渡，抵署。薄暮晚餐，入夜见新月。

六日壬辰　晨微阴。日午朝食。庆印堂邀明日晚饮，作简答谢。料理俗事，薄暮晚餐，入夜天气浓阴。

七日癸巳　晨雨，食时止，天仍浓阴。院落秋海棠花谢，凤仙犹开。料理俗事，薄暮晚餐，夜雨淋漓。

八日甲午　晨雨不止，天气渐凉。日午朝食。得文彬如、程馥卿两太守贺节书。薄暮晚餐，雨止，天仍阴。

九日乙未　晨晴。奚汝霖得家书，其室患病，暂辞归家视之。役钱恒献红豆数枝供瓶中，丹砂颗颗，攒缀可玩。日午朝食。宜园散步，篱边砌畔，秋花开遍，足寄闲情。种菊数十本，夏初为雨所伤，无以应佳节也。薄暮晚餐，入夜星繁满天。

十日丙申　大雾瀜翳，天气晴暖。日午朝食。听讼。薄暮晚餐。船户王益顺运射厂票盐二百二十五包至关，斤数相符，为之盘验放行。至验卡，梁树年谓有浮冒，阻不放行，勇士蔡先雷因来见。

十有一日丁酉　天气微阴。作书致毛质臣，告昨日王益顺所装票盐无多，验卡不放，恐酿事端，属转致陈衡山。日午朝食。作书寄纺女，命其颖致赵孺人书，为寄朱提十三金。寄存辉妹高丽参、麦酱。致乔英甫书，寄佃户冯一珠、陈元春书。下舂，衡山遣局书郭万林来谒见，属协同盐吏郭尚仁将益顺所载盐包悉行盘验。薄暮晚餐，得庆印堂书。入夜，万林、尚仁来见，益顺之盐实无浮冒。

十有二日戊戌　天气仍阴。晨起传王益顺来案，谕以所装盐斤均属相符，为之放行。致陈衡山书，遣局书持还。答庆印堂书。遣役甘顺持家书赴成都，寄纺女醺豚蹄、薧鱼。朝食水角。高舂天霁。郭杰亭来见，坐良久行。端午君自蓬莱镇来答谢，为设榻留小住。张灯置酒小饮，夜谈至三更后散。午君馈芝麻糖、米酥、馂馅、宣威豚蹄，悉受；复以所写花卉纨素聚头，赠小儿女及诸孙，情意殷殷。

十有三日己亥　晨阴。得陈衡山大令书，赠影唐卷子本《翰林学士集》零本一卷。衡山往岁随黎纯斋观察出使日本，获奇书数十种。既刊影宋本《孝经》《文中子》《二李唱和诗》，今复刊此卷，中许敬宗诗序一诗六十作，诗人凡十七，大率侍宴应诏并唐太宗诗，目录家罕载，可补《全唐诗》之逸。

共端午君朝食，微雨。旧藏丁南羽摹桂林伏波岩摩崖刻米海岳自写像及苏文忠公、黄文节公拓本像，属午君影钩，丐其重摹。镇日清谈，薄暮小饮，夜谈至三更散。

十有四日庚子　小雨，旋止。理发。马缙卿查乡团至此来诣，辞未见，馈鸡子、只鸡，受之。缙卿馈姜糕、栗。得周味西书。得徐渔卿书，馈百合、糟鸭卵。共端午君朝食，偕午君诣缙卿，谈良久，邀两君散步至盐关，登山亭眺望，良久登楼，凭栏聚谈，薄暮还。缙卿持回回教，径去。共午君小饮。入夜缙卿来，谈至二更后行。

唐公实撰联题烟波楼句云："君曾作尉十年，看江月依然，好句几番怀往哲；我且偷闲半日，怅烟波无际，此生应共济时艰。"跋语云："昔贾阆仙为长江尉，有句云'长江频雨后，明月众星中'，考其地即今之康家渡。鹤子故嗜学贾诗者，而适分尹于此，抑何奇也。余与鹤子屡世姻亲，暌违十数载。泊宰遂宁，封壤相接，以省风命驾访之，登所构烟波楼，既伤逝者，行念当今。嗟乎！时事多艰，正吾侪效命之日，鹤子安所忍终老一丘一壑而徒风流自赏乎？爰缀楹语，以共勉云。时丁酉秋，贵筑唐我圻并识。"公实为刊就寄来，悬于楼。

十有五日辛丑　晨阴。马缙卿行，遣仆往送。蓬溪役任兴献栗及姜糕。未谒庙，命其颖灶神行香、祀财神、拜祖。端午君将行，复款留小住一日，共午君朝食。以曩昔影钩邓完白、吴山子篆书各册，及所藏百汉碑砚拓本册出示午君。半日纵览，清谈颇乐。薄暮及午君小饮，夜谈至二更散。

十有六日壬寅　晨阴。以高丽参二只赠赵太宜人，为端午君具羊肉水角。食已，送之登舆行，以起面饼馈之。朝食后天霁，院落桂花复开，清香扑鼻。薄暮晚餐。

得其谷七月二十九日第八书。其谷前年还蜀，右耳下生核，小于豆，即以阳和膏敷之，不愈。去岁益大，延疡医疗治，谓系痰湿。今春益剧，大如拳，坚硬如石，时觉痛。至五月，遂大作痛胀，延数医，治之不瘳。傅桐澂太史为荐冯善甫调治，内服托剂，外贴膏，用药线治四十余日，每日溃脓不少，坚硬渐消。据云系耳垂疽，须缓治之。颇深系怀。

十有七日癸卯　天气凝阴，时飞梦雨。日午朝食。为杨光第作朱笺联。院落海棠、凤仙花谢。秋光渐老，年华似水，感慨系之。薄暮晚餐。

成都吴光明，修理时辰表技艺尚佳，闻至遂宁，招之来，是日至，以西洋灶钟与之修饰，留宿衙斋。夜雨渐沥有声。

十有八日甲辰　雨仍溟濛。日午朝食，雨止。天气渐凉，着棉衣。薄暮晚餐，入夜复雨，枕上听之，触人愁绪。

十有九日乙巳　天气仍阴。有田如仲私设烟馆，巡役查获送案，笞责俾荷校。吴新妇忌日，命其颖祭之。日午朝食。宜园洋菊放花，忍冬、棠棣复开，共賸一瓶，以供清玩。薄暮晚餐。

阅邸抄，奉上谕："鹿传霖着来京。四川总督着成都将军恭寿兼署，山东巡抚李秉衡着补授四川总督。钦此。"

二十日丙午　晨飞小雨。日午朝食。作书致蔡景轩，以所写《心经》赠之。致家耀卿书，寄属书屏幅。方正上人来，少坐行。见本省乡试题名录，无相识者。下春云堆似墨，雨势甚浓。夕餐，夜雨淋漓。

二十有一日丁未　雨仍渐沥。遣役洪泰持书赴罗江，以馎饦、糟鱼馈蔡景轩。日午朝食，雨止，天仍凝阴。薄暮晚餐，夜雨渐沥达旦。

二十有二日戊申　晨雨止。作第六书谕其谷，命其颖亦致书。日午朝食。致武玉泉书。薄暮晚餐。其秾感寒体热。

二十有三日己酉　晨阴。致张昆山、骆灼三书，以家书丐其寄京师，遣役郭忠持往遂宁。其颖生日，拜祖、拜予夫妇，家人相贺。朝食汤饼。寝室后皂荚一株，摘之。下春治酒食及家人聚饮，初更后酒阑。

广安蒲小淮茂才之孙伯弨茂才金彤，偕其从子伯英拔萃殿俊①，应乡试还里，舟行过此来诣。伯弨叔祖鼎九农部，先大夫摄州牧时招之入署读书，时伯弨之父笛梅名绍玉，年十五六随之来署读书。伯英之祖端溪茂才怀瑾，先大夫所取士也。伯英赠会考卷，同舟尚有熊治平吉钧、李鹤笙登庸、顾巨六鳌②，皆广安人应乡试者，亦邀之入署，为设榻留小住。治平亦本科府拔萃。具酒食及诸君小饮，谈旧事，倏忽间三十余年矣。三更始散。

二十有四日庚戌　晨雨溟濛。其秾感寒，延何兴裕来诊视。留蒲伯弨、伯英叔侄、熊治平、李鹤笙、顾巨六小住。诸君索观予所临王虚舟各册，及小篆八分书千文、所作诗词。共五君朝食，作小篆八分书联赠五君，更为治平作八分书横幅赠之。先大夫所书《心经》，亦各赠四本。治酒食邀五君晚饮，其颖亦侍座，初更酒阑。五君以明日黎明解缆，仍辞还舟，固留不可，送之行。

端午君遣下走持书来索高丽参，以其母赵太宜人药中所需也。小雨镇日，夜半雨声淋漓。

---

① 蒲殿俊（1875—1934）：字伯英，广安人，光绪三十年（1904）进士。宣统元年（1909）任四川省咨议局局长，创办《蜀报》，任社长。辛亥（1911）夏任四川保路同志会会长，后任大汉四川军政府都督。晚年寓北京、重庆，卖字闲居。

② 顾鳌（1879—1956）：字巨六，广安人，举人。光绪三十三年（1907）任京师内城巡警总厅佥事，民国初年先后任袁世凯总统府顾问、内务部参事、约法会议秘书长、袁世凯称帝大典筹备处法典科主任。后以帝制首犯被通缉而匿居，赦免后在上海以挂牌律师为业。

二十有五日辛亥　天气浓阴。作书答端午君，赠参十二枝，遣来足持还。日午朝食。甘爵卿来见，坐良久行。其秾疾稍愈，女纹感寒，延何兴裕来诊视。役郭忠自遂宁还，得张昆山书，得甘少南水部遂宁书。少南于七月请假还里，月之八日抵家，告其谷有书并寄食物尚未到。薄暮晚餐，夜仍雨，淅沥达旦。

二十有六日壬子　天仍凝阴。日午朝食。其秾两额热尚未退，仍服昨日方药。

阅邸抄，大学士、吏部尚书李鸿藻薨，奉旨予谥文正，晋赠太子太傅，入祀贤良祠。其子李焜瀛、煜瀛赏给郎中，其孙李宗侗赏给举人，准其一体会试。奉上谕："顺天乡试正考官着孙家鼐去，副考官着徐郙、裕德、溥良去。钦此。"阅行省抄报，子贞十六弟①补授忠州吏目，奉准部咨布政使牌示，饬赴新任。薄暮晚餐，入夜天霁，星宿满天。

二十有七日癸丑　晨阴。女纹、其秾疾稍瘥，仍延何兴裕来诊视。端午君遣役持书来告，其母赵太宜人头眩渐愈，以馈参致谢，即作书答之，遣役还。日午朝食，理发。得唐公实书，以楹联属书。下春，奚汝霖来塾。晚餐，入夜天霁，及奚汝霖谈良久。闻雁。枕上得五律云："一字南飞雁，书来又九秋。高空横去影，中泽记前游。霜露催时节，关河孰匹俦。举头霄汉近，岂为稻粱谋。"

二十有八日甲寅　晨晴。日午朝食。趁墟，巡街市，河干散步。隔岸芦苇花开，望若银涛，徘徊良久归。薄暮晚餐，入夜小雨。

二十有九日乙卯　晨阴。先王母陈太夫人忌日，致祭。闺人感寒嗽作，延何兴裕来视垣。日午朝食。唐守愚遣役持书来，以石章属镌。下春天气微晴，晚餐，入夜复阴，小雨旋止。

三十日丙辰　天气浓阴。作书答唐守愚，遣役持还。日午朝食。役洪泰自罗江还，得蔡景轩书，馈餺飥、香茗。书盈八纸，情肫意

---

① 　子贞十六弟：沈贤修族弟，名未详，生于1847年。

挚，足见交情。阃人疾稍瘳，仍延何兴裕来视垣。曾祐亦感寒，体热喉痛，亦为之诊视。役甘顺自成都归，得纺女月之二十五日第十四书，为予寄馈饩，告其翁玉行辞回龙石厘局事，将还成都。妻兄陆虎臣，以疾于月之十七日卒于成都。得子宜弟书，幼樵二十弟①奉檄委管淮州厘卡。得赵孺人书。

阅行省抄报，问松将军恭寿奉旨兼署四川总督，于月之二十日上事，鹿滋轩制府于二十五日北上。薄暮晚餐，夜雨淋漓，达旦不止。

十 月

十月建辛亥，朔日丁巳　晨雨淅沥。未谒庙，命其颖灶神行香、祀财神，下元节家祭。日午朝食，料理俗事。雨止天霁，薄暮晚餐，入夜星宿。役钱恒复献红豆，供瓶中清玩。

二日戊午　天气晴明可喜，得七绝云："连宵苦雨阶前漓，破晓新晴天际明。漫喜高楼容我坐，先看平野有人耕。"阃人及曾祐所患渐瘳，仍延何兴裕来视垣，为易方药。日午朝食。宜园秋花凋残，删除败叶。薄暮晚餐，入夜星繁满天。阅《西炉日记》，追忆往事，感慨系之。

三日己未　晨微阴，少选晴。日午朝食。齿作痛，阃人疾愈，嗽尚未止，曾祐体热稍减，仍服昨日方药。薄暮晚餐，入夜星繁满天。

四日庚申　晨微雨，少选止。日午朝食，天霁。役李顺献葵两朵。薄暮晚餐，入夜见新月。舟子欧洪顺以纸求书，献米糕、豆腐乳，受之。

五日辛酉　天气浓阴。日午朝食。趁墟，巡街市。有悍妇在街

---

① 幼樵二十弟：沈贤修族弟，名未详，生于1859年。

肆詈，拘之来案讯问，适康恩团保正甘兴璠即来控。妇姓刘，其夫甘兴邦，以土二亩佃于陈文才，押钱二十一串。今年必欲加租，文才无力，而刘氏凌虐已甚，为之劝阻不从。呼文才来，断令再佃一年，不准加租。刘氏素行豪强，当堂鞭之，以儆效尤。下舂天霁。闰人及曾祐、曾源嗽尚未止，延何兴裕来视垣，易方药。晚餐，入夜月影如钩，明星有烂。

六日壬戌　晨阴，飞雨数点旋止，少选复雨。日午朝食。高舂天气微晴。薄暮晚餐，入夜天仍阴，小雨。

七日癸亥　枕上闻落叶声，得五律云："瑟瑟西风里，秋天不肯明。怕听林叶落，顿使客心惊。遥夜飘无定，空阶触有声。物华相代嬗，何复计枯荣。"天霁。唐公实属书楹联，为撰句，正室联云："堂上承欢，怡怡兄弟；阶前挺秀，蛰蛰子孙。"二堂联云："枫陛恩浓，惟思尽职；椿庭训至，敢负深衷。"日午朝食，理发，濯足。下舂天仍阴，晚餐。

端午君于月之四日至吉祥寺，适有人来康，致书告其母赵太宜人疾渐瘳。得胡葆生茂才遂宁书，为荐广安李鹤笙茂才明岁课读。鹤笙，蒲伯英之舅氏也。闰人尚微嗽，午前延徐炳灵来诊视。

八日甲子　天气晴明。日午朝食。作第七书谕其谷，为寄朱提五十金，命其颖亦致书。下舂，手自烹肴，取豚首、肩、蹄、肝、舌、肠、腰及笋、菌，锅底藉以蔗，调以醯酱、盐、酒，用细火徐徐烘之极烂，味甚浓腴，佐晚餐，及家人小饮。

九日乙丑　天大晴暖。致张昆山、骆灼三书，以家书丐其转寄京师，遣役洪泰持往遂宁。命其颖作书致晚雏弟，为陈孺人寄朱提五十金，遣役费喜持往嘉定。日午朝食。闰人昨夜嗽复作，延徐炳灵来诊视，为易方药。宜园后圃水仙开数蕊，菊花仅放两朵，折来共腠一瓶，以资赏玩，清香扑鼻。薄暮晚餐，入夜月光皎洁。

十日丙寅　恭逢慈禧端佑康颐昭豫庄诚寿恭钦献崇熙皇太后万寿，五更步往紫云宫，设位朝贺，礼毕归，坐以待旦。天气晴明。

得朱序东大令合州大河坝盐厘局书。先大夫生日，致祭。日午朝食。宜园拒霜、忍冬花尚开，雁来红、鸡冠、秋葵点缀。篱边砌畔，秋色萧疏，耐人延赏。

阅邸抄，奉上谕："翁同龢着以户部尚书协办大学士。钦此。"役洪泰自遂宁还，得张昆山书，为寓武玉泉重庆书。薄暮晚餐，入夜天无片云，月明如昼。

十有一日丁卯　晨飞雨数点，旋止，天仍晴霁。作书致端午君，为寄凤仙花枝干制膏，遣役王奎赍往。闺人嗽渐止，仍延徐炳灵来诊视。宜园忍冬盛开，浓香扑鼻，徘徊良久。晚餐，入夜月光皎洁。

十有二日戊辰　天仍晴明。役自蓬莱镇还，得端午君报书。日午朝食。初，杨湛亭以绢素四幅索予绘事，置案头两年矣。几净窗明，为写牡丹、荷花各一幅。听讼。薄暮晚餐，月光如水。得孙吟秋大令三台书。吴少兰子朗如孝廉，以乡试卷、自书纨素楹联，属吟秋转致，时将北上应礼闱试，属为资助。

十有三日己巳　天仍晴明。午刻立冬。作书答孙吟秋，赠吴朗如朱提四金，遣役持还。先室周宜人忌日，致祭。朝食。为杨湛亭写秋葵、菊花一幅，下春竟。晚餐，入夜月明如昼。

十有四日庚午　晨阴。役钱恒复献红豆数枝，朱实累累，攒缀无缝，供瓶中，颇可玩。为杨湛亭写梅花一幅竟。日午朝食，理发。闺人复微嗽，延徐炳灵来诊视。晚餐。

甘少南为寄其谷七月十二日不列号书，并干蟹黄、口蘑、杏仁。徐新妇为予制须梳囊，仿隋吉羊小铃式；为闺人寄铜烟袋、手制针黹。余寿平太史以予去岁值周甲，制序文为寿，述家世、宦迹、生平、书画事甚详。骈四俪六，典丽崇皇，过蒙奖誉，殊愧愧也。夜雨。

十有五日辛未　晨飞小雨。未谒庙，命其颖灶神行香、祀财神、拜祖。雨止，天气凝阴。为杨湛亭写花卉四幅竟，录旧作诗于上。甘爵卿、王福全、曹万顺来见，坐良久去。连日齿作痛，食起面饺。

入夜月影朦胧。

十有六日壬申　晨雨淋漓。日午朝食，雨复不止。宜园拒霜尚开，得白菊花数朵，与水仙共媵一瓶，置案头清玩。晚餐，入夜雨止。致唐公实书。致胡葆生书，具书、币聘李鹤笙茂才明岁授儿孙辈读书，属葆生转致，交舟子彭元翊持往遂宁。

十有七日癸酉　晨起，天气晴霁可喜。先室周宜人生日，致祭。长孙曾荫生日，以诗画舫二本与之。朝食汤饼。闺人夜间四肢作热，延徐炳灵来诊视。马缙卿遣营卒持书来，以纸属为其友作小篆、八分书联，馈柚十枚。乘兴挥毫，即作书答谢，遣来使还。仆得元献佛手柏四枚，大如拳，作案头清供。下春治酒食及家人聚饮，初更酒阑。入夜月色甚佳。

十有八日甲戌　晨雾，天气晴明。齿痛稍止。日午朝食，料理俗事。下春天微阴。晚餐，入夜月影朦胧。得五律云："开卷即千载，平生志未酬。潜心希道胜，匿迹见名浮。高阁涵群象，虚舟止急流。一枝欣有托，此外复何求。"

十有九日乙亥　天气浓阴。日午朝食。宜园忍冬复开数枝，折来与芙蓉、菊花、水仙、红豆共媵一瓶，置案头，五色璀灿，殊觉可观。作第八书谕其谷，为寄朱提二百金，命其颖亦致书。致徐质夫书。薄暮晚餐。

二十日丙子　晨微晴。致张昆山、骆灼三书，以家书丐其转寄京师，致武玉泉书，遣役刘荣持赴遂宁。日午朝食。

癸巳六月，写花卉十二幅，秋海棠、梅花两幅，录旧作诗词于上，其余十幅置书庋，倏忽间五年矣。冬窗晴暖检出，以蝇头细字录旧作七绝一首、词一阕于红叶秋草金钟儿虫幅上。致端午君书。薄暮晚餐，仆平顺自合州假还。

二十有一日丁丑　晨阴。以八分书录旧作七绝三首于桃花画幅上。日午朝食，理发。薄暮晚餐。役刘荣自遂宁还，得张昆山、骆灼三报书，为寓其谷八月二十九日第九书，右耳下核仍未愈，延杨喜仲舍人亦熺调治。颇念念也。

顺天乡试头场，钦命四书题：卞庄子之勇，冉求之艺，文之以礼乐。次题：思知人，不可以不知天。三题：夫物之不齐，物之情也；或相倍蓰，或相什伯，或相千万。诗题：赋得"妙句锵金和八銮"，得"金"字，五言八韵。二场，《易经》题：乾元用九，乃见天则。《书经》题：在璇玑玉衡。《诗经》题：周原膴膴，堇荼如饴。《春秋》题：齐侯、宋人、陈人、蔡人、邾人会于北杏。庄公十有三年。《礼经》题：量地以制邑，度地以居民。地、邑、民居，必参相得也。申刻，仆得元之妇生子。

二十有二日戊寅　天气凝阴。宜园后圃花已凋残，芟除败叶，锄地种菜。得周味西书，即作答，遣役持还。日午朝食。以漆书录旧作七律诗二首于荷花幅上，录词一阕于菊花幅上，更以小楷书七绝二首。役费喜自嘉定还，得晚雏弟书，陈孺人疾。薄暮晚餐。酉刻落第十一齿（右下第五）。入夜天霁，星宿满天。紫云宫僧续泉母死百日，为延僧众作佛事。是夜诵《焰口经》，因往观之，二更后归。

二十有三日己卯　晨霜大雾，天气晴明。先母吴太夫人生日，致祭。日午朝食。以小篆书旧作七绝诗二首于牡丹画幅上，以八分书七绝诗一首于秋葵幅上，更以行书题识。薄暮晚餐，入夜繁星。

二十有四日庚辰　天气晴明。晨霜，渐有寒意。日午朝食。以小楷书旧作七绝诗一首、词一阕于凤仙画幅上，更录咏络纬词一阕。甘爵卿来见，少坐行。市得野鹜，佐晓餐。

二十有五日辛巳　天仍晴明。所画兰花一幅，以小楷录七绝诗二首、词一阕，旁缀樱桃一枝无题咏，因成七绝一首补之："含桃颗颗夸樊素，口摘匀圆次第尝。较胜饸饹风味好，赤瑛盘荐付厨娘。"薄暮晚餐。

二十有六日壬午　天气晴暖。第三孙曾源生周岁，试以晬盘，家人相贺。朝食汤饼。以小篆书往作《玉簪花》七绝于画幅上，旁画红豆一枝。《本草》：相思子一名红豆，叶圆有荚蔓。邑山中多此树，生岩谷间，春开花，白色，结荚枝间，子如缀珠，累累可玩，土人呼为红子。亦成一绝，以八分书补之："累累丹砂绚素秋，枝头点染最风流。世间惟有相思苦，寄语多情不疗愁。"

甘爵卿、曹万顺、温行庆来见，少坐行。薄暮及家人聚饮，初更后散。

二十有七日癸未　晨阴。先大夫忌日，致祭。日午朝食。文甲献红豆数枝，作瓶中清供。宜园散步，山茶初放花。闺人嗽止，延徐炳灵来诊视，疏方调理。下春大风，天气顿寒。得端午君书，其母赵太宜人疾愈。晚餐，入夜风益甚。

二十有八日甲申　天仍凝阴。以小篆录旧作七绝诗一首于水仙画幅，更以小楷题识，是日竟。日午朝食。得张昆山书，即作答，遣足持还。理发，晚餐。唐公实遣役持书来，邀我聚谈。

二十有九日乙酉　晨阴。为秦商作八分书屏四幅。朝食。为薇卿子祥作八分书屏。晚餐。足自嘉定来，得晚雏弟书，告陈孺人以疾于月之十九日未时去世。

十一月

十有一月建壬子，朔日丙戌　天气浓阴。未谒庙，命其颖灶神行香、祀财神、拜祖。发康家渡赴遂宁，乘文三和船，行二十里过桂花场。云压山头，水天一色，初飞雨点，旋密。舟子冒雨行十里，至女儿碑朝食，雨益甚，寒气袭人。三十五里抵遂宁，登岸入东门，诣唐公实，为设榻留住。张灯晚餐，夜窗聚谈。胡葆生及唐守愚来，谈至三更散。

二日丁亥　晨起天气开霁，旭日始出。及唐公实少谈，作书谕其颖，遣役钱富持还。

观公实壁间书画，郑板桥《竹石》题云："闲扫一片石，更种两竿竹。何处吹凤笙，潇湘烟云绿。"复题云："疏疏密密，欹欹侧侧。其中妙理，画家自得。"画既潇洒，书亦隽永。改七芗《寒女织机图》，萧淡荒寒，用笔秀逸。方方壶《竹里馆图》，遒劲疏宕，优入云林之室。郑重《仙山楼阁》扇面，笔细如发，力可屈铁，毫巅神妙，飘飘欲仙。仇十洲《清明上河图》扇面，精绝可爱，断非庸手所能。罗质庵仪部①以泥金双钩八分书联云："鹦鹉帘栊蛱蝶梦，芭蕉情绪海棠心。"跋语云："昔蔡中郎见人以帚垩地，因悟飞白之法。自后齐梁间，萧子云辈最工此体，至以此作榜署书，赵宋诸帝尤精绝，往往书赐臣下。今人双钩，法其遗意也。此杨君剑潭所制联语，喜其绮丽，辄摹其意。"质庵旧相识，予亦爱其笔法，因录之。

遂宁汛袁静庵千戎玉春生子诣贺，访李鉴民少府，皆不值。过骆灼三处，谈良久还。共公实朝食。静庵、鉴民来答拜。静庵生子，公实及同僚使祥泰部梨园子弟演剧，为贺静庵。是日，就署斋治具酬谢。昨日闻予至，亦具柬邀饮。黄延芝广文坤元、公实幕宾姚篠似嗣爵、胡葆生同座。张灯开筵，二更后曲终客散。公实复来，谈至三更散。

三日戊子　晨大雾，天气晴明。理发，共唐公实朝食。袁静庵来，是日仍邀晚饮观剧。黄延芝、李鉴民来，姚篠似、胡葆生、公实同聚。张灯开筵，三更曲终客散。伶蓝玉仙来见，少坐去。

四日己丑　黎明起。天气晴明。胡葆生来少坐，及唐公实长谈，共朝食。是日就署斋治具，邀公实、袁静庵、黄延芝、李鉴民、姚篠似、葆生晚饮观剧，诸君相继来。张灯开筵，三更曲终客去。治酒肴馈公实室余宜人。内宴观剧。公实来少谈，守愚来坐良久，散已四更。

五日庚寅　天气凝阴。及唐公实清谈。日午朝食。蓝玉仙来，

<hr>

① 罗质庵：即罗文彬（1845—1903），字质庵，贵阳人，同治进士。历任礼部主事、铸印局员外郎、图书总纂处提调等。曾应四川总督丁宝桢之邀入蜀，编辑《四川盐法志》。又与王秉恩（1845—1928，成都人）合撰《平黔纪略》，并与修《贵州通志》。

少坐行。下春公实巡街市，邀予同行。黄延芝、李鉴民、姚篠似、胡葆生醵钱治具，邀饮于鉴民署斋，偕公实往。宾厨外小有亭台池榭，布置得所，花木翳如，颇宜夏。及诸君徘徊良久。张灯置酒，袁静庵以疾辞。夜雨淋漓，初更后酒阑散归。及公实谈至三更散。

六日辛卯　四更雨止。黎明起，及唐公实谈，食汤饼已，发遂宁。出北门行二十里，至石溪浩，舆人早饭。十五里至廖家浩，舟行。五里至丁家坳，仍肩舆行，至唐家店朝食。天气浓阴，湿云低压，雨势将来，少选大雨。冒雨行二十里至康家渡，抵署。张灯晚餐。

庚寅冬，以旧婢王女遣嫁农民关有茂，八年矣，家于常乐寺，生两子。是日携幼子庆寿来，闺人留小住。

七日壬辰　晨阴。料理俗事，日午朝食。及奚汝霖谈良久。听讼，薄暮晚餐，入夜见新月。

八日癸巳　晨起大雾，天气晴霁。日午朝食，料理俗事。何铭鼎以楹联求书，为之挥毫。薄暮晚餐，入夜星宿，月色朦胧。

九日甲午　晨晴。作第九书谕其谷，致张昆山书，丐其转寄京师，遣役蒋顺持往遂宁。日午朝食，天阴。昆山遣足来，为寓其谷九月二十一日第十书，顺天乡试榜发，不第。得武玉泉书。复作第十书谕其谷，致昆山书，遣足持还。薄暮晚餐，入夜月色皎洁。

十日乙未　晨晴，少选阴。日午朝食。所绘花卉十二幅，盖印章数十方。初，顾巨六茂才以素帙一卷索予所镌印，因检所用之章悉拓于上，并识数语。薄暮晚餐。夜飞小雨，旋止。

十有一日丙申　天气浓阴，渐寒，雨复渐沥。日午朝食，雨止。宜园闲步，水仙含苞十余蕊尚未开。观所画花卉十二幅，藉破闷损。薄暮晚餐，夜飞小雨。

十有二日丁酉　天气微阴。日午朝食。得蔡景轩大令、家耀卿罗江书。下春天雾，晚餐，入夜月光皎洁，寒气袭人。濯足。

十有三日戊戌　晨霜大雾，天气晴明。女纹生日，朝食汤饼。

命其颖致晚雏弟书，为寄朱提八十金。下春及家人聚饮，初更后酒阑。月明如昼。

十有四日己亥　天气晴明。遣役甘顺持家书赴嘉定。役李顺献红豆十数枝，以酒樽二置院落贮水养之，颇可玩。日午朝食，理发，薄暮晚餐。

十有五日庚子　天气微阴。谒文昌神庙、镇江王祠、萧曹社公、灶神行香。至盐关镇江王位前行香，登楼坐良久归，祀财神、拜祖。日午朝食。作书贺袁静庵生子，馈缯帛、冠履。薄暮晚餐，入夜月影朦胧。役蒋玉玩忽，答责示儆。

十有六日辛丑　晨阴。致唐公实书，遣役费喜持往遂宁。致周味西书，遣役邹兴持赴邑城。市得肥鲐佐晨餐，甚鲜美。天气开霁，宜园散步，山茶渐次开放。薄暮晚餐，夜雨旋止。

十有七日壬寅　天气浓阴，寒风凛冽，有冻雪意。沽烧春薄酌，佐以肥鲐朝食。宜园水仙含苞，天寒未放，移盆中以水石养之，置案头清赏。薄暮晚餐，入夜冻雨淅沥。

十有八日癸卯　晨，雨止，天气极寒。日午朝食。黄树萱自桂花场来，坐良久去。舒稚鸿孝廉撰《烟波楼记》，属树萱携来贻我。文情斐亹，笔势纵横。役费喜自遂宁还，得唐公实书，以普洱茶双筒、滇南水笔二十只见贻。其长子士行孝廉，自云南来蜀抵遂宁。公实书中云，鄂生丈颇询我踪迹情状。老辈关怀，十分可感。回忆壬午夏送别后，迄今十六年矣。每欲裁笺敬候起居，以无人便，又复当书握笔，而五中驰念，未尝一日或忘也。得袁静庵千戎答谢书。薄暮小饮，天雨，入夜止。

十有九日甲辰　晨飞小雨，猎猎寒甚。濯足。日午朝食，听讼。雨细如烟，镇日不止。薄暮晚餐，屋中置火。

二十日乙巳　晨阴。濯足。作书致端午君，交便差赍往。日午朝食，天霁。役李顺复献红豆数枝，仍以酒樽二贮水养之，置院落赏玩。薄暮晚餐。

二十有一日丙午　晨阴。日午朝食。周味西文移，奉上官檄，准礼部咨："本年十二月二十日乙亥，宜用辰时封印吉；二十四年正月十九日癸卯，宜用午时开印吉。"薄暮晚餐。

二十有二日丁未　理发，日午朝食。王女之夫关有茂自常乐寺来谒见，献薯蓣，迎王女归，赍青蚨千枚及豚肩、麂鱼，辞去。作书致唐公实、张昆山。巡视街市。天气浓阴，寒甚。役邹兴自邑城还，得周味西书，奉上官檄，调署江津县事；罗鞠塍大令桢摄县事。文移本年廉奉役食银九十一两四钱八分八厘。薄暮晚餐。

二十有三日戊申　晨飞冻雨，天气寒甚。仆山云乞假，赴明月场视其叔疾。日午朝食。致高石洲书。胃腕作痛，罢餐。三更气大痛，鬻盐熨之。

二十有四日己酉　晨晴。气痛稍止。其秾受风头热。日午朝食。明年戊戌，作春联。下春天阴，甚寒。晚餐。

二十有五日庚戌　天气晴明。唐公实以石章属镌，石不平，为正之。日午朝食。延徐炳灵来为其秾诊视。听讼，巡街市。有曹耀喜者，窃人薯蓣，笞之。归来晚餐。

得高石洲书，福雨亭奉恭帅檄，解武试卷赴都，先已还行省。王雨田大令泽霈管理射厂分局事，石洲委管邓井关船舟事，与许景山大令对调。

二十有六日辛亥　晨霜大雾，天气晴明。高祖生日，致祭。气痛愈。日午朝食。明年戊戌，仿钟鼎文作朱文二字方印，下春竟。康家渡士民以周味西将去，制匾称颂，属予书，以篆书作擘窠大字"仁声善教"四字与之。薄暮晚餐。得唐公实、张昆山书。

二十有七日壬子　晨微阴。作"长江尉印"四字朱文方印。日午朝食。得武玉泉月之二十三日重庆书，馈木瓜四枚，大如椀，置案头，色香味俱佳，耐人领略。

端午君遣役持书来，其母赵太宜人所患大瘳，馈宣威豚蹄、盐鸭、冬笋、馎饦。初，丐午君为摹米海岳、苏东坡、黄山谷像，囊见宣鹿公藏名人画欧阳永叔像，午君处亦有临本，至是以宣纸悉为重摹见赠。神采肃穆，对之起敬，当什袭珍藏。即作书答谢，遣役持还。阃人感寒，延徐炳灵来诊视。薄暮晚餐。

二十有八日癸丑　晨阴。长至节家祭。日午朝食。仆山云假还。为唐公实作"遂州节度"四字朱文方印，下春竟。得洪士安广文书。其秾所患尚未愈，延吴运鸿来诊视，谓有宿食，疏方去。阃人疾亦未减，延何兴裕来视垣。薄暮晚餐，夜半小雨。

二十有九日甲寅　晨雨仍不止。作书答洪士安广文。日午朝食。雨声淋漓，镇日不止，天气寒甚。其秾胃有停滞，不思饮食，仍服昨日方药。阃人嗽稍间。薄暮晚餐，入夜雨止。

三十日乙卯　晨晴。理发。日午朝食。舒甲之妇郭氏，以夫故再醮于叶乙，乙死，其子国有兄弟奉养无亏。郭氏听其兄郭高顺之言，久不归家，欲入庙，高顺于中需索。昨日率其族人高五等来街游闹，因传来案，讯得其情，断令郭氏仍归家，饬国有等侍奉无违。高五等分别责惩。

阃人嗽复作，其秾疾稍瘥，延徐炳灵来，皆为诊视。薄暮晚餐，入夜星宿满天。

十二月

十有二月建癸丑，朔日丙辰　晨霜敷瓦，寒甚。雾散，天气晴明。未谒庙，命其颖灶神行香、祀财神、拜祖。日午朝食，料理俗事，薄暮晚餐。甘爵卿、温行庆馈雉，受之。

二日丁巳　晨阴。仆邓彬与杜喜以细故龃龉，得元为之解纷，山云遂殴邓彬，诫之。日午朝食，天气微晴。阃人嗽仍不止，延徐炳灵来诊视。晚餐，入夜星宿。

三日戊午　晨霜大雾，天气晴明。日午朝食。阃人嗽仍不止，身体疲茶，仍延徐炳灵来诊视，其秾疾愈，亦为之疏方调理。薄暮晚餐，入夜星繁满天。大便下血，伏枕失眠。

四日己未　晨霜大雾，天仍晴明。王福全、温行庆来见。闺人仍嗽，延徐炳灵来诊视，李妾感寒，亦为视垣。晚餐，入夜星宿。仆山云请假。

五日庚申　晨阴。王福全、温行庆来见，少坐去。高石洲大令奉檄调往邓井关①，管拨船事，舟行过此，即往诣谈良久。邀石洲登岸，步行入署，留朝夕聚饮，作竟日谈。朝食后，石洲观予所画花卉十二幅。张灯置酒，初更后酒阑。复谈良久，二更石洲还舟，馈石洲炙脯、馅馃。

胡玉章茂才莢，射洪县人，家于太和镇，八月应乡试后赴自流井，近日由陆路归家过此，馈馎饦、豚蹄，却之，受书画纨素、八分书屏联。牟惠庵奉檄管富厂分局事，致予书，寄所著诗数篇及其子灿生选拔会考卷，丐玉章携来。

六日辛酉　晨阴。胡玉章茂才来诣，谈良久行，以青蚨二缗及所作烟波楼诗、楹联并所书《汉姜诗祀典碑》拓本赠之，悉受。上书夏菽轩观察，申缴签验票一百六十六张，上书贺饯岁；致黄俊臣、张仁山、楼蘠庵三大令书贺饯岁，遣役洪泰、王彪持赴泸州。王长煦来访见。日午朝食。作书寄子宜、子详弟。薄暮晚餐。为其秾断乳。

七日壬戌　天气凝阴。上张麟阁观察、阿子祥、程馥卿、朱序东三太守书，致孙吟秋、谢品峰、王子章、陶联三书，贺饯岁。奚汝霖解馆归家，以青蚨千枚赠之，治汤饼留晨饮，其颖、其稚、曾荫、曾祐随坐，酒阑送之行。甘爵卿来见，少坐去。作书谕纺女，为寄朱提二金、醃腰、风鸡、橙柚。致杨玉行、湛亭书，馈肥鮀、黄橙。命其颖寄纤女书，为寄朱提二金、醃腰。致赵孺人书，为寄朱提十五金、风鸡、醃腰。晚餐。

---

①　邓井关：富顺县境内著名的盐运码头。

八日癸亥　天气仍阴。以腊八粥献祖、供佛。致程寿岱别驾书，贺饯岁，馈朱提十金。役甘顺自嘉定还，得晚雏弟书，邮雏弟自楚北奔丧归。得潘梦松书。遣役费喜持家书赴成都。日午朝食。得庆印堂简，赠水仙花十头，作书答谢。闺人嗽渐愈，延徐炳灵来诊视调理。唐守愚遣役持书来，其兄士行孝廉以石章四方属镌，为寓胡葆生书，得蒲端溪茂才广安书。薄暮晚餐，夜卧濯足。

九日甲子　晨晴。理发。日午朝食。作书答唐守愚，以公实属镌八印为之寄去。得纺女十月二十一日第十五书，告杨玉行于十月五日自重庆还成都。得周竺君嗣培书，味东第三子也。武玉泉以绢素四幅索书，为作钟鼎、砖文、八分、行书，下春竟。作第十书谕其谷。晚餐。

十日乙丑　天气浓阴，小雨，寒甚。作书致武玉泉，馈盐鸭、馎饦、炊饼、醃鱼。致张昆山、骆灼三书，馈风鸡、醃鱼、炊饼、麦酱。馈秦玉山、冯树轩亦如之。以家书丐昆山转寄京师，遣役蒋顺持往遂宁。日午朝食。射厂分局王雨田大令文移，告十一月二十六日视事。料理俗事，薄暮晚餐。得程寿岱答谢书。

十有一日丙寅　晨晴。料理俗事。日午朝食。闺人疾渐瘥，仍延徐炳灵来疏方调理。罗鞠塍大令文移，告十一月二十二日受任。役蒋顺自遂宁还，得张昆山、骆灼三书，以西安腊羊、红枣贻我。薄暮晚餐，夜月朦胧。

十有二日丁卯　晨飞小雨。料理俗事。天气极寒，沽烧春，以羊糕下之，甚美。作书致罗鞠塍大令，贺受任、饯岁。宜园黄梅始放花，晚餐。

阅邸抄，奉上谕："四川布政使着王之春补授①，员凤林着调补湖北布政使，直隶布政使着裕长补授，李秉衡着开缺，四川总督着裕禄补授。钦此。"得纺女十一月十五日第十六书，由驿递来。

---

① 王之春：光绪二十三年十一月十八日（1897年12月11日）调任四川布政使，光绪二十五年八月八日（1899年9月12日）调任陕西巡抚。

十有三日戊辰　晨微阴。料理俗事。日午朝食。得冯树轩、秦玉山遂宁书，馈腊羊、红枣、瓜子、同州白蒺藜。薄暮晚餐，入夜天霁。

十有四日己巳　天气晴明。晨起理发。日午朝食。书堂皇外春联，仪门云："戊纪作雍，康庄日丽；戊律无射，关市春融。"仪门内楹柱云："吉日维戊；太岁在戊。"大堂云："戊畅四方，阴阳合德；戊盈万物，风雨应时。"左右楹柱云："土生于戊；岁阴在戊。"二堂云："戊雨庚晴，四郊丰秝；戊入寅出，万物毕成。"二堂内楹柱云："戊觯辛尊古欢乐岁；戊地寅位景象回春。"正室联云："戊夜辛盘，子孙申敬；戊年甲煎，丁妇寅恭。"以小篆、真书、八分书之。

得唐守愚遂宁书，馈冬笋。舟子陈万兴献千丝面、豆腐乳，受之。得其谷十月二十五日第十一书。

十有五日庚午　晨阴。未谒庙，命其颖灶神行香、祀财神、拜祖。日午朝食。唐士行孝廉以石章属镌，为正之。闺人嗽大作，康保、康平亦感寒，延徐炳灵来诊视。薄暮晚餐。

十有六日辛未　天气凝阴。感寒，四体作痛恶寒，延徐炳灵来诊视。闺人体热多汗，嗽甚，亦为视垣。晨夕罢餐，初更即眠。

十有七日壬申　晨起，疾未愈。闺人嗽仍不止，未出户，延徐炳灵来就榻前诊视。作书致端午君，贺饯岁，馈糍糕、蒸饼、红枣、瓜子、风鸡、醃鱼，遣役甘顺持往。蔡景轩遣勇士持书自罗江来，以纸索书，赠羊毫十二枝，更书管蕴山太史句"吏兼仙佛隐，艺绝画书诗"楹联见贻。得家耀卿书。薄暮略食薄粥。闺人嗽益甚，竟夜不眠，隐忧倍切。

十有八日癸酉　天气晴明。疾稍瘥。闺人四肢作痛，体热恶寒，不思饮食，疾仍未减，延徐炳灵来诊视，易方药。罢晨餐。其颖亦感寒。薄暮略食粥半盂，入夜星宿。

十有九日甲戌　天气晴明。除正室、寝室尘。予疾渐瘥尚嗽，闺人疾仍未减，延何兴裕来诊视，谓风邪入里，疏方去。役甘顺自蓬莱镇还，得端午君答谢书。日午朝餐半盂，作书答蔡景轩大令。晚餐。

二十日乙亥　天气凝阴。遣蔡景轩来使还。辰刻，朝衣冠拜阙、拜印、封印，升堂皇受吏役贺。拜祖。闺人以疾未出户，合家相庆，仆媪、下走皆贺。疾仍未愈，前日徐炳灵误投补剂，邪伏于内，嗽益甚。依《金匮悬解》咳嗽方服之。闺人昨日服何兴裕方药，四体痛稍止，嗽亦微减，夜少眠。复延之来诊视，易方药。以糍糕、炙脯馈陈万兴。致庆印堂、陈衡山、王雨田、许景山书，贺饯岁。朝餐半盂。下春，赉吏书诸仆酒食，招兴裕、温行庆、王毓槐及盐卡家人王升来同饮。闺人略食藕汁粉。

二十有一日丙子　天仍凝阴。疾仍未愈，嗽甚。闻黄树萱自桂花场归，延之来为闺人诊视，谓正气大伤，肝木克土，脾阳薄弱，为之疏方调补，亦为予视垣，谓伏邪未退，疏方解之。役洪泰、王彪自泸州还，奉夏叔轩观察檄，发签验费银一百九十八两。得黄俊臣、张仁山、楼藕庵书，贺饯岁。薄暮晚餐。

二十有二日丁丑　天气浓阴。四体尚畏寒，嗽仍未止，延黄树轩来诊视，依张仲景《伤寒》桂枝加麻黄汤服之，以祛寒邪。闺人嗽微止，仍觉疲茶不思食，为易方药。日午朝食。下春小雨。渔人潘海献鱼，给以值。晚餐，得王子章大令书，贺饯岁。入夜雨声淅沥。

二十有三日戊寅　天仍凝阴。理发。闺人疾未减，延黄树萱来诊视。以糍糕、鲜鱼、青蚨千枚馈徐炳灵。馈方正、续泉糍糕、鲜鱼，皆悉受。作简致庆印堂，馈糍糕、起面饼、鲜鱼、黄橙，遣役蒋顺赉往，下春还，得书答谢。薄暮晚餐，夜嗽。祀灶。

二十有四日己卯　天气凝阴。闺人疾稍间，予所患尚未大愈，延黄树萱来，皆为诊视，易方药。得鲁元之书，告其母吴太宜人于月之二日，以疾卒于成都。料理俗事。以青蚨十六缗给家中人度岁，赉仆媪、下走钱。薄暮晚餐半盂，夜嗽不止。得武玉泉重庆书贺钱岁，馈醉蟹。

闻树萱云，桂花场李永和药室，日前得野生沙参数枝，于闺人病服之甚宜，因遣役洪泰往购，下春还，慨然相赠。得纺女十一月二十七日第十七书，由驿递至。三更微雨。

二十有五日庚辰　晨飞小雨。以糍糕、起面饼、炙脯、炙鸡、羊肘、薧鱼、馂馅、橘，馈铺民王福全等二十人，悉受。朝食半盂。致唐公实书贺钱岁，馈糍糕、起面饼、鱼鲞、冻脯、黄橙，遣役蒋顺赉往遂宁。闺人疾微减，晨餐半碗。高春，延黄树萱来视垣，亦为予诊视。

公实大令于月之二十一日自遂宁入郡归，迂道过我，留小住，为设榻二堂宾厨，张灯晚餐，予已饭，陪坐清谈，至二更后散。端午君遣役持书来贺钱岁，馈雉、兔、餺饦、馂馅。仆李忠献宣威豚蹄。夜雨淅沥不止。

二十有六日辛巳　天气晴明。留唐公实小住一日，相偕至盐关，登烟波楼远眺良久。公实以予病尚未瘳，恐畏风，遂归。日午朝食。铺民王福全等馈双鸡、双鱼、羊肘、豚肩、胡桃糖、橘饼、米糕、橘。人和寨首徐炳灵、甘兴周馈只鸡、豚肩、橘饼、胡桃糖、菱角糖、蔗霜、薄荷糖、橘，皆悉受。及公实镇日清谈，晚餐。得庆印堂书，馈糍糕、餺饦、千丝面、橘，受之。得罗鞠縢大令书贺钱岁。入夜，及公实围炉聚谈，二更后散。闺人嗽略间，少进米食，午间延黄树萱来诊视。

役费喜自成都还，得纺女月之二十一日第十八书，为予寄盐鸭、餺饦。得子宜、子详弟书，子详于十月五日寅时得子，命名其沛，字曰公霖。得赵孺人书，存辉妹病势甚剧。得杨玉行、湛亭书，馈盐鸭、酿肚。

二十有七日壬午　晨晴。唐公实以荷囊赠女纹，为具汤饼，食已送之登舆行，以卤簿郊送。日午朝食。以糍糕、醃鱼、炙脯、馅谕馈人和寨首，受之。余孝女以米花馈妇，妇亦以食物二种报之。李斗垣遣足自遂宁来，致书馈醃豚蹄、鱿鱼、冬笋、棉葒，受之，作书答谢，报以糍糕、风鸡、鱼、兔，遣足持还。作书答谢端午君、庆印堂，遣役持还。晚餐，入夜星宿。徐升遣其长子芳华，自成都来供驱使。

二十有八日癸未　晨阴。闺人嗽渐止，日形羸瘦，予所患亦尚未平复，延黄树萱来诊视，皆为疏方。继母张太夫人忌日，致祭。日午朝食，理发。率家人陈设果馔于正室案，请先大夫、先母、继母及先室主出椟，鲁新妇、吴新妇主亦附于右。以糍糕、馎谕、鱼馈李永和，报赠沙参也，遣役持往桂花场。得陈衡山、许景山、王雨田书贺饯岁。方正上人馈馎谕、米花、甜酒。续泉上人馈蔗霜、馎饦、橘饼、冰橘糕，皆悉受。薄暮晚餐。高东成献只鸡、馎饦，受之。夜卧濯足。

二十有九日甲申①　疾愈，嗽亦渐止。四更起，内外张灯。五更，以少牢祀神祇，命其颖、其稚、曾荫、曾祐亦随拜。天明，料理俗事。闺人略进米食，仍延黄树萱来诊视。日午朝食。张鸿逵馈姜糕、菱角糖，受之，却余物；报以馎谕、鳇鱼。曹万顺、李泰安馈食物，受姜糕、橘。高春，命仆李忠至盐关镇江王位前，以少牢致祭。土民田万春献黄橙，赍青蚨二百枚。张灯，设馔祭祖，及家人围坐饯岁。闺人以疾不与宴，于榻前置几，遇适口之食，略举匕箸尝之而已。长子其谷大妇远隔京华，又逢岁除，未能聚首，记念所患耳疽，益令我思之不置也。赍仆媪、吏役酒食，招续泉来同饮。以朱提二十金，给家中人度岁。得七律云："贲烛迎年早闭门，围炉饯岁对清尊。光阴过眼原如梦，时势伤心未忍言。将择岩峦肥遁迹，为耽祠宇瘦诗痕。（贾阆仙祠在镇八里，四壁刻公诗甚夥。）从今莫问尘劳事，且息生机净六根。"

---

① 二十有九日甲申：即公元 1898 年 1 月 20 日。本次整理之《沈贤修日记》至此日讫。

后　记

前年暑假，当终于确定冷置多年的五册无名日记的主人，原来是晚清蜀中著名书画篆刻家、诗人沈贤修时，我激动了好久。于是将日记原稿全部扫描，发请导师王川教授审读。仅数日，王师即复，对日记的史料价值给予了充分肯定，并建议将其整理出版。这对我来说，既是学习、提高的极佳机会，于地方文献也是一项有益之业。同时，王师对整理工作的要求和需要注意的问题，逐一列出，具体指导。

整理过程中，幸获先期整理过沈贤修另一部分日记的前辈陈光建先生诸多帮助，并承晏劲先生慨予提供沈宝昌墓志铭。其他师长前辈也屡有赐教，谨在此竭诚致谢！

四川师范大学巴蜀文化研究中心将日记的整理出版列为科研项目，给予了重要支持，亦在此致谢！

导师王川教授不仅审订了本书全稿，而且指导合撰了关于本书的初步研究成果，用作本书的前言，使日记的价值益加彰显。巴蜀书社王承军先生在成书过程中亦多予帮助，在此一并致谢！

江　荞

2024 年 2 月